只为你心动

倪多喜 著

图书在版编目（CIP）数据

只为你心动 / 倪多喜著. — 南京：江苏凤凰文艺出版社，2022.8
ISBN 978-7-5594-6725-6

Ⅰ.①只… Ⅱ.①倪… Ⅲ.①长篇小说 – 中国 – 当代 Ⅳ.①I247.5

中国版本图书馆 CIP 数据核字 (2022) 第 050487 号

只为你心动

倪多喜 著

出 品 人	李亚丽
特约监制	杨 琴
责任编辑	周凯婷
特约编辑	颜小欣
装帧设计	菩提果
责任印制	刘 巍
出版发行	江苏凤凰文艺出版社
	南京市中央路 165 号，邮编：210009
网　　址	http://www.jswenyi.com
印　　刷	三河市兴博印务有限公司
开　　本	880 毫米 ×1230 毫米　1/32
印　　张	10.5
字　　数	312 千字
版　　次	2022 年 8 月第 1 版
印　　次	2022 年 8 月第 1 次印刷
书　　号	ISBN 978-7-5594-6725-6
定　　价	49.80 元

江苏凤凰文艺版图书凡印刷、装订错误，可向出版社调换，联系电话 025-83280257

目录
Contents

✦ 001—015
第一章 初遇

✦ 016—035
第二章 跟我走

✦ 036—075
第三章 在一起

✦ 076—087
第四章 很想你

✦ 088—114
第五章 不相配

✦ 115—143
第六章 离开

✦ 144—158
第七章 重逢

✦ 159—194
第八章 我喜欢你

目录
contents

- 195—226
  第九章 见家长

- 227—261
  第十章 领证

- 262—287
  第十一章 往事

- 288—311
  第十二章 婚礼

- 312—318
  第十三章 新年

- 319—324
  番外一 掌上明珠

- 325—330
  番外二 矢志不渝

第一章　初遇

Chapter 1

　　苏乔认识秦显那天晚上，正是她最难堪的时候。

　　那是二〇〇七年，十月十三号，她记得很清楚。

　　深夜十二点，外面下着淅淅沥沥的小雨，街上空荡荡的，没什么行人——然而有个地方依然和往常一样热闹。

　　那是杨柳路上的酒吧一条街，在那里，都市里的夜生活才刚刚开始。

　　酒吧街上有一家规模很大的KTV唱吧，苏乔就在那里上班。苏乔做的是推销啤酒的工作，KTV老板会按照客人的酒水消费额给她算提成，她卖得多赚得就多。

　　这天晚上，苏乔待在后面的员工休息室里迟迟没出去，老板娘霞姐来催人，一见着她，眉就拧了起来："苏乔，你坐那儿干吗呢？这个月的奖金不想要了？"

　　蒋霞语气不悦，脸色也难看。

　　苏乔捂着小腹从椅子上站起来，十月份的天，她的额头上却不断冒着冷汗，嘴唇苍白得没有一点儿血色："霞姐，我来例假了，今晚想请个假，行吗？"

　　苏乔的声音很虚弱。她一直有痛经的毛病，这两年越发严重，每次来例假都跟丢掉半条命似的。

　　蒋霞皱眉，上下打量苏乔一会儿。KTV唱吧实行的是多劳多得的原则，苏乔算是这里赚钱最积极的人，要不是真的疼得受不了，估计也不会请假。再说苏乔痛经的事，蒋霞也不是不晓得。饶是如此，蒋霞还是说："今天不行，峰哥来了，你的业绩靠他多照顾呢。"

苏乔一听这话，原本就苍白的脸色瞬间更惨淡了。窗外一阵风吹来，她不由得皱紧了眉。

程峰具体是什么背景，苏乔也不清楚。但杨柳路上这一条酒吧街上的酒吧老板和KTV老板都卖他几分面子，总之没有人敢得罪他就是了。

蒋霞看着苏乔，说："今晚坚持一下，明后天我给你放两天假休息，薪水照发。"

苏乔长得漂亮，性格也豪爽，因此给KTV招揽了不少老顾客，是以苏乔每个月的酒水业绩都是最好的。这么个活招牌，蒋霞对她自然也要比对旁人优待一些。

"霞姐——"

"好了，不说了，你赶紧去吧，峰哥等着你呢。"蒋霞说完便转身出去了。

苏乔来这里工作的时间不长，半年左右。这半年里，程峰找过几次苏乔喝酒，这次也不例外。

在休息室里吃了止痛药，喝了半杯热水才终于走出来，包间门开着，显然程峰是在等她。

他跷着二郎腿，大爷似的靠着沙发，见苏乔来了，冲身边的小弟喊道："愣着干啥？没见小乔姐来了，还不去搭把手？"

说着，黑衣小弟赶紧接过苏乔手里抱着的两箱啤酒。

止痛药没有一点儿作用，苏乔还是疼得厉害，下意识地捂着小腹。她走到程峰面前，努力撑出一丝笑。

程峰稍微坐直身体，将烟头摁进茶几上的烟灰缸里："等你半天了，怎么才来？"

苏乔回道："身体有点儿不舒服，来晚了点儿，还望峰哥您大人有大量。"

程峰笑了一声："跟峰哥这么客气做什么？"

苏乔走过去坐下,和程峰保持了一点儿距离。

她盯着茶几上的两杯啤酒,迟疑几秒,尝试着和程峰打商量:"峰哥,我今晚身体实在不舒服,您看这酒我能不喝吗?"

程峰眯着眼,脖子上戴着的金项链在昏暗的包间里闪着光:"怎么?不给峰哥面子?"

程峰阴沉着脸的时候特别吓人。苏乔不敢再说话了,她克制着脾气,忍着小腹刀绞般的疼,仰头将冰冷的啤酒一饮而尽。几杯啤酒喝下去,她的胃里翻江倒海地想吐,头也昏昏沉沉的,跟要爆炸了似的,难受极了。

程峰见苏乔的杯子空了,又给她满上一杯,笑着说:"你今晚不在状态啊。"

苏乔脸色苍白,额头上冒出大颗大颗的虚汗。她实在撑不住了,说:"峰哥,我今天真的不舒服,我去喊其他人来吧。"

苏乔说着,便要起身。谁知她还没来得及站起来,程峰却一把扣住她的手腕,阴沉着脸说道:"急什么?"

包间里的气氛瞬间变得紧张起来,程峰这是发脾气了,苏乔隐隐觉得不安,正想着怎么脱身,谁知程峰竟突然扣住她的手腕,猛地将她扯到自己身边。

苏乔大惊,死死拽住他的手:"你干什么?!放开我!"

苏乔挣扎,然而男人的力气太大,她完全挣脱不开。

程峰突然猛地将苏乔推倒在沙发上:"少在这儿跟我装!"他酒劲儿上头,不管不顾。

几个黑衣小弟见状对视一眼,而后默不作声地悄悄退了出去。

"来人哪!救命!"门开的瞬间,苏乔大喊了一声。

"哪个房间?"秦显刚从外面进来,上了二楼,正和表弟梁逸打电话。

今晚是梁逸的生日,梁逸攒了个局,请了一帮同学、朋友来舞厅开了个包间喝酒唱歌。

秦显今晚学校有课,原本不想来,然而架不住梁逸平均两分钟一个电话,只好过来了。他拿着手机,话音刚落,突然听见一声求救声。秦显往前走的脚步蓦然顿住,他下意识地往声音传来的方向望过去。几个黑衣男人正好从包间里面出来,门还没来得及关上,秦显顺着门缝往里面望了一眼。只一眼,他就皱紧了眉心。

"看什么看?!滚一边去!"为首的那人凶神恶煞地吼了一句。

秦显盯着他,一双漆黑深沉的眼睛没有任何情绪,停顿了两秒,却转身离开了。他不想管闲事。秦显走出去几步,心底却好像被什么东西牵扯住,刚刚的求救声在脑海里不断回响,他没办法忽视它。

往前的脚步顿住,秦显站在原地,不由得皱了皱眉。几秒后他突然转身,朝着刚刚那个包间大步走去。他不想管闲事,但见死不救,怕自己会后悔。

包间门口,程峰的几个小弟见秦显去而复返,且直直朝着他们的方向走来,心中立刻警铃大作。

为首的人怒喝:"你干什么?!没你事儿,一边待着去!"

秦显扫了他一眼,眼神冷得像把兵刃。那人被秦显凌厉的眼神吓到,心口莫名地颤了一下。但一转念想到自己居然被个小子给吓住,他顿时恼羞成怒,竟抬手朝着秦显挥出一拳:"让你滚——"

话没说完,秦显一偏头,轻而易举地避开了男人挥来的拳头。

时间紧迫,秦显没工夫跟他们耗,眼里露出一道狠光,偏头的同时一把擒住男人挥来的拳头,手上用力,将对方的手腕往下一折,只听"咔嚓"一声,男人惨叫了一声:"啊——"

事情发生得突然,门口几个小弟都被吓住了,一时间竟都往后退,没人敢上前。等他们反应过来,秦显已经打开门,径直往包间里走去。

秦显一推开门,就见程峰一巴掌扇在苏乔的脸上:"你摆什么谱儿!"

秦显皱眉,大步过去,将程峰猛地拽了起来。

"谁——"程峰回头的瞬间眼睛上狠狠挨了一拳。

程峰跟个破麻袋似的,秦显一拳砸过去,他整个人瞬间扑倒在地上。很快小混混儿们也被全部撂倒了。

苏乔此刻已经脱离了危险,但浑身都在发抖,不知是害怕还是愤怒。

秦显走过去对苏乔轻声说道:"别害怕,没事了。"

苏乔心神恍惚,这才抬头望向秦显。这是苏乔第一次见到秦显。他长得真好看啊，漆黑的眼睛，英挺的眉，高且直的鼻梁，薄薄的一张唇。

他的声音很低，却格外动听。苏乔怔怔地望着他。

"怎么回事？"门口突然传来一声高喝。

苏乔往门口望去，几名警察站在外面。程峰几个人被带走，苏乔也要被带去调查，她垂着眼跟在最后面。

包间外面围着一群看热闹的人。

"这女人长得很漂亮啊，做什么不好呀，干吗做这种事情？"

有人嘲讽道："呵，你懂什么？"

秦显也要跟去录口供。周围的议论声传入耳里，一句比一句难听，他不由得皱紧了眉，下意识地偏头去看苏乔。

苏乔脸垂得很低，没什么表情。

秦显的视线落在她揪着衬衣领口的手上，随后将身上的外套脱下来递给她："穿上吧。"

眼前突然递过来一件黑色外套，苏乔愣住，抬头望向身旁的秦显。

秦显见她不接，又将外套往前递了递："穿上啊。"

刚刚在里面差点儿被欺负的时候，苏乔没有哭；被周围这些人误解羞辱，也没有想哭。可她看着秦显递过来的衣服，眼睛忽然发酸，险些掉下眼泪。

她急忙忍住，将衣服接过来："谢谢。"

秦显去警局录完口供，很快就出来了。他在大厅等了会儿，始终没等到苏乔出来。

大厅有工作人员，他上前询问："刚刚那个女孩什么时候能出来？"

工作人员抬头，说："说不准，得调查清楚。"

秦显有些不悦："她是受害者。"

"我们会调查清楚，如果她没事，自然会放她出去。"

秦显从里面出来的时候，朋友们都在外面等他。

表哥进了警局，梁逸酒醒了大半，忙跑上去："怎么回事啊哥？没事吧？"

秦显没说话，眼睛直直盯着不远处一盏昏黄的路灯，脑海里全是那双清澈的眼睛。

一阵冷风吹来，他忽然觉得胸口有些发闷。

已经凌晨两点多了，梁逸道："哥，咱们回去吧，明天不是还要回高中看老师吗？"

秦显回头，往灯光明亮的警局望了一眼，半晌，"嗯"了一声："回去吧。"

这事说来，和他也没什么关系。

苏乔第二天早上才被放出警局，惨白着一张脸。

她很饿，见警局旁边有卖馒头的，去买了两个，吃了两口差点儿吐出来。她没什么胃口，将吃了两口的馒头扔掉，剩下那个给了街角蜷缩着的老乞丐。

天已经开始冷了，老乞丐穿着很单薄的衣服，头发花白，瘦骨嶙峋。

苏乔蹲在他面前，将馒头递给他："干净的，还是热的。"

老乞丐的眼睛亮了起来，苍老的眼里闪着泪光，他双手接过馒头："谢谢，谢谢。"

他好像很饿，一口就吃掉半个馒头。

苏乔在那儿蹲了一会儿，随后又回到刚刚那个馒头铺，买了几个热腾腾的馒头和包子，又买了一碗粥。她把吃的给老乞丐拿去，老乞丐跪在地上给她磕头。

她忙扶住他："你别这样。"

她想了想，从包里摸出两百块钱："帮不了你什么，天冷了，去买件厚实点儿的衣服吧。"

她将钱放在老乞丐面前的碗里，起身离开。

苏乔到家的时候已经九点半了。她拿了睡衣去浴室洗澡，站在浴室的镜子前，头发有些乱，嘴角也青了一块儿，是昨晚被程峰打的。她瘦得厉害，脸色又惨白惨白的，瞧着着实有些狼狈。

她身上还穿着秦显的衣服。秦显个子很高，他的衣服穿在苏乔身上，显得格外大。苏乔又想起昨晚那个男生，脸上终于有了笑容。

她洗了很久的澡,出来的时候,换上了干净的睡衣。喝了两杯热水,吃了缓解痛经的药,她才总算感觉自己活过来了。她想休息一下,刚钻进被窝,手机就响了起来。

手机在包里,苏乔只好从床上下来,走去沙发边从包里摸出手机,一看来电显示她的脸色顿时沉了下来,她抿了抿唇,犹豫了几秒才按了接听。

"妈。"

"你怎么回事啊?我昨晚给你打了几十个电话你都不接,你在外面鬼混什么呢?!"

母亲对她向来是这种态度,苏乔已经习惯了,问:"昨晚有事,您有什么事吗?"

刘梅语气不悦地说:"什么叫我找你有什么事?你这是跟你妈说话的语气吗?我没事就不能找你啊?"

"是不是要钱?"苏乔很累,想休息,想挂电话,"要多少?"

苏乔懒得纠缠,开门见山地问,这倒叫刘梅愣了一下,随后语气才缓和了些,说:"要八百,你弟弟要交资料费和补习费,就这两天,你给他送去吧。"

"知道了,还有事吗?没事我就挂了。"

这两年来,母亲给自己打电话,除了要钱没别的。

苏乔挂了电话,在沙发上坐了一会儿,随后换了衣服拎上包就出门了。

苏扬在市重点三中上高三,苏乔打车过去,到的时候他们还在上课。

她站在走廊里,透过窗户看着讲台上的投影仪。他们在上数学课,老师拿着记号笔在白板上写着步骤,讲台旁边的墙上贴着高考倒计时。苏乔看着坐在里面读书的学生,心里很羡慕,她已经十九岁了,如果当年她没有辍学,现在也是个大学生了,她以前学习成绩一直很好。可惜没有如果,命运有时就是这样残忍。

苏乔在外面等了十来分钟,下课铃响了。

数学老师拖了几分钟堂,一喊下课,学生们全都跑了出来。

苏乔喊住一个男生:"同学,我找一下苏扬。"

苏乔长得格外漂亮,那男生眼里有掩饰不住的惊艳,他瞬间看痴了。

身侧的男生坏笑着撞了他一下:"你愣着干吗呀?人家找苏扬的。"

说着,那男生就冲着教室里高喊:"苏扬,有美女找你。"

苏扬从教室里出来,本来在和同学玩闹,笑着出来,却在见到苏乔的瞬间脸色一下沉了下去:"你来做什么?"

苏扬把苏乔拽到楼梯拐角处,脸色很难看:"我不是跟你说过,不要来学校找我吗?"

苏乔看着他:"为什么?"

苏扬眼里是毫不掩饰的厌恶之色:"你很丢人!"

苏乔的脸上没什么表情,她眼睛漆黑,就那样盯着苏扬。

过了会儿,她忽然冷笑了一声:"你当我想来呢?"

苏扬皱紧眉,眼里的厌恶之色更浓。他瞪了苏乔一眼,转身就要走。

"你给我站住。"

苏扬脚步一顿,回过头:"你想干吗?"

苏乔从包里摸出钱包,拿出刚刚从银行取的八百块钱:"你的资料费和补习费。"

苏扬皱眉,没接。

苏乔将钱塞进他的校服兜里:"我没有对不起你,苏扬,我赚钱供你读书,没有对不起你。"

她的声音克制不住地有些发抖,眼睛很酸。她没有抬头,继续说:"我干干净净地赚来的钱,不丢人。"她放好钱才抬起头,盯着苏扬,一字一顿地说,"是你们对不起我。"说完便转过身。

苏乔没想到竟然会在这里遇到秦显,这是她第二次遇到他。她一转身,就看见他站在楼梯口,离她很近。秦显盯着苏乔的眼睛,她的眼睛很红,像要哭了。苏乔从来不在人前哭,立刻擦了下眼睛,也没有和他说一句话,绕开他径直下楼去了。

秦显回头盯着苏乔的背影,半晌没动。他今天回高中母校看望老师,没想到会再次遇到苏乔。

"怎么了阿显?"旁边同学见秦显一直盯着刚才那个女生,下意识地问了句。

秦显摇头:"没什么。"

他回过头,看了一眼面前的苏扬,绕开他,径直往教师办公室去了。

A大校园。

学校是晚上十点半下最后一节课。

一下课,原本安静的校园立刻就热闹起来,一群大学生乌泱乌泱地从教学楼出来,一部分人回宿舍,还有一部分人到校外觅食。

秦显和几个男生一起从三教楼出来,几个人正在讨论刚刚教授讲的最后一道题。

"阿显,最后那道题你听懂没?老师讲得太快了,我到现在脑子还是蒙的。"

秦显刚要回答,脚步却突然顿住。

苏乔穿着黑色风衣,里面是一条白色长裙。她的头发很长,烫着慵懒的卷,戴着两个亮晶晶的大圈耳环。她指间夹着烟,右肩靠在三教楼门口的墙壁上,看见秦显,笑容里自带几分风情:"饿了吗?请你吃夜宵。"

教学楼门口的路灯昏暗,苏乔的脸隐在灯光的阴影下,巴掌大的一张脸,五官十分精致。

她懒洋洋地靠着墙壁,指间的烟头燃着明灭的火星。她微微偏过头,望着秦显笑,笑容里带着风情,偏偏一双眼睛又坦荡清澈。

秦显有些意外。他盯着她,没有说话。

倒是身旁的几个男同学被苏乔狠狠地惊艳到了,忙问秦显:"这是谁呀?"

大学里也不是没有美女,但苏乔显然很不一样。她笑起来像暗夜里的妖精,充满诱惑力。

苏乔见秦显不说话,笑了笑,低头将已经燃了大半截的灰白烟灰抖落,而后才又抬头,笑着说:"我没别的意思,就是想谢谢你。"

秦显看她一眼,拒绝了:"不用。"说完,他便径直往前走了。

苏乔蒙了,被拒绝得措手不及。

旁边的几个男生也愣了，完全搞不清状况，看看秦显，又看看苏乔，最后还是追着秦显跑了：“阿显，等等——”

王煦跑上去，搭着秦显的肩膀：“阿显，刚刚那个美女是谁啊？”

秦显的脸上没什么表情，淡淡地说：“不熟。”

王煦一脸不信的样子：“不能吧？不熟人家怎么跑来要请你吃夜宵？”

他突然想到什么，笑嘻嘻地问：“她是不是喜欢你啊？不是我们学校的吧？没见过呀。”

秦显扫了他一眼：“你吃饱了撑的。”

王煦一时语塞。

秦显没回宿舍，他家就在本市，今晚回家去住。

他拒绝了苏乔以后就没再理她，径直朝校外走去。

苏乔望着秦显的背影看了会儿，不自觉地跟了上去。

出了校门，王煦他们几个去吃夜宵，秦显去了学校外面的公交站。

苏乔一直跟在秦显后面，两个人之间始终隔着十几米的距离。

公交站处有不少人在等车。苏乔到的时候，秦显身边已经站了好几个学生。苏乔便没过去，站在一个女生旁边，和秦显之间隔了三四个学生。

公交车要等一会儿才来，这阵子秋凉，夜里风大，苏乔刚来例假，身体格外虚弱。风一吹来，她不由得瑟缩了一下，环抱住胳膊。她下意识地去看秦显，看到他单手插着兜，另一只手拿着手机，低垂着眼在低声讲电话。隔着一段距离，她听不清秦显在讲什么，但能看到他英俊的侧脸轮廓，好看得让人移不开视线。

不仅仅是苏乔，旁边有几个女生也在偷看秦显。

"好想去问他的电话啊。"

同伴怂恿她："去啊去啊，反正他现在也没女朋友，迟了你就没机会了。"

女大学生红了脸："我不敢，要是被拒绝了怎么办？"

"拒绝就拒绝呗，要不然……你给他写情书吧，不用当面表白就不怕了。"

几个女生压着声音在讲小秘密，苏乔无意间听见了，不禁笑了笑。

学校里的学生真单纯啊！苏乔正感慨，一辆081路公交车停在了站牌前。

她下意识地望向秦显。秦显挂了电话，从前门上了车。

"啊啊啊，他走了。"旁边的几个女生激动起来，焦急的语气里带着惋惜。

苏乔绕开她们，跟着上了车。

081路公交车上人不多，里面空空的，秦显坐在倒数第二排靠窗的位子，闭着眼睛，似乎在休息。

苏乔从秦显身侧走过，去了最后一排座位。一缕长发拂过秦显的耳侧，柔软得让人发痒。

秦显闻到一丝淡淡的洗发露的香味儿。他睁开了眼睛，漆黑的眼底仿佛蕴藏着什么情绪，发丝柔软的触感在耳侧久久没有散去。

公交车在路上行驶了三十分钟，终于到了终点站。

秦显从后门下了车。苏乔在路上睡着了，车停了也没有醒来。

司机在前面喊："小妹儿，小妹儿，终点站到了。"

苏乔猛然惊醒，车里空荡荡的。她往前排一看，哪里还有秦显的身影？她抓起包赶紧下车。已经十一点多，郊外这一带富人区本来就人少，此刻更是静悄悄的，街上竟然看不到半个人影。

冷风瑟瑟，苏乔望着空荡荡的街面，突然有点儿害怕。

刚刚那辆公交车也开走了，这地方安静得可怕。

苏乔忍不住骂了一句："这是什么鬼地方？"

苏乔来这座城市两年了，大街小巷也去过不少地方，但是确实从来没来过这地方，对周围的一切都感到陌生。她沿着步行路往前走，耳边除了呼啸的风声，什么也没有。

昏黄的路灯也有些说不出的诡异。苏乔越往前走心底越是打鼓，下意识地抱紧了胳膊："说走就走，也不打声招呼，怎么说也算相识一场，把我丢到这鬼地方，也不怕我出事。亏我还当你是好人呢，我能把你吃了吗？跑什么呀……"

"喂。"

苏乔正在专注地吐槽,身后突然响起一声喊声,她吓得惊呼一声,猛地回头。

秦显就在她身后,双臂环胸,懒洋洋地靠着马路边上的路灯杆。他在笑,头顶的路灯照下来,在他周身投下一圈金色的光,连带着笑容都像在发光。

苏乔望着他,心跳好像突然漏掉一拍。她从来没见过这么干净的笑容,干净得让人心动。

"你跟了我一路,究竟想干什么?"秦显刚刚就一直跟在苏乔身后,听见了她骂人,听见了她吐槽他。他笑望着她,语气是打趣的。

苏乔到底不是幼稚的小女生,镇静了一下,拢了拢风衣领口。隔着一米的距离,她说:"不想干什么啊,就是想谢谢你。"

秦显挑了挑眉,看着她。

苏乔往周围望了一眼:"我也有点儿饿了,不过这里好像没什么能吃夜宵的地方。"

秦显平静地看着她,还是没有说话。

"这附近应该有吃的吧?你能带我去吗?"苏乔又问他。

话音落地,她忽然笑了,往前走了几步,到秦显面前抬手拉了一下他的外套领口:"你就当陪我吧,我在这地方也没什么朋友。"

秦显怔了一下,看着她,眼神忽然变得很深,不知在想什么。

秦显带着苏乔穿过两条街,空荡的街上还有一家面馆营业。

店铺不大,但很干净。

这么晚店里还有客人,老板也显得很惊喜,忙热情地迎上来:"两位吃点儿什么?"

苏乔望向墙壁,墙壁上贴着菜单。

苏乔看了一会儿,回头问秦显:"你想吃什么?"

"随便。"秦显无所谓,顺手拉开了面前的椅子。

苏乔跟着在他对面坐下,抬头对老板说:"那来两碗牛肉面吧。"

"哎，稍等。"

店铺里就老板和老板娘两个人，很安静。

苏乔坐下后四下打量着："这地方我从来没来过。"

"是吗？"秦显拎着茶壶给苏乔倒了杯水，推给她。

"谢谢。"

苏乔从包里摸出一盒药，正好就着热水吞了几颗。

秦显看见，下意识地问了一句："这是什么？"

苏乔将药盒放回包里，抬头说："止痛药。"

秦显："你不舒服？"

苏乔"嗯"了一声："痛经。"

秦显忽然不说话了，又拎起茶壶，低着头给自己倒水。

苏乔单手托腮，微偏着头，嘴角含着笑，一副懒洋洋的样子。

"我叫苏乔，你呢？"她说话的时候声音很轻，很好听。

"秦显。"他言简意赅地说道。

"秦显。"苏乔重复了一遍，随后笑了，"好听。"

秦显抬眼看着她。苏乔和他对视，一双眼睛清澈得像夜晚的星星，嘴角始终带着一丝笑。如果不是亲眼见到了一些事情，秦显或许会觉得这是一个活得无忧无虑的女孩子。

鬼使神差地，他问她："你多大？"

苏乔有些意外，而后却笑着挑了一下眉："干吗呀？调查户口？"

秦显微微一怔，不知该说些什么。

苏乔稍稍坐直，端起茶杯抿了一口水，回答他说："我十九岁了。"顿了一下，她又道，"如果我没有辍学，应该和你一样也上大学了。"

秦显早就看出来苏乔应该和他差不多大，虽然不知道她为什么会在那种地方打工，但涉及别人的隐私，他没多问。只是看着她，问了句："你怎么找到我的？"

苏乔微笑，说："白天在我弟弟的学校碰到你了，还以为你也是那里的学生，我问了其他同学才知道，原来你早就毕业了，现在在 A 大读大学。"

秦显看着她，没再问什么。

场面沉默下来，苏乔从包里摸出一包烟来，问秦显："抽吗？"

秦显："不。"

苏乔："我抽一根，不介意吧？"

秦显看着她："马上吃饭了。"

苏乔"哦"了一声："好吧。"

她又把烟放回包里，难得地听话。

老板很快就把两碗面端了上来，两个人安静地吃完，从面馆里出来时已经十二点多了。

苏乔站在面馆门口，望着对面那片豪华的别墅区："你家住那里吗？"

秦显顺着她的目光看了一眼，"嗯"了一声。

苏乔笑："真好。"她有些羡慕，说，"我家住在大山里。"

顿了下，她又说："很荒凉的大山，特别荒凉。"

她望着对面的房子，眼睛却又好像透过那栋房子望向了其他什么地方。

秦显看着她，忽然不知该说什么。他想起白天在学校碰到她时听到的那几句话。

"白天那个人是你弟弟？"

苏乔"嗯"了一声。

"你什么时候辍的学？"秦显还是没忍住问出了口。

苏乔微微笑了下，她眼里有一闪而过的痛楚，说："中考考上了，但没念。"

"考上了我们那所高中？"秦显问。

苏乔点点头。

秦显很意外。他们那所高中的分数线很高，市区里的学生都很难考上。要从大山里考出来恐怕要比他们在市区里读书的人多付出十倍的努力。

他很诧异，脱口而出："为什么不读了？不是很辛苦才考上吗？"

苏乔仍是微微笑了下，她垂眼止住眼里的酸涩，平静地说："家里没钱，不让读了。"

秦显闻言不禁皱眉："那你弟弟为什么能读？"

苏乔苦笑一声，随即开玩笑道："或许我是捡来的吧。"

她往前走，双手揣在风衣口袋里："不过早点儿出来赚钱也挺好的，这世上谁都靠不住，只有自己、只有钱才靠得住。"

"不是非要在那种地方赚钱。"

苏乔脚步一顿，侧头看向秦显，脸上的笑容没了，眼睛漆黑，直直地盯着秦显。

秦显和她对视，说："很危险。"

苏乔愣了愣，而后便笑开了。她笑得格外灿烂，脸往前凑了凑，嘴唇几乎要贴到秦显的唇上："你这么关心我啊？"

苏乔突然贴近，秦显身体微僵。柔软的头发散发出淡淡的香味，在深夜里莫名有些诱人。秦显的呼吸微顿，他看着苏乔，眸色不自觉地深了几分。

"谢谢你啊，我记住了。"

苏乔和秦显贴得很近，近到她已经能感觉到他的呼吸。她拉住他的胳膊，情不自禁地往前贴近。周围没有人，没有声音，只有风声在耳畔呼啸。两个人谁也没说话，谁也没动。

有些东西在深夜里悄无声息地滋生着。不知过了多久，苏乔往后撤了，笑着说："那种地方虽然危险，但赚的钱多。"她顿了顿又说，"我没文化，能选择的工作不多。"

秦显看着她，没说话。

苏乔往后退，朝秦显挥了挥手："你回去吧，我得走了。"

她转过身，往前走了一段，又想起什么，回头说："你的衣服还在我家，我改天给你送来。"

昨晚秦显给她的衣服，她还没来得及洗。

秦显原本想说不要了，可是看着苏乔，莫名其妙地回了一声："嗯。"

第二章 跟我走

Chapter 2

秦显最近老走神，上课上着上着总忍不住往窗外望一眼。

坐在他旁边的王煦觉得不太对劲儿，跟着往窗口望去。

走廊上空荡荡的，啥也没有啊。

"阿显，你在看什么啊？"王煦探过头去，压着声音问秦显。

秦显懒洋洋地靠着凳子，淡淡道："没什么。"

他收回视线，重新看向黑板。

苏乔那晚说要把衣服给他送来，结果这都大半个月了，半个人影都没见。

大学里的课经常是几节连着上，上完一节课休息十分钟，不用换教室，等着继续上下一节。

下课后，玩手机的玩手机，聊天的聊天，教室里瞬间吵闹起来。

秦显昨晚没睡好，合上书，准备在桌上趴会儿。

他刚趴下，王煦就吵他："阿显，明天晚上去汀兰喝酒不？"

秦显眼皮都没抬一下："不去。"

"哎呀，难得周末，出去玩呀。"

秦显懒得理他了，自顾自地睡觉。

"你们要去汀兰啊？我听说汀兰前几天有人闹事，让人给砸了，里面乱得很，最近还是不要去了吧。"前排男生听见，回头提醒。

秦显怔了怔，睁开眼睛，坐直身体，看着对方问："什么时候的事情？"

"就前几天啊，上周四吧。"

这天晚上下课，秦显在校门口打了辆车去汀兰。

他到的时候已经十一点了，汀兰依然正常营业。

秦显走进去，里面的音乐声震耳欲聋，舞池中间男男女女跟着音乐节奏疯狂扭动着身躯。

大厅里的桌椅、凳子似乎重新换过。秦显到里面转了一圈，没有找到苏乔。嘈杂的音乐声震得他头痛。他顺手拉住一名服务生："你好，我想问一下，苏乔在哪里？"

对方回道："你找苏乔啊，苏乔老早就不在这里上班了。"

秦显愣了愣："是吗？什么时候？"

"有大半个月了吧。"

秦显再次见到苏乔，已经是十二月初。

那天下了晚课，秦显和朋友一起出来。他当时正在打电话，没有看见苏乔，还是旁边的王煦看到了，激动地拉了一下他的胳膊："哎，那天那个美女。"

秦显抬眼，就见苏乔站在校门口。

苏乔老远就看见秦显了，见他看过来，眼睛一弯，便冲他笑。苏乔今天格外精神，长鬈发高高扎在脑后，耳朵上依然戴着那两个亮闪闪的大圈耳环。她穿着一件宽松的米白色高领毛衣，是那种毛茸茸的质地，整个人看着格外温柔。

秦显往前的脚步停了下来，隔着人群，他就那么和苏乔对视。他眼神漆黑，目光沉沉，就那样盯着苏乔。差不多过了半分钟，他挂了电话，终于朝苏乔走去。

苏乔手里抱着秦显的那件黑色外套，见他过来，她便笑开了："给你送衣服来了。"

秦显看了一眼她抱着的衣服，说："穿不了了。"

十二月份了，这外套确实薄了一点儿。

苏乔笑了，抬着头，眼里笑意流转："你这是在怪我来晚了吗？"

秦显盯着她,没说话。

苏乔望着他,笑得更暧昧了:"你想我了吗?"

秦显蓦地皱眉:"别发神经。"

他看她一眼,又不客气地补充了一句:"我是怕你死了。"

说完,他抬脚就往前走了。苏乔往前跑两步,跟上他:"开个玩笑嘛。"她笑得轻快,心情很好的样子。

秦显没理她,径直往前走去。前面路口能打车,秦显走过去,站在人行道上等着。

路口站着不少学生,秦显一过去,瞬间成为焦点。

几乎所有女生都在偷看秦显。斜对面有个穿白色裙子的女生格外夸张,一边偷看秦显,一边紧紧拉着朋友的手,激动地在说什么。

苏乔和秦显并肩站着,笑嘻嘻地说:"你还挺受欢迎呢。"

秦显懒得搭理她。苏乔等了半天,没听见秦显应她。她偏过头,用肩膀撞了他一下。

秦显终于垂眼:"干吗?"

苏乔笑道:"你理我一下呀。"秦显没有答话。

苏乔拉下他的胳膊:"你理我一下呀,秦显。"

秦显看着苏乔,终于忍不住笑了:"有病。"

两个人等了几分钟,终于拦下一辆空车。

秦显上前拉开后排车门,抬头看向苏乔,下巴指了一下:"上车。"

苏乔步下台阶,弯身坐进去。秦显跟上来,坐在她旁边。

"你家住哪儿?"秦显问。

苏乔侧头:"你要送我回去啊?"

秦显:"嗯。"

苏乔笑,也不跟他客气,报了地址:"嘉华小区。"

车上了路,秦显见苏乔抱着胳膊,有点儿冷的样子,伸手将车窗摇上:"你不去那里上班了?"

"嗯,早不去了。"苏乔应道。

说完,她忽然又想到什么,偏头望着秦显笑:"不是你让我不去的吗?"

我听你的话呀。"

秦显看了她一眼，表情好像有些无语。

他望向窗外，过了一会儿才又收回视线，对苏乔说："汀兰前阵子被人砸了，你知道吗？"

苏乔"嗯"了一声："知道，程峰找人干的。"

因为那天的事情，程峰在局子里蹲了一阵，心里窝着火，一出来就让人去汀兰闹事。

不过自打那天差点儿出事，苏乔就没再去舞厅了，对此事倒是不太清楚，还是霞姐打电话来跟她说，让她躲着点儿，怕程峰报复她。

秦显也猜到了，侧头看着苏乔，问："你没事吧？"

苏乔对他笑，抬手将头发重新扎了一下，一边扎头发一边说："你看我像有事吗？"

她的确不像有事的样子。

苏乔住的地方离秦显的学校不远，出租车开了半个小时就到了。

"来都来了，去我家坐一会儿吧。"苏乔站在路边的台阶上，热情地邀请秦显。

苏乔住的这地方说是小区，其实连个门禁都没有，就几栋房子立在马路边上。

秦显往前面望了一眼，房子外墙都很旧了，看着莫名觉得不安全。

"走吧走吧，我煮点儿东西给你吃，我的厨艺可好了。"苏乔也不管秦显想不想去，拉住他的胳膊就往单元楼的方向走去。

她住的是很老的房子，地板和墙壁都很脏，走廊上亮着一盏白炽灯，灯泡上挂满了蜘蛛网。

苏乔按了电梯："我住十三楼。"

这会儿已经很晚了，电梯没人用，门一开，苏乔就拉着秦显进去。

电梯也很旧了，秦显听着电梯运行的声音，眉皱得紧紧的，问苏乔："这电梯平时维护吗？"

苏乔："不知道诶，不过我在这里住了两年了，也没出过什么事。"

…………

十三楼很快就到了，电梯门一打开，秦显立刻推着苏乔出去。

苏乔回头，见秦显皱着眉，脸色很凝重的样子，"噗"地笑出一声："没事的，这电梯看着吓人，还是挺安全的。"

"安全个鬼。"

这回轮到苏乔无言以对了。

两梯六户，两个人出了电梯，拐个弯就到苏乔的家了。

"你一会儿想吃什么？我什么都会做，面条、炒饭，还……"

苏乔低着头摸钥匙，话还没说完，胳膊突然被秦显猛地往后一扯。

苏乔的后背撞到秦显的胸膛上，她吓了一跳，刚想问怎么了，话还没来得及出口，她已经明白了。

她睁大了眼睛，整个人完全僵在原地。她家门前、墙上，到处都是红色油漆。

周围静悄悄的，听不到一点儿声音，苏乔感觉背脊发凉，盯着地上惹眼的大滩油漆，眼睛睁得大大的，不敢眨一下。她不敢动，就那么站在原地。

秦显将她拉到身后："站着别动。"

苏乔脸色发白，紧张地望着秦显："是程峰他们吗？"

秦显站了起来："应该是。"

油漆还没干，应该是刚弄上不久。除了程峰，苏乔没有得罪过谁。这是程峰报复她来了。

秦显看着她，提醒道："你这地方不能住了。"

苏乔站在墙角，脸隐在昏暗的灯光下，脸上没有一点儿血色。

秦显盯着她看了许久，低声问："怕吗？"

苏乔的心口颤了一下，她望着秦显，张了张嘴，想说不怕。可是话到嘴边，她还是点了点头："怕……"

苏乔也才刚刚十九岁而已，对这种事情怎么可能不怕？那些混混儿什么事都做得出来。

她望着秦显，不知怎么想的，忽然说："我要是死了，你帮我收尸吧。"

苏乔冷不丁地说出这么几句话，秦显听得顿时皱紧了眉。他看着苏乔，训斥她："你胡说什么？"

苏乔的眼神格外真诚："我说真的，没有人管我的，我要是死了，连个收尸的人也没有，岂不是太悲惨了？"

秦显的脸色已经很难看了："没事咒自己死，你有病吗？"

苏乔被秦显骂了，可是一点儿也不生气，反而很高兴。

她看着秦显凝重的脸色，情不自禁地对他笑起来。她也不知道自己在这种情况下是怎么笑出来的，或许是觉得终于有人在意她了吧。

她又抬头看了一眼墙上的红色油漆，突然觉得没什么好怕的了。她怕什么呢？她不怕的，什么都不怕。她低头从包里摸出钥匙，随后绕过地上的血迹，走到门口："我就住这儿，没关系。"

她一边说，一边准备开门。然而她还没来得及把钥匙插进去，手腕突然被拽住。苏乔微怔，看着秦显握住了自己的手。她有些惊讶，侧过头望向秦显。

秦显眼睛漆黑，盯着她，表情格外严肃："我刚刚说的话你没听见吗？我说你这地方不能住了，很危险。"

他的语气不太好，好像在责怪她不听话。

苏乔眨了下眼睛，平静地说："我听见了，可我没有其他地方住啊。"

秦显看着苏乔，过了一会儿，说："你跟我走。"

你跟我走。苏乔忽然就愣在了原地。她想了想，这大概是她这辈子听过最动听的一句话，动听到竟然让人有点儿想哭。

她看着秦显，不太确定地问："你说什么？"

秦显看了她一眼，没有应她，拉着她就走。他将她拉到电梯口，抬手按了电梯。

电梯门打开，他又拉着她进去。从头到尾，秦显的手都紧紧地握着苏乔的手腕。

电梯里就只有他们两个人。秦显个子很高，苏乔刚刚到他的肩膀。手腕被他握在掌心里，苏乔靠在他身侧。他高大的身影笼罩着她，她忽然有一种被保护的感觉。

电梯往下下了两层，秦显才终于意识到什么，松开了苏乔的手。手腕上的温度突然消失，苏乔抬头看了秦显一眼。秦显没有看她，视线平视前方。

苏乔又低头看了一眼自己刚刚被秦显拉过的手，在心里叹了口气：啧，真失落啊！

她问秦显："你要带我去哪里？"

秦显说："去安全的地方。"

从单元楼里出来后，秦显径直去路边打车。

夜里人少，路上有很多空车，秦显瞬间就招来一辆。

车停稳后，他上前一步将车后座的门拉开，然后回头，准备喊苏乔上车。然而当他回头时，只见苏乔坐在步行道路旁的花台上抽烟。白皙纤长的手指夹着烟嘴，她吸了一口，红唇轻启，吐出一口灰白的烟圈。

隔着一米的距离，苏乔望着秦显笑着。秦显的脸色很难看，他皱着眉看着她。

苏乔又吸了口烟，笑容更迷人了，对秦显说："你过来一下。"

秦显没动，站在车边说："先上车。"

这里实在很危险，说不定峰那伙人就在附近。

苏乔望着秦显，他站在那儿，背对着路灯，英俊的脸隐在暗处。但她还是能看清楚他的眉眼，那双幽深的眼睛。苏乔盯着秦显看了很久，这样一个人，她这辈子都不会忘记。这世上值得她记得的人很少，秦显算一个。

指间的烟燃了大半截，她低头抖了抖烟灰，随后才又抬起头，平静地望着秦显："你回去吧，我不跟你走了。"

秦显看着苏乔，脸色有些凝重，想说什么，但又觉得自己似乎并没有什么立场。

两个人就那样对视着，僵持了很久，谁也没有再说话。

出租车司机等得不耐烦了，从车里面探出头来："我说你们还走不走啊？"

苏乔抱歉地笑了笑，喊："先不走了师傅。"

"这不是耽误工夫吗？"司机骂了一句，开车走了。

苏乔还坐在那儿抽烟，对着秦显笑道："过来坐一会儿吧。"

秦显看她一眼，到底还是走了过去。苏乔往旁边挪了挪，让了个位置给他。

秦显在她身旁坐下，静默了一会儿，终于才又侧头看着苏乔，低声说："你去我家躲几天。"

苏乔有些讶异，秦显刚刚说带她去安全的地方，但她没想到他竟然是要把她带回家里。

她盯着他看了几秒，然后就笑了："你别逗了。"

"萍水相逢，不至于。"苏乔故意忽视掉心里的那份温暖，笑了一声，语气带着几分嘲讽。

秦显听出苏乔语气里的嘲讽，不由得皱了皱眉，心里突然有点儿发堵。

苏乔将手里一直抱着的外套递给秦显："专门来还你衣服的，差点儿忘了。"

秦显没接衣服，眼睛盯着她。苏乔索性将衣服放在他的腿上。

她收回视线，望着前方的黑夜深处，脸上没了笑，眼睛里也没了笑。她盯着前方望了一会儿，低声说："你回去吧。"

秦显看着她，没有动。

苏乔侧过头，勾了勾唇，忽然又笑了："秦显，你这样会让我误会啊。"

秦显皱眉，眼神里带着疑问。

苏乔往秦显身边靠了靠，微偏着头，笑着问秦显："我是不是长得很漂亮？"

她笑得暧昧，食指轻轻钩住了秦显的食指。秦显的手指僵了一下，他看着她。

苏乔说："谢谢你上次救了我，作为救命恩人，你可以对我提任何要求，我都会答应你。"

秦显猛地站了起来。

苏乔望着他，眼睛里是含着风情的笑意。她笑得张扬，美得也张扬。秦显看她的眼神分明有些不悦，苏乔觉得，他生气了。她忽然觉得有点儿累，不笑了，站起来看着秦显。

看了好一会儿，她忽然说："你可是祖国的栋梁，不要跟我这种人混在一起。"

她的声音淡淡的，语气也很平静。

"你回去吧，我也回去了。"她说完便转过身，往单元楼走去。

秦显站在原地，盯着苏乔的背影看了很久，直到她拐了弯，身影消失在视线里，才打车回去。

苏乔回到家，拎了一桶水出来，想将门口的油漆擦干净。但始终擦不干净，她得尽快找人来重新刷白才行，否则让房东看到了肯定不愿意再把房子租给她。

苏乔把门口收拾干净后回到房里，站在洗面盆前，打着沐浴液洗了整整半个小时的手。她觉得再洗下去，她的手可能要脱皮了，于是终于放过自己。

她又打水洗了澡，换上睡衣出来。已经凌晨两点了，可是她一点儿睡意也没有。她站在阳台上，朝下望去，看到了刚刚和秦显一起坐过的花台。她忽然觉得有点儿难过，也有点儿遗憾。如果她多读一点儿书，或许很多事情能不一样。

苏乔第二天一早就跑去警局备案说有人威胁她。她虽然不怕死，但是不想死。她还有很多事情没有做，还有很多愿望没有实现。只是这种事情没有对她造成什么具体伤害，警察也只能叮嘱她注意安全，必要的时候会提前出警。苏乔表示了感谢便离开了。

她穿了件黑色卫衣，卫衣有个帽子，从警局出来的时候，将帽子戴上，头垂得很低，双手揣在卫衣口袋里，顶着风往前面的地铁站走去。

一路倒是安全，地铁坐了四站，苏乔跟着人群一起从三号出口走了出来。

马路对面有一家快递站点，两个铺面被打通了，规模还挺大，里面堆放着很多包裹。苏乔走过去，一进门就将卫衣帽子取了下来。

"我去，小乔你今天怎么一身黑啊？"同事林海正蹲在地上打包包裹，余光瞟到一道黑影吓了一跳，抬头一看才发现是苏乔。

苏乔今天的确是一身黑，黑色卫衣、黑色牛仔裤，就连鞋子也是黑色的运动鞋。

苏乔笑，手伸到脑后将披散的长发扎高："最近走帅气路线。"

她将头发扎好,整个人顿时变得很干练。她将卫衣袖子往上捋了捋,露出纤细的小臂,蹲在地上将乱七八糟的包裹分类。这些都是今天要送的包裹,他们得按片区分好,一个快递员负责一个片区。

"小乔,那个程峰还在找你的麻烦吗?"老板娘陶姐知道一点儿苏乔的事情,坐在电脑前输单子,顺口问了一下。

苏乔自嘲地笑了笑:"可不是吗?昨天他还让人往我家门口泼了油漆呢。"

"真的假的?"陶姐停下了手里的工作,难以置信地说,"这人想干什么啊?"

苏乔道:"没什么,估计他就是吓唬我一下。"

"不是啊,那些人被惹急了可是什么事都做得出来的。"林海也凑过来,紧张地说,"他们都摸到你住的地方去了,那不是很危险吗?"

苏乔不太在意地说:"没什么,实在不对劲儿我就换个地方住。"

陶姐叹气:"老早就跟你说了,不要去那种地方工作,贪那么点儿钱搞不好把自己给赔进去。"

苏乔低着头收捡包裹,说:"当时想着反正有时间,多做份工作也多赚一份钱。"

快递公司下午五点半就下班了,苏乔那时候觉得钱紧,攒钱的速度太慢了,就想找一份晚上的兼职。汀兰的工作时间是晚上九点到凌晨三点,她当时觉得还挺合适的,就去了。

陶姐十分不赞同她的话,直摇头:"年纪轻轻的,也不知道赚那么多钱做什么,身体不要,命也不要。"

苏乔笑:"钱谁嫌多啊?钱越多我越有安全感。"

秦显最近莫名有些烦躁,想起上次王煦说,苏乔长得像妖精。秦显冷笑了一声,她的确像妖精。他不知道自己为什么老是想起苏乔,但这种情绪让他很厌烦。

整个寒假,秦显哪里也没去,除了偶尔出去打球,大多数时间都待在家里看书。父母回老家过年了,家里的阿姨也放假了,偌大的房子里只有他一个人。倒是表弟梁逸在除夕前几天跑来他这里住了两晚。

晚上秦显在书房里看书,梁逸就躺在沙发上跟他女朋友煲电话粥,好几次秦显都想把他扔出去。热恋中的小情侣,一个电话能打两三个小时,最后还舍不得挂。秦显对这种幼稚的恋爱方式嗤之以鼻。

梁逸嘲笑他:"你这是没喜欢的人,等你有喜欢的人了就懂了。"

秦显冷笑。他就是有喜欢的人也不会把时间浪费在煲电话粥这种无聊的事上面。

梁逸无所谓,挂了电话瘫在沙发上继续给女朋友发短信:"我媳妇儿回家过年了,我就靠打电话续命了。"

他发完短信,不知想到什么,忽然抬起头问秦显:"哥,你喜欢过谁吗?就是那种一天见不到就抓心挠肺的感觉。"

秦显翻书的动作一顿,半响,他说:"没有。"

苏乔已经有两年没有回家过年了。对她而言,回不回家都没什么意义,反正也没有人会挂念她。

除夕前几天,苏乔还在上班。

那天路上下着雪,她开着面包车去送快递。路上有位客户不停地给她打电话,催她快点儿快点儿。苏乔已经很快了,遇上下雪,路面很滑,她也不敢不要命地开得太快,好脾气地解释道:"不好意思,我已经在去的路上了,您再稍等一会儿,十分钟,最多十分钟就到。"

"快点儿!"对方生气地挂了电话。

苏乔算着那段路程,十分钟应该是能到的。可谁知高架上又堵了会儿车,那位女士似乎是急着收了快递出门赶飞机。

苏乔在高架上下不来,急忙又给对方打电话解释。然而对方并不听她的解释,一听到说可能要再等半个小时,在电话里就对着苏乔劈头盖脸地一顿骂。她骂得很难听,苏乔皱着眉,手紧紧握着方向盘。她握得太紧,以至于骨节都泛白了。她不是个脾气很好的人,但还是强忍了下来。对方在电话里足足骂了她五分钟,才愤怒地挂断了电话。

苏乔望着窗外,忽然想起初三那年,班主任拉着她的手语重心长地说:"苏乔,你要好好努力,这次争取考到市里的重点高中去,只有大城市里才有最好的教育资源,将来考上一所好大学才能改变命运。"

一阵寒风吹来，她的眼睛雾蒙蒙的。

苏乔在高架上被堵了半个小时，车流一疏通，她也顾不上路滑了，赶紧给那位女士把快递送过去。

她按了门铃，抱着箱子在外面等着。

门一被打开，她立刻跟人道歉："对不起，高架上堵车，我……"

"你不是说十分钟吗？这都多久了？啊？一点儿时间观念都没有，你知不知道我等了你多久？送个货都送不好，也难怪你一辈子给人打工！"

苏乔心里有些不好受，她抱着箱子站在原地，看着对面的女人。

"你这是什么眼神？你还敢瞪我？你耽误了我赶飞机还敢瞪我？你算什么东西？！"对方突然恼怒，使劲推了苏乔一下。

苏乔被推得往后退了一步。

"你叫什么名字？工号多少？我要投诉你！"

苏乔忽然不想忍了，自己已经毫无尊严了。

她将箱子放到地上，起身说："苏乔，工号038。"

说完她就转身走向电梯。

从小区里出来，迎面忽然一阵寒风吹来，苏乔顿时觉得眼睛有点儿酸。她低下头，双手揣进卫衣衣兜里。

车停在小区对面的马路旁，她埋着头走过马路，刚走到车前，手机突然响了起来。她从卫衣口袋里摸出手机，看了一眼来电显示，电话是母亲打来的。她不由得皱了皱眉，按了接听。苏乔还以为母亲是打电话来问她回不回去过年，结果不是。母亲在电话那头跟她抱怨，说奶奶病了，去镇上医院输了几天液就花了好几百块钱。

苏乔心里本来就难受，听着这些负能量的抱怨整个人都快要崩溃了。

"输几天水，再拿点儿药花几百块钱不是很正常吗？你没有钱就去挣啊，好手好脚的还需要谁来救济吗？你跟我抱怨什么？"

刘梅听见苏乔这嘲讽的话，顿时有些恼羞成怒，声音突然拔高，在电话那头骂了起来："你这是什么态度？你这说的是什么话？我辛辛苦苦把你养大，你现在翅膀硬了就不当我是你妈了是不是？嫌我不会挣钱了是不是？啊？我白生你养你了啊？！"

街上都是来来往往的行人，苏乔站在面包车旁，情绪突然崩溃了，铺天盖地的委屈将她吞噬，她忍不住哭了出来："你养我了吗？从小到大家里的脏活儿累活儿什么不是我做？这几年苏扬读书的钱哪一分不是我出的？我为你们付出的东西还少吗？你还想我怎么样？我也才十九岁啊，只比苏扬大一岁而已，也该坐在教室里读书的，可是我现在过的是什么生活你知道吗？你关心过我吗？"

苏乔的眼泪完全止不住，路上不少行人看过来，她背过身，对着车门哭着说："你根本就不爱我，你们都只把我当赚钱的工具而已。"

苏乔刚说完这话，身后突然横过来一只手，将她的手机抽走。她愣了愣，下意识地回头。

秦显不知是什么时候出现的，他看了她一眼，然后低头帮她挂断了电话。

苏乔怔怔地望着他，脸上的眼泪还没干，眼睛里全是惊讶之色。

秦显将电话挂了，抬眸看着她："大街上哭成这样，你可真有出息。"

苏乔怔了半晌，骂了句粗口。

她觉得丢人，立刻将卫衣帽子戴上，使劲往下拉，企图将自己的脸完全遮住。

秦显站在一旁，盯着她看了一会儿，然后突然抬手把苏乔的帽子揭了下来。

保护自尊的帽子突然被揭掉，苏乔猛地抬头，瞪着秦显："你有病啊？！"

秦显看了她一眼："自欺欺人。"

苏乔："……"

秦显移开视线不再看她，看了一眼苏乔身后的面包车："你的车？"

苏乔不太想搭理他："公司的，送快递的车。"

苏乔绕过车头，走到驾驶位旁，拉开车门就坐了进去。

她摸出车钥匙插进去，刚准备发动车，副驾驶座的车门突然被打开，秦显很不客气地坐了上来。

苏乔愣了，看着他问："你干什么？"

秦显伸手将安全带系上："我回家，你顺路载我一程。"

秦显这话说得自然极了。

苏乔看着他，不知该笑还是该气，琢磨半晌，还是没忍住笑了出来："秦显，你没事吧？谁跟你说我和你顺路了？"

"哦，是吗？"秦显侧头看着她，露出一个疑惑的表情。

苏乔很认真地点头："是的，不顺路，而且我还要去送快递，没时间送你。"

她给了他一个眼神："所以你识趣点儿，快下车吧。"

然而秦显好似没收到她赶人的信号一样，很无所谓地收回视线，头往车椅上一靠，闭着眼睛说："那我先睡一觉，你忙你的，忙完了再送我回去。"

"……"

秦显双臂环胸，闭着眼睛真的很认真地在睡觉的样子。

明明可以打车，他却似铁了心非要让她送他回去。

苏乔盯着他看了一会儿，忽然想到什么，嘴角勾起一丝笑意，上身往秦显身前靠过去，嘴唇贴在他的耳边，轻声问："秦显，你是不是喜欢我？"

秦显蓦地睁开眼睛。他偏过头，漆黑眼眸看着苏乔。

苏乔看着他，忽然就笑开了，眼尾上扬，表情又骄傲又得意。

秦显看她一眼，没有理会她无聊的问题。

他盯着窗外望了一会儿，忽然问苏乔："程峰最近找你的麻烦了吗？"

苏乔已经开车上路了，摇了摇头："没有。"

秦显扭头，很认真地看着苏乔，仿佛要从她的神色中分辨出她是否在撒谎。

苏乔平视着前方开着车，说："真没有。"

"是吗？"秦显不信。

苏乔想了一会儿，轻轻笑了一声："说实话呢，倒也有点儿事。他找人又往我家门口泼了两次油漆。"

秦显听到后面脸色已经很难看了，看着苏乔问："没事吧？"

苏乔侧头对他笑："要是有事你现在还能看到我吗？"

"……"

苏乔送完最后一个快递已经是下午六点半了，秦显还在她的车里。他还真的跟着她跑了三个小时。

"这个地方离你家挺近的，十几分钟就到了。"苏乔一边说一边发动车子。

秦显没说话，望着窗外，脸色不太好。

苏乔倒是挺高兴的，一直跟秦显讲话。

不过无论她说什么，秦显要么"嗯"一声，要么"哦"一声，很是敷衍。

苏乔被敷衍多次也懒得跟他说了，专心致志地开车。

从刚刚那地方到秦显家的确只有十几分钟的路程，眼看就快要到家了，秦显觉得很烦躁，突然说："我饿了。"

"啊？"苏乔愣了愣，侧头看向他，"那……你家马上就到了。"

"你上次不是说煮东西给我吃吗？"

苏乔："嗯？"

秦显侧头，看着她说："去你家吧。"

秦显的家就在前面那个路口了，两分钟的车程。他真要是饿了，回家吃东西岂不是更快？

苏乔突然觉得有点意思了。她盯着秦显笑，也不说话，就那么笑着。

秦显被她笑得有些不自在，下意识地解释："我家里没人，我不会煮饭。"

他的言外之意就是，因为家里没饭吃才要去苏乔那里蹭饭的，没别的意思。

苏乔哼笑了一声："是吗？"

秦显："……"

苏乔笑了笑，将车开到前面掉头。秦显家离苏乔家很远，开车要开一个多小时。

天黑路滑，苏乔一路开得很慢，到家的时候已经快晚上九点了。

还是上次来过的地方，快到门口时，秦显下意识地往墙壁上看去。

墙壁已经重新涂白了。

苏乔见秦显盯着墙壁看，解释说："我找师傅来弄的。"

秦显看她一眼，半开玩笑说："人家没被吓着？"

苏乔笑："吓着了。"

苏乔想起那个涂料师傅来的时候，看见满墙满地的油漆，以为她惹了什么命案。她好言相求解释半天，告诉他只是得罪了人，人家搞的恶作剧而已。对方将信将疑，慌里慌张地给她把墙壁处理好，拿了钱就赶紧跑了。

苏乔将门打开，先进去，换上拖鞋，随后招呼秦显："进来吧。"

她往前走了两步，没听见动静，下意识地回头，却见秦显站在外面没动。

他低着头，眼睛盯着地面。

苏乔有些奇怪，顺着他的视线往地上看去，门口放着一双男式拖鞋。

苏乔还没反应过来，就见秦显抬起头，他看着她声音低沉地开口："你家里有男人？"

苏乔怔了怔，看着他。

"你有男朋友了？"

秦显的脸色很不好看，他甚至好像是有些生气的，站在门口，目光沉沉地盯着苏乔。

苏乔看着他，忽然就笑了，说："是啊，不过他今天不在，你进来吧。"

秦显突然觉得很不好受，心口好像被什么东西堵住了一样，心烦气躁。

他觉得自己很不对劲儿，但是心底那股烦闷的情绪没办法忽视。他第一次觉得苏乔脸上的笑容很刺眼。他站在原地不动，沉着脸盯着苏乔。

苏乔莫名很开心，走上前拉住秦显的手："骗你的，没有男朋友。"

她拉他进屋，说："我在网上看到别人说，女孩子独居的话，在门口放一双男式拖鞋，再在阳台上挂几件大号的男式衣服，会让不法之徒误以为家里有男人，就算有什么歹心也会有所忌惮，这样就会相对安全点儿。"

秦显听得皱眉，到了客厅，下意识地往阳台上望了一眼。

阳台上果真挂着两件大号的男式运动服。

苏乔去厨房拿了个杯子，给秦显倒了水："你坐会儿吧，我先洗个澡。"

在外面搬了一天快递，苏乔觉得自己一身都是灰，打算先洗澡换身衣服再去做晚饭。

"你很害怕是不是？"

她刚走出两步，秦显的声音突然从身后传来。

苏乔脚步一顿，半晌，回过头朝秦显笑了笑："还好，防患于未然嘛。"

苏乔去卧室洗澡了，房间的隔音效果很差，秦显在客厅里能很清楚地听见里面持续不断的水流声。他坐在沙发上，听见浴室里传出水声，下意识地往苏乔卧室门口看了眼。过几秒，他忽然起身，到窗边去吹风。

苏乔洗完澡出来，穿了一件黑色的针织长裙。她将衣袖挽高，小臂白皙纤瘦。

"炒个蛋炒饭行吗？"苏乔一边说一边往厨房走。

"随便。"秦显说。

苏乔租的这房子很小，但是打扫得很干净，东西也归置得整整齐齐的，很温馨舒适。就连厨房这种很容易堆积油烟的地方也被打扫得亮亮堂堂的，墙上白色的瓷砖干净得发光。可见这房子的主人有多爱干净。

苏乔喜欢自己做饭，所以冰箱里基本的食材都有。她从里面拿了三个鸡蛋出来，又拿了一包青豆，动作熟练地将鸡蛋敲进碗里，放了点儿盐，拿双筷子三两下搅拌均匀。她一边热锅烧油，一边将青豆倒进碗里，放到水龙头下清洗。

秦显站在一旁，随口问了一句："有什么需要我帮忙的吗？"

苏乔笑了一声："你会炒饭吗？"

秦显："……"

苏乔将青豆洗干净，沥了沥水，然后才抬头对着秦显笑了笑："不会做饭一会儿就负责洗碗吧。"

炒两碗蛋炒饭对苏乔来说简直不要太简单，十分钟就搞定了，她让秦显把饭端出去，又迅速凉拌了一碟小黄瓜。

她出去的时候，秦显已经在桌子边坐好了。

苏乔将小黄瓜放到桌上："是你自己要来我这儿吃，我这儿可没什么好的东西招待你。"

秦显说："可以。"

他拿着筷子吃了一口。

苏乔看着他,有些期待:"好吃吗?"

秦显点头,抬眸看向她:"很好吃。"

苏乔得了夸奖,开心地笑了。

"那你多吃点儿。"她夹了一块儿小黄瓜放到秦显的碗里,"好久没有人吃我做的饭菜了。"

秦显原本在埋头吃饭,听到这话,又不禁抬起头来。他看着苏乔,想起下午经过洋槐路看见苏乔在路边哭的样子。他当时离她不远,听见了她哭着和她母亲打电话说的话。

他听见她说"你根本就不爱我,你们都只把我当赚钱的工具而已"。

他看着苏乔,还是忍不住问了一句:"你一直都是一个人吗?"

苏乔点了点头:"我两年没回家了。"

秦显问:"过年呢?你也不回去吗?"

苏乔摇头:"不回去。"

秦显:"也一个人吗?"

苏乔:"嗯,也一个人。"

苏乔没什么伤心的,已经习惯了。

没有人爱她,但是她会爱自己。

秦显还想说什么,苏乔打断了他:"快吃吧,凉了就不好吃了。"

见苏乔显然不想谈这个话题,秦显点了点头,低头吃饭。

两个人面对面坐着,低着头安静地吃着饭。

苏乔已经很久没有和人这样坐着吃饭了,上班的时候经常到了饭点还在外面送快递,空下来就随便找个小店吃碗炒饭或者面,再忙一点就随便买个面包解决了。

晚上回家她也是一个人吃饭。苏乔又仔细想了想,真的很久没有人陪她吃过饭了。

她抬头看着坐在对面认真吃饭的秦显,情不自禁地弯起了嘴角。她觉得这样真好,好到有点儿舍不得放手了。

秦显是真的很喜欢苏乔做的饭,吃得非常干净,一点也没有浪费。

苏乔看着空空的碗，笑着说："你真给我面子。"

秦显道："很好吃。"

苏乔想说"你要是喜欢，以后我常做给你吃"，但是话到嘴边又咽了回去。

她觉得自己这样不对，理智的做法是和秦显保持距离。她不能放任自己沉沦在里面，会痛苦。

于是她笑了笑，说："吃饱就回去吧，很晚了。"

秦显站起来收拾碗筷："我去洗碗。"

两个碗、两双筷子、一个碟子，他收起来就往厨房走。

苏乔看着他的背影，半响，喊道："你会洗碗吗？"

秦显没应她，回应她的是哗啦啦的水声。水开得很大，苏乔莫名听出了斗气的意思。她轻轻笑了笑，从椅子上站起来，往沙发前走去。

秦显从来没进过厨房，没做过饭，没洗过碗，以至于两个碗、两双筷子他竟然也洗了二十分钟。他出来的时候，苏乔正坐在沙发上抽烟，笑话他："秦少爷，两个碗洗了二十分钟，你真厉害。"

秦显："……"

苏乔往旁边挪了挪，给秦显让出个位置来。

秦显走过去，说："我走了。"

苏乔微怔，望着窗外，好一会儿没有说话。

"你要是……"

"走吧，很晚了。"

秦显想说她要是一个人觉得孤独，可以给他打电话，但是话没有说出口，苏乔已经先开口了。

秦显愣了几秒，随后点了点头："好。"

他往茶几上看了一眼，苏乔的手机放在那儿。他没有迟疑，伸手就将手机拿了过来。

苏乔侧头好奇地看着他。

秦显把他的手机号码输在苏乔的手机里，说："这是我的电话号码，有事你可以打电话给我。"

他把电话号码输好了,用苏乔的手机给他自己拨了一个电话,通了就挂断。

　　搞定了手机号,他将手机放到苏乔的手上,看着她,眸色漆黑,半晌才说:"我走了。"

　　苏乔将手机握住,"嗯"了一声,低着头没看秦显:"注意安全。"

　　秦显看她一眼,没再说什么,站起来径直往外走了。

　　苏乔没去送他,坐在沙发上,听着秦显离开的脚步声,听着他开门的声音,听着他关门的声音。她叹了口气,将烟摁灭了,起身往卧室走去。

　　她想,她应该不会找秦显了。

第三章 在一起
Chapter 3

苏乔以为自己不会再和秦显见面,却不知道她和他的缘分这时候才正式开始。

那是除夕夜,苏乔住的地方门锁都被砸坏了。苏乔正在外面闲逛,突然接到房东的电话。房东在电话里很愤怒地吼了一句:"你赶紧回来!"

回到家,苏乔真不知如何是好,干笑着说:"李姐,新年好啊。"

房东狠狠地瞪着她。

苏乔已经发现了,程峰那伙人倒也不会真的对她做什么,但也不肯轻易放过她。

二〇〇七年除夕夜,苏乔被房东赶出了家门,拖着行李箱在大街上漫无目的地走着。

寒风呼啸,她被冻得不行,抬手拢了拢大衣领口。

大过年的,阖家团圆的时候,家家户户都在家里吃年夜饭、看春晚、打麻将,街上连人影都瞧不见几个。苏乔拖着行李箱在街上走着,觉得自己今晚实在是有点儿悲惨。她越想越气,一口气憋在胸口噌噌地冒着火。

"等老子发达了,买他十栋八栋房子,天天换着地方住!"苏乔气得一脚踢到自己的箱子上,狠狠骂了句粗口。

秦显接到苏乔的电话的时候,正和梁逸他们在外面吃饭。爸妈回老家还没回来，他只好去姑妈家里过年。

自从那天从苏乔家里离开，他们就没有再联系了。见苏乔打来电话，他有些诧异，他心底深处似乎还有些说不出道不明的情绪。

他拿着手机去外面："喂？苏乔？"

苏乔的声音闷闷地传来："秦显，你收留我两天行吗？"

苏乔给秦显打了电话，秦显说来接她，她把地址告诉了他。挂了电话，她盯着手机出神。

其实她还有别的选择，比如去住酒店。她这几年努力工作也攒了些钱，住几晚酒店对她而言也不是很大的问题。但她不愿意，不想除夕夜一个人可怜地待在酒店里，想有人陪陪她。

她知道自己不该去找秦显，但克制不住。她想，就当她自私吧。

外面实在有些冷，她拉着行李箱往前走了十几米，进了一家二十四小时便利店。

店里开着暖气，她进去以后很快就暖和了。苏乔有点儿饿，就在店里买了桶泡面，接了开水，端到窗边的吧台去。她坐到高脚凳上，单手撑着头，望着窗外。

马路上偶尔有一两个行人经过，路上连出租车都没有几辆，整座城市静悄悄的。

苏乔一手撑头，一手无聊地转着烟盒，眼睛望着窗外发呆。她算了算时间，秦显从市中心那边过来，最快也要半个小时。然而谁知道二十分钟他就到了。

秦显进来的时候，苏乔正在吃泡面。

她有些惊讶："这么快？"

秦显走过去，看见苏乔在吃泡面，不禁皱眉："你今晚就吃这个？"

苏乔顺着他的视线低头看了眼自己的泡面，抬头望着他笑："你要吃点儿吗？"

秦显看她一眼，没应，伸手将苏乔的泡面推到一边："走吧，去吃点儿别的。"

他看了一眼苏乔旁边的行李箱，直接就拎了起来："走吧。"

苏乔看着秦显拎着她的行李箱往外面走去，不由得笑了笑，走到柜台前买了两瓶水。

秦显是开车来的，将她的行李箱放到了后备厢里。

苏乔抱着两瓶水走过去，递给秦显一瓶，狐疑地看着他："你有驾照吗？"

秦显看她一眼，表情颇为无语："废话。"

秦显走到前面，拉开驾驶室门，弯身坐了进去。

苏乔跟着坐进副驾驶座。她系上安全带，对秦显说："谢谢你来接我。"

秦显没说什么，平视着前方，开车上路。车里很安静，苏乔望着窗外。秦显来之前她有很多话想和他说，但是这会儿人来了，她反倒不知说什么了，索性沉默。

车往前开了一段，最后倒是秦显先开了口，问她："想吃什么？"

苏乔刚刚吃了泡面，这会儿其实已经不饿了，摇头说："什么都不想吃，直接回去吧。"

她有些累，靠着车窗闭上了眼睛："我睡会儿。"

秦显侧头看着她。她看上去脸色有些苍白，很疲倦的样子。

秦显盯着她看了一会儿，苏乔的声音轻轻地响了起来："不要看我，看路。"

她依然没有睁开眼睛，声音里都透着疲倦。

秦显愣了一瞬，随后才收回视线，专心开车。

秦显开得很慢，苏乔一路睡得安稳，车停下的时候，她正好醒过来。苏乔微微抬眼看了看窗外，视线里隐约是一栋白色的房子。她没有看清，又合上了眼睛。

秦显低声道："到我家了。"

苏乔轻轻"嗯"了一声，感觉有点儿头痛，抬手揉了揉太阳穴。过了会儿，她才终于缓缓睁开眼睛。

她看着窗外，看清楚了那栋白色的房子，欧式的建筑，四周是漂亮的花园。

秦显将车停进车库，开门下车。苏乔坐在车上缓了一会儿，才跟着下来。她站在车旁,看着秦显将她的行李箱提下来。寒风吹来,苏乔下意识地抱住了双臂。

秦显拎着箱子过来,顺口问了一句:"冷吗?"

他说着摸出钥匙开门。

苏乔站在他身侧,轻轻"嗯"了一声:"有点儿。"

秦显打开门,房子里面漆黑一片,安静得没有丁点儿声音。

秦显抬手将灯打开,客厅的水晶灯骤然亮了起来。灯光太亮,刺得苏乔眼睛疼,她下意识地闭了一下眼睛。

"等会儿,我给你拿拖鞋。"秦显将行李箱放在玄关边,换了拖鞋,大步往里面走去。

苏乔就站在门口,看着秦显的家。

这房子可真大,光一个客厅就比她之前住的房子大了好几倍。

房子装修雅致,有些古风,客厅右侧的墙壁上还挂着一幅很漂亮的山水画。苏乔觉得,这样的房子却将一幅山水画挂在显眼的地方,那幅画或许价值不菲。

她正想着,秦显已经拿着一双新的拖鞋出来。他将拖鞋递给她。

苏乔接过拖鞋,笑着说:"你家可真漂亮。"说着,她就低头换鞋。

秦显低头看着她,什么也没说。他把玄关旁放着的箱子提过来,拎着上了楼。

苏乔换好拖鞋,跟在秦显身后:"你爸妈什么时候回来?"

秦显回道:"过完年。"

"你怎么不回老家过年?"苏乔看着秦显的背影。她的箱子很重,但是秦显拎着它看起来毫不费力。

秦显说:"我有个数学竞赛,要看书。"

秦显拎着她的箱子上了二楼,推开走廊尽头的一扇房门,一边往里面走一边说:"你住这里。"

房间很大,一米八的床,有衣柜、书桌,有阳台,还有独立的卫生间。

苏乔走进去,四下望了望:"这是谁的房间?"

秦显将她的箱子放在衣柜旁,说:"客房。"

苏乔"噢"了一声，将视线从书桌前移开，回过头对着秦显笑道："这房间真漂亮。"

秦显看她一眼，"嗯"了一声。

他抬手指了一下她身后："卫生间在里面。"

苏乔点头："我知道。"

屋里开了暖气，苏乔将大衣脱下来，顺手放到了旁边的椅子上。她里面穿着一件黑色的针织毛衣，底下是黑色的牛仔裤。她的大衣也是黑色的。

秦显发现，苏乔似乎很喜欢黑色。

苏乔说："我先洗个澡。"

秦显愣了一瞬，随后反应过来，点了点头，往外走去。

他走到门口，脚步突然顿了一下，回头看着苏乔说："我就在你的隔壁。"

苏乔眼睛一弯，顿时笑开了："知道了，我一会儿去找你。"

秦显退了出去，顺手将房门关上了。秦显走后，苏乔在屋里转了转，又去阳台上站了一会儿。她从阳台上望下去，下面是一个很大的院子。下了雪，地上、树上、灌木上，全是白色的雪，堆了厚厚的一层。

苏乔趴在阳台上站了一会儿，寒风簌簌地吹，她终于被冻得打了个寒战，脖子一缩，赶紧回屋去了。

苏乔洗完澡出来，换了一件白色的中长袖裙子。头发还湿漉漉地披在背上，她就跑去找秦显了。她站在隔壁房门前敲门，敲门声刚落，就听见脚步声传来。秦显打开门。他也洗了澡，换了一件白色T恤、黑色休闲裤。

苏乔头发湿漉漉地滴着水，她问秦显："有吹风机吗？我在房间里没找到。"

苏乔的头发很长，湿发将刚刚换的衣服打湿了，还在滴滴答答地往下落水。

秦显看着她不停滴水的头发，皱了皱眉，说："等会儿。"

说着，他就转身回屋里去了。苏乔跟了进去。

秦显去浴室拿了一条干毛巾出来扔给苏乔："先擦一下。"他一边说一边往外走，"我给你找吹风机去。"

秦显头发很短，平时不用吹风机。

"我跟你一起去。"苏乔抓着毛巾跟着秦显一起下楼。

秦显在一楼的卫生间里找到了吹风机。

苏乔将吹风机插头插在墙壁上的插座里，将风开到最大，对着头发一阵乱吹。

秦显就站在门边，身体倚着门框，双手插在裤袋里，眼睛看着苏乔。

苏乔一边吹头发一边说："今晚是除夕，我们一会儿不要睡觉了，一起守岁吧。"

秦显倒没有守岁的习惯，但是见苏乔想，便点了点头，"嗯"了一声。

"家里有饺子吗？"苏乔问。

秦显一个人在家里不开伙，冰箱里什么也没有。

"没。"

"那一会儿我们去超市买。"

苏乔不爱吹头发，头发不滴水了就立刻把吹风机关了："我去换件衣服，我们出去买饺子。"

她放下吹风机，转身就要出去。卫生间门窄，秦显挡在门口。

苏乔抬头，推了推秦显的胸膛："秦少爷，可否烦请您让一让？"

秦显看她一眼，动也没动。他抬手摸了一下苏乔的头发，皱眉道："还是湿的。"

苏乔摸了摸，说："不滴水了。"

她这话听起来就是只要吹到头发不滴水了就行了。

秦显简直无语，说："不吹干头发以后会头痛，你不知道？"

苏乔对着他眨了一下眼："知道啊。"

秦显已经不知道说什么了，知道她还不吹干？

苏乔看着秦显，一本正经地解释她为什么不吹干头发。

"举太久吹风机我手软。"

秦显："……"

苏乔回头，重新将洗面台上的吹风机拿起来，递给秦显，对他笑道："要不你帮我吹？"

苏乔也不管秦显答应不，将吹风机塞给他，笑得弯起了眼睛，语气不容商量地说："你帮我吹。"

说着，她就站到镜子前去，等着秦显帮她吹头发。

秦显盯着镜子里的苏乔，苏乔和他对视，催他："快点儿啊，还要出去买饺子。"

秦显看看苏乔，又低头看了看手里的吹风机，有些无奈，最后还是走到了苏乔身后。

秦显个子很高，站在她身后，手举着吹风机帮她吹头发，两个人的身高正好合适。苏乔一直看着镜子里面。秦显低着头，很认真地帮她吹着头发。他的手指随着温热的风在她的发间穿梭，她能清晰地感觉到他的指腹的力度。他微低着头，一张脸英俊得令人着迷。

苏乔看着他，忽然觉得自己的心跳得有些快，脸也隐隐有些发烫。有些东西是克制不了的，就像她其实有其他地方可以去，却偏要跑来找秦显。

她看着镜子里的秦显，轻声问他："秦显，你有女朋友吗？"

你有女朋友吗？苏乔问了句废话。秦显抬眼往镜子里看了她一眼，连回答都懒得回答她。

苏乔感觉秦显白了她一眼，忍不住笑道："你对我很无语吗？"

秦显"嗯"了一声，说："有点儿自知之明。"

苏乔胳膊肘往后撞了秦显一下，秦显顺势拉住她的胳膊："别闹。"

他将她的手放下去，继续认真地帮她吹着头发。苏乔看着镜子里的画面，秦显低着头，神色温柔。温热的风吹拂在她的发间、脸颊上，她忽然觉得很幸福，对着镜子轻轻弯起了嘴角。

苏乔的头发很长，又密，秦显给她吹了很久才完全吹干。她的发质很好，即使烫了发依然很柔顺。

秦显感觉头发干透了，将吹风机放下，说："好了。"

苏乔撩了一下头发，左右偏头照了照镜子，照了一会儿又摸了摸头发："干了吗？"

秦显"嗯"了一声："干了。"

他应了一声，转身便要出去，苏乔的声音传来："我怎么觉得没干呢？"

秦显脚步一顿，回过头，有些奇怪地看着她。

苏乔转过身来，见秦显疑惑地看着她，顿时便笑了，说："真的，不信……你摸一下？"

她将头伸到秦显面前，示意他摸一下。秦显眯了眯眼睛，盯着她一言不发。

苏乔等了一会儿，没等到秦显有任何动作，抬起头，对上了秦显漆黑的眼睛。他就那么盯着她，眸色很深。苏乔觉得，他大概是看出她在逗他。

她一时没忍住，"噗"地笑出一声，说："开玩笑的，我去换衣服，然后我们去买饺子。"

说完，她便从秦显身侧走过，出了卫生间，上楼去了。

苏乔离开后，秦显在卫生间里站了好一会儿，盯着洗面台上的吹风机，皱了皱眉。他觉得自己身上全是苏乔的味道，她的头发的味道，她洗完澡身上散发出来的茉莉花香。

苏乔换好衣服下来的时候，秦显已经在外面等她了。

大门开着，冷风簌簌地灌进屋里。苏乔下意识地拢了拢大衣领子，往门口走去。

雪已经停了，但是地上还积着厚厚的雪。

秦显问苏乔除了饺子还要买些什么，苏乔想了想，说："买点儿酒吧。"

秦显看了她一眼，然后点了点头："我去开车。"

他正要过去，苏乔拉住他说道："别开车了，走路去吧。"

反正今晚他们也没什么事情。小区外面就有便利店，两个人走过去也花不了多少时间。

秦显"嗯"了一声，转身将门关上，和苏乔并肩往外走去。

已经很晚了，外面静悄悄的，没什么人，倒是两个人沿路出来，家家户户都很热闹，充满欢声笑语。经过一户人家时，苏乔下意识地往他们的院子里望了一眼。客厅里的灯亮如白昼，大人小孩们挤了一屋，每个人脸上都是幸福的笑容。阖家团圆，这或许就是过年的意义吧。

苏乔想到了母亲，她今天也没有给母亲打电话。她两年没有回家了，或许他们也习惯了吧。

苏乔垂着眼默默走路,感觉有些冷,无意识地抱着双臂。秦显侧头看向她,她低着头,脸上没什么表情,但他莫名能感觉到她的情绪。她应该是在难过。

秦显从来不会安慰人,不知道该说什么。他盯着她看了一会儿,移开了视线。

除夕夜超市早已经关门了,幸好小区对面还有一家二十四小时营业的便利店。便利店里只能买到速冻饺子,苏乔有点儿嫌弃。她更喜欢自己包饺子的过程。便利店里倒是有面粉,但是没有猪肉。

"秦显,你家里有肉吗?"苏乔站在冰柜前问秦显。

"没有。"秦显的声音从里面传来,苏乔回头望了一眼,没见到秦显,不知道他跑到哪里去了。

买不到肉,包不了饺子,苏乔只好拿了两包速冻饺子。她将饺子放到收银台上,又回头拿了七八罐啤酒。想了想,她觉得不够,又多拿了四罐。等她把东西都拿好了,秦显也从里面出来了。

他手里拿着两包东西。苏乔低头去看,是两包糖,一包水果糖,一包棉花糖。

苏乔有些诧异:"你买的?"

秦显将两包糖放到收银台上,没有看苏乔,低声说:"给你买的。"

苏乔一时间竟不知道该说什么。

两包饺子、十二罐啤酒、两包糖,一共是一百四十块钱。

苏乔刚从大衣兜里摸出钱包,秦显已经快她一步地将钱递出去了。

"我来吧。"苏乔忙要把钱换回来。秦显低沉着嗓音,不容拒绝地说:"我来。"

苏乔侧头看着秦显,他的侧脸轮廓分明,眉眼精致,鼻梁高挺。

苏乔再次觉得,秦显真的长得很好看,难怪他们学校有那么多女生喜欢他。

从便利店出来,秦显拎着两个购物袋。十几罐啤酒,他单手拎着毫不费力。苏乔拉住袋子,低头从里面把她的两包糖拿了出来。

她抬起头,望着秦显笑道:"你怎么想起给我买糖啊?"

秦显看着苏乔脸上的笑容，默了半晌，才说："吃点儿甜的东西，也许你就没那么难过了。"

苏乔怔了怔，望着秦显，脸上的笑容瞬间敛去。

秦显看了她一眼，有些无奈地说："不开心就不要笑，逞什么能？"

他说着便往前走了。走了几步，到路边准备过马路时，他却迟迟没有听见身后有人跟上。

秦显顿住脚步，回头往身后望去。

苏乔还站在原地，低垂着头，塌着肩膀，一个人站在黑夜里，看起来很难过。是的，除夕夜，她不能和家人团聚，没有人挂念她，甚至没有人给她打电话，还被房东赶出来，无家可归。她难过才是正常的。

秦显走过去，站在苏乔面前轻声喊她："苏乔。"

苏乔垂着头，没有应他。秦显看到她落下的眼泪从空中坠到了地上。他不知道该怎么安慰她，盯着她看了一会儿，然后抬起手将她抱住。他什么话也没说，只是抱住了她。

一瞬间，苏乔的眼泪流得更凶，脸贴在秦显的胸膛上，顷刻就将他的衣服打湿了。但是从始至终，她都紧咬着牙，没有发出一点儿声音。过了很久，苏乔才从秦显的胸膛前抬起头来。

她摸着秦显的衣服，有些抱歉地笑道："给你弄脏了，回去我帮你洗。"

说完她才望向秦显："我们回去吧。"

秦显看着她，"嗯"了一声，说："走吧。"

两个人又一起回去。回家的路上，苏乔的心情好了很多。她满脑子都是秦显刚刚那个怀抱，他身上有一股很干净的味道，像雨后清新的空气。她忍不住侧头去看秦显，看着看着就移不开目光了。

秦显被苏乔盯着看了很久，终于忍不住侧头，看着她问："看够了吗？"

苏乔扑哧一声就笑了出来，坦坦荡荡地和秦显对视，十分坦诚地说："没啊，你长得这么好看，一辈子看都看不够呢。"

"……"

两个人回到家，还没到门口就发现不对劲儿。他们出来的时候明明是关了灯锁了门的，但是这会儿客厅亮着灯，里面有人。

苏乔侧头，用眼神询问：你爸妈回来了？

秦显摇头："不是。"

他听见了梁逸和王煦的声音，应该是他们来找他玩了。

"进去吧。"他往前走去，走了两步，发现苏乔又没跟上。

他回头喊道："走啊。"

苏乔说："你先进去看看吧，要是你爸妈回来了，我就走了。"

说着她就往边上走，躲到了房子的侧面。

苏乔这个本能的举动落在秦显眼里，他突然有些窝火，走过去一把将苏乔给拉了出来："你躲什么？！"他的语气很凶，苏乔突然被他吓住了，茫然地望着他。

"就算我爸妈都在家又怎么了？你见不得人吗？"

"……"

秦显拉着苏乔，站在门口开门。他打开门后，看见果然是梁逸他们几个。

梁逸有秦显家的钥匙，刚刚吃晚饭的时候就跟秦显说了，晚上来找他打牌。秦显刚才急着去接苏乔，倒是把这茬给忘了。

客厅里有四个男生、一个女生，都是秦显的同学。几个人中只有王煦见过苏乔。因为苏乔前两次去学校找秦显的时候，恰好王煦都在场。

王煦激动得猛地从地上站起来："咦，你不是之前来学校找阿显那个美女吗？"

苏乔记得王煦，对他笑了笑，说："我叫苏乔。"

"哇，人长得美，名字也好听的。"王煦凑上来，笑得格外殷勤。

秦显莫名有点儿不爽，将手里的啤酒扔给他："接着。"

十几罐啤酒整个砸到了王煦的手上，王煦"哎哟"一声，差点儿没跪下去，抱着啤酒回到茶几前。

秦显的朋友，苏乔全都不认识。

秦显给她简单介绍了一下："这是梁逸，我表弟；这是王煦、李成、程超，都是我的同学。"最后他指着梁逸旁边的女生说，"这是林娜。"

女人之间有种莫名其妙的直觉，苏乔明显感觉到这个林娜对她有敌意。

林娜在上下打量她,然后露出了一丝不屑的表情。

苏乔笑了一下,觉得这种小女生的敌视实在是太幼稚了。

她没有搭理林娜,回头跟秦显说:"我先上去换衣服。"

秦显说:"一起。"

秦显说这两个字的时候,林娜手里拿着的糖都掉到地上了。她惊愕地望着秦显和苏乔。不仅是林娜,在座其他几个男生也吓得眼珠子都快掉下来了。

苏乔觉得秦显这两个字说得的确有点引人误会。

"一起"——这听起来好像是他们俩要一起换衣服。

秦显说完也察觉到有点儿不妥,但懒得解释,和苏乔一起往楼上走去。

秦显都不在意,苏乔就更不在意了。

直到两个人上了二楼,分别进了不同的房间,楼下的其他人才缓过神来。

林娜立刻拉住王煦的胳膊,瞪着眼睛问:"那女的是谁啊?"

王煦琢磨了一会儿,想了想说:"我也不是太清楚,之前她来学校找过阿显,那时候两个人好像还不是很熟,不过现在嘛……"

大过年的,深更半夜两个人一起回家,说没有什么都没人信。

王煦嘿嘿笑了两声:"我估摸着她应该已经是显哥的女朋友了。"

"不可能!"林娜吼了一声,"别开玩笑了!这女的长得像妖精一样,阿显才不会喜欢。"

王煦笑道:"你懂什么?男人就喜欢这种类型的女生。"

林娜站起来,气得踢了王煦一脚:"你放屁,阿显才不像你这么庸俗。"

苏乔换了衣服下来,准备去煮饺子。

秦显拉住她:"你歇会儿吧。"

苏乔看了下时间,已经快十二点了。

"我先去把饺子下锅吧。"她看了一眼正坐在地上打牌的几个男生,对秦显说,"你们先玩吧。"

说着,她拿着饺子就去厨房了。幸好她买了两袋饺子,勉强够吃。速冻饺子很方便，她烧上一锅水，煮下去就行了。饺子在锅里煮着，苏乔闲得无聊，便靠着身后的流理台玩手机。

过了一会儿，身后突然传来一道声音。

"你是阿显的女朋友吗？"

是那个女生。苏乔收了手机，侧头看了对方一眼，能明显感觉到对方很紧张，眼睛直直地看着自己。这是个长得挺可爱的女生。

苏乔笑了笑，说："不是。"

她明显看到对方松了口气，女生又问："那你怎么会住在阿显家里？你也不是他的亲戚吧？"

林娜从小就认识秦显，从来没见过苏乔。

苏乔说："不是。"

"那你怎么会住在他家里呢？"对方一再逼问，似乎非要打破砂锅问到底。

苏乔不太喜欢这种咄咄逼人的架势，朝女生看过去，冷冰冰地回了一句："这跟你有关系吗？"

苏乔的表情很冷，一瞬间就把林娜的气势压了下去。

林娜这才发现，眼前这个女人和学校里的那些女生不一样。对方身上有一股气势，让人不自觉地畏惧。但尽管如此，她还是挺着胸膛说了一句："阿显是我的，你别跟我抢。"

苏乔听到这话，不由得好笑，看对方一眼，说："秦显是物品吗？由得你我来抢？"

林娜被苏乔气得憋红了脸："反正你别碰他！"

说完她就出去了。

苏乔轻笑了一声，走到灶台前观察饺子的情况。没一会儿饺子就全部煮好了。

秦显进来帮忙盛，说："他们今晚通宵打牌，你也一起吧。"

反正是要守岁的，人多也热闹，苏乔"嗯"了一声，说："好。"

吃完饺子，几个人就围坐在地上打牌。

苏乔打牌打得并不好，见他们人多，也不是很想打。

林娜热情地邀请她:"苏乔姐你来呀,一起玩嘛。"

"是啊是啊,苏乔姐一起玩啊。"王煦也热情地邀请她。

几个人把位置都给她腾出来了,苏乔也不好不玩,便坐了过去。

她玩了几把就不是很想玩了,便让秦显来,说:"我给大家切水果吧。"

她刚刚看了一下,冰箱里虽然没有食物,但是还有不少水果。

她起身去厨房给大家切水果了。这是苏乔第一次和这么多人一起过年,其实还是挺高兴的。她切好水果出来的时候,就见林娜坐在秦显身边。

秦显身边已经没有位置了,苏乔也不好去挤,将切好的水果放到茶几上,见王煦身边有空位,便坐了过去。

秦显想让苏乔坐到他边上,但他左边是林娜,右边是梁逸,的确没有位置了。

一群人围着打牌,林娜一直在讲他们学校的事情。苏乔插不上话,便默默坐在一旁。

讲着讲着,林娜突然转向苏乔,问她:"苏乔姐,你是哪所学校的啊?"

苏乔握着手机的手微微顿了一下,随后她抬起头,目光平静地和林娜对视:"我没念大学。"

"啊?你不是十九岁吗?你没考上大学?还是在复读啊?"林娜问。

"都没有。"苏乔看着林娜,坦白满足她的好奇心,"我没考过大学,也没念过高中。"

这下不仅是林娜,就连旁边几个男生都有些惊讶地看向苏乔。

苏乔觉得有点儿累,站起来对秦显说:"我上楼去了,你们玩吧。"

苏乔上了楼,将门关上,世界彻底安静了。

她在门后站了一会儿,忽然觉得头痛,估计是在外面吹了冷风,有点儿感冒了。她揉着太阳穴往浴室走去。

房间里有很大的浴缸,干净得发光,苏乔将浴霸灯打开,走到浴缸前弯腰放水。水很大,没一会儿便放了小半缸水,热气氤氲,整个浴室都被白雾笼罩,十分温暖。

苏乔住的地方只能淋浴,她从来没泡过澡。她将手伸下去,温热的水漫上来,温柔地将她的肌肤包裹。苏乔觉得舒服极了,准备脱衣服下去泡澡。她刚脱掉裤子,门外便响起敲门的声音。她刚刚进来的时候锁了门。苏乔上身穿着一件宽松的黑色针织毛衣,长度刚好到大腿的地方。她懒得再将裤子穿回去,便这样出去了。

能上来敲门的除了秦显也没其他人了,但她还是站在门后问了一句:"谁?"

"我。"

苏乔打开门,秦显站在外面。

"你怎么上来了?"苏乔转身往屋里走去,到床头柜前,弯身拿起一盒烟。

她走到书桌前,身体靠着桌沿,从烟盒里抽出一根烟含在嘴里,低头点燃,轻吸了一口,手指夹着烟,这才抬头看向秦显。

秦显的目光落在苏乔的腿上,她的双腿白皙修长。她没有穿鞋,光着脚站在地上,脚很瘦,很漂亮。

秦显不动声色地移开视线,转身将门关上。

苏乔见他关门,不禁挑了一下眉。见秦显转身朝她走来,她开玩笑说:"我要准备洗澡了,你待在我这里不太好吧?"

秦显顿了一下,下意识地往卫生间的方向望了一眼,里面有水流的声音。

苏乔解释道:"我想泡个澡,在放水。"

秦显朝苏乔看了一眼。屋里的灯很亮,她脸上的皮肤有些发红。

秦显想起苏乔刚刚在下面喝了几杯酒,眉头皱了皱,朝她走过去,抬手就摸上她的额头:"脸这么红,你是不是不舒服?"

温热的掌心触上她的额头的时候,苏乔的身体僵硬了一瞬。

"有点儿烫。"秦显的脸色顿时有些凝重,他低头将苏乔手里夹着的烟抽走了,"别抽烟了,你等我一会儿,我下去找找药。"

说着他便转身快步出去了。

苏乔立在原地,看着秦显焦急离开的背影,心底突然涌起一阵暖意,有种说不出的高兴,刚刚心里所有的不快乐瞬间便烟消云散了。

她低下头,指间夹着的烟被秦显收走了。苏乔不禁抿着唇笑了笑。

秦显下楼找药，茶几下面的抽屉里有家用医药箱，里面常年备着创可贴、感冒药和肠炎宁。感冒药有很多种，秦显在里面翻找了半天，拿了两包冲剂和一盒感冒药片。

王煦问："怎么了？"

"苏乔有点儿不舒服。"秦显去厨房拿杯子给苏乔冲感冒冲剂。

林娜盯着秦显的背影，咬了咬唇，往楼上望了一眼，恼恨地说："刚刚不是还好好的吗？装什么装？"

王煦道："你少说两句，可能苏乔姐真的不舒服。"

林娜瞪他："苏乔姐、苏乔姐，你才认识她多久啊，老帮她说话？"

秦显端着杯子拿着药上了楼。房间门没锁，他打开门直接走了进去。苏乔没在房间里，卫生间的门倒是关着。

秦显将门关上，将杯子和药放在床头柜上，随后才走到浴室门口敲了一下门。

苏乔躺在浴缸里泡澡，眼睛闭着快要睡着了，浴室里的热气将她的皮肤熏得通红。

听见敲门的声音，她闭着眼睛舒服地叹了一声，说："秦显，你们家浴缸泡澡可真舒服。"

秦显愣了一下，随后提醒她："你别睡着了。"

苏乔"嗯"了一声，闭着眼睛继续泡澡。

许是浴室里的热气太充足了，苏乔在里面泡久了些，头晕得厉害。虽然泡澡舒服，但她还是忍耐不住头晕，从里面爬起来了。她扯着毛巾擦干身上的水，穿好内衣，往身上套了一件睡裙，然后开门出去。

秦显在外面等很久了。他坐在床边，身体懒洋洋地靠着床头，一条腿垂在床下，一条腿随意地搭在床上。也许是有点儿无聊，他拿着手机在玩游戏，听见开门的声音才抬眸往浴室的方向看去。

苏乔准备睡觉，穿了一件白色的吊带裙子，她穿着吊带裙看起来更瘦了，手臂纤细，胸骨明显，腰肢不盈一握。秦显看着她，甚至觉得自己一只手就能把她抱起来。

睡裙领口开得有些低，秦显的目光落在上面，然后他很快移开视线。

"过来吃药。"他稍微坐直身体,随后站了起来。

苏乔走过去,坐到秦显刚刚坐过的位置。她探头往床头柜望了一眼,是一杯棕黑色的药,旁边放着一板白色的药片。

苏乔皱了皱眉:"我不想喝这个。"

秦显弯身,手指探了一下杯身:"凉了,我给你换一杯。"

他像没听见苏乔说不想喝似的,端着杯子转身就出去了。很快,秦显重新端了一杯药上来。杯子冒着热气,还是棕黑色的药。

苏乔皱眉:"这个苦吗?"

她是宁可打针也不愿意吃药的人。

秦显:"不知道,苦也要喝。"

他又伸手摸了一下苏乔的额头,结果这一摸眉心顿时紧皱:"怎么更烫了?"

苏乔下意识地摸了一下:"是吗?"

这一摸,她发现还真有点儿烫:"可能是刚刚在浴室里待久了。"

秦显皱眉看了她一眼,然后把杯子递给她:"快吃药。"

苏乔接过杯子,黑色的药汁冒着热气。

"水是温的,可以喝。"秦显一边说,一边弯身将床头柜上的药片拿起来,取出两片药摊在掌心里给苏乔,"这个一起吃。"

苏乔盯着秦显看了一会儿,然后才伸手从他手里拿过药片。她将药片放进嘴里,喝了一口杯子里的药汁,仰头将药片吞掉。不是板蓝根那种有点儿甜的冲剂,很苦,是中药味道。

秦显道:"喝完。"

苏乔抬着头,盯着秦显看了一会儿。他目光很坚定,态度也很强硬。

苏乔抿了抿唇,低头继续喝药。半杯药,她喝了好半天才全部喝完。

她将杯子递给秦显,秦显接过,顺口问了一句:"苦吗?"

苏乔抬眼,挑着眉看他:"你没喝过吗?"

秦显"嗯"了一声:"没。"

"那你尝尝呗。"

秦显微愣,低头看了一眼手里的杯子。她喝得很干净,一滴不剩。

他想说没了，苏乔突然从床边站了起来，她将手搭上他的肩膀，俯身吻了上来。

秦显愣住。柔软的唇轻轻贴在他的唇上，舌尖扫过他的唇，往里探入。秦显浑身一震，猛地扶住苏乔的肩膀。

双唇分开，苏乔对着秦显笑："怎么样？尝出味道了吗？甜的还是苦的？"

秦显眯了眯眼睛，盯着苏乔。

半晌，他说："我再试试。"

话音落地，他的嘴唇便压了下来。秦显单手扣住苏乔的腰，让她的身体贴着他。

两个人都是第一次接吻，起初颇不得章法。幸好两个人领悟力都很不错，很快便缠绵绵地纠缠在一起。漫长的一个吻结束时，苏乔因为缺氧，脸比刚刚更红了。

她望着秦显笑，又问了一次："尝出味道了吗？"

秦显眸色深沉地盯着她，"嗯"了一声。

苏乔笑道："甜的还是苦的？"

秦显沉默了几秒，说："甜的。"

苏乔"噗"地笑出声来，然后踮起脚抱住了他的脖子，下巴抵在他的肩膀上，轻声说："秦显，我很喜欢你。"

秦显微低着头，双手搂住她的腰。房间里静悄悄的，苏乔和秦显这样久久地抱着彼此，谁也没有说话。苏乔盯着前方的衣柜，眼睛有些失焦。

安静了一会儿，秦显才轻声开口："刚刚的事情，你不要放在心上。"

苏乔愣了一下，然后想起他说的可能是他们刚刚在下面问她在哪里读书的事情。

她摇头："我不放在心上。"

她的确没有读过什么书。

秦显默了几秒，又问："还下去玩吗？"

"不了，我想睡觉。"苏乔从秦显的怀里出来，看着他说，"你下去跟他们玩吧，我休息一会儿。"

秦显没有勉强她，说："不舒服就给我打电话，我就在下面。"

苏乔点头："嗯。"

苏乔转身上了床，拉开被子躺下去，自己盖好被子。

秦显站在床侧看着她。床头的壁灯散发出橙黄的光，将房间里的气氛照得温馨且暧昧。

苏乔望着秦显："你还不下去？"

秦显盯着她，道："你还有什么话想对我说吗？"

苏乔愣住。刚刚那个吻确实有些突然，那个表白也很突然，但是很明显，秦显也喜欢她。苏乔想，秦显大概是想要和她确认关系。但她说不出口，她已经意识到自己刚刚有些冲动，她被体贴温柔的秦显迷得失去了理智。

"没有话要对我说吗？"秦显大概是见她半天不回答，又问了一次。

苏乔看着他，眨了一下眼睛："什么话？"

秦显就站在床侧看着苏乔，脸上没什么表情，也没说话，一双眼睛漆黑深沉，仿佛要看到人心底去。

苏乔莫名心虚，抬手指了一下床头的壁灯，对秦显说："你帮我关一下灯吧，喝了药好困。"

她故意转移话题，秦显怎么会不懂？他盯着她看了半晌，终于还是移开了视线，走到床头柜前，俯身按下了墙上的壁灯灯控。

"咔"的一声，房间里瞬间漆黑一片。

秦显在黑暗里盯着苏乔看了一会儿，低声说："你睡吧，有事叫我。"

苏乔"嗯"了一声，将被子拉上来蒙住头，声音闷闷地回了一句："知道了。"

秦显又看了她一眼，终于转身出去了。房门被打开，又关上，房间里彻底只剩下苏乔一个人了。她平躺在床上，盯着头顶的水晶吊灯发呆。

秦显从楼上下来时，梁逸、王煦他们还在打牌。

见秦显下来，王煦问："怎么样？苏乔姐没事吧？"

秦显"嗯"了一声："吃过药睡下了。"

"刚刚还好好的，怎么突然就病了啊？"林娜忍不住嘀咕。

秦显走下楼，听见这话睨了她一眼。

他的眼神很冷，林娜有点儿怕他，低下头又小声嘟囔了一句："本来就是。"

王煦撞了她一下，小声道："你少说两句。"他又抬头对秦显说，"阿显，打牌呗。"

秦显道："你们打吧，我去外面。"

秦显懒散地靠着门前的廊柱，外面不知什么时候又开始下雪了。

他看着院子里簌簌落下的雪，脑子里全是刚刚那个吻，唇齿间还有一股中药的味道。

刚刚接吻的时候，苏乔很用力地回应着他，好像是在报复他给她喝了很苦的中药，要将那味道全部给他。他不禁觉得好笑，很快又想起苏乔的回避，她并没有明确地和他说什么。想到此，他突然又有些烦躁。

王煦他几个在秦显这里玩了通宵，第二天原本想继续在这里蹭顿早饭再走，结果王煦跑去厨房瞅了一眼，昨晚的饺子已经没了，冰箱里空空如也。

玩了通宵，大家都累了，于是决定去外面吃。

快走的时候，林娜对秦显说："阿显，你跟我们一起去吃呗。"

秦显在厨房里帮苏乔冲感冒冲剂，闻言道："我一会儿再出去，你们去吃吧。"

他说着，端着杯子从厨房出来。

林娜跟上他："你是不是要等那个苏乔啊？你别和她走太近了，咱们都是好学校的大学生，离这些社会上的人远点儿。"

秦显脚步一顿，侧头看向她。

他脸色不太好看地说："我跟谁交往是我的事，你会不会管得太宽？"

林娜愣了愣："我只是……"

"走了走了，吃早饭去。"眼见秦显快要发火了，王煦赶紧跑过来把林娜拉走。

"表哥，那我们走了。"梁逸在门口换好鞋，回头跟秦显打招呼。

秦显"嗯"了一声，端着杯子往楼上走去。

几个人离开了秦显家,偌大的房子里就只剩下了秦显和苏乔两个人。

秦显端着药到苏乔的房门口,敲了一下门:"醒了吗?"

苏乔早就醒了,确切地说,是一夜没睡。

"等会儿。"她换了一件白T恤,套上牛仔裤,然后才踩着拖鞋从床上下来,跑去给秦显开门。

虽然一晚没睡,但因为太困扰,她在床上打了一晚上滚,此刻头发乱糟糟地顶在头上。

秦显乍一眼看见苏乔,愣了一下,然后就笑了,抬手揉了一下她的脑袋:"你怎么睡觉的,头发乱成这样?"

他一边说一边走进屋。

苏乔抬手随便抓了两下头发,说:"我刚起来,还没来得及梳。"

秦显摸了一下她的额头:"还烫吗?"

苏乔的身体微微一僵,然后她将秦显的手拉了下来:"不烫了。"

秦显把手里的杯子给她:"再喝一次,巩固一下。"

这中药汁简直要人命,苏乔立刻皱起了眉头:"我已经好了。"

说着,她就要往浴室里逃:"你等我一下,我收拾一下,我们出去吃早餐。"

苏乔跑进浴室里,"砰"地将门关上。

秦显看着逃跑的苏乔,不由得好笑。他低头看了一眼杯子里的黑色药汁,默了会儿,端着杯子出去了。

苏乔洗漱收拾好,换好衣服下楼时已经九点多了。秦显在下面等她,顺便做了两道题。

苏乔今天穿了一件黑色的长款羽绒服,头发扎得高高的,系了条烟灰色的围巾。她下楼来,看见秦显坐在沙发上,茶几上摊着几本书,他拿着笔在纸上演算着什么。她走过去蹲在茶几边,偏头看着他。

秦显抬眸:"看得懂吗?"

苏乔摇头:"看不懂。"

他做的是数学竞赛题。

她站起来,转身往外走去,声音轻飘飘地传来:"我只看得懂初中的题。"

顿了一下，她又自嘲地笑了一声："不过初中的知识也忘得差不多了。"

大过年的，外面的餐厅很少有开门的，苏乔和秦显从小区出来，走了十几分钟总算找到一家营业的包子铺。

包子铺是一对老夫妻开的，店里生意很不错，里面都没有位置了。

苏乔站在门口正找位置，秦显拉住她的手："坐这边。"

里面没位置了，外面还有，秦显拉着苏乔过去坐。

外面冷风瑟瑟，苏乔双手揣在羽绒服的衣兜里，双脚在桌子底下跺着。

"冷吗？"

苏乔鼻子都被冻红了，白了秦显一眼："你说呢？"

秦显笑，回头跟老板说要两碗热豆浆，又问苏乔："吃什么？"

苏乔道："馒头。"

两碗热豆浆、四个滚烫的热馒头被端了上来。

苏乔不怎么有胃口，喝了半碗豆浆，吃了一个馒头就饱了，剩下的只好秦显全部解决了。苏乔平时其实胃口挺好的，但是现在她心里压着事情，实在是吃不下。

吃完早饭已经快十点了，两个人沿着街边的步行道并肩往前走着。

一开始两个人都没有讲话，走了一会儿，秦显才开口问："你今天想去哪里玩吗？"

苏乔双手依然揣在兜里，眼睛盯着前方的路。

闻言，她轻轻眨了一下眼睛，说："太冷了。"

她觉得秦显是想带她去约会。

秦显怔了一下，随后点了点头，默了一会儿又说："那去买菜吧，中午我们在家里吃，你喜欢吃什……"

"秦显。"

秦显的话还没说完，苏乔突然侧身打断他的话。

她抬着头，表情严肃地望着他。

秦显神色平静："嗯？"

苏乔咬了咬牙，终于将憋了很久的话说了出来："昨晚我喝了点儿酒，所以……"

秦显盯着她，脸色已经有些难看了。

苏乔下意识地捏紧了拳头，鼓着勇气继续说："你就当我酒后胡言乱语吧，我们俩……"

"苏乔，你几岁了？"

苏乔怔了怔，愣愣地盯着他。

秦显沉着脸质问她："好玩吗？"

苏乔看着他，竟然心虚得无法辩驳。

秦显盯着她看了一会儿，最后冷笑了一声，转身走了。

秦显是往家的方向走的，苏乔盯着他的背影，原地站了一会儿，最后默默地跟了上去。她自己理亏，也不好说什么。

到家以后，秦显直接就上楼去了，一句话也没跟她说，甚至连看都没看她一眼。苏乔见他上楼，跟上去想跟他说话，结果秦显"砰"的一声将门关上了。

她站在外面，差点儿被关过来的门撞到鼻子，吓得精神一振，吼了一句："你撞到我了！"

门没开，里面一点儿动静也没有。

苏乔觉得秦显大概被她气死了。

她在门口站了一会儿，慢慢平静下来。隔着一扇门，她将额头轻轻靠在门上，有些无力地说："秦显，你不了解我，我什么都不会，时间长了，你会嫌弃我的。"

苏乔刚说完，门就从里面被打开了，她抬起头望着秦显。

秦显也看着她。他高出她一头，垂着眼，颇有居高临下的意思。苏乔的气势一下就弱了，再说，她本来就理亏。见秦显把门打开，她琢磨着自己应该说点儿什么。

她正想着，谁知秦显却先开口了："撞到哪儿了？"

苏乔愣了愣，一时没反应过来。

"不是在外面骂我吗？撞到你哪儿了？"

苏乔回神,想起秦显刚刚关门那架势,"砰"的一声巨响,真把她给吓住了。

她看着他,说:"撞鼻子了。"

秦显盯了她一眼,抬手捏她的鼻子。

苏乔怔住:"你干吗?"

秦显冷声说道:"好端端的,没毛病。"

苏乔想,这个时候他关心的还是她。

秦显又捏了捏她的鼻子,最后食指在她的鼻梁上刮了一下。他的食指刮过她的鼻尖,像恋人间亲昵宠溺的动作,苏乔的心猝不及防地快跳一拍。

她盯着秦显,仿佛突然失语,什么话也说不出来了。

秦显看了她一会儿,表情平静地说:"去买菜吧,中午没吃的。"

苏乔微微怔住。下一秒,秦显就握住她的手,拉着她往楼下走去。

去超市的路上,秦显一直握着她的手,没有松开过。

"秦显……"苏乔觉得不太对劲儿,想说什么,秦显打断了她的话:"你要是还想说昨晚是酒后乱性,那就闭嘴。"

苏乔愣了愣,侧头看向秦显。

秦显没看她,眼睛直视着前方,语调很冷:"你一开始就不该来招惹我,现在也别指望着我会放手。"

他的语气很坚定,甚至有些霸道,不容人拒绝。

苏乔盯着他看了半晌,说:"你的朋友们会为你不值。"

秦显皱眉,脚步顿住。他终于侧头,盯着苏乔看了一会儿,说:"跟他们有关系吗?"

苏乔怔住。秦显看着她的眼睛,一字一顿地说:"我喜欢谁,跟谁在一起,跟其他人没有任何关系。"

秦显的眼神直直地撞入苏乔的心底。秦显比她想象中桀骜不驯,他似乎真的完全不在乎。最重要的是,他说喜欢她。

苏乔盯着他看了一会儿,嘴角渐渐勾起了笑容。她又露出那种勾人的笑容,眼角都是张扬得意的笑。她每次这样笑的时候,秦显总觉得她像个妖精,令人鬼迷心窍。

苏乔钩住他的食指，笑着问他："你喜欢我？"

秦显皱了皱眉，转头就走，懒得回答她这种无聊的问题。

苏乔跟上去，拉住他的手："那你以后可别后悔。"顿了一下，她又说，"也不能嫌弃我。"

秦显没有说话，只是反手握住了她的手，与她十指交握。苏乔突然什么都不想考虑了，不想管以后会怎么样。她现在只想拥有当下这份快乐，以后的事情，走一步算一步。

大过年的，超市没有多少人，苏乔和秦显在里面逛了很久。接下来的几天，两个人打算哪里都不去，就待在家里，于是一次性买够了好几天的菜。

秦显对厨房这一块儿可以说是一无所知，在生鲜区逛的时候，只负责推车，苏乔负责挑菜。她问他想吃什么，他也是轻飘飘的一句"随便"。

然而当苏乔拿起蘑菇的时候，某位"随便"的仁兄在旁边说："不想吃这个。"

苏乔愣了一下，侧头看他："你不喜欢吗？"

秦显"嗯"了一声。于是苏乔将蘑菇放下。

她转去另外的柜架上，又拿起一把芹菜，想着做芹菜炒蛋，正要将芹菜放到推车里，秦显又在旁边说："这个也不想吃。"

苏乔又愣了愣："芹菜很好吃。"

秦显拒绝，将她手里的芹菜放回柜架上："买别的。"

苏乔盯了他几秒，然后回头，随手拿起一把香菜："这个煮面好吃。"

秦显皱眉，语气都在抗拒："不要。"

话音刚落，苏乔一脚踢到他的腿上。秦显没来得及躲，疑惑地看着她。

苏乔瞪他："你不是说随便吗？"

他这叫随便？

秦显从她手里将香菜拿走，放回去，语气坚定地说："不要这个。"

他一手推车，一手将苏乔拉走。

买完菜已经快十二点了，苏乔唯一得出的结论是，眼前这位大少爷真是挑食挑得格外厉害。

回到家，苏乔上楼换衣服，然后去厨房做饭。秦显什么都不会，只好站在一旁。

苏乔时不时使唤他拿个盘子、洗个菜什么的。苏乔炖了鱼汤，厨房里香味儿四溢。秦显有点儿饿了，从身后抱住她。

苏乔一边用汤勺轻轻搅拌锅里的鱼汤，一边问："你爸妈什么时候回来？"

秦显道："过完年。"

"具体哪天，你问清楚。"

秦显问："怎么？"

苏乔回道："我好搬走。"

秦显的脸色顿时沉了下去，双手将苏乔的腰箍紧。

"听见了吗？"

秦显沉默了一会儿，终于"嗯"了一声。

吃完饭，秦显被苏乔逼着打电话问父母什么时候回来。

两个人待在卧室里。

秦显坐在床上，苏乔坐在床对面的书桌上，双手撑着桌面，眼睛直盯着秦显。

秦显微低着头，和母亲讲电话。电话那头是个温婉的声音，声音很轻，苏乔听不清对方在讲什么，只听见秦显时不时地"嗯"一声应答。

约莫两分钟后，秦显挂了电话。

苏乔问："他们什么时候回来？"

秦显看着她说道："下周一。"

下周一？苏乔想了一会儿，点了点头："还有三天。"

秦显盯着她，没说话。

苏乔从书桌上跳下来："那我得赶紧找房子了。"

秦显说道："大过年的，你去哪里找房子？"

苏乔回："外面呗。"顿了一下，她又说，"找不到就先住酒店。"

苏乔一边说一边往门外走，走过秦显身边的时候，手突然被拉住。

她回过头，看着秦显笑："怎么了？舍不得我？"

"去哪儿？"秦显坐在床边，抬眼看着她。

苏乔道："我睡会儿午觉，困。"

说着，她便将手从秦显手里抽出来，往外走去。

秦显在床边坐了一会儿，站起来走到书桌前，拉开椅子坐下。

他从一摞书下面抽出一套卷子，调了个时间，开始做数学竞赛的模拟练习。

苏乔一觉睡到晚上七点，冬天天黑得早，醒来的时候，外面已经黑透了。她去浴室刷了牙洗了脸，出来的时候将头发随意拢在脑后，然后去隔壁找秦显。

苏乔没有敲门，推开门就进去。卧室里只有书桌上亮着一盏台灯，秦显坐在书桌前认真学习。

苏乔站在门口盯着他看了一会儿，然后才走进去。她趴到他的背上，双手从他的肩膀伸过去，交叠着环在他的胸前："你一直在学习？"

秦显"嗯"了一声，拉住她的一只手腕："睡醒了？"

苏乔点头，眼睛却盯着桌子上的卷子，半晌，抬起头来，笑着对秦显说："要是我高中没有辍学，也许会和你做同学，说不定我们可以早几年认识。"

她虽然在笑，但没能读书始终是她心底的伤痛，脸上表现得再无所谓，眼里也仍然有很深的遗憾。秦显看着苏乔，心底克制不住地心疼。他伸手温柔地摸了摸她的脸颊，握住她的手。苏乔笑，用另一只没有被秦显拉住的手从他桌上随便拿起一本书，她看了一会儿，又重新将书放回书桌上。

她将手从秦显手里抽出来，在秦显的房间里转了一圈，然后走到他的衣柜前，抬手打开衣柜门。秦显的衣柜整理得很有条理，衣服一件件整齐地挂着。

苏乔的目光落在了秦显的高中校服上，看了一会儿，忍不住从里面将其拿了出来。

秦显坐在椅子上看着她，苏乔里面穿着件白色的T恤，她将秦显的校服外套穿到身上，很认真地拉上了拉链。校服太大了，挂在她的身上，显得她更瘦了。

苏乔穿好衣服，抬起头对着秦显笑："好看吗？"

秦显有些想笑："太大了。"

苏乔低头看了一眼，赞同地说："是太大了。"

衣服长得都包住臀了。但她还是舍不得脱，就这样穿着，拉个凳子坐到秦显边上，左手撑着头，偏头看着秦显："你还要做多久题？"

秦显道："半个小时。"

苏乔点头："你做吧，一会儿我们出去吃饭。"

秦显看了她一会儿，点了点头，重新拿起笔。秦显做题，苏乔就撑着头专心致志地看着他。台灯散发出的白光将秦显的侧脸轮廓映照得更加硬朗；修长的手指握着笔，他微低着头，认真地在卷子上演算着。

苏乔盯着他看了一会儿，忽然靠过去，双手从侧面搂住他的脖子。

秦显微怔，侧头看她。

苏乔看着他的眼睛，问："秦显，你为什么会喜欢我？"

秦显目光平静，反问她："需要理由吗？"

苏乔愣住。是啊，一个人喜欢另一个人需要什么理由？

她忍不住笑，在秦显的唇上亲了一下，问他："你交过女朋友吗？"

秦显反问："你呢？"

苏乔眨了眨眼："你猜。"

秦显盯着她，面露不悦的神色。

苏乔笑了一声，从凳子上站起来，想去阳台上抽根烟。

阳台上和室内完全是两个温度，寒风瑟瑟，有点儿冷。

苏乔将校服拢紧一些，趴在阳台栏杆上。指间夹着的烟在黑暗中闪着火星，苏乔时不时吸上一口，任由灰白的烟灰断在空中，被风一吹，瞬间消散。

她抽了半根烟时，秦显从里面出来，伸手将她手里的烟拿走了。

苏乔侧头，笑望着他："做完了？"

秦显"嗯"了一声，将烟头摁灭在栏杆上。

苏乔盯着他，下一秒，突然扑到他身上搂住他的脖子。

秦显被苏乔扑得往后退了一步，腰靠着栏杆。他索性就那样靠着，单手搂住她的腰，看着她问："怎么了？"

苏乔微微踮脚，嘴唇贴在他的耳边，低声说："我没交过男朋友，你是第一个。"

秦显盯着对面的墙壁，在黑暗里轻笑了一声。

晚上苏乔和秦显在外面吃的饭，吃完饭秦显问她要不要转一转。

高档的别墅区位于空气极佳的郊外，整个区域静谧而安逸，不像市中心那样吵闹，也没有市中心那么多的娱乐项目，连人都很少。

苏乔站在路旁的路灯下，橙黄的灯光照下来，将她的影子拉得老长。

她往四周望了一圈，回头问秦显："去哪里转？"

秦显从便利店里出来，手里拿着一瓶水，拧开递给苏乔。

苏乔口渴，让秦显给她买的矿泉水。

她接过水喝了两口，又将水瓶递给秦显："喝不？"

秦显接过，仰头喝水。苏乔将手伸到他的衣兜里，他穿了件黑色短款太空服，里面就一件白T恤，外套还敞着。男生果然都不怕冷。

苏乔在秦显的衣兜里摸了半天。秦显喝完水，低头握住她的手腕，忍不住好笑地问："你在摸什么？"

苏乔抬头问："买烟了吗？家里没了。"

秦显将她的手从衣兜里拉出来："少抽点儿。"

苏乔怔了怔，盯了他几秒："嫌我了？"

苏乔的情绪来得太快，秦显一时没反应过来，拧瓶盖的动作一顿，抬眼看着她。

苏乔看了他一眼，什么话也没说，转身就走。

一阵寒风吹来，她下意识地将大衣拢紧。

她走了几步，身后传来脚步声，下一秒，她的手臂就被猛地拉住。

"发什么神经？"秦显的语气带着几分不可遏制的怒意。

苏乔回头盯着他。秦显皱着眉，摸她的额头："吃错药了？"

苏乔把他的手挥开，眼睛看向别处。

气氛有些僵硬，秦显也不说话了，站在那儿沉着脸盯着她。

过了一会儿，苏乔才又收回目光，对秦显说："秦显，你看清楚我，我不是什么好女孩儿，没家教、没文化、没修养，一堆坏毛病，跟你不是一个世界的人，你要是喜欢那种单纯的小姑娘，别来找我。"

苏乔一口气说完，语气带着点儿怒意。但她也不知是气秦显，还是气她自己太糟糕。

秦显盯着她看了一会儿，突然觉得好笑，便忍不住笑了出来。

苏乔被他笑得莫名其妙，皱着眉问："你笑什么？"

秦显突然捏住她的下巴，俯身一寸寸朝她靠近。他嘴角勾着笑，连眼睛里都带着笑。苏乔莫名觉得他似乎在嘲笑她，下意识地往后退。身后就是大树，她刚退了两步，后背就抵到了树干上。秦显身体逼近，眼里笑意更深了。身后是树，身前是秦显，苏乔被夹在中间。

秦显捏着她的下巴，盯着她看了半晌，终于好笑地开口："我的意思是，少抽点儿烟对身体好，我什么时候说嫌你了？"

苏乔看着他，没说话。

秦显笑了一会儿，终于松开她的下巴，右手环过她的腰，将她按到怀里，在她耳侧低声说："别胡思乱想。"

苏乔盯着前方的路灯在地上投下的光影。

这一瞬间，她忽然觉得秦显是懂她的，懂她的骄傲和自尊，懂她的敏感和自卑。

秦显说前面有个好地方要带她去，到了她才知道是个湿地公园。然而公园里黑漆漆一片，连路灯都没有。

秦显说前面这段路的路灯坏了，赶上这两天过年还没来得及修，后面就有灯了。苏乔深信不疑，跟着秦显往里面走了一段，结果走了大半天，里面依然黑漆漆一片。

苏乔怕黑，忍不住踢了秦显一脚："你厉害啊，第一次约会就把我带到这种鬼地方来。"

秦显在黑暗里低笑了一声，手伸过来握住她的手。

苏乔这几年一直是一个人过，开心是一个人，难过是一个人，绝望是一个人，害怕也是一个人。她习惯了不依赖任何人，好的坏的事情全都自己扛着。但是此刻，她清晰地感觉到自己的手被秦显握在掌心里，像是在大海里漂泊了许久的小船终于有了可以避风的港湾，有了依靠。她贪恋这样的感觉，这让她觉得不再孤独。

秦显没骗她，往里面走了七八分钟，终于有路灯照明了。

富人区的湿地公园，修得很美，像个皇家园林。

前面有座假山，苏乔爬上去坐着。秦显站在下面，面对着苏乔，靠着湖边一个石碑，双手插在裤兜里。苏乔坐得高，居高临下，能看到湿地公园的一半景色。

她忽然想起小时候的事情。她小时候上山砍柴，累了就坐在山顶的石墩上，眺望整座大山。大山荒凉，她很小的时候就常常想，等她长大了，一定要离开这里，去大城市生活。她想去外面的世界看一看。她努力读书，每学期都考村里的第一名，拿了一张又一张奖状。每次拿到奖状，她便觉得自己离梦想的生活更近了一步，欣喜不已。

直到中考结束，母亲告诉她，家里只能供一个孩子读书，她是长女，所以只能被牺牲。

她大吵大闹，明明她那么努力考上了市里最好的高中，为什么不让她去？为什么不让她去念书？为什么要牺牲她？但是没用，因为她闹得太厉害，还被奶奶打了一顿。

有些事情她不敢想，想起来便克制不住地想哭。她深吸了一口气，将眼眶里的泪水忍了回去。

秦显抬头看到她眼里闪出泪光，顿了一下，担心地问："怎么了？"

苏乔笑着摇摇头，低头对秦显说："我跳下来，你接住我好吗？"

秦显"嗯"了一声，伸出手，说："下来。"

苏乔一秒也没犹豫，扑到了秦显身上。

秦显很轻松地就接住了她。苏乔搂住他的脖子，双腿夹在他的腰侧，低头在他的唇上亲了一下，双手捧着他的脸，看着他笑。

秦显看着苏乔，第一次觉得她终于像个真真实实的十八九岁的女孩子，笑得很开心，不像以前，即便笑着眼底也藏着很多心事。

"我们回去吧。"苏乔说。

秦显"嗯"了一声,说好。

回到家,苏乔先回卧室洗澡,然后去秦显的房里。她又没敲门,直接推门走了进去。

秦显刚洗完澡出来,只穿了条浅灰色运动裤,上身没穿衣服。他洗了头发,拿着毛巾在擦头,听见推门声,抬眸看过去。

苏乔没想到会撞到秦显刚洗完澡出来,但一点儿也没有害羞,还走过去,笑着在秦显的腹部摸了一把:"啧,腹肌不错啊!"

秦显拉住她的手:"别乱摸。"

苏乔笑,躺到秦显的床上,平躺着举着手机看。

秦显眸色很深,盯着躺在床上的苏乔,半响,问:"你今晚要睡我这里?"

苏乔闻言愣了愣,而后眼里染上笑意。她侧了个身,右手撑着头,笑望着秦显:"你想我睡在这里吗?"

秦显看了她一眼:"别胡闹。"

他将擦头发的毛巾扔到床头柜上,走到衣柜前,从里面拿出件黑色T恤,往脖子上一套,两手从衣袖伸出将衣服拉下来。

秦显走到床边,脱鞋上床,后背靠着床头,从床头柜上拿了一本书。他睡觉前有看书的习惯。

苏乔挪过去,依然侧着身,右手依然撑着头。她好奇,左手翻了一下书的封面,是本外国名著。苏乔探头过去,想看一眼书的内容,哪晓得一看,发现居然是全英文的原著。

苏乔愣了几秒,抬手捏住秦显的下巴。

秦显抬眼看着她,眼角含笑:"干什么?"

苏乔捏着他的下巴歪来歪去地看了一会儿,说:"我这是踩了什么狗屎运,找了个怎么不得了的男朋友?"

秦显拉下她的手,笑道:"你要是想学,我可以教你。"

苏乔躺到旁边:"你学习那么忙,又有竞赛,哪有时间?"

她拉起被子盖住自己。

秦显盯着被子，默了几秒，目光往上，盯着苏乔："你真要在这里睡？"

苏乔闭着眼睛，脑袋埋在被子里，声音闷闷地从被子里传出来："嗯，我睡了，别吵我。"

秦显："……"

苏乔因为平时要工作，习惯早起，休息日也一样，六点多天不大亮就醒了。

深色的窗帘紧闭，外面没有一丝光线照进来，房间里漆黑一片。

苏乔刚醒，意识还有些涣散，抱着被子从床上坐起来，低垂着头，闭着眼睛想着再眯一会儿。她刚眯了一会儿，又睁开眼睛，意识慢慢清醒，这才想起昨晚是在秦显的房里睡的。她下意识地往身侧看去，房间虽然暗，但还是很明显看得出旁边是没有人的。

苏乔本能地往身侧摸了一下，床单都是冰凉的。秦显这么早就起来了？想着，她扭过身将床头的灯打开。

"啪"的一声，灯骤然亮起。

秦显睡在沙发上，被突然亮起的灯光刺了眼，下意识地抬起胳膊挡住眼睛。

苏乔盯着睡在床对面的沙发上的秦显，愣了好半天。然后她从床上下来，光着脚走过去，蹲在沙发前："你昨晚就在这儿睡的？"

秦显没睁眼，胳膊依然挡着眼睛，"嗯"了一声。

苏乔没忍住笑了："你有病啊，有床不睡。"

秦显缓了一会儿，适应了光线，总算把胳膊拿下来，盯着苏乔看了一眼，问："你这么早？"

苏乔"嗯"了一声："习惯了。"

她站起身，往房间外面走去："我回房洗脸，然后下楼做早饭，你收拾好就下来吧。"

秦显从沙发上坐起来，看着苏乔走出房间，默了会儿，总算站起来往浴室走去。他偏头揉了一下脖子，睡了一整晚沙发，浑身酸痛。

这是苏乔和秦显在一起的第二天，吃过早饭，两个人在院子里玩。

今天难得出太阳，寒风中夹着一丝暖意。

苏乔裹了件羽绒服，坐在院子里的秋千上。

秦显站在侧面，靠着秋千旁的栏杆，时不时帮她推一下秋千。

她低着头在看手机，看了一会儿，然后拿起来给秦显看："这个怎么样？"

秦显看了一眼，皱眉："太破了。"

苏乔在网上找房子，已经挑了好几个，她觉得都还可以，结果没一套是让秦显满意的。这是第四套房子了。

苏乔眯了眯眼睛，盯着秦显看了一会儿，收回手机，说："反正是我住，又不是你住。"

她觉得这位置还行，离她上班的地方不算太远，价格也合适。她将电话拨过去，想先联系中介，刚将手机放到耳边，手里一空，手机被秦显抽走了。她抬头看他，秦显一手插在裤兜里，一手握着她的手机，垂着眼，手指往屏幕上滑了一下，毫不犹豫地挂断了电话。

苏乔愣了几秒，好笑地抱起双臂："秦大少爷，你这是在做什么？"

秦显坐到秋千上，挨着苏乔，然后把手机揣到自己的兜里，说："别找了。"

苏乔将手伸到他的衣兜里，把手机拿走："再不找，等你爸妈回来，我就又要没地方住了。"

她又打开手机，仔细看了看刚刚那套房子。

"这套不错嘛，干干净净的。"

秦显说："小区太破了，不安全。"

苏乔笑："认识你之前，我不一直住着这种房子吗？不也活得好好的？"

秦显侧头看着她，眉心微皱。

苏乔和他对视，说："你不要管我。"

秦显愣了一下，而后盯着她，面色不悦地说："我不能管你吗？"

苏乔挑眉，半晌，笑出了声，手捂住秦显的脸："秦显，你有点儿霸道啊！"

不过苏乔素来有主见，决定好的事情，谁也改变不了。秦显也不能。

她看中了那套房子，将电话拨了出去，很快和中介联系好下午就去实地看房子。其实房子真的还不错，小区虽然有点儿破旧了，但也不是很糟糕，他们去的时候还有阿姨在打扫小区的卫生。

苏乔拍了一下秦显的肩膀："怎么样？没你想的那么差吧？"

秦显插着兜，沉着脸，没吭声。苏乔办事果断，看了看房子，觉得没什么问题，立刻让中介通知房东来签合同。签好合同，房东交了钥匙，和中介一起离开。

苏乔在屋里转了一圈，对秦显说："等你爸妈回来，我就搬过来。"

秦显倚在门边，盯着她，半晌终于说了一句话："这里离我太远了。"

苏乔愣了愣，顿时恍然大悟。难怪他一直不高兴。

她忍不住笑，走过去把钥匙拍在他的胸口上："拿着。"

秦显下意识地接住钥匙，看着她。

苏乔笑着捏他的下巴，说："别不高兴了，钥匙给你，你有时间就过来。"

秦显冷哼了一声，拉下她捏他下巴的手，反手握在掌心里，将钥匙揣在裤兜里，拉着她离开。

两个人从小区里出来，开车回家。进了屋，苏乔换了拖鞋便往楼上走。

秦显跟在后面："干什么去？"

苏乔："上楼收拾东西。"

秦显的父母后天就回来了，她得先把该收的东西都收好。回到房间，她正准备关门，秦显抬手挡住，推门进来。他走到床边径直躺下。

苏乔将门关上，问："你不回房做题吗？"

秦显"嗯"了一声，没说别的。

苏乔走到床边，单膝跪在床上，俯身拉秦显的衣服拉链。

秦显怔了怔，握住她的手腕，眸色都变得漆黑，盯着她问："你干什么？"

苏乔只是想让他把外套脱了，但见秦显这般反应，不由得起了逗他的心思。

她笑起来，眉眼飞扬地说："你猜我要干什么？"

秦显盯着她，没有说话，只是一双眸子深得仿佛要将她看穿。

苏乔没忍住，"噗"地笑出一声，松开他的衣服，说："你思想纯洁一点儿,我只是想让你把外套脱了再躺床上。"

说着,她直起身绕过床尾,走到衣柜前拉出行李箱打开,盘腿坐到地毯上。

秦显面色微异,半晌,从床上坐起来,转身盘腿坐在床上,和苏乔面对面坐着。

苏乔坐在地上,抬眼看向他,忍着笑。她敢肯定,秦显刚刚一定想歪了。

秦显倒是面色坦然,很自然地转移话题,说:"下个星期就返校了。"

苏乔愣了愣:"这么早?"

秦显点头,说:"开学有个竞赛,不过忙完应该能闲一段时间。"

"闲一点儿好呀,你正好可以好好休息一下。"苏乔低着头叠衣服,将衣服整齐地放进行李箱。

秦显盯着她看了一会儿,静默了片刻,开口:"我想说的是,等我忙完,就可以好好地陪你了。"

苏乔叠衣服的动作顿了顿,她抬起头,忽然冲秦显笑了笑,凑过去问:"秦显,你是不是特喜欢我啊?"

喜欢到他想天天和她见面。

苏乔弯了一下眼睛,说:"我知道。"

秦显挑眉看着她:"知道什么?"

苏乔:"你特喜欢我。"

秦显没答她,但是看她的眼神似乎很无语。

苏乔一边收拾东西,一边催秦显去刷题。他已经陪她玩大半天了。

秦显道:"不急这会儿。"

苏乔将针织衫卷成条状,塞到行李箱的侧面。

片刻后她忽然抬头,问秦显:"我会不会耽误你学习?"

秦显不客气地回她:"想多了。"

苏乔看着秦显,他面色平淡,没什么表情。但是她从他的语气里听出了骄傲的意思,就像学习对他而言完全是小事一桩。苏乔突然对秦显生出些崇拜感来。

她笑了笑:"那就好。"

不耽误他学习就好,否则她会内疚。

已经下午四点多了,她收拾着东西问床上坐着的秦显:"晚上想吃什么?"

秦显默了几秒,说:"鱼。"

苏乔愣了愣,抬头说道:"家里没鱼。"

上次他们买了一冰箱菜,唯独没有买鱼。毕竟鱼这种东西要买新鲜的才好吃。

秦显看着她,说:"那就去买。"

秦显是个典型的行动派,行李收拾到一半,苏乔就被他拉去超市买鱼了。

超市里的生鲜区有现杀的鱼,秦显要吃清蒸的,苏乔给他买了一条鲈鱼。清蒸鱼需要大葱,然而当苏乔准备把大葱放到秦显拎着的购物篮里时,秦显很嫌弃地将大葱拿走,重新放回了菜架上。

苏乔回头眯起眼看着他。

秦显一本正经地说:"不喜欢。"

苏乔盯着他看了一会儿,摇头叹气:"你这挑食的程度,以后谁嫁给你,一日三餐可难伺候了。"

她一边说,一边低头在菜架上寻找有没有什么可以替代的东西。

秦显的声音平静地传来:"那以后就辛苦你了。"

苏乔身体一僵,猛然抬头。秦显和她对视,目光平静,似乎不觉得自己刚刚说了句什么不合适的话,反而问她:"怎么了?"

苏乔心跳如擂鼓,愣怔地看着他,她想说点儿什么,却又什么也说不出来。

秦显自然地拉住她的手,说:"走吧,回家。"

苏乔一整晚都在想秦显在超市说的那句话。

秦显回卧室学习去了,她坐在门口走廊的台阶上。

外面没有下雪,但是吹着风。

她将羽绒服领口拢紧些,风灌不进脖子,瞬间就没那么冷了。

事实上，她觉得这两天过得像做梦一样，极不真实。所有的一切都不真实。高兴不真实，幸福不真实，温暖不真实，爱也不真实，秦显刚刚那句话……更不真实。对她而言，似乎只有孤独和冰冷才是最真实的。但是这种不真实的感觉让她沉溺，她真希望永不醒来。

秦显在楼上刷题，九点半的时候，忽然听见楼下传来乱弹钢琴的声音，是那种手指在琴键上不停乱按发出的噪声。

他怔了片刻，放下笔下楼。偌大的客厅里，落地窗前摆着一架古典的三角钢琴。

苏乔此刻正坐在凳子上，胡乱地按着琴键。她低着头，连秦显下来都没有发现。

魔音穿耳，秦显看着苏乔一副很认真的样子在弹琴，忍不住笑。他走过去，还没出声，苏乔已经先抬起头来。

苏乔看着他，顿了几秒，说："吵到你了？"

秦显将双手插在兜里，倚着钢琴站着，看着苏乔笑，说："我倒是没关系，就是大晚上弄出这种噪声，我怕邻居投诉你。"

苏乔道："投诉也是投诉你，反正我后天就搬走了。"

她又低下头，看着钢琴上的黑白琴键。秦显就倚在旁边看着她。

苏乔又尝试着在琴键上按了两下，过了会儿，似想到什么，抬头问秦显："你会弹吗？"

秦显点头，手臂在琴架上撑了一下，站直身体。他绕到苏乔身后坐下。两个人同坐在一张凳子上。苏乔下意识地往前挪了挪，秦显又往前坐。

两个人挨得很近，苏乔清楚地感觉到秦显的大腿根贴着她的臀部，她僵直了身体，连表情都绷紧了。秦显坐在她身后，双臂绕过她的身体两侧，她缩着肩膀坐在秦显的双臂之间。秦显修长的手指优雅地按着琴键，客厅里响起悠扬的钢琴声。苏乔第一次发现秦显的手指这么好看，白皙修长，骨节分明。她盯着秦显的手指出神。他的手指像有魔法似的，能弹出美妙的乐曲。

她对秦显的崇拜又多了一样。

琴声停下的时候，苏乔也回过神，回头看秦显："你好厉害。"

秦显挑了一下眉，笑了笑。苏乔也轻轻笑了，然后亲了他一下。

秦显眸色一深，低头要吻下来。陡然间，门外传来一道优雅的女声："阿显今晚兴致还挺高，这么晚居然还在弹琴。"

苏乔和秦显都听见了，皆愣了愣。

苏乔紧张得睁大了眼睛，压着声音问："是谁？"

秦显看着她，说："我母亲。"

苏乔做梦也没想到秦显的父母居然会提前回来，猛地站了起来。

"也不知道阿显这几天怎么吃的，那孩子连碗面都不会煮。"

"多半又是点外卖。"

"跟他说了多少次了，外卖不卫生，少吃点儿。"

秦显的父母还在外面说着话，声音越发近了。

苏乔脸色煞白，盯着秦显，嘴唇颤了颤，一句话也说不出来。她觉得自己像个罪犯，害了秦显的罪犯。他是这样的优秀，她怎么能觊觎他。她想象不出他的父母见到她会多愤怒。

秦显站起身，握紧苏乔的手："你别怕，有我在。"

顿了下，他眼神坚定地说："你就在这儿，我来说。"

说完，他松开苏乔的手，转身往大门走去。

苏乔紧张地盯着秦显的背影。两个人明明只隔着几步，却好像隔着几个世界。这个房子、眼前的钢琴、门外的秦显的父母……一切都在提醒她，这两日所经历的事情都像一场浮光掠影的美梦。

她想躲已经来不及了。当秦显的手覆在门把上，打开门的瞬间，苏乔几乎是条件反射地跑到窗边，迅速推开窗，想也不想就从窗台上跳了下去。虽然是在一楼，但从窗台上跳下来也并不矮，苏乔又穿着拖鞋，极不方便。落地的瞬间，脚踝一崴，静谧的深夜里，她听到了骨头"咔嚓"一响的声音。

苏乔蹲在墙边，手握着右脚脚踝，疼得眼泪差点儿掉下来。

墙边是低矮的灌木丛，苏乔躲在里面，不敢发出半点儿声音。她贴着墙壁，仔细听着里面的动静。她听见秦显喊爸妈的声音，然后是关门声，再然后又是那道优雅的声音问："这么晚了，你还在弹琴呢？"

客厅里,秦显下意识地往钢琴的方向看过去,四周空无一人,刚刚还站在那里的苏乔不知道去哪里了。他愣了一下,四下望了一眼。

秦母见儿子似乎在找什么,顺着他的视线看过去,疑惑地问:"怎么了?"

秦显回神,摇头说:"没什么。"

秦父手里拎着东西,秦显伸手去接:"爸,给我吧。"

秦母笑着说:"这西班牙火腿味道还不错,你爷爷非让我们带回来的,你先拿到厨房去。"

"好。"秦显拎着整只西班牙火腿,去厨房前还回头往窗口望了一眼。

见窗户开着,他不由得皱了皱眉。他分明记得刚刚那扇窗是关着的。

第四章 很想你

Chapter 4

苏乔没有穿外套,也没有穿袜子。

秦显家暖气很足,她光着脚都能踩在地上。现在她只穿了件长袖的薄卫衣、一条藏青色露脚踝的棉裤,抱着双臂从小区里出来。她整个人已经被冻得发麻了,裸露在外面的脚踝和拖鞋里光着的脚凉得像泡在冰窖里。

刚刚她跳窗的时候崴了右脚,骨头很痛。走出小区,她受不了了,站在路灯下弯身检查了一下,脚踝已经肿起来了。她用手指戳了一下,痛得皱起了眉。

事发突然,她连手机都没有拿出来,没办法和秦显联系。所有的东西都在秦显家里,不仅手机,钱包和她租的房子的钥匙,也都没有带出来。

从秦显家出来,到小区门口这段路就走了十分钟,苏乔已经冷得发抖了。她必须立刻找个温暖的地方,好在往前再走十分钟就有二十四小时便利店。

苏乔想跑起来,跑起来大概就没这么冷了,然而脚踝痛得连走路都困难,更别说跑了。

寒风呼啸着往她身上招呼,她冻得浑身发抖,牙齿打架,忍不住骂了句脏话。她抱紧双臂,垂着头沿着墙壁往前走着。即便是这样,她也没有想过回去,就像她跳窗跑出来那一刻,没有半分犹豫。

苏乔一路打了好几个哆嗦，推开便利店门的时候，猛然打了个喷嚏。她揉了一下鼻子，手指都被冻僵了。即使进了有暖气的地方，她身上还是一阵阵地发寒，骨头里都是凉意。她隐约觉得这次可能要得重感冒了。

便利店里开着暖气。她走到前台，礼貌地问："你好，我可以接点儿热水吗？"

前台的女孩儿拿着手机在追剧，听见声音才抬起头，看见苏乔愣了一下，大概不明白怎么会有人在这么冷的天气穿这么少。

苏乔脸色苍白，嘴唇也白，进来有半分钟了，还是抱着手臂在发抖。

女孩儿忙点头："可以的。"

她站起来，从里面拿了一次性纸杯，到泡面的区域帮苏乔接了一杯热水。

"谢谢。"苏乔双手接过杯子，手微微发着抖。

女孩儿问："这么冷的天，你怎么穿这么少呀？"

苏乔笑了笑："出来扔东西，钥匙被锁家里了。"

她撒起谎来眼睛也不眨一下，端着杯子走到门口旁边的吧台前，拉开一张椅子坐下。她喝了小半杯热水，缓了一会儿，身上总算没那么冷了。

苏乔盯着玻璃窗外的黑夜出神，脑子里一片空白。

约莫过了十分钟，便利店的门猛地被人从外面推开。动静很大，收银台的女孩儿吓得直接站了起来，然后她就愣住了。门口是一名穿着黑色羽绒服的男生，个子很高，长得很帅。

便利店的女孩儿是年前来应聘的，今天是第一天轮班，第一次见到这么帅的男生。她不禁脸红了，正想问他需要点儿什么，却见那男生大步朝着吧台边坐着的女孩儿走过去。

苏乔还在发呆，看见秦显朝她走过来，开口第一句就是问："你怎么出来了？你爸妈呢？"

秦显的脸色难看得厉害，他将手里的羽绒服披到苏乔身上："你跑什么？！"

他握住苏乔的手，发现凉得刺骨，脸色更难看了，语气都带着怒火："你有病是不是？身体要不要了？"

苏乔盯着他："你是专门出来骂我的吗？"

秦显皱眉，抿紧唇，没再言语。

苏乔实在是冷，又冷又累，坐在凳子上，身体靠过去抱住秦显，头埋在他的怀里，过了好一会儿才发出很轻很轻的声音："我很难受。"

短短几个字，就让秦显的一肚子火全没了。他立刻在苏乔面前蹲下，抬手去摸她的额头。

她的额头滚烫，像从蒸笼里刚刚出来。秦显皱眉，扶住她的脸，盯着她看。原本白皙的脸此刻因为发烧而变得绯红，唇色却是白的。

"我带你去医院，先把衣服穿上。"秦显此刻完全没了来时路上的怒气，看着苏乔这般虚弱的模样，只剩下自责和心疼了。

他帮苏乔把披在肩上的羽绒服穿好，扶她从凳子上起来。腰被搂着，苏乔此刻整个人都靠在秦显的怀里。迎面寒风吹来，她侧过头，将脸也埋在秦显的胸膛前。这样的温暖，她不知道还能拥有多久。

秦显搂着苏乔往前走，抬手将羽绒服帽子拉起来帮她戴上，往下拉了拉，将她的头和脸完全罩住挡风。他将手臂环过来，抱住苏乔的头，低声说："马上就去医院，马上。"

苏乔在黑暗里闭着眼睛，轻轻"嗯"了一声。这会儿才十点多一些，但是这一带不好打车，秦显护着苏乔往前走了十分钟，终于在路口拦下一辆出租车。

去医院的路上，苏乔依然被秦显抱在怀里。她不想动，脸埋在他的怀里，右手抱着他的腰。秦显低着头看了她一会儿，握住她的手的力道微微紧了紧，低声问："很难受吗？"

苏乔轻轻"嗯"了一声，便没有别的声音了。

秦显沉默了片刻，也没再说什么。他抬起头，透过前排的车窗，盯着窗外漆黑的深夜。

夜晚道路畅通，二十分钟车子便抵达了附近的医院。

车子停下的时候，苏乔终于从秦显的怀里直起身来。刚刚她睡了一会儿，稍微舒服一点儿了。她往旁边挪了挪，自己推门下车。

秦显付钱下来，苏乔站在路旁，说："你回去吧，我自己去找医……"

"医生"两个字还没说完,秦显便将她往怀里一带,搂着她就往医院急诊部的方向走去。

结实的手臂将她完全禁锢在他的怀里,她挣了两下,完全挣不开,在心底叹了一声,索性由着他了,只是担心地问:"你出来的时候跟你爸妈怎么说的?"

秦显目视着前方,平静地回答:"找我女朋友。"

苏乔猛地抬头:"你疯了!"

秦显垂眼,眸色很冷地盯着她。

苏乔愣了一下。她看着秦显冰冷的眼神,竟然有点儿害怕。

她下意识地去拉他的胳膊:"秦显……"

"你是不是压根儿就没想和我好好在一起?"秦显突然开口,语气很平静。但他越是平静,苏乔心里越是没底。

她看着他,不由得攥紧了掌心。几个字在喉头萦绕,打了几个滚,她又将其咽了下去。她想说:算了吧秦显,这两日的生活就当是她做的一场梦,梦醒了,她就该回到自己本来的地方去。但她说不出口,她越来越喜欢他了。面对秦显的质问,她不知道自己该说点儿什么。她不是不想和他好好在一起,而是不敢想。

秦显只觉得心烦气闷,但看着苏乔此刻虚弱的身体,又什么重话也说不出来,心底沉沉地呼出口气,重新握住苏乔的手:"走吧。"

苏乔微愣:"去哪儿?"

秦显牵着她往前走,声音很低:"找医生。"

苏乔是发烧了,头晕,还有些想吐。

医生给她开了些药,让她留在急诊挂水。两瓶水,不知道她要多久才能挂完。

苏乔坐在床上,见秦显拉了张凳子到床边,下意识地开口:"你回去吧。"

秦显正要坐下,闻言顿了顿,半晌,抬眸看向苏乔。

他双眼沉沉地凝视着她,默了会儿,听不出情绪地说:"你真的这么想让我走?"

苏乔怔住。她看着秦显，想说点儿什么，秦显却只是看了她一眼，下一秒便转身大步离开。他走得很快，苏乔从他挺直的背影看出了不可遏制的怒气。他最后看她那一眼，眼神凉得吓人。

苏乔愣愣地坐在床上，过了好一会儿，侧过头看向窗外。

漆黑的夜里，秦显站在花园昏黄的路灯下。其实秦显生气也是应该的，她的确自私，想要占有他，又想着抛弃他。

秦显到底还是没走，在外面待了半个小时又回来了。听见推门声，苏乔下意识地闭上眼睛躺在床上，听见脚步声靠近，听见秦显拉开凳子在她床边坐下。不知道说什么，她索性闭着眼睛装睡。原本是装睡，但是发着烧，脑袋昏昏沉沉的，没一会儿苏乔便真的睡着了。一觉睡到第二天早上，她下意识地抬手摸了一下额头，已经不烫了。

她往床边看，空荡荡的，没有秦显的身影。她怔了怔，随即撑着床坐起身来，刚起身，病房门从外面被推开，秦显走了进来。

两个人对视，片刻后还是秦显先开了口："好点儿了吗？"

苏乔点头，答他："好多了。"

秦显走到床边，伸手摸她的额头。苏乔的身体僵了一下，由着他探她额上的温度。

过了几秒，秦显收回手："不烫了。"

苏乔"嗯"了一声："是不烫了。"

她掀开被子，两腿放到床下，坐在床边抬头望着秦显："我家里的钥匙你拿出来了吗？"

秦显点头："拿了。"

苏乔起身，说："我先去一下厕所，然后我们回去吧。"

回到出租屋，苏乔庆幸自己那天果断地租下了房子，否则这会儿就只能找酒店了。

两个人到家的时候才上午十点。

苏乔回房收拾了一下，出来对秦显说："你昨天一夜没睡，进来躺一会儿吧。"

昨晚她挂水，秦显在床边守了一晚上。今早她一见他，就看到他眼下一圈疲惫的青影。

秦显坐在沙发上，抬眸看向苏乔。

苏乔见他不动，俯身去拉他的手："走吧，睡一会儿。"

这时候，秦显的手机突然振动起来。苏乔下意识地往茶几上看了一眼，手机屏幕上的名字是"妈妈"。她心口微微一紧，松开秦显的手，站在旁边不再出声。

秦显看她一眼，随后才从茶几上拿起手机，去了阳台。

苏乔隔得远，听不见他们说了什么。

过了一会儿，秦显走回来说："中午要出去吃饭，我先回去了。"

苏乔愣了一下，很快反应过来，点头："好。"

除了这个"好"字，她便再没有多余的话。

秦显盯着她，沉默片刻，还是忍不住又问了一句："你没有什么话要对我说吗？"

苏乔沉默地看着他。

秦显又道："其实那顿饭也可以不去吃，我留下来吧。"

他伸手去拉苏乔的手，道："陪我睡会儿？"

苏乔抽回手："你还是去吧。"

秦显的手顿在半空中，他盯着苏乔看了片刻，最后放下手，俯身将沙发上的外套拿起，绕过苏乔往门口走去。从头到尾他没有再说一句话，冷漠得像不认识她。

苏乔看着秦显走到门口，猛然想起什么："秦显！"

秦显顿住脚步。

苏乔道："你有空帮我把行李拿过来吧。"说完，她又跟着补充了一句，"要是不方便，帮我寄个同城快递也可——"

话没说完，回应她的是"砰"的一声巨响，房门从外面被重重摔上，仿佛带着滔天的怒火。

苏乔愣住，盯着紧闭的房门。

年很快过完了，苏乔又开始正常上班，每天分货、送货，过着日复一日的打工生活。

她和秦显大半个月没有联系了。她的行李箱在她离开秦显家的第二天被快递送来了。她不知道和秦显算不算是分手,总之他们就是不联系了,仿佛从来没有出现在彼此的生命中。

她和秦显认识的时间不长,在一起的时间更是短暂,但对她而言,秦显已经是她生命中无比重要的人。即使过去了这么久,她依然常常想起那段短暂而美好的时光——他的怀抱、他掌心的温度、他的声音,像刻在灵魂里,她一辈子也忘不了。但她又觉得,其实这样挺好的。秦显有秦显的人生,她有她的人生。

返校后,秦显参加了一个全国性的数学竞赛,出成绩那天,秦显不出意外地拿到第一名。

知道消息那天,王煦悄悄地松了一口气。

要知道秦显最近情绪很不对劲,一整天都沉默不语。上回他悄悄地问过梁逸,毕竟梁逸是秦显的表弟,应该比他知道得多点儿。谁知梁逸也摇摇头,说道:"我也不知道。"顿了一下,梁逸倒是问起王煦,"莫不是竞赛压力太大?"

王煦当场翻了个白眼:"我跟他同学六年,就没见他对学习烦恼过,高考都没烦恼过,区区一个竞赛,有屁的压力。"

不是竞赛压力,那必然是因为其他的事情。

梁逸的小女朋友孟莺当即从梁逸身后探出个脑袋,眨了一下眼睛,说:"是不是失恋了?"

王煦和梁逸对视一眼,两人同时想到苏乔。他们似乎很久没见她了。

王煦一拍脑门儿:"我说阿显最近老是盯着手机,像在等谁给他打电话,这么一说,还真是失恋了?"

梁逸和王煦知道秦显心情不好,便拉他去喝酒。

音乐悠扬的清吧里,几个人挑了个靠窗的卡座,窗外吹着风,树影随风摇动。

因为下着雨,路上没几个行人。

秦显一整晚都心不在焉，时不时低头看一眼手机。

坐在对面的林娜观察他一晚上了，终于忍不住说："阿显，你不要想着那个女的了，那种社会上的女人，什么男人没见过啊？她准是玩你的，玩够了就一脚踹开。再说了，你这么优秀，那个女的从头到脚连根头发丝都配不上你，你不要——"

"闭嘴。"秦显眸子冷得像冰，声音很轻，却仿佛带着骨子里透出来的凉意，冻得林娜害怕地缩了缩脖子。她咬紧唇，不敢再说半句了。

秦显突然站起来。梁逸愣了愣："哥？"

秦显没应他，脚将凳子往旁边钩开，侧身就往外走。

到门口他拦了辆出租车，说："华溪雅苑。"

刚发了工资，苏乔去商场买了件新的针织毛衣。谁知出来的时候外面竟然下起大雨，她急忙跑回商场外面的屋檐下躲避。

突然下大雨，她想拦一辆出租车都得靠抢。苏乔抢不赢，也不想去抢，琢磨着去商场买把雨伞，然后到前面去坐地铁。

她正要进商场去，听见一声喊："苏乔！"

苏乔脚步一顿，回头往声音传来的方向望去。

一辆摩托车停在路边，骑车的人将头盔取了下来："你躲雨呢？"

说话的男人叫刘昊，是新来的同事。

苏乔点头，道："准备去买把伞。"

刘昊说道："别买了，你要回家吗？我送你呗。"

说着，他从摩托车上下来，从后备厢里取出个备用头盔给她，还拿了一件雨衣。

苏乔还没来得及拒绝，他已经把头盔给她戴上了："反正咱俩一个方向，顺路嘛。"

刘昊就住在苏乔家隔壁一条街，两个人还真顺路。

苏乔想了一下，便点了点头："也行。"

摩托车在大雨里疾驰，苏乔有点儿害怕，喊道："你慢点儿！"

刘昊大声回道："行！"

秦显在苏乔的小区门口等了有一会儿了。

下着大雨,他便站在保卫室外面的房檐下。当视线里终于出现那道熟悉的身影时,秦显却发现,除了苏乔,还有另外一个男人。苏乔从摩托车上下来,身上全湿了。雨太大,雨衣压根儿没用。

她将头盔取下还给刘昊:"谢谢你啊!"

刘昊这才发现苏乔身上都湿透了,"哎呀"了一声:"你怎么都淋湿了?"说着,他赶忙将自己身上的雨衣扒下来,然后将外套脱下来披到苏乔身上:"到里面还要走几分钟呢,你别弄感冒了。"

苏乔愣了愣,下意识地要将衣服取下来,结果还没来得及,身上披着的衣服突然被人从身后拿走。肩上一松,她下意识地回头。秦显站在她身后,沉着脸将衣服往刘昊的怀里扔去。

刘昊本能地接住衣服,愣愣地望着秦显:"你是谁啊?"

秦显将苏乔往怀里一搂,冷着声音说:"她的男朋友。"

苏乔怔住:"秦显……"

两个人上一次见面已经是一个多月前的事情了。这么久再次见到他,她还是抑制不住地心动。

秦显低头看苏乔一眼,她身上穿着件藏蓝色的呢子大衣,被雨打湿了。他皱了皱眉,将身上的羽绒服脱下来披到苏乔身上。黑色的长款羽绒服,到苏乔身上,刚刚到她的脚踝。

秦显里面就穿了件衬衣,苏乔怕他冷,立刻要脱下羽绒服。秦显按住她的肩膀,眼神强硬,虽然没有说话,但苏乔能很明显地感觉到他的怒气和占有欲,他在生刘昊的气。因为刘昊把衣服披到她身上,所以他强硬地要让她穿上他的衣服,仿佛这样就能说明她是他的。

苏乔突然觉得秦显幼稚得可爱,连日来沉闷的心情好像突然得到释放,心情都跟着欢快起来。

刘昊还有些茫然,看着苏乔:"这是……这是你的男朋友?"

秦显下意识地看向苏乔,却听见她说:"不是的。"

秦显的脸色顿时变得难看,他紧紧地盯着苏乔。

刘昊看看苏乔,又看看秦显。再迟钝也能察觉到这两个人不对劲儿,他想了想，对苏乔说："那……我先回去了。"

顿了一秒，他又补充了一句："明天见。"

苏乔"嗯"了一声，说："明天见。"

看着两个人相互说着"明天见"，秦显只觉得肺部快要炸了。

待人一走，他紧扣住苏乔的手腕，目光沉沉地盯着她，一字一顿地问："我不是你的男朋友？"

苏乔都没有看他一眼，将身上的外套往下一拉，扔到秦显身上，转身就往小区里面走去。

倾盆大雨一点儿要停下的意思也没有，秦显站在雨里，衬衣早已经被雨湿透，右手拽着外套，拽得很紧，骨节都泛白了。他盯着苏乔的背影，眼看着她走入夜色，远得快看不见，咬牙骂了一句，大步跟了上去。

苏乔浑身都湿透了，尤其是头发，雨水从头发上滴滴答答地往下流，像下雨一样。她站在电梯里，抬手按楼层的同时，顺便往镜子里望了自己一眼，跟个落汤鸡似的。

电梯门刚要关上，一只手伸进来挡住，原本要关闭的电梯门重新打开。秦显站在外面，沉着脸盯着她。

苏乔故意不看他，伸手又要关电梯门。她的手刚摸到按钮上，秦显已经跨步走了进来。两个人并肩站着，苏乔也不看他，平视着前方，连余光也没有分给秦显。秦显倒是不时拿余光观察苏乔，见她压根儿不看他，一口怒气堵在心里，快要爆发。

十二楼到，电梯发出"叮"的一声响，随后电梯门就往两侧打开。

苏乔抬脚便往外走，刚往前跨半步，手腕突然被拽住。她还来不及反应，一股大力就猛地将她往后扯——

前胸撞到秦显的胸膛，苏乔来不及惊呼一声，秦显的唇便重重压了下来。右手紧箍着她的腰，左手扣紧她的后脑，他不让她有半点儿后退的余地。

苏乔瞬间懵了，抬起双手，抵着秦显的肩膀。她试图推开他，秦显却将她往身前按得更紧，撬开她的牙关，极其用力地吻着她。苏乔还存着一丝理智，双手使劲推着秦显的肩膀。

半晌，秦显终于微微松开她，不悦地皱着眉。

苏乔一脚踢在他的膝盖上，瞪着他："你喝多了吧！"

他也不分个场合！

秦显的确喝了不少酒，但是完全清醒的，清醒地想着她，清醒地来找她。

电梯门再次打开，苏乔转身走了出去。

秦显跟在她身后，等苏乔开门，跟她一起进去。

苏乔不搭理他。她浑身湿透了，头发贴着头皮，难受极了，需要立刻洗个热水澡。她回到房间里，抱着睡衣出来，然后走进浴室，将门关上。

秦显站在外面，没一会儿便听见浴室里传来"哗哗"的水流声。他的衬衣也湿透了，贴着皮肤，很不舒服。屋里的暖气让身上黏腻的感觉更难以忍受，他烦躁地扯了下领口，索性将衬衣扣子解开，把衣服脱下来随手扔到茶几上。

苏乔洗完澡出来时，秦显正从厨房出来，手里端着一个杯子。

他脱了上衣，肩宽腰窄，腹肌性感。他抬眸看她一眼，随后走到沙发前，俯身将杯子放到茶几上："把药喝了。"

苏乔垂眼，杯子里冲了感冒冲剂，是温热的，还冒着白烟。

"预防感冒。"秦显又补充了一句。

苏乔的目光落在秦显的裤子上，他还是穿着湿的裤子。她盯着他看了一会儿，然后转身回卧室去，但很快又出来，手里拿着一条白色浴巾。

她将浴巾递给秦显："去洗个澡吧。"她又指了一下他的裤子，"换下来我给你烘干。"

秦显却没动，只是看着她。

过了半晌，他问："你刚刚那句话，是不是真的？"

苏乔愣了一下："什么话？"

秦显眸色漆黑，凝视着她："在下面，你和那个男的说的那句。"

苏乔"哦"了一声，才想起来他说的是刘昊问她时她回的那句。

她笑了一声，绕过秦显走到沙发边坐下，探身从茶几上抽出一根烟含在嘴里点燃，吸了一口，右手食指和中指夹住烟嘴，指尖上翘，烟头对着天花板。

　　她抬起眼，这才盯着秦显说："我以为我们已经分开了。"

　　秦显盯着她，理直气壮地反问："我说过这话吗？"

　　苏乔道："我们有一个多月没有联系了。"

　　秦显道："是你不跟我联系。"

　　苏乔愣了愣，半晌后笑了一声："算是吧。"

　　"你在跟我冷战。"秦显说。

　　苏乔又愣了愣，奇怪地看着他。

　　秦显突然俯身，双手撑在她的身体两侧，眼睛与她平视，呼吸近在咫尺，轻声说："这件事是我错了，我那天不该发脾气，不该这么久不找你，我应该理解你的感受。"

　　苏乔微微睁大眼睛，愣怔地看着他。

　　秦显认真地看着她，轻声道："苏乔，我们和好吧。"

　　他用手指轻轻刮着她的脸颊，低声说："我很想你。"

第五章　不相配

秦显去浴室洗澡，苏乔愣怔地坐在沙发上，垂着眼看着茶几上的白色杯子，指间的烟燃了大半，青白的烟灰悬在烟头上始终没有落下。

苏乔想着秦显说的话：和好吧。理智告诉她，她应该拒绝，趁着彼此都还没有更投入，不能越陷越深。但是心底又有另外一个声音催促着劝她妥协，她侥幸地想，也许命运会有另外一种安排呢？

"苏乔。"秦显在浴室里喊她，苏乔这才回神，抬眼望着浴室门。

门打开，秦显从门缝里伸出手来，抖了下手里的裤子："过来。"

"来了。"苏乔应了一声，将烟头摁进烟灰缸，起身往浴室走去。

她接过秦显的裤子，裤子湿透了，像在水里泡过。

"这裤子今晚怕是干不了。"苏乔顺口说了一句。

"我今晚就在你这儿。"秦显回了一句，没等苏乔回神，里头就响起"哗哗"的水声。

苏乔怔了几秒，心底觉得好笑。她同意他在这儿了吗？

裤子被雨彻底淋湿，苏乔索性连着衬衣一起抱去阳台上，在洗衣池里放了水，将衣裤放进去，倒了洗衣粉将衣服浸泡着搓洗。

秦显的衣服都很干净，她拿洗衣粉浸泡一会儿，过一下水就可以了。苏乔在洗衣池前弯着腰站了二十分钟，将衣服清洗干净，举着撑衣杆挂在天花板上的晾衣竿上。

她刚挂好，秦显就在隔壁浴室喊她。洗个澡他哪里来这么多事？！

她走过去，站在门口没好气地问："干吗？"

秦显倒是平静，使唤她："给我拿一下吹风机。"

苏乔愣了愣，随即道："头发出来吹。"

秦显："吹内裤。"

苏乔："……"

吹风机在卧室的梳妆台上，苏乔回房拿给秦显。

秦显接过吹风机的时候，说："回头我拿点儿衣服到你这里来。"

苏乔又愣了愣，终于忍不住说了一句："我答应跟你和好了吗？"

话刚说完，吹风机被开到最大挡。

苏乔觉得秦显这意思大概是：并不想跟你讨论这个问题。

秦显在里面足足待了四十分钟，出来的时候，苏乔已经回卧室休息了。忙了一天，她又累又困。沙发上放着枕头和被子，秦显扫了一眼，直接走到苏乔的卧室门口，抬手拧门，门从里面被反锁了。秦显皱眉，开始拍门。

苏乔在被窝里玩了会儿手机，听见拍门声，两条胳膊从被子里压下来，瞄着门口："怎么了？"

"你锁门做什么？"秦显语气不快。她在防他吗？

苏乔默了两秒，说："我睡觉了，被子和枕头在沙发上。"

拍门声更大，秦显不停地拍着，像在发泄他的不满。

这房子不隔音，苏乔怕吵到楼上楼下的邻居，总算从被窝里爬起来，穿上拖鞋到门口开门。

门刚被打开，秦显就从外面推开门，险些撞到她，她立刻侧开身。

秦显不悦地盯了她一眼："你锁门做什么？"

苏乔说："睡觉不都锁门吗？"

秦显盯着她："那你在我家住着的时候怎么不锁门？"

苏乔被问得哑口无言。

卧室窄，两步就走到床边，苏乔掀开被子，脱鞋钻进去躺下，闭上了眼睛。

秦显靠着门框，双臂环胸，垂着眼盯着苏乔看了一会儿，脚往前迈，两步走到床边，在苏乔身侧坐下。随着秦显坐到床边，床垫往下塌陷。苏乔闻到一股清爽的柠檬香味儿，是秦显的身体散发出的味道。

房间里静静的，她能听见外面的雨水敲打窗户的声音。雨打窗户的嘈杂声音衬得寂静的房间更是落针可闻。

秦显将手伸进被子里，摸索到她的手，轻轻握住。温热宽大的掌心将她的手完全包裹住，苏乔心底顿时涌上一股无以言说的安全感。双手相握的瞬间，她忽然什么也不想顾忌了。顺从内心吧，也许她会变得越来越好，变成能够和秦显匹配的人。

她睁开眼睛，对上了秦显的视线。他问她："和好吗？"

苏乔抿了抿唇，拉了下被子，问："要一起睡吗？"

这回轮到秦显发愣了。苏乔盯着他宽阔的胸膛，想了想，又改口："算了，你还是去外面吧，被子和枕头都给你拿好了。"

她将被子往里卷了卷，裹住自己。

秦显想笑，捏住苏乔的下巴："晚安。"

苏乔"嗯"了一声，也说："晚安。"

秦显盯着苏乔瞧了一会儿，轻笑了一声，终于松开她的下巴，起身往外走去。

苏乔喊："把灯关上。"

"知道。"随着一声应答，门口墙上的灯控发出"啪"的一个声响，房里瞬间陷入黑暗中，接着就是关门的声音响起。

房间漆黑寂静，苏乔躺在床上，在黑暗中抬手摸了摸刚刚被秦显捏过的下巴，不自觉地弯了弯唇，轻声笑了笑。

秦显难得放两天假，苏乔请了一天假陪他。她早起做早餐的时候，秦显还在睡，被子快掉到地上。她走过去，弯身将快掉到地上的被子往上拉了拉，动作很轻，但还是将秦显吵醒了。他抬出手臂，扣住她的腰往下一压，她的上身瞬间扑倒在秦显身上。

她的双手立刻撑住秦显的肩膀："你干什么？"

她作势要起来，秦显将她的腰牢牢按住。她挣了两下，和秦显的力气完全不在一个量级上，索性放弃，干脆整个身子都趴在秦显身上。

隔着一床白色的羽绒被，一个趴在对方身上，一个抱着。

"今天是我的生日。"秦显忽然说。

苏乔惊讶，趁秦显不注意时猛然坐直身体："真的？"

秦显双臂枕到脑后，挑着眉笑："骗你做什么？"

苏乔问："你要回家跟你父母一起过吗？"

秦显"嗯"了一声："晚上要回去吃饭。"

苏乔"哦"了一声，顿了一下，眼睛微亮："那中午我陪你吧。"

秦显点头："好。"

苏乔好奇地问："你多少岁？"

秦显："二十。"

苏乔睁大了眼睛："撒谎吧你，怎么可能？"

秦显笑："真的。"

苏乔捏住他的下巴："少来，我知道你想比我大。"她哼笑了一声，总结道，"幼稚！"

秦显笑了一下，握住她的手拉到唇边亲了亲。

苏乔钩了钩他的下巴："你再躺一会儿，衣服估计还没干，我给你烘一下。"

苏乔站起身往阳台走去。秦显仍旧保持着头枕着手臂的姿势，就躺在那儿望着苏乔的背影，嘴角勾着笑。她走到阳台上，没一会儿就抱着他的衣裤进来，往暖气片上撑了个衣杆，将衣服挂在那儿烘着。

"我去做早饭。"她从沙发边经过时，秦显顺势拉住她的手，她笑着将手抽出，脚步未停，径直往厨房走去。

秦显过生日，苏乔琢磨着给他煮碗长寿面。他不能吃辣的，她做了一碗清油味儿的。

苏乔将面端到客厅，秦显已经起来了，此刻正站在阳台边望着窗外，单手扣着衬衣纽扣。

"都干了吗？"

秦显这才回头，"嗯"了一声："干了。"

他一边扣衬衣扣子一边往餐桌前走去,还没走近,香味儿已经很浓郁了。昨晚他没吃什么东西,这会儿闻到食物的香味儿,只觉饿得厉害。苏乔把筷子递给他:"寿星啊,生日快乐。"

秦显接过筷子,拉开椅子坐下:"就这样了?"

苏乔在秦显对面坐下,一时有些疑惑:"什么就这样了?"

秦显用筷子搅拌着面,抬眼笑道:"我过个生日,你就这么打发我吗?"

苏乔"嗤"了一声:"一会儿上街给你买。"

羽绒服太厚,昨晚打湿了可不像衬衣和裤子那样容易干,他打电话让梁逸给他送一件外套过来。

梁逸来的时候,苏乔正坐在茶几旁的凳子上,拿着手机在网上搜"男朋友过生日送什么礼物比较好",秦显坐在沙发上看着她。

门铃响起,苏乔抬头使唤秦显:"你去。"

梁逸和他的小女朋友孟莺一起来的。门一开,两个人不等主人邀请,就很自来熟地进来了。梁逸将装着外套的袋子按在秦显身上,秦显接住。

"拖鞋呢,要不要换拖鞋?"梁逸问。

苏乔站起身来,道:"不用了,就这样进来吧。"

"哇。"穿着粉色娃娃领大衣的女孩子盯着她发出一声类似惊喜的喊声。苏乔微愣,出于礼貌,微微笑了一下。

孟莺将手从梁逸的手里抽出来,走到苏乔面前:"你是阿显的女朋友啊?你长得好漂亮啊!"

孟莺热情地拉住苏乔的手臂,开心地说:"难怪阿显想你想得茶不思饭不想的。"

"别胡说。"秦显打断她的话,下意识地往苏乔的方向望去。苏乔和他对上视线,眼底有一抹了然的笑。

秦显咳嗽了一声,欲盖弥彰地解释:"真没有。"

他什么时候茶不思饭不想了?

孟莺回头:"表哥,你就不要强行辩解了。"

秦显:"……"

梁逸"噗"的一声笑出来,过去把孟莺拉到身边:"你差不多行了,给表哥留点儿面子。"

将孟莺从苏乔身边拉走的时候,他不由得仔细看了苏乔一眼。他从第一次见到苏乔就觉得眼熟,总觉得在哪里见过,不自觉地多看了苏乔几眼,眸底神色带着困惑。

在苏乔家里坐了一会儿,梁逸便带着孟莺离开。

回去的车上,梁逸突然坐直身体:"我想起来了!"

孟莺嘴里含着棒棒糖,被梁逸吓一跳,瞪着圆溜溜的眼睛:"你想起什么了?"

"我知道在哪里见过苏乔了。"

孟莺疑惑地看着他,却见梁逸紧皱着眉头:"阿显是疯了吧?"

"怎么了?"

"我们上次见苏乔是在汀兰酒吧,你还记得吧?我过生日那天,阿显救了一个酒吧的卖酒妹,咱们还陪他去警局录口供来着。"

"哦,我想起来了。"

"苏乔就是那个卖酒妹。"

孟莺"啊"了一声,轻轻皱起了眉:"你确定吗?"

梁逸肯定地说:"确定。"

他当时虽然喝了不少酒,但因为苏乔长得很漂亮,所以也有点儿印象。

"他们俩完全没可能。"梁逸神色凝重地说,"让我姨父知道,他得打死我哥。"

孟莺紧张地咬着指甲:"不会吧……"

苏乔挽着秦显在商场里逛了老半天,秦显没一样喜欢的东西。

苏乔挑得不耐烦了,扔开他的胳膊:"你再嫌东嫌西的,我就不买了。"

秦显靠着二楼走廊的栏杆,双肘随意地撑在栏杆两侧:"你能不能挑点儿有诚意的东西?"

苏乔"呵"了一声:"送你东西就不错了,还挑三拣四。"

已经十二点多了,苏乔饿了,四下望了望,去拉秦显的手:"我们先吃饭吧。"

秦显挑了下眉，反手将她的手握住："你想吃什么？"

苏乔："你是寿星，应该是你想吃什么？"

秦显往走廊两侧望了一眼，然后才问："你有什么好的推荐吗？"

苏乔摸着下巴想了一下，突然想到个地方，在空中打了个响指："有了。"

苏乔领着秦显去了一家巷子里的小酒馆。

酒馆是一对小夫妻经营的，两个人坐在靠窗的位置。苏乔将菜单推给秦显："他们家这个柴火鸡很好吃，还有这个蚝油生菜、青笋炒虾也好吃，都是清淡的。"

秦显翻了一下菜单："那就这几个吧。"

"好的，两位稍等，一会儿就来。"老板娘热情招呼，将菜单收走，到厨房下单去了。

"这间小酒馆环境还挺好的，干净，我自己过生日的时候会来这里吃饭。"

"你一个人吗？"

苏乔点头："我一个人。"

秦显看着她，默了一会儿说道："以后我陪你来吃。"

苏乔笑了笑："好。"

秦显："你的生日是什么时候？"

苏乔单手撑着头："还早，八月二十号。"

秦显点头："正好，那时放暑假，到时候带你出去玩。"

"去哪里？"苏乔问。

秦显道："你想去哪里就去哪里。"

苏乔笑，坐直身体，双手握住秦显的右手："谢谢你，秦显。"

秦显笑了笑，左手伸过去捏了捏苏乔的下巴。

菜上来以后，秦显首先尝了一口。

苏乔问："怎么样？"

秦显道："没你做得好吃。"

苏乔笑："别开玩笑了，你这是情人眼里出西施，只要是我做的，你都觉得好吃。"

秦显抬头，盯着她笑："或许。"

秦显想要个走心的礼物，苏乔思来想去领着他去了陶艺馆，亲手给他做了一个杯子。

虽然是第一次做，但苏乔心灵手巧，最后做出来还挺好看的。

她做了一对情侣杯，一个蓝色，一个粉色。

苏乔原本还想在上面画上卡通小人，奈何实在没有艺术细胞，最后就在上面画了个桃心。

她画桃心的时候，秦显一直笑她俗气。苏乔被笑了半天，冷着脸睨着他："有本事你别要。"

秦显不要脸地笑道："没本事。"

苏乔被逗笑，举着毛笔往他的脸上涂了一笔，捏着他的下巴端详半天，笑着说："这边也再画一笔好了，正好对称。"

不等她画上去，秦显将她拿笔的手扣在桌上，捏住她的下巴，低头便吻了下来。

附近有小朋友，苏乔连忙推开他，压着声音说："你注意一下场合。"

她侧过头，又认真地给杯子上色。

秦显微侧着身，左手懒懒地撑着头，眼睛专注地瞧着苏乔。

她低着头，拿着毛笔专心致志地在给杯子上色。

他的目光落在她白皙的耳朵上，她今天没有戴耳环，耳垂上有个小孔。

斜上方的灯光照下来，衬得小孔很透明。

秦显伸出右手，轻轻捏她的耳垂。

她的耳垂柔柔软软的，他摸上去便舍不得放手。

柔和的灯光从头顶木制的悬梁上照下来，落在两个人身上，洒下斑驳的光影。

两个人在一起的时候，时光都变得缓慢而温柔。

若一切都在此刻定格，该有多好。

晚上九点半，A大校园外，苏乔已经在门口等了两个小时。

校门右侧有一棵百年老树，树周砌了一圈花台，苏乔就坐在那儿。

她身侧放着一个深蓝色的便当袋，里面是一个米白色的便当盒。

她把便当盒拿出来，隔着盒子摸了一下，里面的食物已经有些凉了。

她叹了口气，将便当盒重新放回袋子里，又抬头望向学校里面。

晚课期间，空旷的校园静谧无声，远处的教学楼，教室一间间地挨着，日光灯亮如白昼，在黑夜里照亮每个人的前程。

苏乔待在黑暗的地方，和前方明亮的教室犹如隔着两个世界。

她收回视线，侧后方有一缕昏黄的灯光照过来。她垂着眼，盯着手发呆。食指上贴着一张创可贴，刚刚她切菜的时候不小心切了一条口子。

自从和秦显和好以后，最近他们每天都要见面。但是因为她白天要上班，秦显也要上课，所以白天他们基本不能见面，只能靠短信和电话联系。不过晚上下班后，她会来学校见秦显。

有时候秦显晚上没课，他们会约在其他地方见面。

她今天下班早，回家炖了排骨汤，给秦显打包了一份带过来。但是来得有点儿早了，秦显起码还有半个小时才能出来。发了会儿呆，她回过神，摸出手机想给秦显发短信。刚打了两个字她又停下，犹豫了一会儿又删掉，将手机重新塞回衣兜里。她怕打扰秦显学习。

好在这么长时间她都等过来了，剩下半个小时也没有想象中那么漫长。

下课铃响，只十秒钟，原本静谧的校园瞬间沸腾了。

学生们从教学楼里蜂拥而出，伴随着的是无忧无虑的笑声。

苏乔望着学校里那些青春单纯的笑脸，眼里有深深的羡慕。

校门口那一道门，将苏乔和那些青春灿烂的笑脸分隔开，她永远也没有机会成为她们。

下课铃响了不到三分钟，秦显就出来了。

苏乔坐在花台上没动，仰头望着秦显笑："你可算出来了，我等了你两个多小时。"

秦显怔了怔："怎么这么久？"

他走过去，拉苏乔起来。

苏乔拍了一下裤子上的灰，说："我来早了。"她回身将便当袋拎起来，"我给你带了夜宵，不过这会儿也凉了。"

秦显接过便当袋，牵着苏乔的手往前走："没事，回去热一下吃。"

苏乔点了点头,和秦显十指交握。

"我今天去你那里。"两个人快走到前面的公交车站的时候,秦显突然说出一句,吓苏乔一跳。

她抬头望着他:"你不回去?"

秦显低头看她一眼,挑眉笑道:"怎么,你不欢迎我去?"

他拉着她站到公交车站牌边,周围有许多学生。

苏乔认真地看着他:"你别闹了,怎么可以不回家?"

她已经这样糟糕了,让他爸妈知道她拐着他们的儿子不着家,不知道要怎么想她。

秦显笑,手臂横过苏乔的肩头,圈住她的脖子,将她禁锢在身前:"我爸出差了,我妈和我姨她们度假去了,都不在家。"

苏乔被秦显圈在身前,扭头看着他:"真的?"

秦显"嗯"了一声,眼里含笑:"真的。"

苏乔眯了眯眼:"你可别骗我。"

秦显忍不住笑,捏住她的下巴:"我就这么不可信吗?"

苏乔嗤笑一声,拉下他的手,转过身去,后背贴着秦显的胸膛。

秦显右手搂着她的脖子,左手垂在身侧和她十指紧扣。

"你换了洗发水?"秦显微低下头,闻到苏乔发间的香味儿和以往不同。

苏乔"嗯"了一声,侧着头,眼睛盯着前方开来的公交车:"好闻吗?"

"好闻。"

公交车开了过来,不是苏乔他们要坐的那一辆。

周围一部分人陆续上车,剩下一部分人还在等。

苏乔感觉到有不少目光落在她身上,有很多女生盯着她窃窃私语。她依然没有和秦显保持距离,随她们怎么说。她内心其实有些自私的想法,她就是要让所有人都知道,秦显已经名花有主了。

林娜、王煦、梁逸、孟莺他们从不远处姗姗来迟。

在离公交车站不远的地方,林娜看见了前面的秦显和苏乔。

苏乔后背贴着秦显的胸膛,秦显的胳膊圈着她的脖子,左手握着苏乔的手腕,轻轻捏着。

两个人不知道在说什么,苏乔突然回头,飞快地在秦显的唇上亲了一下。然后她捏住他的下巴,又笑着说了句什么,这才回过头。

林娜气得涨红了脸,骂道:"不知羞耻!"

王煦急忙拽了她一下,低声提醒:"你小声点儿吧。"

林娜紧紧皱着眉:"这女的究竟是做什么的啊,把阿显迷得神魂颠倒的?"

梁逸走在一旁,微垂着头,没有说话。

突然,林娜拉了一下他的胳膊。

梁逸侧头盯着她:"干吗?"

林娜道:"阿显是你哥,你倒是劝劝他啊!那女的一看就是有过很多男人经验丰富那种人,阿显怎么能跟她混在一起?!"林娜都急了,就差跺脚了。

梁逸心烦,想到上次在舞厅见过苏乔的事,皱紧了眉。

秦显前阵子从家里拿了些换洗的衣服到苏乔这里,回到家,苏乔让他先去洗澡,然后她把便当放到微波炉里热。

天已经不太冷了,家里的暖气上个月就停了。

秦显洗完澡出来,穿着一件黑色卫衣,还是苏乔给他买的,情侣款。

苏乔已经坐在饭桌前等他了,见他出来,弯了弯眼:"过来吃。"

秦显擦着头发走过来,将毛巾扔到了沙发扶手上。

苏乔今晚做的寿司,是秦显喜欢吃的千岛酱口味的,还煎了一根烤肠,旁边放着一杯热牛奶。

秦显拉开凳子在苏乔对面坐下:"你不吃吗?"

苏乔托着下巴,摇头:"我不饿。"

秦显夹起一个寿司喂到她的嘴边:"吃点儿。"

苏乔的头稍微往后撤:"我晚上不吃,要长胖的。"

"你太瘦了,多吃点儿。"秦显态度坚决,见苏乔还是不肯张嘴,又道,"就当陪我吃吧。"

苏乔盯了他半晌,总算松口:"好吧,就吃一个。"

秦显笑："好。"

苏乔张开嘴，将秦显喂给她的寿司吃下。

青春年少的男生，食量很大，偏偏无论怎么吃身材依然好，真是让人嫉妒。

一桌子夜宵很快被吃光，秦显又多喝了一碗排骨汤。

苏乔收拾着去洗碗，秦显跟过来，从身后抱住她。

"吃饱了吗？"苏乔低着头，拿着海绵擦碗。

秦显"嗯"了一声，下巴抵着她的肩膀："很好吃。"

苏乔笑了笑，说："那我以后常做给你吃。"

秦显"嗯"了声，沉默了一会儿，忽然说："苏乔，我们要不然换个地方住吧？我看了一套房子，离你上班的地方更近一些，离我学校也近，这样我每天上完课都可以回来。"

苏乔垂着眼没应，半晌说："等这里的房子到期了再说吧。"

她不确定她和秦显还能在一起多久。她没有奢望过。

秦显第二天八点有课，因为苏乔住得太远，打车过去差不多也要一个小时，所以把闹钟调到六点。

苏乔在卧室睡得正香，迷迷糊糊间听到客厅传来动静。

她微微睁开眼睛，右手从被子里伸出去，摸索着打开床头的台灯。屋子亮起来，苏乔被灯光刺了眼，赶紧把头埋进被子里，眉心微蹙，闭着眼睛，迷糊间又有些困倦。

屋子里很安静，又不隔音，她清楚地听见外面响起了水声。

她终于将头从被子里露出来，眯着眼往床头柜上的闹钟望了一眼，才刚六点。

苏乔恍然想起秦显还要上课，他起来了。她又眯了一会儿眼，等意识差不多清醒，终于掀开被子下床，从床头柜上拿起橡皮筋，一边往外走一边随意地将长长的头发扎起来。

秦显在浴室里刷牙，浴室门开着。

苏乔有些没精神地靠着门框望着他。

秦显刷完牙,开着水龙头,弯身洗了把脸,完了扯下毛巾擦了下脸上的水:"怎么起来了?"

他走到她面前,捧着她的脸,低头在她的唇上亲了一下。

苏乔抬眼,纤细的手指揪着他的T恤领口,盯着他,半晌才说:"你去外面吃早饭,还是在家里吃?"

秦显想了一下说:"出去吃吧。"顿了一下,他接着说,"太早了,你再睡会儿吧,不是还要上班吗?"

苏乔八点半才上班,平时都睡到八点的,这会儿的确太早了。

苏乔松开他的衣领,绕开他走进浴室:"我跟你一起出去。"

秦显愣了愣,侧过身,刚要开口,苏乔突然将他往外推:"出去,我要上厕所。"

秦显怔了一下,随即笑出声来。

苏乔把他推到外面,关上浴室门,还从里头上了锁。

苏乔将洗脸台的水龙头打开,水声"哗啦"响。她弯着腰,打湿脸,从台上拿了洗面奶,挤出一点儿搓成泡沫往脸上揉。

两个人出门的时候,才六点二十。

天还未大亮,路上也没什么行人,然而环卫工人已经在雾蒙蒙的天色下开始了新一天的工作,默默地清扫着路上的灰尘和垃圾。

众生皆苦,每个人都活得不容易。

苏乔收回视线,挽住秦显的胳膊:"打车去学校吗?"

"对,太远了。"

苏乔住的地方离秦显的学校的确远,当初租房子的时候他就老大不高兴,很有意见。

两个人来到路口。因为很早,人不太多,很快他们就拦下一辆空车。

秦显拉开车门,苏乔弯身坐进去,往里挪了挪,给秦显让出个位置。

秦显坐进车里,挨着她问:"一会儿想吃什么?"

苏乔侧头将车窗打开,由着清风吹到脸上,凉飕飕的,舒服地眯了一下眼,然后才回头,将手伸过去拉住秦显的手,望着他问:"我都可以,你们学校外面有什么好吃的东西吗?"

秦显反手握住她的手放在膝盖上，想了一下，说："倒是有一家。"

校门口有一家餐厅，早上卖早餐，中午卖午餐，干净卫生，味道还很不错，秦显他们这帮人很爱光顾。

他带着苏乔过去的时候，刚进门就听见身后传来喊声："阿显——"

秦显回头，王煦他们坐在靠窗的老位置，梁逸、孟莺、王煦、林娜四个人围了一张圆桌。

"阿显，过来坐啊！"王煦喊道。

秦显侧头看向苏乔。

苏乔点头："我都可以。"

事实上，她并不是很想和他们坐在一起。但是……他们都是秦显的朋友，她要不去显得太不合群，要是因为她让秦显和朋友生了嫌隙，就更不好了。

秦显领着苏乔过去，帮她拉开一张椅子。苏乔也算是见过世面的，倒也不显得拘束。

秦显在她身侧坐下，抽出桌子上的菜单递给苏乔："想吃什么？"

"都可以，你吃什么我就吃什么。"苏乔轻声说，没有接菜单。

秦显便点了两份餐厅的招牌早点。

一桌子人，没人和苏乔说话，也没人和她打招呼，气氛略显僵硬。

苏乔倒是坦然，直直坐着。孟莺其实还有点儿喜欢苏乔，虽然他们都不喜欢她。

见气氛尴尬，孟莺弯起眼睛，笑着跟苏乔打招呼："苏乔姐，好久没见你了，昨晚见你和表哥上了车，都没来得及打招呼。"

孟莺一双圆圆的杏眼，单纯可爱。苏乔笑了笑："平时工作忙。"

林娜马上接话："你怎么不读书呀？学习不好吗？"

苏乔看了她一眼，无意与她多说，随口"嗯"了一声。

秦显侧头看她。苏乔装作没看见，忽然站起来抱歉地说："不好意思，我去一下洗手间。"

"我陪你。"秦显作势起身，苏乔按下他的肩膀："不用，我自己去。"

她一边说，一边往洗手间的方向走去。

这家餐厅在学校外面果然算得上颇有格调,干净不说,绿植随处可见,连卫生间都很干净,点着檀香。

苏乔推开一扇门,拉下马桶盖坐下,从包里摸出烟盒,点了根烟抽。

白色烟雾在眼前升起,将她漂亮的眼睛掩在朦胧的烟雾后面,烟雾到了头顶再慢慢散开。

苏乔垂着眼,盯着手发呆。尽管她很注意自己的外表,一天擦无数遍护手霜,她的手还是不同于林娜她们那种读书人的手,白皙细嫩,十指不沾阳春水。

她将手翻过去,掌心有明显的茧。她抽完半根烟,在洗手间待了一会儿,怕出去烟味儿太重。但是烟味儿也不可能说散就散,就算她在里面待上半个小时也散不掉。她索性也不管了,自己本来就是这样的人,无须掩饰。

圆桌后面有一个用来隔开另一张桌子的屏风,苏乔刚刚走到屏风后,还未来得及绕到里面,便听到一个男生的声音。声音不是很熟悉,但她也听过,像是梁逸,秦显的表弟。

"哥,我一直想问你来着,苏乔是不是上次在舞厅陪酒那个?"

梁逸的话音刚落,秦显抬眸,眼神凌厉冰冷地盯着他。

梁逸皱了皱眉,也不管三七二十一了,继续说:"我知道你不爱听。我也不是对她有意见,只是觉得……"

梁逸挣扎了很久,也很清楚自己没有资格管,但又觉得实在是离谱,忍不住便多说了两句:"我只是觉得你现在是在浪费时间和感情。"

林娜惊呼:"陪酒?!"她第一次知道这事,很大声地嚷嚷,"天哪,阿显,你是不是疯了?!"

王煦坐在一旁,急忙捂住她的嘴:"你小点儿声吧,姑奶奶。"

林娜被捂住嘴巴,在桌底狠踢了他一脚。

王煦松开手,看向秦显,也小声说了一句:"那个……我先声明,我不是管闲事,也没啥意见,只是觉得你们俩不是很合适……"

秦显靠着椅子,冷冷地盯着他们,过了半晌,突然冷笑了一声。

他依然什么也没有说,但这声冷笑莫名让人发怵。

几个人顿时都不说话了,桌上气氛降到冰点。过了一会儿,梁逸突然拉孟莺起来，说："走了。"

"等等，我也走——"王煦赶忙也站起来，往嘴里塞了个流沙包，一手抓书包，一手拉林娜，"走了！"

林娜被王煦拖走，骂道："你慢点儿！我的包！"

王煦掉头，抓起林娜的包，扯着她离开。

人瞬间就走光了，屏风后面安安静静的，没一点儿声音。

苏乔不想太快出去，不想让秦显知道她听见了刚刚的对话，而让他愧疚。

他的朋友们都不喜欢她，其实她一点儿也不意外。换位思考，估计她也不会喜欢自己优秀的朋友和一个糟糕的女孩子交往。

她待了有两分钟，扬起笑从屏风后面绕了出来，故作惊讶地道："咦？他们都走了啊？"

秦显正出神，听见声音才回过神，伸手拉过苏乔坐下："怎么这么久？"

苏乔笑道："抽了根烟。"

秦显怔了怔，侧头盯着她，眉心微皱，半晌后问："怎么了？"

秦显刚才点的早餐已经到了，一份干炒牛河，一杯牛奶。

苏乔执起筷子挑了一根河粉："没什么啊，早上烟瘾大，你知道的。"

秦显始终皱着眉盯着她，似是不信她的话。

苏乔低头吃河粉，左手摸上秦显的脸，头也不转地说："快点儿吃，你上课要迟到了。"

苏乔催秦显赶紧走，秦显却突然拉住她，目光沉沉地盯着她，严肃地问："你刚刚是不是……"

他想问她是不是听见了什么。

"哦，对了，你今晚不要去我那里了。"他还没问出口，苏乔突然打断他的话。

秦显顿时心一沉，蹙紧眉："为什么？"

苏乔望着他笑："因为我今天要回家一趟。"

她捏了一下秦显的下巴，眼里笑意更深："想什么呢？"

说完，她往后退了两步，冲秦显招了一下手："我走了，电话联系。"

苏乔掉过头,双手揣进风衣口袋里,脚步轻快地往马路对面走去。

两天前,苏乔接了家里的一个电话,让她回去一趟。

她问怎么了,刘梅在那头支支吾吾好半天,才说奶奶前几天身体不舒服住院了。说到这里,苏乔都不必再往下问,他们无非就是让她回去结医药费。和秦显分别后,她去前面路口直接打了辆车,去长途汽车站。

苏乔自十六岁从家里出来后,只头一年回了两次家,一次是母亲的生日,一次是过年。两次回家,她都没落得什么好下场。母亲过生日,她给了母亲三百块钱,母亲将钱揣在兜里,对她笑了一下,说了句"小乔长大啦,知道孝顺我啦"。

她笑了笑,觉得自己多少得到点儿肯定。然而这不错的心情并没有持续多久,直到苏扬把他准备的礼物拿出来。

他给刘梅买了一条裙子。刘梅开心疯了,穿着新裙子跑到村子里,逢人就扯着裙子给人家瞧,说是儿子买给她的。邻居们都夸她好福气,夸苏扬不仅学习好还孝顺。

刘梅只顾着炫耀儿子买给她的裙子,却丝毫没有提苏乔半个字。苏乔那三百块钱,像扔进一个水坑里,连个水波都没起。她想说,苏扬给母亲买裙子的钱,也是她的呢。

还有过年那次,家里杀了两只土鸡,吃饭的时候,奶奶不停地往弟弟碗里夹肉,她稍微多动两下筷子,奶奶看她的眼神就像要杀了她一样。

从那以后,她便彻底寒了心,之后两年再也没回去过。要是可以,她真想一辈子都不回去,和她们断绝关系也无所谓。

回山里的路没有高速,都是乡间老路,车子一路颠簸终于开进镇里。

快到医院门口时,苏乔喊道:"师傅,前面医院停一下。"

"前面不好停,就在这儿下吧。"

"行。"

车靠边,苏乔从后门下车。

刚刚车里有人抽烟,有人脱掉鞋子,空气糟糕到令人窒息,此刻下了车,呼吸了一口新鲜空气,她才觉得自己总算活过来了。

苏乔往前走了两百米，过了人行道就是镇上的医院。远远她就瞧见刘梅在门口站着。她两年没回家，刘梅似乎也没什么变化。

苏乔走过去，平淡地喊了一声："妈。"

"哎！你可算来了！"刘梅握住她的手，"你奶奶大前天晚上突然在家里晕倒了，这不才急着送到医院来吗？"

苏乔将手抽回来，顺手揣进风衣口袋里，抬脚往医院里面走去。

"没事吧？"她随口问了一句，不关心，也没任何情感。

刘梅叹了口气："年纪大了，这样那样的毛病就来了，这次才住了几天院就要好几千块钱，以后再生个什么大病可怎么得了啊？"

苏乔嘴角扯起一丝嘲讽的笑，说："怕什么？等苏扬读了大学，出人头地，还怕他没钱孝顺你们吗？"

刘梅笑了笑："那倒也是。"

苏乔跟着刘梅去病房瞧了一眼。奶奶坐在床尾，东西都收好了，就等出院了。这是就等着她来结账呢。苏乔觉得讽刺，又觉得为这样的家庭伤心都不值得。

她逼着自己走过去，冷漠地喊了一声："奶。"

许是知道有求于她了，奶奶的态度比平时好了不少，脸上堆着笑，两手握住她的手："哎呀，你妈说你在上班，大老远还让你回来一趟，坐车累了吧？"

苏乔抽回手，"嗯"了一声："是挺累的，以后要钱直接说，我给转卡上也一样。"

刘梅道："唉！其实这次让你回来也不光是因为这件事。"

她上前来又拉住苏乔的手，莫名其妙地笑了笑，还拍了拍苏乔的手背。直觉告诉苏乔不是什么好事，果然，等晚上回到村里，快开饭的时候，一个男人拎着两瓶茅台酒来了。

男人苏乔是认得的，也是村里的人，只是老早就出去打工了。

苏乔站在房檐下，背靠着灰色砖头砌的墙壁，双臂环在胸前，见他拎着两瓶茅台来，也没打招呼。她从衣兜里摸出手机，给秦显发了条短信："猜我在做什么？"

她刚发出消息，没两秒钟，手机就"嘀"的一声响。

秦显回短信的速度，令苏乔怀疑他有没有认真上课。但她想了一下秦显那种天才智商，又觉得自己想太多了。她点开短信，隔着屏幕都能感觉到某人的自恋："在想我？"

苏乔"噗"地笑出声来，手指在键盘上飞速按着："要点儿脸啊，秦少爷。"

秦显："我想你。"

苏乔情不自禁地弯了一下嘴角，又打了几个字："我妈给我安排了相亲。"

一看到杨力，再想到白天在医院刘梅那莫名其妙的笑，苏乔大概就猜到了。

短信发出去后，她不知道秦显是不是被气到了，半天没再给她回短信。

"唉，杨力来了，快快快，快进屋里坐，刚做好饭呢。"刘梅从灶房里出来，见杨力站在门口，忙上前招呼。

杨力的目光却直直地盯在苏乔的脸上，带着掩饰不住的惊艳。

他已经盯着她看了很久，苏乔有点儿不耐烦，抬起眼："有这么好看吗？"

她的声音很冷，杨力这才回神，笑着说："小乔，几年不见，你比以前更漂亮了。"

苏乔懒得说什么，转身便去了灶房，留杨力有些尴尬地站在那儿。

刘梅忙笑着打圆场，上前说："唉，这丫头脸皮薄，快来，到屋里坐。"

苏乔在灶房里盛饭，刚盛好一碗，后脑勺突然重重地挨了一下。

她吃痛，皱着眉回头："你干吗？！"

刘梅瞪着她，压着声音说道："你什么态度？人家杨力专门来见你的，你也不说好好表现一下。"

苏乔简直匪夷所思："你没事吧？他是我的什么人？我干吗要好好表现？"

刘梅将声音压得更低："我跟你说，人家杨力现在可不同往日，听说他在深圳开了家服装厂，赚了很多钱，前阵子还回来给他爹妈盖新房子呢。"

"所以呢?"苏乔睨着她,脸色冷得不能再冷。

"所以?你还问所以?"刘梅又是一巴掌拍在她的脑袋上,"我好不容易给你说门亲事,这么好的条件,你上哪儿找?你还不给我好好表现一下?错过这个,以你的条件,你哪里还找得到比他更好的?知足吧你!"

她的手指在苏乔的额头上重重地戳了一下,苏乔被她戳得头往后仰了一下。

眼前的女人,是她的亲生母亲啊,说出来的话却比刀子还要伤人。

苏乔红了眼眶,说:"我什么条件?我真的就那么糟糕吗?糟糕到要上赶着去求男人看上我?我为什么会变成这样,不都是你们害的吗?"她说到最后,声音都哽咽了,"我想让自己这么差劲儿吗?我想让别人都看不起我吗?"

眼泪掉下来,她立刻抬手擦掉。手机在衣兜里振动,她摸出来,转头就往外走。

刘梅在身后喊:"你去哪儿?!"

苏乔往外跑,跑得很快很快,仿佛跑快一些就可以把不愿意见到、听到和面对的一切事情抛在身后。她跑了很远很远,电话挂断又重新打来。

天已经黑透了,山间小路黑漆漆的,隔很远路边才挂一个昏黄的灯泡。

她跑得喘不上气,在田坎边蹲下来。手机不停地振动,眼泪还是控制不住,汹涌地往外淌,她不敢接电话,怕一听见秦显的声音就忍不住哭出来。

秦显不停地打电话,在将第四通电话拨过去的时候,终于被接了起来。

秦显下意识地就问:"怎么这么久?"

苏乔很努力地扯了下嘴角,很努力地想笑一笑,可是一开口,呜咽声就控制不住地从喉间溢出。除了秦显,她不知道自己还能在谁面前脆弱。

她哭了出来,眼泪大颗大颗地从眼眶里滚下来:"秦显,我想回去。"

苏乔平时总笑,好像天塌下来也无所谓,第一次哭成这样,听得秦显皱紧了眉。他握着电话,只说了一句:"地址告诉我。"

秦显到苏乔他们村里的时候已经是凌晨四点。

她还坐在刚刚的田坎上,山里夜风吹得有些冷,但她不想回家。

村子里漆黑一片，秦显找不到人，给苏乔打电话："你在哪儿？"

苏乔愣了愣："什么？"

"你现在在哪儿？"秦显摸黑往前走着，有点儿后悔没有带手电筒来。

"我在老家啊。"苏乔有些疑惑地回答。

"具体位置。"前面的电线杆上挂了个灯泡，总算有了光线。

黄色的光照在对面的田埂上，一个消瘦的女孩儿坐在那儿。

秦显顿住脚步，盯着苏乔的背影。

苏乔还不知道秦显来了，对着电话里的人问："你怎么了？我在家啊，我已经没事了，你还不睡？"

秦显往苏乔的方向走过去，脚步声在静谧的黑夜里格外清晰。

苏乔吓了一跳，猛地回头。秦显站在她身后，垂着眼看着她。

苏乔惊讶得睁大了眼睛。她甚至怀疑自己是不是出现了错觉，张了张嘴唇，好半天才发出声音："秦显……"

秦显在她身前蹲下。

身后的光照在苏乔脸上，她脸上还有未干的泪痕，眼睛也是肿的。

秦显一手扶着她的肩膀，一手覆在她的脸上，大拇指温柔地抚摸着她的脸，手指又缓缓移到眼睛上，轻轻抚摸着，眼神温柔，声音也温柔："眼睛都哭肿了。"

苏乔完全没想到秦显会来。他刚刚问她地址，她也没想到他会这么晚跑来找她，内心震惊又感动，还有一种难以言喻的激动和欢喜。

"你怎么跑来了啊？这么晚了，跑这么远的地方来，你是不是傻啊？"苏乔抓住秦显的手，欣喜之余又责怪他。

秦显盯着她的眼睛，低声道："我来接你回家。"

苏乔怔住。就因为她说了一句"想回去"，秦显便真的深更半夜跑到这么远的地方来找她，来接她回家。她看着秦显，有那么一瞬间想把自己的一切都给他，全部的感情，全部的爱，心给他，身体给他，命都可以给他。

从来没有人这样爱她，把她放在心里那么重要的位置上。

苏乔忍不住抱紧他，双臂环住他的脖子，脸埋在他的肩膀上。

秦显左手搂着她的腰，右手在她的后脑上温柔地一下又一下轻轻抚摸:"没事了。"

他的声音很轻,在静谧的田埂间响起。苏乔从他的肩膀上微微抬起头,眼睛盯着前方电线杆上挂着的那个小小的灯泡,不知在想些什么……

春天来的时候,秦显想带苏乔出去散散心。

那天刚好是周末,苏乔在厨房里做他们俩的午餐,秦显提出带她去玩的时候,她愣住了,回过头,"去哪里玩?你有时间吗?前段时间不是说有什么考试吗?"

秦显靠着厨房的门框,说:"那个考试我复习得差不多了,最近天气好,带你出门玩。"

苏乔十六岁从荒凉的大山来到这座繁华的都市打工,日日夜夜为生活奔波,从来没有去哪里玩过。

她当然高兴,但又很怕耽误秦显学习,再三问他:"真的不会耽误你吗?"

"不会。"秦显笑,揉揉苏乔的脑袋,说:"机器人也要休息,何况也不是很忙。"

苏乔是真的很害怕耽误秦显,但听见他这样说,也稍微放心,说:"那我跟公司请假,两天是吗?"

"对。"

两天时间,他们去不了太远的地方,于是就选了邻市的度假村。

苏乔和秦显坐了两个小时的高铁,又坐了三个小时的大巴,总算抵达目的地。

四月花开,微风和煦,也算是旅游旺季。

度假村人不少,但因为不是假期,所以也没有到很夸张的地步。

高铁加大巴,两个人坐了五个小时的车,下了车就是度假村门口。

苏乔有点儿累,进了景区,便随便找了张椅子坐下。

这个度假村是由知名开发商打造的,修建得很漂亮,山水之间绿树葱茏,小桥流水,沿路开满各种各样粉、红、黄、蓝的花,知名的,不知名的,有很多很多,像个清静的世外桃源。

苏乔坐的位置，对面就是人工湖。清风掠过湖面吹来，空气中都带着一股淡淡的草木香。

秦显的手臂从苏乔的颈后横过去，随意地搭在她的肩膀上，他背靠着椅子，和苏乔一样望着对面的湖面："我选的这个地方怎么样？"

苏乔笑，侧头捏了捏秦显的下巴，夸奖道："眼光不错。"

秦显低头在她的唇上亲了一下，分开时，两个人四目相对。苏乔抿了抿唇，捏着秦显的下巴，又主动吻了他一下。

秦显挑了挑眉，眼里含着笑意。

苏乔见他笑，也不由得嗤了一声："你笑什么？"

她站起来，双手背在身后，慢悠悠地往前走去。

秦显侧了一下身，右臂闲闲地搭在椅背上，看着苏乔的背影，问："你去哪儿？"

苏乔回过头："酒店啊。"

秦显笑出声，像看个傻瓜："谁跟你说酒店往那边走？你知道路？"

苏乔愣了愣，往前面的路望了望，又扭身盯着秦显。

秦显冲她招了下手："过来。"

苏乔乖乖走过去。

秦显拎着背包站起来，笑问："你知道酒店往哪里走？"

苏乔茫然地摇头："不知道。"

秦显笑得不行，握住她的手："不知道还一本正经地瞎走。"

将黑色背包背到背上，他一手拖着苏乔的箱子，一手牵着她往苏乔刚刚走的相反的方向走去。

两个人走了没一会儿，便到了他们提前在网上订好的酒店，一路过来，没有走半点儿弯路。

苏乔很是惊讶，望着秦显："你以前来过啊？"

秦显牵着她往大堂走，说："没。"

苏乔崇拜地望着他："你的方向感这么好？"

秦显笑，侧头捏了捏她的鼻子，笑容宠溺："是你太笨。"

苏乔靠着前台，侧着头，笑眯眯地望着秦显。

秦显从钱夹里摸出两张身份证推给前台人员，侧头见苏乔望着他笑，也忍不住笑了："笑什么？"

苏乔摇头，什么也不说，只是笑。

秦显又笑了，摸了摸她的脑袋："傻。"

房间在三楼，苏乔累了，一到房间，什么也不管就躺到床上。

秦显把箱子拎进来，收拾好东西。

苏乔侧着身子，右手撑头，望着他："我们要不要睡一觉再出去玩？"

坐了五个小时的车，秦显也累，将箱子拎到衣柜旁，然后在沙发上坐下："先休息一下。"

苏乔从床上下来，光着脚走到沙发边，坐在秦显的左侧，看着他问："你饿了不？"

秦显轻声反问："你呢？"

苏乔"嗯"了一声："有点儿。"

秦显带着苏乔去度假村有名的一家中餐厅吃饭，点了几个招牌菜，两个人全部吃光了。

吃完饭出来，天已经黑了，两个人十指紧扣，沿着人工湖散步。

夜里清风吹得人格外舒服，苏乔拉着秦显的手臂，抬着头望着满天星辰："秦显，我们什么时候认识的？"

秦显道："去年十月。"

"半年了。"苏乔心中感慨，她挽着秦显的胳膊，侧着头脑袋靠在他的肩膀上，眼睛静静地望着对面的湖。

夜风吹拂，湖水都被吹得荡起一圈一圈的波纹。

过了会儿，她突然抬头，眼睛发亮地看着秦显："来之前我特意上网查了攻略，他们说离度假村不远的地方有个灵隐寺，特别灵验，我们明天去一趟寺里吧。"

秦显忍不住笑："你还信这个？"

苏乔揪着他的衬衣领口，慢慢地说："就当是个信念吧，信则灵，不信则不灵。"

秦显点头："好。"顿了一下，他又问，"求什么？"

苏乔抬头看他，笑："当然是求你的学业，不是又快期末了吗？你千万要考好一点儿。"

她是真的害怕秦显因为跟她谈恋爱影响到学习，那就太不值得了。

人家说许愿要烧头香，第二天早上，天没亮苏乔就起床了。

她起床的时候喊了秦显，然后去浴室洗漱。

结果等她洗漱完出来，秦显还在睡。

"秦显，快起来，快点儿。"苏乔过去掀他的被子。

秦显抬手挡住脸。

苏乔坐到床边，拉下他的手臂："你快点儿啊，要赶头香的。"

秦显今天凌晨三点多才睡着，实在是困。他抬手将苏乔拉下来，苏乔猝不及防地趴到了他的胸膛上，想撑着起来，却被秦显按住后背。

晨起声音沙哑，他在她耳边低声说："不去烧香了，就算不烧香我也能考好，听话，陪我再睡一会儿。"

他的手掌在她背后一下下轻柔地抚摸着。

苏乔还是不肯，撑着他的胸膛坐起来："你快起来，我换衣服。"

说着，她又拉了下他的手臂，然后起身从行李箱里拿了换的衣服去浴室里。

秦显到底还是被她给拉起来了，赶在天亮前，苏乔帮秦显烧了寺里的第一炷香。秦显其实不太信这些，更相信事在人为。只是面对古老的传承，他依然存有敬畏之心。他进去殿里跪叩了三下，没有求签便退了出来。

苏乔还跪在里面，背脊挺得笔直，低着头，闭着眼睛，双手合十，无比虔诚。

秦显站在外面看着她，想到她是为他许愿，心底便涌上一股无以言喻的暖意。他看着苏乔很认真地跪在那里帮他抽签，嘴角不自觉地扬起笑意。

苏乔给秦显抽了根上上签。她去解签的时候，白胡子老师父见是一对情侣，便问："求的姻缘？"

苏乔摇头，指了一下秦显："求他的学业，他马上要考试了。"

老师父恍然，捋着胡子拿着苏乔求的签瞧了一会儿，点了点头说："天资聪颖，前途坦荡，手到擒来。"

苏乔顿时高兴，侧头对秦显笑道："听见了吗？"

秦显笑了笑，握住苏乔的手，却看着老师父，认真地问："能算姻缘吗？"

老师父还未开口，苏乔便立刻说："不算。"

秦显愣了愣，侧头看向苏乔。

苏乔表情严肃，态度坚决："不算姻缘。"

秦显盯着她，困惑不解。苏乔站起来，跟老师父道了谢，拉着秦显离开。

他们下山的时候，天才刚亮。

两个人手牵着手，秦显还是奇怪地问了一句："为什么不算姻缘？"

苏乔道："不想算。"

秦显顿下脚步，目光沉沉地盯着她。苏乔觉得秦显的眼神似乎想将她看穿，便笑了笑，捏了捏秦显的下巴："你傻啊，今天已经算了你的学业，不能算太多，有损福报的。"

秦显皱眉："有这种说法？"

苏乔一本正经地点头："当然有。"

她往上走了一级台阶，绕到秦显身后，双臂环到他身前，趴在他背上："背我，好困。"

秦显笑，微一弯身就将苏乔背了起来。苏乔双臂轻轻搂着秦显的脖子，双脚缠在他的腰间。秦显双手反剪在后面托住她的臀，背着她一步步往山下走着，忍不住笑她："早上让你多睡一会儿，你非要烧头香。"

"背我一下，你这么不乐意吗？"

秦显笑："背你一辈子都愿意。"

苏乔弯了弯唇，脸颊贴着秦显的脸颊，清晨山间清风吹来，伴随着淡淡的桃花香。秦显背着她，她闭着眼睛，就这样慢悠悠地随着秦显往山下去。她闻到秦显身上淡淡的柠檬味道，心里充满安全感。这一刻所有的烦恼都被抛在脑后，岁月如此静好。

即使很多年以后，苏乔回想起这段日子，回想起秦显背着她在山间漫步，清风温柔地吹着他们，旭日在他们身后缓缓升上地平线，橙色的光照亮整座山头，那些孤独难熬的日子都变得不那么孤独了。

至少她心里有个很爱的人，有个值得她回忆的他。

两天的短期度假回来，苏乔仍然忙着工作，秦显回学校上课。两个人仍然很甜蜜地约会，苏乔每天下班就去学校找秦显。秦显没课的时候，两个人就一起去吃饭看电影，然后一起回家。如果遇到秦显晚上有课，她就坐在学校外面的花台上等他。

望着校园里亮着的明亮灯光，她不是不羡慕。可无论她怎么羡慕，她也没有资格堂堂正正地走进去。她偶尔会想，如果她也是这所学校里的学生，她和秦显在一起，是不是很相配。

她垂着眼睛盯着地面发呆。过了一会儿，眼前忽然出现一双粉色的帆布鞋。

苏乔下意识地抬起头，看到林娜站在她面前，像跟她有什么深仇大恨似的瞪着她。苏乔平静地和她对视了一会儿，然后从花台上站起来，直接绕开她准备离开。

"你站住！"

苏乔顿了一下，回过头去："有事吗？"

林娜最讨厌的就是苏乔这副从容淡定的样子，表情和眼神永远是那样平静。明明是肮脏的人，却偏偏装得比谁都清高。

林娜冷笑一声，说："听说你以前在酒吧陪酒，和很多男人上过床吧？"

苏乔眉心一皱，冷眼盯着林娜。

林娜瞪着她，恶声骂道："你不要糟蹋阿显！"

说完，林娜转身就走。走了两步，她又停下来，转头盯着苏乔，眼神里全是轻蔑和不齿，一字一顿地说："真恶心。"

那时已经六月，空气中有湿热的风。苏乔静静地站在秦显的学校外面，抬头看到学校的名字，百年名校。在这所学校里念书的个个都有光明的前程，个个都是国家栋梁。她脑海中回荡着林娜那句"你不要糟蹋阿显"。

第六章 离开

七月中旬,秦显考完最后一门课,终于迎来暑假。

考试结束那天,秦显晚上要跟同学聚餐,问苏乔要不要去。苏乔侧躺在床上,怀里抱着个靠枕。秦显躺在苏乔身侧,左手撑着头,右手温柔地将她颊边的一缕碎发别到耳后。

傍晚的天,窗外是落日余晖,天空被夕阳染得像一幅橘色的油墨画。

苏乔轻轻摇头:"我不去了。"

"怎么了?是不是不舒服?"见苏乔脸色不太好,秦显抬手摸上她的额头。

"我没事。"苏乔拉下他的手握在手里,看着他问,"你今晚吃完饭是回家还是来我这里?"

秦显眼底溢出笑,意味深长地说:"你想我来吗?"他将手从苏乔手里抽出来,搂住她的腰,将她往怀里带了带。

苏乔抬头,毫不掩饰自己的心意:"我想你来。"

秦显笑,低头吻上她的唇,半响才微微松开:"那我就来。"

大学考试完聚餐是一贯的传统,秦显他们这个圈子不大,也就十几个人。大家热闹地吃完一顿饭,又准备转场去KTV,秦显不打算去,出了酒店就在门口打车。

王煦拉住他:"你不去KTV啊?"

秦显"嗯"了一声："我不去了，你们玩开心点儿。"

出租车停了下来，秦显拉开后座车门，俯身上了车。林娜和几个女生从酒店里一起出来，刚好看到秦显上了出租车，忙跑过去："他怎么走了啊？他不去 KTV 吗？"

王煦摸了一下后脑勺，含混地"嗯"了一声，说："阿显又不喜欢那种场合，嫌吵吧。"

林娜盯着秦显搭乘的那辆出租车消失在视线里，不由得哼了一声："他是要回去陪苏乔吧。那种女人，真不知道他究竟喜欢她什么！"

她的语气里有藏不住的怨气和嫉妒之意。王煦揽着她的肩膀："好了好了，咱们走吧，阿显喜欢，我们再不满意也管不着啊。"

苏乔没想到秦显这么快就回来了。他回来的时候，她刚准备吃饭，一碗蛋炒饭，桌上还有一小碟咸菜。

"你晚上就吃这个？"秦显一进来就看到桌上那一小碟咸菜，皱起了眉心。

苏乔刚拿起筷子，见秦显回来，又放下筷子："你怎么这么快？"

秦显道："吃顿饭能花多少时间？"

苏乔问："吃完饭就散了吗？没有其他活动？"

秦显"嗯"了一声，走过去拉起苏乔往卧室走去。

"干什么？"

"换衣服，带你出门吃饭。"

秦显带苏乔去了她喜欢的那家小酒馆。他已经吃过了，但苏乔觉得自己一个人吃没劲，逼着秦显陪她一起吃。秦显好笑又无奈，只好陪着她。

他们上次来这家酒馆，还是秦显生日的时候。吃完饭，两个人坐在位子上聊天。店里开着空调，凉飕飕的，格外舒服。苏乔端着酒杯，杯里是清澈的梅子酒。

她喝了一小口，喂到秦显嘴边："你试试，还可以。"秦显低头尝了一口。

苏乔弯着眼笑，问："怎么样？好喝吗？"

秦显"嗯"了一声："还行。"

苏乔笑了笑，放下酒杯。他们坐的靠窗位置，隔着窗户，苏乔望着窗外来来往往的人，想起刚和秦显在一起的时候还是冬天呢，不知不觉竟然已经半年了。她收回视线，双手托着下巴望着对面的秦显："你还记得上次说，等我生日带我出去玩吗？"

秦显正往杯里倒水："记得。"

倒完水，他将水壶放下，抬头时眼里含着笑意："你想去哪里？"

他伸手拉过苏乔的一只手握在手里。苏乔往左边靠了靠，左手撑着脸颊，想了一下说："我不知道。我哪里都没去过，你带我去哪里，我就去哪里。"

晚上他们就回去翻攻略。秦显选了很多个地方，苏乔趴在床上，最后指着电脑上的一张风景图："去这里吧。"

云南，她老听人家说那里四季如春，风景秀美。

秦显点头："可以。"

四月中旬的时候苏乔倒是和秦显出去了一次，但那次只是短途，当天去，第二天晚上就回来了。这次苏乔想玩久一点儿，秦显问她能请几天假。

"不知道，我先问问吧。"

"好。"

可还没等苏乔跟老板请假，第二天却先等来了另外一通电话。

市中心的星悦咖啡厅包间里，一名身穿米色裙子的女士坐姿端庄，漂亮优雅。

苏乔见到她的第一眼，便明白秦显为什么长得那样好看了。基因是会遗传的。

谢俪见到苏乔笑了笑，招呼道："进来吧。"

苏乔轻轻点了点头，走过去。

"坐吧。"

苏乔又点了点头，在谢俪对面坐下。

"看看想喝点儿什么？"谢俪点了一下桌上的菜单，旁边站着服务生，手里拿着点餐本。

苏乔将菜单收起，抬头递给身侧的服务生，说："给我一杯白水吧，谢谢。"

服务生明显愣了一下，下意识地看向谢俪。

谢俪脸上始终带着礼貌而温和的微笑，轻轻点了点头。

"好的，您稍等。"服务生收好菜单便退了出去，轻轻带上了门。

包间里静得没有一点儿声音。谢俪仔细观察着苏乔，女孩儿安静地坐在对面，目光平静，没有惧怕之色，也没有低人一等的胆怯之意，就坦荡地坐在那儿。谢俪突然有点儿明白儿子喜欢她什么了。

苏乔长得漂亮，气质出众，眼神干净且坦荡，像一朵青莲。若不是知道她是什么样的人，老实说，谢俪对她的第一印象还不错。良久，谢俪终于开了口："苏乔，你知道我找你的目的吧？"

苏乔点头："知道。"玲珑通透，她又多了一处让人喜欢的地方。

"你和阿显的事情我很早就知道了，一直没找你，是想等阿显考试结束。"

苏乔看着她，语气依然平静："我明白。"

"既然你都清楚，我也不跟你绕弯子了，阿显和你是没可能的。"

来的时候谢俪很犯愁。这女孩儿要是死活缠着阿显不肯分手怎么办？阿显若真像林娜说的那样那么喜欢这女孩儿，会不会为了她和家里人反目？这是谢俪最害怕的情况，但是眼前的女孩儿和她想象中太不一样了。

她不是那种在夜店里浓妆艳抹、浑身上下透着低贱气息的女孩儿。眼前的女孩儿头发高高地扎在脑后，穿着浅蓝色的牛仔裤和一件白色T恤，没有化妆，一张脸干干净净的，像一个规矩的邻家女孩儿。即便如此，谢俪还是要说："你配不上我儿子。"

苏乔不明白，为什么所有人都要对她说这句话。她配不上秦显，她知道的。她自己比谁都清楚这件事。但是一而再再而三地从其他人嘴里听到这句话，她还是难受得想哭。

谢俪从包里拿出一个厚厚的信封，将其推到苏乔面前："听说你在夜店里打工，女孩子就算缺钱也不能去那种地方。这个你收下，就当是秦显对不起你。"

苏乔盯着桌面上的信封,信封口露出了粉色的边角。她盯着信封看了一会儿,就在谢俪觉得她也不过如此的时候,她却慢慢抬起头,目光坦荡地看着谢俪。

她的声音轻轻地在包间里响起:"秦显没有对不起我,他很喜欢我,对我很好。"

谢俪愣住。

苏乔继续说:"从一开始我就没想要结果。我知道我配不上秦显,从来没有奢望过什么。但我说的配不上,是因为我没有念书,没有机会上大学。可我在夜店里打工赚的钱,每一分都是干干净净的,我没有什么好丢人的。"

谢俪看着苏乔,过了半晌,轻声说:"抱歉。"顿了一下,她又说,"但你还是必须和阿显分开。"

苏乔觉得心里好像突然被砸空了,被砸出血淋淋的一个窟窿,疼得她想大哭一场。她看着谢俪,眼神终于带了点儿祈求:"再等一个月好吗?八月二十号是我的生日,等过完生日,我马上就走。"

谢俪想了一会儿,轻轻点了点头:"好。"

苏乔深吸了一口气,轻声道:"谢谢。"

她站起来,对着谢俪微微弯了一下腰:"我先走了。"

谢俪点点头,端起桌上的茶水,没有看她。

苏乔转过身,眼睛瞬间红了,停了一会儿,朝着门口走去。她拉开门时,谢俪的声音从身后传来:"过完生日就离开吧,走干净点儿,从今往后都不要在阿显面前出现。"

眼泪还是忍不住掉了下来,她扶着门框,良久,轻轻地点了点头。

苏乔从咖啡厅出来时,天已经黑了。她失魂落魄地走在街上,眼泪不受控制地往下掉。

街上来来往往的车辆、行人,她看不见,也听不见,有人撞到她,她也感觉不到疼。她浑浑噩噩地走在人群里,浑浑噩噩地过马路,浑浑噩噩地上了公交车,坐到位子上。

她望着窗外，脑子里一片空白。有人递给她一张纸："小姐，你没事吧？"

苏乔回过神，侧头看去，才发现旁边坐着一个女人。女人手里拿着纸巾，安慰她道："别哭了，这世上没有什么事是过不去的。"

苏乔愣了愣，下意识地摸了摸脸，触手冰凉一片，她这时候才发现自己在哭。她为什么要哭呢？不是早就做好准备了吗？

手机在包里振动，旁边的女士提醒她："小姐，你的手机好像在响。"

苏乔愣了几秒，茫然地点了点头："谢谢。"

电话是秦显打来的，苏乔盯着手机屏幕看了好一会儿，没接电话。她转过头望向窗外，夜风吹在脸上，冰冰凉凉的。她深深吸了一口气，过了好一会儿，终于将电话接通。

秦显的声音从电话那头传来，语气很高兴："你快回来了吗？我做了饭，你回来试试。"

苏乔头靠着车窗，听见秦显的话，轻轻笑了笑："你做的饭能吃吗？"

秦显道："你回来试试不就知道了。"

苏乔又掉了滴眼泪，嘴角却扬着笑，轻声说："好啊，我一会儿就回去了。"

"嗯，等你。"

挂了电话，苏乔又望着窗外发呆。

城市的夜景分外迷人，霓虹灯闪烁，处处闪着金光。这里曾有她的梦想，她做梦都想逃出大山。可真的来了这里她才知道，这个地方是分等级的。像她这种人，永远只能生活在城市边缘，很多东西她连靠近都没有资格。

苏乔到家的时候已经八点。

她在门口站了好一会儿，确定自己情绪稳定后才终于摸出钥匙开门。她刚把钥匙插进锁眼，门就从里面被打开了，一股什么东西被烧煳的味道冒了出来。

苏乔忍不住笑道："你又烧厨房了？"

秦显笑，一手牵着她进屋，一手关门："没烧厨房，排骨烧得有点儿糊了。"

他牵着苏乔走到饭桌前，苏乔看到桌上那盘黑乎乎还冒着热气的排骨，愣了几秒，回过身捧着秦显的脸，一本正经地说："你说，是不是想毒死我再重新找个漂亮的女朋友？"

秦显被逗笑，举手发誓："天地良心，我秦显这辈子就喜欢苏乔一个人。"

苏乔看着他，眼眶突然红了。

秦显愣了一下："怎么了？"手指抚过她的眼睛，他蹙起眉心，"眼睛怎么红了？"

苏乔忙摇头，笑着说："没事，有点儿感动。"

秦显笑，在她的鼻子上捏了一下："傻不傻。"

苏乔捧着他的脸，抬头在他的唇上亲了一下，嘴角扬着笑："你去盛饭吧，我先洗个澡。"

秦显"嗯"了一声，扣着她的头，低头在她的额头上吻了一下，然后才转身去厨房。

苏乔站在原地，回头盯着秦显的背影，好一会儿才转过头，朝着卧室走去。

苏乔简单冲了个澡出来，头发在脑后随意地绾了个丸子。

秦显已经在餐桌旁坐好了，苏乔走过去，拉开椅子在他对面坐下，笑着道："有人伺候可真好。"

秦显笑，将筷子递给她。苏乔夹了一块排骨尝了一下。

秦显问："怎么样？"

苏乔忍着笑，将筷子上的排骨喂给秦显："你自己尝尝。"

秦显也有点儿怀疑自己的水平，小心翼翼地尝了一口，排骨一入口，他就皱起了眉心。

苏乔笑得不行："也还好啦，就是咸了点儿、焦了一点儿。"

秦显："……"

苏乔站起身来，坐到秦显旁边去，挽着秦显的胳膊，拿着筷子又夹了一块排骨，低头准备吃。

秦显握住她的手腕，皱着眉道："别吃了。"

"要吃啊，男朋友亲手给我做的晚饭，现在不吃，以后就没机会了。"

秦显怔了怔，看着她问："什么意思？"

苏乔抬起头，眼里含着笑，说："因为我以后不会再让你进厨房了，当然就吃不到了。"

秦显嗤笑了一声："难吃到这种程度吗？"

苏乔笑着点头："嗯，很难吃。"

饶是如此，苏乔还是将秦显做的一桌菜吃光了。因为现在不吃，以后她就真的没有机会了。

吃完饭，两人下楼散步消食。

秦显牵着苏乔的手，两个人沿着步行街绕了一圈。到出租车站，秦显回头摸了摸苏乔的头："我回去了，明天再过来。"

苏乔望着他，没有说话。

"怎么了？"秦显见苏乔神色不太对劲儿，轻轻捏着她的下巴，笑了笑，"舍不得我？"

苏乔点头，问他："能不走吗？"

秦显愣了一下。苏乔看着他，认真地说："反正你也放假了不是吗？不回学校不回家也没有关系的对吧？"

秦显看着苏乔，想了一会儿，点头："也行，那就不回去。"

苏乔总算笑了，拉着他往回走："开学前你就待在我这里吧。"

秦显忍不住笑，揽着她的肩膀，搂着她往前走："我以前怎么没发现你这么黏人？"

苏乔道："平时不想耽误你学习而已。"

两个人散着步回家，苏乔先去浴室洗漱了，然后把浴室让给秦显。

男生洗澡很快，没一会儿他便洗好出来。沙发上的被子和枕头不见了。他正擦着头发，目光落在沙发上，擦头的动作忽然顿住。他走到卧室里，就见苏乔已经坐在床上了，靠着床头，手里拿着本书在翻，那是秦显给她的一本书。

见秦显进来，苏乔抬眼看了他一眼："洗好了。"

问完，她又垂眼继续看书。

秦显靠着门框，单手插在裤袋里，眸色深深地盯着苏乔。

看了好一会儿，他才说："你把我的枕头和被子收起来了？"

秦显之前住苏乔这里，一直是睡沙发的。

她突然将被子和枕头收起来，由不得他不多想。

苏乔又抬起头，眼神坦荡地说："是啊。"就两个字，她没有多余解释。

秦显盯着她看了一会儿，嗓音低沉地问："那我睡哪儿？"

苏乔冲他笑，拍了一下她旁边的位置："我们一起睡吧。"

秦显挑了挑眉，眼睛盯着她。

"我想和你多说会儿话。"

秦显盯着苏乔，半晌，忽然便笑了。苏乔见他笑，跟着笑了。

她拉开被子，看向秦显："过来吧。"

两个人躺在床上，枕着同一个枕头，盖着同一床被子，面对面对视了好一会儿，苏乔先笑出来，然后靠到秦显的怀里抱住他的腰。秦显将手覆到她的后背上，低头在她的耳侧轻轻吻了一下，闻到她颈间有一股淡淡的香味儿，笑了笑，轻声说："怎么这么香？"

苏乔将脸埋在他的胸前，轻声问他："香吗？"

秦显"嗯"了一声："很香，天生的吗？"

苏乔没有擦香水的习惯，味道又不像是沐浴露的味道。

苏乔轻轻"嗯"了一声："可能吧。"

秦显将脸埋在她的颈侧，轻轻呼吸着。

苏乔感觉有点儿痒，偏了偏头，笑问道："这么香吗？"

秦显轻笑着，"嗯"了一声。

苏乔望着床头的灯，眼神有些蒙眬，过了半晌，轻声说："那你记住了。"

"什么？"秦显抬起头，又在她的发间轻轻吻了一下，顺口问了一句。

苏乔没有回答，眼睛失神地盯着床头昏黄的灯光。灯光映在她的眼里，她眼里蓄着眼泪，仿佛下一秒眼泪就要掉下来。

她想让他记住她的味道，记住她。

次日清晨，苏乔在秦显的怀里醒来。他还睡着，手臂搂着她。

时间还早，苏乔怕吵醒他，轻手轻脚地从秦显的怀里起来，然后穿鞋下床，去浴室洗漱。

洗完出来，秦显还在睡，苏乔拿着手机去外面打电话。电话那头是快递公司的老板，听到苏乔说要请假，便道："你和刘昊他们换一下班吧，平时你们不都是这么干吗？没事的。"

苏乔站在窗前，望着外面缓缓升起的朝阳，一字一顿地说："我想请一个月。"

"什么？！一个月？"那边的人几乎没有任何思考，果断拒绝，"不可能的，哪有请假请这么长时间的？你也知道咱们站点有多忙，缺一个人就忙不过来了，你要不来，我们就得招其他人了。"

苏乔望着对面的朝阳，橘红色的光映照在她的眼里。

她眼睛也不眨一下，轻声说："那我辞职吧。"

苏乔挂了电话，在窗口站了一会儿，看着太阳慢慢爬上来，悬挂在天空中。又是新的一天了，离她和秦显分别的日子又近了一天。

秦显醒来的时候，已经九点多了。他睁开眼睛，发现苏乔坐在他的旁边，握着他的手，不由得怔了一下："你什么时候起的？"

苏乔笑了笑："起了好一会儿了。"

秦显撑着身子坐起来："怎么不叫我？"

苏乔的目光落在秦显睡乱了的头发上，她伸手帮他把头顶翘起来的一缕头发往下压了压，温柔地说："我想让你多睡一会儿嘛，你前阵子都没怎么睡。"

秦显捧着她的脸，俯身在她的唇上亲了一下，然后才问："吃早饭了吗？"

苏乔摇头："等你。"

秦显看着她，忽然想起什么，问："你今天不上班吗？"

苏乔点了点头："我请假了。"

秦显愣住，过了半晌，担心地问："怎么了？是不是哪里不舒服？"

他说着手便覆到她的额头上。苏乔拉下他的手："我没有不舒服，只是有点儿累了，想休息一段时间。"

秦显问："你请了多久？"

苏乔道："一个月。"

秦显有些诧异："这么久？"

苏乔"嗯"了一声："我工作太久了，很累。"

"你是该休息一下了。"秦显眼神心疼，手覆在苏乔的脸颊上，大拇指轻轻抚摸着。

苏乔笑了笑，身体往前倾，捧着秦显的脸，在他的唇上亲了亲，然后说："你起来洗漱吧，我们出门吃早饭。"

男生收拾出门能比女生快得多，明明苏乔比秦显先收拾，结果等秦显都收拾完了，她还在浴室里梳头发。

夏天太热了，她得把头发扎高一点儿。

秦显就靠着浴室的门框，笑着瞧着苏乔。

苏乔一边对着镜子梳头一边说："你不要催我，你一催我，我就梳不好了。"

秦显笑道："我没催你。"

苏乔将胳膊抬到头顶，将橡皮筋拉长绕头发一圈，侧头望着秦显，笑了笑。

秦显眉眼含笑："你笑什么？"

苏乔扎好头发，对着镜子照了照，总算满意了。

她走出来抱着秦显，抬头亲了他一下："开心就笑。"

秦显搂着她的腰："开心什么？"

苏乔又笑了，捏了捏他的下巴："因为你好啊，你对我好，我当然开心。"

秦显笑出声，揽过她的肩膀，搂着她往外走："你倒是容易满足。"

两个人走到门口换鞋。苏乔认真地点了点头："我是挺容易满足的。"

有人爱她，就够了。

两个人在楼下的茶餐厅随便吃了点早饭。才九点多，外面太阳已经明晃晃的了，隔着玻璃都让人感觉到热。苏乔托着下巴，望着外面明晃晃的太阳，有点儿发愁："这么热，我们去哪里玩啊？"

"这天气只能在室内待着。"秦显把苏乔没有吃完的流沙包一并吃了，剩下有馅儿的部分喂到苏乔的嘴里。

苏乔嚼了两下，忽然想到什么，从窗外收回视线，看着秦显："我们去看电影吧。"

"好。"

"看完电影再去游乐场。"苏乔又道，想了一下，忙问，"游乐场几点关门啊？我们得把时间安排好，你说——"

话音戛然而止，苏乔这才发现秦显在笑她。

她抿了抿唇："你又笑什么？"

秦显靠着椅背，双臂环在胸前，什么话也不说，只是看着苏乔笑。

苏乔下意识地摸了一下脸："我的脸上有东西？"

秦显还是笑，不答她。苏乔被他笑得久了，跟着笑起来："你就笑吧，你开心就好。"她站了起来，"走了。"

苏乔率先走到餐厅外面，秦显在后面结账，稍晚一会儿。

他出来的时候，苏乔蹲在路边正在逗一只别人牵着的小狗。

秦显突然就顿住了脚步。她蹲在那里，阳光照在她身上，她嘴角扬着笑，一下一下抚摸着小狗的脑袋，表情都是温柔的。

秦显看着苏乔，脸上的笑容敛去，心里忽然像被什么刺了一下。她再勇敢、再坚强，其实也是个普通的女孩子。她会喜欢游乐场，会喜欢可爱的小动物……

"秦显。"苏乔侧头想看秦显出来没有，见他站在不远处，便和小狗的主人告别，站起来朝着秦显走过去。

"你愣在这里做什么？走啦。"她拉住秦显的手，要拉他走，却被他反手握住。

苏乔被拉住手，走不动了，回过头："怎么了？"

秦显看着她，问：“你很喜欢小狗吗？”

苏乔没想到秦显突然问这个，愣了一下才反应过来。

她笑了笑：“是啊，小狗很可爱。”

秦显：“刚刚那狗是什么品种？”

苏乔：“比熊啊，你不认识啊？”

秦显想了一下，忽然说：“你要是喜欢的话，就养一只。”

"啊？"

秦显道：“等我开学，我们重新换个好点儿的房子住，你要是喜欢就养一只。”

苏乔的心一下又痛了，眼睛一酸，险些掉下泪来。

她忙笑着掩饰，说："不要啦，养了小狗就是一辈子的责任，我又没什么耐性，只是看着别人养的小狗可爱而已。"说着，她又摇了摇头，"我不养。"

秦显点了点头："看你，你想养就养，不想养就不养。"

秦显对她几乎是千依百顺。苏乔看着他，忍不住红了眼眶。她急忙扭过头，指着前面说："我们去坐地铁吧，到市区玩。"

"走吧。"秦显拉着她过马路，没有注意到苏乔侧过头，在他看不见的地方悄悄掉了滴眼泪。

他们没有以后了，她没有机会和他一起养只小狗。

一个月的时间，苏乔想和秦显做尽所有情侣该做的事情，去看电影、去逛街、去游乐场、去旅游……一个月的时间，秦显基本每天都和苏乔在一起，梁逸和王煦他们每次约他打球，他都说没空。

今天已经是一个月来他们第八次约秦显打球了。苏乔和秦显在家里吹着空调看电视，苏乔躺在秦显的腿上，时不时喂他吃颗葡萄。

手机响起的时候，她从沙发上摸到，递给了秦显。

电话一接通，王煦就在那头嚷嚷起来："阿显，打球啊，出来不？这都放假一个月了，你一次也没出来过，你不能有了媳妇儿忘了兄弟吧。"

王煦的声音很大，苏乔都听见了。见秦显要拒绝，她拉下他的衣袖，轻声说:"去吧。"

秦显垂眼看着她,眼神在说:不是说想让我陪你吗?

苏乔弯了弯唇,说:"去吧,我还没看你打过球呢。"

消失一个月的秦显终于露面了,然而一起来的还有苏乔。

苏乔跟在秦显身侧,坦坦荡荡地站在那儿。气氛一时有些尴尬,没有人招呼她。只有孟莺热情地拉住她的手,笑容真诚:"苏乔姐你也来了,好久没见到你了。"

苏乔笑了笑:"你好。"

孟莺挽着苏乔的手,道:"我们到旁边去坐吧,让他们打球。"

苏乔点了点头,对秦显说:"那我在那边等你。"

"嗯,一会儿打完带你去吃饭。"秦显从裤兜里摸出钥匙和手机递给苏乔。

苏乔接过东西,放到自己的包里,然后跟着孟莺一起到篮球场旁边的观众台去坐。

孟莺拉着苏乔到看台上坐下,刚想和苏乔说说话,林娜突然拉了她一下。

她转过头,压着声音问:"干吗?"

林娜皱着眉说:"你干吗对她这么热情,疯了吧你?"

她强行将孟莺拉走了,隔苏乔很远,到另外一边坐下。

苏乔看着篮球场上的人,对身侧的女孩儿们的闹剧没有兴趣。她眼里只有秦显,只要他喜欢她就够了。

秦显打球的时候,目光一直在苏乔身上,没有专心地打球。女孩儿们坐在一侧,苏乔一个人坐在另一侧。他看着她一个人坐在那里,心里突然涌上一股难言的怒火。他将球扔给梁逸,大步朝看台走去。

篮球场顿时静下来,所有人都目不转睛地看着秦显朝苏乔走过去。

苏乔见秦显过来,也愣住了:"怎么了?怎么不打了?"

秦显什么话也没说,只是将苏乔拉起来,顺手拎起她放在一旁的包:"我们走。"

苏乔被秦显带着离开了篮球场。他脸色很差,像在强忍怒意。苏乔比很多人通透,不用猜也知道他在气什么。他走得很快,苏乔被他拉着快跟不上了,喊住他:"秦显,你等等。"

秦显顿了一下,总算回头。苏乔上前两步,抱住了他。秦显蓦地愣住。

苏乔将下巴枕在他的肩膀上,轻声说:"你不要生气,秦显。"

秦显搂住她的腰,紧抿着唇,好一会儿才低声说:"对不起。"

苏乔愣了一下,抬头问:"什么对不起?"

秦显看着她,很自责:"是我让你受委屈了。"

刚刚他看到苏乔一个人坐在那里,突然觉得自己很混账。这些都是他的朋友,他的朋友却孤立她。苏乔倒是笑了,挽住秦显的胳膊,两个人沿着人行道慢悠悠地往前走着。苏乔头靠着秦显的肩膀,看着马路上川流不息的车辆。

她忽然问:"今天几号了?"

秦显道:"十四号,怎么了?"

十四号,还有六天就是她的生日了。苏乔抬头望着头顶的天。湛蓝的天,烈日如火。

她说不出心里是什么感觉,感觉不到痛,只是想到以后再也见不到秦显,心里好像空了。

秦显问苏乔想吃什么,苏乔摇头,望着他说:"我们回家吧。"

她想回家,想和秦显待在家里。

秦显拦了辆出租车,上了车苏乔就靠到秦显的怀里,头埋在他的胸口,抱着他。

"怎么了?"秦显摸着她的头,低着头轻声问道。

苏乔摇头:"困。"

秦显不由得笑,揉了揉她的脑袋:"睡吧。"

秦显刚刚打完球,身上有一股少年身上的汗味儿,还有一股淡淡的柠檬味儿。苏乔靠在他的怀里,将大脑放空,没一会儿便真的陷入了沉睡中。车开到家,苏乔还没有醒来。秦显也没有叫醒她,付了钱,将车门打开,轻轻扶着苏乔的肩膀,先下了车,然后俯身将苏乔抱起。

日头正晒,好在他们刚从空调车里出来,不算太热。秦显抱着苏乔进了小区。苏乔在回家的路上醒了过来,睁开眼睛,便对上秦显的视线。

秦显看着她:"醒了。"

苏乔盯着他看了一会儿,没有答话,重新将头埋进秦显的怀里。

秦显愣了一下,随后便笑了,抬手按下电梯,道:"不想下来走路吗?"

苏乔"嗯"了一声,声音闷闷的:"有男朋友还走什么路啊?"

秦显笑:"那以后都抱着。"

苏乔眼眶湿润,好一会儿才轻轻"嗯"了一声:"好。"

八月十六号,苏乔和秦显去云南旅游。

苏乔第一次坐飞机,第一次和秦显出远门,也是最后一次。

两个人去云南的时候,飞机晚点。秦显有航空公司的VIP(贵宾)卡,带着她去了头等舱休息室。休息室空调开得很舒适,秦显找了靠窗的双人沙发。苏乔挽着秦显,望着窗外。

"飞机估计还要等两个小时,你睡会儿吧。"秦显道。

苏乔收回视线,看着秦显说:"不困。"

秦显笑着捏了一下她的脸颊:"你这几天是怎么了,都不睡觉的?"

苏乔这几天精神格外好,半夜缠着他和她聊到凌晨三四点。

昨天晚上他们又聊到今天凌晨四点多才睡,以至于他这会儿倒是有些困了。苏乔很想让秦显和她说说话,因为现在不说,以后就没有机会说了。可是她看着秦显眼下的青影,又不忍心不让他睡觉。

她笑了笑:"第一次出门旅游,有点儿兴奋嘛。"

秦显笑:"你要是喜欢旅游,以后我们可以经常出来。"

苏乔心里发苦,嘴角却扬着笑:"好啊。"

秦显将她的头按到自己的肩膀上:"所以我们现在先睡觉吧,很困。"说着,他便闭上了眼睛。

苏乔挽着秦显的胳膊,头靠在他的肩膀上,眼睛失焦地望着空气。

不知过了多久,有工作人员弯下身递给她一盒纸巾,声音轻轻地说:"小姐,您没事吧?"

苏乔回过神,看着工作人员手里拿着的纸巾,下意识地摸了摸脸,冰冰凉凉的，不知什么时候掉的眼泪。她接过纸巾，食指挡在唇上，对工作人员无声示意。

工作人员下意识地看了一眼苏乔旁边的男生，点了点头。

苏乔对她笑了笑，轻声说："谢谢。"

工作人员摇了摇头，微笑道："不客气。"

秦显睁开眼睛，发现苏乔拿着手机对着他，他愣了愣，下意识地挡住镜头："你在拍我吗？"

苏乔弯着眼笑："是啊。"她抬手把秦显挡住镜头的手拿下来，举着手机继续拍照，"旅途中的点点滴滴我都要记录下来的，以后没事可以拿出来看看。"

她连拍了好几张照片，总算把手机收起来："长得好看的男生睡觉都好看。"

她将手机扔到包里，然后拉秦显起来："我们走吧，飞机要到了。"

原本是上午十点半的飞机，晚点了两个半小时，两个人到云南的时候已经是下午三点多了。

秦显订了酒店接机，一出机场便坐上车去了酒店。

不愧是四季如春的城市，气候温和，完全不像夏天。

到了酒店，两个人先去前台办理入住手续。基本没苏乔什么事，她就坐在箱子上，无聊地滑着另一个箱子。

"走了。"秦显很快就办好入住手续，回头揉了一下她的脑袋。

苏乔站起身来，秦显拿好房卡，便伸手拎过那个大箱子。

苏乔拉着小箱子，手被秦显握在手心里，他牵着她往电梯的方向走去。

他们住在三楼，房间很大，有窗。苏乔走到窗边往楼下张望，底下是一个花园，种着很多花花草草，林木葱茏，很漂亮。秦显将东西收拾好，走到窗边，从身后抱住苏乔："在看什么？"

"看花。"

秦显笑道："喜欢花？"

苏乔点头："喜欢啊。"

秦显"嗯"了一声，道："等你生日的时候，送你。"

苏乔愣了一下，回过头，背靠着窗台，双手轻轻捏着秦显的衬衣领口，看着他笑："我的生日，你准备送我什么？"

秦显挑了挑眉，反问："你想要什么？"

苏乔想了一下，不知想到什么，眉眼间漾开笑意："要不把你自己送给我吧？"

秦显盯着她，眸色不由得深了几分："你说什么？"

苏乔搂住他的脖子，笑盈盈地望着他，重复说："把你自己送给我。"

秦显盯着她，好一会儿没说话。苏乔忍不住笑了，捏了捏他的下巴，抬头吻住他的唇。秦显眸色微黯，搂紧她的腰，将她抵在墙上，嘴唇在她的唇上辗转碾压。苏乔张嘴呼吸，秦显便闯进去，与她缠绵。

两个人在酒店里待到傍晚，才出门吃饭。

秦显在网上查了攻略，带苏乔去了家有名的餐厅，点了餐厅里所有的招牌菜。

苏乔吃了几口，却怎么也吃不下了。事实上，她这阵子都不太有胃口，心里堵得发慌。但是怕秦显担心，她还是逼着自己又多吃了几口，吃到后来觉得自己快要吐了。她捂着嘴，紧紧闭上了眼睛。

"怎么了？不舒服吗？"秦显见状担心得不行，立刻坐到苏乔身边。他去拉她的手，想看看她。

苏乔摇头："没事，我没事。"

她感觉眼睛胀得厉害，快要忍不住了。

秦显又摸她的额头："是不是水土不服？"

苏乔将他的手拉下来："不是，我只是胃有点不舒服，我去一下洗手间。"

她站起来，绕过秦显大步朝着洗手间走去。

她站在洗手台前，将水龙头开到最大，弯着腰捧着水拼命往自己脸上拍。眼眶滚烫，眼泪不断地涌出来，她拼命往脸上浇水。她颤抖着肩膀，喉咙哽咽到发出呜呜的哭声，却又拼命忍着，压抑着不让声音溢出来。

旁边有人见到，担心地扶住她："小姐，你没事吧？"

苏乔摇头，想说没事，开口却发出哭声。

"你真的没事吗？你看起来很痛苦。"那人担心地问。

苏乔摇头，说不出话来。她关了水，转身走进隔间，蹲到地上紧紧地捂住了嘴巴。

苏乔不敢在洗手间里待太久，怕秦显找进来。她哭了一会儿，到洗手台前洗脸，对着镜子照了一会儿，眼睛还是有点儿红。她又低头冲了一会儿水，等稍微好了一点儿，才深吸了一口气，总算从洗手间里出来。她刚出来，就碰到秦显往里面走。他赶紧拉住她："怎么这么久？没事吧？"

苏乔笑道："没事。"

她拉着他往回走，问："你吃好了吗？"

"差不多了。"

回到座位上，苏乔弯身拿包："去结账吧。"

"我去。"秦显松开苏乔，转身就往收银台走去。

苏乔回头看着秦显在吧台前结账，怕店里灯光太亮被秦显看出她哭过，便拎着包去外面等。

外面天黑透了，苏乔站在门口暗处背光的地方，盯着对面的马路发呆。

秦显很快出来，四下寻了一圈，在餐厅对面的一棵树下发现了苏乔。

他走过去："怎么在这儿？"

苏乔听见声音，这才回头，弯了弯眼睛，对秦显笑道："在这儿等你啊。"

秦显笑了一下，和她十指交握："走吧，带你转转。"

两个人也没什么目的地，就沿着古镇慢悠悠地走着。

苏乔这辈子第一次这样希望：如果时间可以慢一点儿，再慢一点儿，那该多好，最好是永远定格在这一刻。可惜没有如果，时间一分一秒，很快就过去了。

两个人回到酒店时，已经快十二点了。

秦显让苏乔去洗澡，苏乔却拉着他的手不放。

"怎么了？"秦显摸了一下苏乔的额头，"是不是还不舒服？"

苏乔摇头，只是看着他。苏乔就那么拉着秦显的手，不松开，秦显忍不住笑了笑，索性将她抱到怀里："怎么了？"

苏乔将下巴枕在他的肩上，眼睛失焦地望着对面的墙壁，想说点儿什么，张了张嘴巴，却又不知说什么。秦显摸了摸她的后脑勺："我先去洗，洗完我们上床聊？"

苏乔"嗯"了一声，这才抬头，盯着秦显看了一会儿，然后笑了，摸了摸他的脸："去吧，我在床上等你。"

秦显挑了一下眉，眼角含着笑意："床上等我？"

苏乔笑，转身就往床边走去，走到床尾，捡起秦显刚才放到床上的衣服抛给他："快去洗吧你。"

秦显抬手接住衣服，看着她笑，眉眼干净如画，苏乔心里又似被刀割了一下，顿时笑不出来了。她索性躺到床上，拉过被子把自己裹起来，脚悬在床尾，轻轻踢在秦显的腰上："快去洗吧。"

听到浴室关门的声音，苏乔才终于将被子拉开，平躺在床上，望着天花板出神。

秦显洗完澡出来，就见苏乔侧着身子躺在床上。他坐过去，拉住她的手："你去洗吧。"

苏乔抬眼望着他，忽然问："秦显，认识我之前你想找个什么样的女孩儿？"

秦显愣了一下："怎么突然想起问这个？"

苏乔道："就是想起了，想知道你的理想型。"

秦显嗤笑了一声，跟她一起侧身躺下，盯着她看了一会儿，才轻声说："以前没想过那些，在遇见你之后才开始想的。"

"想什么？"苏乔问。

秦显笑了笑："不知道，就是老想。"

苏乔弯了弯唇："你是不是第一次见到我就喜欢了？"

"不是。"

苏乔眨了一下眼："那是什么时候？"

秦显道："你第一次来学校找我，靠在墙边对我笑，说请我吃夜宵的时候。"

苏乔抿着唇笑，钩住秦显的手指："你当时对我是什么感觉？"

秦显想了一会儿，看着她的眼睛一字一顿地说："心动的感觉。"

苏乔愣了一下，看了秦显几秒，然后便笑了。她靠到秦显的怀里，抱住他，声音轻轻地说："谢谢你喜欢我。"

秦显抱住她，低头在她的发顶吻了一下，开玩笑地笑道："不客气。"

苏乔闭上眼睛，在心里轻声回道：对不起。

八月二十号，苏乔的二十岁生日。

她睁开眼的时候，秦显已经醒了，正看着她。见她醒来，他笑着说："生日快乐，苏乔。"

苏乔笑了笑："谢谢。"

秦显在被子底下牵住她的手："今天想去哪儿玩？"

这几天他们把该玩的地方都玩了，苏乔想了一会儿，说："就随便转转吧，只要跟你在一起，在哪儿都一样。"

她往秦显的怀里靠了靠，抱住他的腰："或者我们再睡一会儿，晚点儿再出去。"

于是两个人睡到快中午。

苏乔先醒，侧着身面对着秦显，左手撑着头，右手轻轻捏秦显的下巴。她捏了一会儿，秦显大概是感觉到痒，醒了过来，睁眼就看见苏乔撑着头，捏着他的下巴玩。

苏乔见秦显醒来，弯了弯眼睛："你总算醒了，寿星都饿了。"

秦显忽而一笑，拉下她的手："饿了不知道叫我？"

他坐起身，然后下床："等我一会儿。"

两个人收拾好出门时已经是正午了，刚好可以去吃午饭。

秦显问苏乔想吃什么，苏乔凑到他跟前，抬着头笑盈盈地望着他："你说呢？"

秦显盯了她一会儿，然后也笑了："别闹。"

吃饭的时候，苏乔依然没什么胃口，吃到一半就放下了筷子，一手撑着脸，一手随意地搭在桌上，手里把玩着一个打火机，眼睛一直看着秦显，没有一秒移开过视线。

"你再吃点儿吧，别总看着我。"秦显又给苏乔盛了碗汤。

苏乔道："就想看你。"

秦显笑："还有一辈子可以看，急什么？"

苏乔没说话，眼睛发酸。没有一辈子了，今天是他们在一起的最后一天。

吃完饭，两个人牵着手在镇上散步。一路经过很多路边摊，走到一个卖遮阳帽的路边摊前，秦显突然停了下来，弯身从摊位上拿起一顶草编的遮阳帽戴在苏乔的头上。

苏乔愣了一下："怎么了？"

秦显道："紫外线太强了，别晒伤了。"

他瞧了她两眼，似乎觉得帽子不太好看，又取下来，重新拿一顶给她戴上。

连续换了三顶帽子，秦显总算满意："这顶不错。"他低头给她系下巴上的带子，"戴着。"

秦显低着头替她系带子时，神情温柔。苏乔看着他，差点儿掉下眼泪。

秦显给苏乔系好带子抬头，见苏乔眼睛红红地望着他，愣了一下："怎么了？"

苏乔摇头："没什么。"

她移开视线，眨了下眼睛，将眼泪憋了回去。

秦显揽住她的肩膀，笑着问："太感动了？"

苏乔"嗯"了一声，眼睛依然望着别处。

秦显笑："那你以后对我好点儿。"

苏乔紧咬着牙，没吭声。两个人在外面待到天黑，秦显本来还想带苏乔去逛夜市，苏乔拉住他："我们回去吧，我有点儿累了。"

秦显点了点头："也行。"

于是他牵着苏乔开始往回走。苏乔一路都没怎么讲话，只是挽着秦显的胳膊，头靠在他的肩膀上。倒是秦显在说："我们是明天晚上的飞机，等回去以后先带你去吃火锅，你是不是吃不惯这边的菜？这几天你都没怎么吃。对了,等回去以后,你跟我回家吧,我想介绍你给我爸妈认识。"

苏乔垂着眼,轻声应道:"好。"

半个小时前,她接到了秦显母亲的电话。对方依然客气而温和,在电话那头祝她生日快乐。她说了声谢谢,那头的人沉默了一会儿,说:"我知道今天不该说这话,但你答应我的事情不要忘记了。有多远走多远吧,以后你都不要再回来。年轻人的感情能有多深呢?过些时候你们就忘了。"

到了酒店门口,秦显在裤兜里摸了一会儿,然后说:"门卡在你那儿。"

"是吗?"苏乔低头翻包,果然在夹层里找到了门卡,还有点儿纳闷儿,"怎么跑我这里来了?"

秦显"嗯"了一声,让开身,让苏乔开门。

苏乔将门卡刷到感应器上,将门把往下拧,门应声开了。

她走进去,将门卡插到门边的灯控上。

屋里的灯瞬间亮起,苏乔刚要说话,一侧头却顿在原地。前面的茶几上摆放着很大一束玫瑰花,旁边有个生日蛋糕,还有一个小礼盒。苏乔眼睛一眨不眨地盯着那束玫瑰花,好一会儿才转过头看向秦显。秦显揉了一下脖子,莫名有点儿别扭:"这方面我也没什么经验,不知道你喜欢不喜欢。要是不喜欢,以后我再改进。"

苏乔突然掉下眼泪,盯着秦显,紧抿着唇。

秦显愣了愣,走到苏乔面前:"怎么了?"

他抬手给她擦眼泪。苏乔摇头,握着他的手贴在她的脸上,低着头,眼泪克制不住地往外涌。秦显的掌心都是苏乔温热的眼泪。他没想到会这样,一时有些慌了:"苏乔,苏乔……"

苏乔抱住他,搂着他的脖子,下巴抵在他的肩膀上。

昏黄的灯光下,她眼里泛着水光,想说什么,却又什么也说不出来,百转千回,最后只哽咽着说了声:"谢谢。"

秦显给苏乔买了一根铂金手链。苏乔很喜欢,将手伸给秦显:"帮我戴上。"

秦显给她戴上,细细的一根手链,戴在苏乔纤细的手腕上,亮晶晶的。苏乔盯着手链看了一会儿,抬起手在秦显的眼前摇了两下:"好看吗?"

"好看。"

苏乔又笑了:"我也觉得。"

话音落地,她抬头在秦显的唇上亲了一下:"谢谢,我会好好珍藏的。"

秦显笑了笑:"喜欢就好。"

秦显买了蛋糕,点了蜡烛让她许愿。她坐在沙发上,双手合十,虔诚地闭上眼睛开始许愿。她不知道老天爷能不能听见她的愿望,希望秦显不要恨她。

"许了什么愿?"秦显问她。

苏乔弯了弯唇,抹了一点儿奶油在手指上,然后喂到他的嘴里,笑着说:"愿望哪能说出来啊?说出来就不灵了。"

秦显含住她的手指,眸色幽深地凝视着她。

昏暗的房间里静悄悄的,有什么东西在这夜里悄无声息地滋生。

苏乔坐到秦显的腿上,环住他的肩,低头吻他。秦显后背靠着沙发,双手搂住她的腰。

两个人的唇舌纠缠在一起,苏乔又往里面坐了几分。秦显的喉咙里发出一声闷哼,他突然扣紧她的腰,禁止她继续往前。苏乔停下来,在黑暗里看着他的眼睛。

秦显嗓音喑哑,眸色深深地盯着她:"苏乔,睡了要负责的。"苏乔浑身一僵。下一秒,秦显把她打横抱起,大步朝床边走去。

他将她放到床上,俯身压下来,吻着她的颈侧,声音沙哑得厉害:"我会对你负责的。"

苏乔被秦显吻得浑身发软。不知过了多久,他咬着她的耳朵,嗓音干涩得像变了个声音:"准备好了吗?"

苏乔抱住他的头,点了点头:"嗯。"

一切结束的时候,是凌晨两点。

苏乔被秦显抱在怀里,背对着他。耳边是秦显平稳的呼吸声,她望着窗外的夜,眼泪毫无意识地往外掉,脑海里是秦显母亲的声音:有多远走多远吧,以后你都不要再回来。还有秦显的朋友们的话:你配不上他,从头到脚连根头发丝都配不上他!你不要耽误他。

第六章 离开

凌晨三点，苏乔终于止住了眼泪。她轻轻从秦显的怀里起来，光着脚下了床，捡起地上的睡裙穿上，走进浴室。她将门关上，开着灯对着镜子，眼睛肿得像两个核桃，脸上全是泪痕。她侧了一下头，看到颈侧有个紫红色的吻痕。她拿起梳子，慢吞吞地梳着头，一边梳，一边又掉下眼泪。就像秦显的妈妈说的那样，年轻人的感情能有多深呢？过些时候他们就忘了。

所以秦显很快就会忘了她吧。这样也好，他们原本就不该有任何交集。

凌晨三点半，她换好衣服，收好了东西。秦显睡得很熟。她走到床边，坐在床头轻轻拉住他的手。想到以后再也见不到他，再也听不见他的声音，再也没有人会在她做饭的时候从身后轻轻抱住她，她看着他，好不容易止住的眼泪又掉了下来。

她的声音很轻，带着哽咽："秦显，我得走了。"

"你这么好，不该跟我这种人在一起。"她弯着唇笑，眼泪流过唇边，"以后你再找女朋友，记住了，一定要找配得上你的……"

她几乎要压抑不住哭声，低着头，肩膀不住颤抖，眼泪大颗大颗地落在床单上。过了很久，她俯下身，嘴唇轻轻贴在秦显的唇上。过了半晌，她站起来，拎着箱子头也不回地往门口走去。

"秦显，我走了。不要找我。"

秦显醒来的时候已经快早上八点，一缕光透过窗帘的缝隙照进屋来。

秦显的眼睛被光刺了一下，不由得蹙了下眉。意识还未完全清醒，他侧了侧身，本能地收了收手臂，想将怀里的人搂紧。然而臂弯间空荡荡的，什么也没有。

秦显愣了一下，睁开了眼睛。白色的床单，身侧空无一人。他下意识地往浴室的方向望去："苏乔？"

浴室门关着，里面却没有声音。

"苏乔，你在里面吗？"秦显又问了一声，里面依然没有回应。

秦显有点儿奇怪，从床上坐起，掀开被子下床，往浴室走去。

他敲了敲门："苏乔，我进去了？"里面依然没有声音。

秦显挑了一下眉，她跟他玩呢？他不由得弯了弯唇，抬手将门拧开。

"苏——"

打开门后，他发现里面空着，哪有苏乔的影子？

秦显愣了两秒，回头往屋子里望了一圈。房间并不大，普通的酒店房间，一间卧室，一间浴室，他一眼就能望完。苏乔没在房里。

秦显看了一眼卧室墙上的时钟，刚好八点。这么早，她去哪里了？

他走回床边，从床头柜上拿起手机拨了苏乔的电话号码。清晨的房间里静谧得没有一丝声响，电话那头传来一道冰冷的女声："对不起，您拨打的电话已关机——"

秦显愣了一下，第一反应是苏乔没带手机出门。

她睡觉有关机的习惯。他下意识地往苏乔那边的床头柜望了一眼，然而床头柜上除了一本书，什么也没有。秦显觉得有点儿奇怪，又给苏乔打了个电话。电话那头依然是客服机械的声音："对不起，您拨打的电话已关机——"

秦显皱了皱眉，大步走到沙发前，在沙发上和茶几上翻了半天，想找找苏乔的手机是不是落在哪里了。然而没有，他找了半天，没有找到苏乔的手机。这不对，苏乔知道他会找她，出门不可能不开机。秦显突然慌起来，第一反应是苏乔是不是出了什么事。他的脑子里突然冒出些旅游事故，心顿时像坠到谷底，几乎是条件反射地往外跑去。

电梯停在六楼，他等不及，从楼梯跑了下去，手里抓着手机还在不停地给苏乔打电话。

他跑到大厅的时候还不小心撞到清理客房的推车上。

"哎呀，不好意思！"推车的阿姨也吓了一跳，慌忙道歉。

秦显连回应一声都来不及，大步朝着前台走去："你好，请问有没有见过我女朋友？"

前台的工作人员从椅子上站起来，有些茫然："您女朋友？好像没有见过。"

这几天秦显和苏乔进进出出，男生长得帅，女生又长得很美，前台的工作人员几乎都认识他们了。

"确定吗?没有看见她下楼吗?"

"我没有——"

"我看见了。"一名工作人员从外面绕进柜台,对秦显说:"昨天晚上是我值班,苏小姐是凌晨三点多离开的。"

秦显愣住:"你说什么?凌晨三点?"

对方点了点头:"我当时也觉得奇怪,还问她怎么一个人,要去哪里。但她什么也没说,拎着箱子就离开了。"

秦显摇头:"不可能……"

"是真的,我可以调监控给您看。"

对方将监控调出来给秦显看,监控视频很清晰,凌晨三点四十,苏乔拉着箱子从电梯里出来,手里还抱着他昨晚送给她的花。她在酒店门口停留了几秒,便独自拎着箱子走出了酒店。

秦显紧紧盯着监控视频,依然不敢相信这是真的。她要去哪里,为什么不告诉他?

秦显回到房间里,大步走向衣柜,猛地将柜门拉开,原本衣柜里放着的两个箱子,现在只剩下一个在那儿。秦显几乎要疯了,拿起手机疯狂地给苏乔打电话,电话那头一遍又一遍地传来机械冰冷的声音:"对不起,您拨打的电话已关机——"

手机猛地被砸到地上。秦显眼睛通红,转身飞快地往外走去。

他到了楼下,打了一辆出租车:"机场,麻烦快点儿。"

"你好,我们这里没有查到苏乔小姐的登机记录。"

"你确定吗?"

"是的,没有苏乔小姐的登机记录。"

秦显回到古城,把整座古城都找遍了,他们逛过的地方、去过的餐厅、买过东西的店铺,大街小巷里都没有找到苏乔的身影。他从下午一点一直找到第二天下午三点,滴水未进,粒米未沾,回到酒店时,整个人失魂落魄。他打开门,屋里面空荡荡的,空得让人不敢进去。

秦显在门口站了很久，丢了魂儿似的慢慢走进去，站在屋子中间，目光落在白色床单上，上面染了丝丝血迹。前天晚上他们还很幸福地在一起，他为她庆祝生日，看着她对着蜡烛许愿。他们在黑夜里亲吻拥抱，他甚至清晰地感受到她在他的怀里颤抖。他想起她突然哭了，哭得不能自已。他以为是弄疼她了，她却只抱着他摇头，不停地掉眼泪。

秦显突然捂住眼睛，肩膀克制不住地颤抖起来。他真是蠢，这么长时间竟然一点儿感觉也没有。从他考试结束后，苏乔就很反常。她不是黏人的人，却恨不得一天二十四小时和他在一起。她总是看着他，他形容不出她看他的眼神，现在才后知后觉，那是离别的眼神，好像以后他们再也见不到了。

秦显坐到地上，背靠着床，眼睛失焦地望着对面茶几上的生日蛋糕。他忽然又想起出来旅游前，带她去和他的朋友见面，她一个人坐在一侧，没有人和她说话。她知道所有人都不喜欢她，可是好像从来没有抱怨过。眼泪忽然掉下来，他仰头捂住眼睛。

秦显在云南待了整整一个月，每天都出去找苏乔，直到学校一再打电话来催他回去报到。

秦显回来那天，梁逸和王煦几个好友开车去机场接他。

很多年以后，梁逸想起那个场景都一直不能释怀。他这辈子没见秦显那样狼狈过，失魂落魄，整个人好像丢了魂儿一样。王煦见秦显一个人，往他身后望了望，下意识地问了一句："苏乔呢？她不是跟你一起出去的吗？"

秦显抬起头，眼神冰冷得没有一点儿温度。

王煦有点儿被秦显的眼神吓到："阿……阿显……"

"你们满意了？"秦显突然开口，几个人站在对面，不敢吭声。

秦显突然红了眼眶："苏乔走了，你们都满意了？"

他扫过他们的脸，每个人都满脸无辜的样子。可明明苏乔才是最无辜的。

"她知道你们都不喜欢她，但从来没在我面前说过你们半句坏话。

"她做错了什么，你们要那样欺负她？"

"她学习很好，被家里放弃才出来打工。她十八九岁时已经在挣钱养家，你们呢？你们有什么资格排挤她？你们有谁比得上她？"

"阿显……"

秦显的声音低了下去，哽咽到沙哑："她唯一做错的，就是和我在一起……而我没有保护好她。"

他不知道苏乔去了哪里，打电话问她工作的快递公司，他们告诉他，一个月前苏乔就辞职了。因为他，她连工作也不要了……

第七章 重逢

梁逸半夜听见抽泣声,醒来发现孟莺蜷着身子,坐在飘窗上哭。

他吓了一跳,立刻掀开被子下床:"怎么了媳妇儿?"

他坐到飘窗上,将孟莺抱进怀里。孟莺低头抹着眼泪,好一会儿才抬起头来,眼眶红红的,说:"我想起苏乔了,觉得很对不起她。还有表哥,我也觉得很对不起他。"

梁逸怔住,忽然说不出话来。

"也不知道苏乔这些年怎么样了,过得好不好,有人照顾她、爱她吗?"孟莺说着又哭了起来,"都怪我们,是我们合伙把她赶走的。"

梁逸皱起眉,握紧她的手:"这跟你有什么关系?你当年没有排斥过她,还劝我们了,你忘了吗?"

他抬手给孟莺擦眼泪:"再说,就算苏乔当年没走,她和表哥也不会有结果,不过是多耽误几年,到时候两个人感情更深,分的时候更痛苦。"

孟莺泪眼蒙眬地望着梁逸:"你后悔吗?"

梁逸愣了一下:"什么?"

"如果我们当初对苏乔好一点儿,她可能就不会一声不响地离开。"

梁逸看着她,良久摇了摇头:"我不后悔,就算再来一次,我还是没办法接受苏乔,她真的配不上表哥。"

孟莺将脸埋进膝盖间,过了很久,才轻轻地说:"可是我后悔,如果我以前对她好一点儿,她也许能感觉到一点儿温暖……她那时候也只比我们大一岁而已,我们却孤立她。"

梁逸觉得喉咙发堵,想说什么,张着嘴又什么都说不出来。他摸了摸孟莺的头,起身去客厅,

他站在窗前望着深夜里的都市,霓虹灯闪烁,流光溢彩。

他也想起了苏乔,不知道苏乔现在过得好还是不好,只知道秦显过得很不好。

八年了,他好像再也没见秦显笑过。

事实上他们见面的机会很少。自从苏乔离开以后,秦显和他们这群人几乎不联系了,碍于亲戚关系,两个人偶尔在过年的时候或者家族节日上还能见上一面。但仅仅是短暂见面,秦显甚至不愿意跟他说话,好几次看见他,也只是看他一眼,连招呼也不愿意打。

前几天除夕,一大家子人回老家过年。

秦显也在。那么多人,那么热闹的场合,看电视的看电视,打麻将的打麻将,秦显却始终安静地坐在角落的沙发里,跟谁都不讲话,只是一根接一根地抽烟。短短一个小时,烟灰缸里就堆满了烟头。

梁逸当时震惊得说不出话来。他不知道秦显的烟瘾什么时候变得那么大了。梁逸看着他,甚至不敢上去和他说话。后来是爷爷提到秦显的婚事,说要介绍好友的孙女给他。秦显当时把烟头摁进烟灰缸里,只冷淡地应了一句:"工作太忙,不考虑这些事情。"

爷爷当场就发了火:"你今年二十八岁了,一年年拖,你打算拖到什么时候?我也没让你马上结婚,先相亲,老李家那孙女儿我见过,知书达理的,是个好姑娘。"

"什么时候结婚、和谁结婚,没人能替我做主。"秦显站起身来,弯腰拿起放在沙发扶手上的大衣,然后才走到爷爷面前,对他老人家微微鞠了一躬,"公司还有事情要处理,爷爷新年快乐,我先走了。"

除夕夜,秦显在家里待了不到两个小时就离开了。

这八年,秦显就像变了一个人。他以前性子虽然也淡,但还是会笑,会开玩笑,会和他们打球。这些年,梁逸眼睁睁地看着秦显变得冷漠,

生活里除了工作什么也不剩下。

梁逸知道他这些年一直在找苏乔,甚至到现在还在找。可是苏乔就像从人间蒸发了一样,连个影子也没有。所有人都不知道她在哪里,不知道她过得好不好,不知道她有没有交男朋友,甚至不知道她是不是早就结婚了。

梁逸真的不懂,秦显这样一年又一年地等下去究竟能等到什么?

伦敦的冬天格外阴冷,苏乔已经在家里窝了半个月。

艾莉打电话找她出门喝酒,苏乔推了好几次,终于在这个月底被她拖出了门。

一见到苏乔,艾莉就捧腹大笑,用她地道的英语嘲笑苏乔:"我的天,乔,你把自己裹得像头熊。"

苏乔低头看了自己一眼。好吧,她承认自己的确臃肿得像头熊。外面裹了一件黑色的大鹅羽绒服,帽子、围巾全副武装,把自己裹得严严实实的。

她笑了笑:"太冷了,我真受不了。"

艾莉挽住她:"去喝酒吧,喝了酒就暖和了。"

伦敦昨晚刚下了雨,苏乔和艾莉沿着房檐一路往前走,在过了两个路口以后,终于到了她们以前常去的那家酒吧。

英国人爱喝酒是出了名的,苏乔几年前来英国读书,隔三岔五就被室友们拉去酒吧喝酒。

她其实不太喜欢喝酒,对酒这个东西真是没什么好感。不过她们常去的那家酒吧跟她倒是有点儿关系。她念大学的时候,系里几个男生想合伙开个小酒吧,跑来找她帮他们做室内设计。

她那时候已经不缺钱了,跑到英国念室内设计,纯粹是因为那阵子对这个感兴趣,于是答应下来,花了半个月的时间帮他们设计好。意外的是,那个酒吧竟然因为她的设计风格火了,刚开业那阵,每天都有很多人跑来打卡拍照。苏乔还因为这事在圈子里小火了一把,连着好几个酒吧老板来找她做室内设计。她那会儿想试试自己的专业技能,就随便接了两个，后来做腻了就不接了。之后又有人来找她做室内装修，她闲着无聊也接了几个。

大概是在这方面有点天赋，苏乔在这个圈子里还算小有名气。尤其是她设计了一家国内度假区的酒店后，她一天能接到好几个找她接单子的电话。她后来嫌烦，索性将电话号码都换了。她这两年越发懒了，除非是朋友找她，否则一个活儿也不接，以至于圈子里都开始流行一句话：想找 Rachel（瑞秋）接个单子比登天还难。

周凛还问过她："你说你又不靠这个吃饭，跑去读这几年书是为了什么？这不是瞎折腾吗？"

她当时怎么回答来着？她想了会儿，望着窗外说："只是想读书而已。"

"乔，你这次打算什么时候回去？"

苏乔和艾莉各拿着一瓶啤酒坐在吧台边。

苏乔喝了一口酒，将酒瓶放下："再过一阵子吧，我出来度假的。"

艾莉"噢"了一声，羡慕地看看她："我真羡慕你，一年到头都在度假。"

苏乔笑道："哪有？你没见我忙的时候，我只是难过的时候才会想要休息。"

艾莉趴在桌上："你难过什么呢？"

艾莉不明白，苏乔那么有钱，但她好像并不是很快乐。

苏乔盯着酒瓶里金色的酒，好一会儿才抬起头，看着艾莉的眼睛说："因为孤独。"

"孤独？"

"是，孤独。"

苏乔仰头喝光了酒瓶里的酒，对艾莉说："我去一下洗手间。"

艾莉点头："好。"

苏乔去洗手间抽了根烟，过了十分钟才打开门出来。她拧开水龙头洗手，冰凉的水冲在她的手上，白皙的手腕上戴着一条铂金的手链。她往手上挤了洗手液，又伸手到水龙头下冲洗，亮晶晶的手链下，手腕上有一道细长的刀疤。

她的目光落在上面，洗手的动作慢了些。她经历过一段黑暗的日子：失去爱人，耗尽存款，负债累累，住在黑暗潮湿的地下室里，自卑自弃，自我厌恶，重度抑郁……

那时候她是什么感觉呢？好像连呼吸都很困难，每天醒来她都想了结自己。

这些年是怎么过来的，她都有点记不清楚了。但是好在她都过来了，她的心理医生告诉她：苏乔，你真是个勇敢的女孩儿。

她洗干净手，站直身体，偏头照了照镜子。镜子里的女人美到张扬，长发微卷，耳朵上戴着两个银圈大耳环。这么多年来，她的喜好依然没变，喜欢鬈发，喜欢银圈大耳环。

苏乔在镜子前站了一会儿，弯了弯唇，对自己笑了笑。

从卫生间出来后，她接到苏扬的电话。

"姐，你什么时候回来？"

"过阵子吧，怎么了？"苏乔往外走。

苏扬在那头支支吾吾的："就是……我们医院来了个新医生，留美博士，人品我已经帮你考查过了，长相应该也符合你的标准，你看是不是……"

苏乔叹气："苏扬，我说了几次了，你不要操心我的事情。我要是想找，会拖到现在吗？"

苏扬在那头点了点头，又沉默了。他知道，以他姐姐现在的条件，什么样的男人找不到？

"你是不是还忘不了秦显？"

苏乔没应声，沉默了一会儿才说："你别管我。"

"他值得吗？当年要不是因为他，你也不会……"

"跟他一点儿关系也没有。"苏乔走到外面，对艾莉招了下手，指了下外面，然后就去外面打电话。

苏扬在那头激动起来："怎么跟他没关系？他伤害了你，他的家人、朋友都伤害了你！"

苏乔望着对面宽阔的街道："他没有伤害过我，从来没有。"

秦显从来没有伤害过她，他是这世上最爱她、对她最好的人。

苏扬突然在电话那头哭起来："是我们，是我们害了你，如果奶奶没有生病，如果妈没有去找那些社会上的人借钱，你也不会那么难熬，对不起，真的对不起……"

苏乔一点儿也不愿意去想以前的事，打断他的话："好了，不说了，都过去这么久了。你好好上班，我过阵子就回去。"

苏扬点了点头，应道："好，等你回来我带你去吃好吃的。"

苏乔"嗯"了一声："我挂了。"

挂了电话，苏乔在外面站了一会儿，转身回到酒吧。

她刚回吧台边，艾莉突然激动地抓住她的手："刚刚有个中国人，长得好帅。"

苏乔笑了一下："是吗？"

艾莉使劲点头："真的很帅，很高。"

苏乔问吧台里的酒保又拿了一瓶酒，然后才随意张望了一眼，附和问："在哪儿呢？"

艾莉摊了摊手："走掉了。"

苏乔"噗"地笑出声来，拍了拍她的肩膀："帅哥有的是，你要是喜欢中国人，回头我就给你介绍一个。"

艾莉眼睛发光："真的吗？什么时候呀？"

苏乔握着酒瓶，笑着说："回头就帮你留意留意。"

艾莉开心地抱住苏乔："靠你了！"

伦敦的深夜，外面又下起阴冷的小雨。雨滴落在窗户上，蜿蜒出一道道透明的水迹。

漆黑的房间里没有点灯，充斥着浓烈的烟味儿。

秦显靠坐在床头，一腿伸直，一腿屈着，指间夹着烟，手搭在屈着的膝盖上。

整个房间都处在黑暗中，唯有他指间的烟头亮着一点火星。

赵镇推开门，呛人的烟味儿直接把他给熏出去了。他站在走廊上，捂着鼻子:"你这是抽了多少烟?!"

秦显抬了一下眼皮,往门口扫了一眼,而后将烟头摁进床头柜上的烟灰缸里,声音冰冷:"进来。"

赵镇在门口把灯打开,天花板的吸顶灯瞬间将房间照得亮堂堂的。赵镇捂着鼻子进去:"你哪天要是死了,就是抽烟抽死的,悠着点儿吧。"

秦显问:"有消息了吗?"

"没,跟人间蒸发了一样。"赵镇走到屋里,拉开书桌前的椅子坐下,"我这次回去又找了很多地方,问了很多人,连那些村落都找过了,没人见过苏乔。"

秦显抬眸,冷漠地看着他:"那你回来做什么?"

赵镇愣了愣:"我就是找人也得休息吧?你以为谁都跟你一样,是一天工作十七八个小时的铁人?"

"找不到人就别回来见我。"秦显站起来,往卧室外走去。

赵镇跟出去:"大哥,我刚从云南回来,你好歹也让我放松几天吧?"

秦显走下楼,去冰箱里拿了罐啤酒。

赵镇忙道:"我也要。"

秦显又从冰箱里拿了一罐啤酒,随手扔给了他。

出了厨房,赵镇跟在秦显后面,一边拉开易拉罐拉环一边说:"你一直派人在云南守着,这么多年了,苏乔要是想回去,早就回去了,她压根儿就没回去过。"

秦显走到沙发前坐下。赵镇跟过去,坐他旁边的单人沙发上,仰头喝了一大口酒:"我说句难听的话,她要么故意躲着你,要么就是早把你忘了,所以连你们俩有美好回忆的地方也从来没想过要回去。"

秦显抬眸,冷冷地盯着他。赵镇酒壮怂人胆,索性将话说完:"我知道你不爱听,但这是实话,你接受也好,不接受也好,自己都得做个心理准备。"

秦显目光沉沉地盯着他:"什么准备?"

赵镇犹豫了一会儿,而后看着秦显的眼睛,无比严肃、一字一顿地说:"你得接受,也许你八年都白等了,苏乔或许早就结婚生子了。"

秦显盯着他，紧抿着唇，一言不发。赵镇道："你想想，苏乔今年都二十七岁了，不年轻了。你以为女人跟男人一样吗？她二十七岁了，最好的年华都过了……"

"够了！"

赵镇吓了一跳，忙说："好，好，我不说了，不说了。"

赵镇闭了嘴，默默喝酒。

客厅里安安静静的，外面的小雨打在地上，发出滴滴答答的声音。

赵镇悄悄抬起眼，偷偷瞧着秦显。秦显坐在那儿，脸色阴郁，垂着眼，不知在看什么，也不知在想什么。赵镇在心底叹了口气。

八年了，秦显一年年地等，一年年地找，也不知道他想要个什么结果。

赵镇的目光落在茶几上的杯子上。那是只蓝色的陶瓷杯子，杯身上刻着一个不怎么好看的桃心。这似乎是苏乔送给秦显的，这些年秦显走到哪儿都带着这个杯子。

赵镇心里也不好受，抬头看向秦显，想安慰两句，喉咙又像被什么堵住了，什么话也说不出来。他们这些无关紧要的人，说再多也显得苍白无力。失去爱人的是他，自责愧疚这么多年的也是他，没人能感同身受。当年间接逼走苏乔的那些朋友一个个都有了自己的爱人，结了婚，有了幸福的家庭。只有他，活在日复一日的自责和回忆中。

赵镇很多时候想劝劝他：不就是个女人吗？这天底下什么样的女人没有？以你秦显的条件，什么样的女人得不到，至于吗？可是每次赵镇看到秦显对着苏乔的照片发呆，那些想说的话就生生卡在了喉咙口，怎么也说不出口了。

没人能感受他的痛苦，同样没有人能感受到他的爱。

秦显这次来伦敦是处理工作上的事情，待的时间不会太长，月底就让秘书订好了回国的机票。回国前一天，他和赵镇去酒吧喝酒。

深夜的酒吧里格外热闹，秦显和赵镇坐在吧台前。

秦显一杯接一杯地喝酒，没什么话说。

"唉，那个金发妞怎么样？"赵镇多喝了几杯，有点儿上脸。

秦显敷衍地"嗯"了一声,自顾自地喝酒。

"你看一眼啊,看都没看,嗯什么嗯?"赵镇撞了秦显一下。

秦显皱起眉:"别烦我。"

赵镇识趣地不再说,叹声气:"我觉得你眼里除了苏乔,其他女人就算是个天仙在你眼里也就是块石头。"

"嘿。"金发碧眼的女孩儿刚刚也一直在观察秦显,发现他看过来,端着酒杯走到吧台边,"我叫 Jennifer(詹妮弗),可以交个朋友吗?"

赵镇"噗"地笑出声来,胳膊撞了秦显一下:"跟人家交个朋友呗。"

秦显放下酒杯:"我去卫生间。"

话音落地,他便起身离开了。金发碧眼的妹子望着秦显的背影,一脸茫然。

赵镇端着酒杯和她碰了一下,笑呵呵地说:"他有老婆了。"

酒吧晚上人多,外面一直闹哄哄的,秦显从卫生间里出来,到走廊尽头点了根烟抽。

他刚喝了不少酒,头有些胀痛,站在窗口,窗外的冷风灌进来,倒将他吹得舒服了点儿。

伦敦这几天天天下雨,阴沉沉的。

秦显望着窗外出神,突然想起苏乔有一次指着电脑上的图片问他:"你去过这里吗?"

他往电脑上看了一眼,那是伦敦的标志性建筑——伊丽莎白塔。

他说:"去过。"

苏乔趴在床上,双手托着下巴,羡慕地望着他:"我也想去。"

他当时说:"以后有空就带你去。"

她弯着眼点头,又说:"可我不会说英语,你到时候可别把我弄丢了。"

秦显突然觉得心口堵得发慌,深深吸了口烟,眼睛望着窗外的路灯,酸胀得厉害。他没能带她来英国,还把她弄丢了。

八年了,他连她的一点儿消息都没有。

他去找过她的家人,可他们告诉他,苏乔早在八年前就不跟家里联系了。他不知道他们是不是骗他的,总之这八年,他没有一点儿关于苏乔的消息。他不知道她一个人生活在什么地方,生活得好不好,有没有想过他,或者……有没有恨过他。

秦显在窗口站了很久,直到一通电话将他的意识拉了回来。他摸出手机低头看了一眼,眉心不由得蹙了一下,滑开了接通按钮:"爷爷。"

"阿显啊,什么时候回来?"

秦显转过身,往走廊中间走去:"过两天就回去。"

"唉,老李那孙女儿我已经帮你约好了,你回来就直接到家里来,到时候你们俩年轻人……"

"爷爷。"秦显皱紧眉,打断他的话,"我说过了,我什么时候结婚、和谁结婚都是我的事,您别管。"

老爷子在电话那头动怒了:"不管不管!你今年都二十八岁了,打算什么时候成家?我看你是想气死我!"

"您老保重身体,要是没什么事……"秦显走到走廊中间,正要从中间的路口下楼,脚步却猛然顿住。

苏乔正和朋友从楼下上来,两个人的目光猝不及防地对上。

秦显紧紧盯着她,不敢相信眼前看到的景象,却又明显感觉到有什么东西激动地要从胸腔里迸发出来,以至声音都在发抖:"苏乔……"

苏乔猛然回神,拔腿就往楼下跑。

"苏乔!"秦显飞快地追了下去。

苏乔跑下楼,几乎是条件反射地往卫生间的方向跑去。

秦显大步跟在身后:"苏乔,你站住!"

苏乔飞快地跑进女卫生间,猛地将门关上。秦显慢了一步,被关在外面。他抬手推门,门从里面被死死抵着。他抬头看了一眼卫生间的女性标志,眉心紧紧蹙起。

苏乔用后背死死抵着门,浑身控制不住地发着抖,脸色发白,脑子里也一片空白,眼泪不受控制地往下掉。她甚至使劲掐了一下自己的掌心。这是她的错觉吗?

秦显的声音从门外传来:"苏乔,我知道你在听,你出来,我们谈一下。"

苏乔紧咬着唇，身体往门后靠了靠，将门抵得越发紧。

秦显紧抵着唇，默了几秒，又说："这里是女厕所，我也进不去，就在外面。"他深吸了一口气，强忍着破门而入的冲动说道，"我等你出来。"

我等你出来。秦显的声音清晰地从外面传来。

苏乔死死抵着门，身体紧绷着，犹如她此刻紧绷着的情绪。有人想出去，苏乔也不让，就那样抵着门。她眼睛通红，脸上布满眼泪，紧紧咬着牙，像在拼命克制着什么。

苏乔脑子里一片空白，两个人这样突然见面，令她慌张到不知道该如何应对，心脏怦怦直跳，仿佛下一秒就要从喉咙口跳出来。

秦显站在外面。时间一分一秒地过去，短短的一分钟，对秦显来说却是漫长的折磨。

苏乔仍然没有从里面出来，甚至没有给他半点儿回应。

他找了她八年，等了她八年，现在两个人就隔着一扇门，他哪有那么大的耐性等她太久？

他紧捏着拳头，终于控制不住扬声说："苏乔，你再不出来，我就进去了！"

苏乔紧咬着唇，身体微微颤抖着。

"我进去了！"秦显也顾不上这是不是女厕所，右手撑着门板，将门往里面猛地一推。

苏乔那点儿力气哪里能和秦显抗衡？他在外面用力一推，她连人带门被推向了里面。

她的脑子里依然一片空白，感觉秦显要进来了，她吓得大喊："你等一下！"

秦显推门的动作一顿。

苏乔迅速将被推开四分之一的门重新抵回去，侧着身体，肩膀死死抵着门。她眼眶通红，强忍着眼泪，不知道是太害怕还是太紧张，胸口剧烈地起伏着。她不停地深呼吸，心里不断暗示自己：冷静，冷静下来。

秦显又在外面等了半分钟，眉心紧皱着："苏乔，当年一声不吭地扔下我离开，你就没什么话要对我说吗？"

苏乔在里面听着，她垂着头，眼泪大颗大颗地往地上砸。

秦显又在外面推门，她急得大喊，肩膀抵住门："你等我一下！"

秦显站在外面，紧皱着眉。

感觉到推门的力道消失后，苏乔紧绷的情绪才稍微放松一点。她侧着身子，眼睛盯着对面的洗手台，好一会儿，声音低了下去："你等我一下，我一会儿出去。"

秦显的喉咙一阵阵发干，他克制着立刻冲进去抓人的冲动，半晌，终于将手放下，沉默了两秒，低声道："好，我等你。"

他在门口站了一会儿，盯着紧闭的门，沉沉地呼出一口气，才转身大步朝着走廊尽头走去。窗口的冷风灌进来，他心口那股压抑的烦闷情绪稍微舒缓了一点儿，但也仅仅是一点儿。

他烦躁地点了根烟，转过身，背靠着窗台，目光紧紧盯着女厕所紧闭的门。女厕所紧闭的门终于被打开，被苏乔堵在里面的女孩儿们陆续出来，一边议论，一边好奇地望向秦显。有些人甚至走了好远还不停地回头张望。

秦显靠着窗台抽烟，目光始终紧紧盯着卫生间门口。

时间一分一秒地过去，秦显手里的烟抽掉大半时，苏乔终于从里面走出来。

苏乔站在卫生间门口，隔着两米的距离和秦显对视。他眼神沉沉地盯着她，眼睛像漆黑的夜。苏乔深吸一口气，暗暗咬牙，鼓着勇气朝他走了过去。她站在秦显面前，盯着他的眼睛。

时隔八年，这是他们第一次见面，突如其来，令人猝不及防。

两个人对视着，谁也没有先开口。

秦显比以前更英俊了，轮廓更硬朗，五官更坚毅。他穿着黑色西装，靠着窗台，指间夹着烟。走廊昏暗的灯光照在他英俊的脸上，他目光沉沉地凝视着她。

苏乔的心跳得很快，双手垂在身侧，无意识地捏紧了拳头。

"八年前的事情……"

"苏乔,你记不记得我说过,在一起了是要负责的?"

苏乔浑身一僵,脸色煞白地望着他。秦显盯着她看了一会儿,而后低下头抖了下烟灰,好一会儿才又抬起头,盯了苏乔片刻,忽然间却笑了:"你倒好,连夜就走了,连半个字也不留给我。"

他盯着她,脸色又沉了下去,眼神冰冷:"苏乔,你可真厉害。"

苏乔紧咬着牙,盯了他半晌,轻声道:"对不起。"

秦显紧皱着眉:"对不起?我找了你八年,等了你八年,就想听你说对不起吗?"

苏乔猛然睁大了眼睛,内心震惊到极点。她张开嘴,想说点儿什么,喉咙却干涩到发不出一点儿声音。

秦显突然有些激动,他强行克制着情绪,转过身面朝着窗外,狠狠吸了一口烟。他沉沉地吐出口气,将烟头重重地摁灭在窗台上,终于又转过身面对着苏乔。

他找了八年,等了八年,在无数个夜深人静的深夜,不止一次痛恨她。他痛恨她走得那么干脆,连半个字也不曾留给他;痛恨她这么多年一直躲起来,不让他找到。他甚至想过,再见到她,要问问她的心是不是石头做的。可是如今真的见到她,他却又什么重话都说不出来。

他上前拉住她的手,心疼地看着她,声音都克制不住地微微颤抖着:"你这些年过得好不好?有没有人欺负你?有没有人照顾你?"

苏乔猛地抬起头看着秦显,眼泪瞬间涌了出来。

秦显眼里泛着水光,他强行克制着,隐隐带着点儿紧张,轻声问她:"你这些年,有没有……想过我?"

苏乔浑身一僵,几乎是条件反射地抽回了手。秦显怔住,难以置信地看向她。

苏乔紧抿着唇,盯着秦显,过了很久,嘴唇微启,轻声说了一句:"对不起。"

秦显脸色骤变,紧盯着她:"对不起?"

他摇头,不敢相信地说道:"苏乔,你别这样……"

他逼近她,近乎有些慌张地抓紧她的手腕:"我找了你八年,你别跟我说对不起!"

秦显情绪崩溃到控制不住,他猛地将她按到墙上,低头就重重吻了下去。他最害怕的事情发生了,苏乔忘了他,没有想过他。他的嘴唇紧紧压着她的唇,舌头顶开她的牙齿,不管不顾地闯了进去,舌头在她的嘴里抵死缠住她的舌头,将苏乔逼得无路可退。她越是往后退缩,他缠得越紧,像要将这八年刻骨的想念全部发泄在这个吻里。唇齿之间没有半点儿缝隙,苏乔的唇被秦显死死压住,嘴里全是秦显的味道——浓烈的烟味儿。这样刺激的抵死缠绵,苏乔只觉得自己都不能呼吸了,胸闷到几乎要窒息。

然而秦显依然觉得不够,怎么都不够,控制不住地咬了苏乔的舌头。血腥的刺激令他疯狂,他将苏乔紧按在怀里,身体紧紧相贴,似乎这样才能真实地感觉到她。

他不是在做梦,这不是幻觉。苏乔的舌头被咬破,痛得她发抖。

她推着秦显的肩膀,他却将她抱得更紧,更用力地吻着她。他的身体紧贴着她,她甚至能清晰地感觉到他身体的变化。她吓得猛然回神,猛地推开秦显。

秦显猝不及防地被推开,双目猩红地盯着苏乔。

苏乔慌张地往后退了两步。秦显脸色一沉,大步朝她走过来。

"你不要过来!"苏乔尖叫着,害怕地往后退去。

秦显看到苏乔眼里害怕的神色,猛然顿住脚步。他难以置信地看着她:"你怕我?"他不敢相信,只觉得一把刀狠狠捅在了他的心上,"苏乔,你竟然怕我?"

苏乔浑身颤抖得厉害,满脑子都是乱糟糟的声音。

事实上,当年和秦显分开以后,她去找过他一次。

那是她人生中最黑暗的日子。她那时候刚刚失去秦显,奶奶生病,母亲欠下了高利贷,她每天被债务压到喘不上气,整个人好像掉进了无底的深渊里,痛苦得快活不下去。

她买了一张绿皮火车的硬座票,在火车上坐了两天两夜,跑回 S 市找秦显。她想他,想他给她点儿力量,想和他在一起。可她没来得及找到秦显，却先见到了林娜。林娜当着她的面给秦显的母亲打了电话。谢俪很快过来了，原本那样温和而礼貌的人，却当场扇了她一巴掌。

那一巴掌把苏乔打蒙了，苏乔也彻底被打醒了。谢俪瞪着她，愤怒地说："你还嫌把阿显害得不够吗？！他为了找你，差点儿连书都不想读了，好好的家也不回了！他现在好不容易稳定下来，你又回来干什么？！你给我滚！再让我见到你来找阿显，我见你一次打你一次！"

苏乔这辈子都忘不了那一巴掌。那些声色俱厉的羞辱令她痛苦。

她站直身体，深深吸了一口气，对秦显说："八年前是我对不起你，但都过去这么久了，你放过我，也放过你自己。"

秦显大步上前，苏乔吼住他道："你站住！"

秦显被吼得怔住，嘴唇紧紧抿成一条线。

苏乔盯着他看了一会儿，转身大步往外走去。

秦显本能地跟了上去。苏乔走了几步，猛地回头："秦显！"

她看着他，近乎哀求地说："算我求你，别跟着我，别缠着我，别找我！"

秦显站住，看着苏乔，表情有一种无法形容的悲哀。他的声音很轻，终于问她："苏乔……你是不是结婚了？"

第八章 我喜欢你

Chapter 8

苏乔打从伦敦度假回来，一连在家里宅了一个星期。

周凛这天回家的时候，顺道去苏乔的书吧转了一圈，结果楼上楼下都没见着人。他问吧台的收银员："你们的小乔姐呢？"

收银员道："小乔姐不是去伦敦了吗？她还没回来呀。"

周凛嗤了一声："早回来了。"

他往窗口下摆着的那张懒人沙发瞄了一眼。苏乔前两年闲着没事捣鼓了一家休闲书吧，那张懒人沙发就是她的专属位子。苏乔大概是他见过的最爱看书的人，没事做的时候能窝在那张沙发里看一整天书。

春天的时候，阳光从落地窗照进来，落在她的身上，窗前的绿植生机勃勃，她就窝在沙发里，拿着本书，慵懒得像只猫。

周凛在书吧里转了一圈，让后厨打包了一份点心，拎着袋子从书吧出来。

外面下着雨，他不由得打了个哆嗦："真冷。"

他赶紧快走两步，拉开车门，身子一弯就坐上了车。

苏乔住在南山与树，那在市中心算是寸土寸金的小区了。

当初她买房子的时候，还是周凛陪着她去瞧的，她一眼就相中了一套复式住宅，两百多平方米，她买的时候连眼睛都没眨一下。苏乔是周凛见过的最奇怪的女人。他就不明白，她一个人住那么大的房子干什么？

空荡荡的,她也不嫌空得慌。

他当时问她,她坐在梳妆台前一边慢悠悠地涂指甲油,一边漫不经心且理直气壮地说:"我买大房子怎么了?我辛辛苦苦工作不就是为了让自己过得舒服吗?以前那种地下室还没住够吗?"

周凛当时就呛了一下,朝着她竖了根大拇指:"您真牛,苏老板。"

这两年餐厅的业务上了轨道,苏乔忙的时候非常忙,闲的时候又特闲。通常她打发无聊日子的方式有两种:睡觉和看书。有时她会找个山清水秀的清静地方,继续睡觉和看书。

这可以说是让人无语的生活方式。

周凛去苏乔家的路上给她打了好几个电话,没人接,猜她多半是在睡觉。站在她家门口按了半天门铃也没人来开门,周凛对着门里喊:"苏乔,你再不来开门,我可报警了。"

话音刚落,门就从里面被打开。苏乔穿着一件白色棉裙,头发乱糟糟的,开门的时候眼睛都没睁开。一打开门她就转身,闭着眼睛走到沙发前,人往沙发上一躺,抱着个枕头又继续睡。

周凛关了门进去,把点心放在茶几上:"你这都在家宅多少天了?说你是几家连锁餐厅的老板都没人信。"

他瞧了一眼长发把脸都遮住的懒鬼,笑了一声:"我怎么瞧着你像个混吃等死的不良少女?"

他走到沙发前,弯身推了推她:"你赶紧起来,我给你拿了你店里头的点心,起来吃了。"

苏乔还是没动,周凛又推了她一下:"起来啊,快起来,快点儿——"

"周凛你烦不烦?!"苏乔猛地从沙发上坐起来,顺手将手里的枕头砸到他的身上。

周凛接住枕头,脾气十分好:"赶紧吃,活得没个人样儿。"

苏乔起床气大,从沙发上起来的时候她还狠狠地踢了周凛一脚。

周凛骂了一句:"你他妈失恋了!"

苏乔去浴室刷牙洗脸,出来的时候,将头发随意地扎起。

周凛瘫在沙发上发短信,抬眸瞧了苏乔一眼:"总算有点儿人样儿了。"

苏乔坐到沙发上，端起杯子喝了口水，然后才拿起周凛打包回来的点心默默地吃。

周凛抬眼瞄了她两次，索性将手机放下，靠着沙发扶手，懒洋洋地歪着："你这次去伦敦出什么事了吗？一回来你就躲在家里。"

苏乔没吭声，默默吃着蛋糕。

"你倒是说啊，你的心理医生怎么叮嘱你的？别什么都憋在心里，你要说出来，要倾诉懂不懂？"

苏乔抿了抿唇，沉默了一会儿，终于开口："我见到秦显了。"

周凛愣了愣，下意识地坐直了身体："真的？"

苏乔点了点头，想再吃一口东西，忽然又觉得没胃口了。

她将东西放下，端起水杯喝水。喝了水，她双手抱着杯子，盯着茶几开始发呆。

周凛的目光落在苏乔手里握着的粉色杯子上。从他认识苏乔开始，她就一直特宝贝这个杯子，谁都不准碰。杯身上有个歪歪扭扭的桃心。他估摸着这是个情侣杯。周凛盯着苏乔瞧了一会儿，一时间也不知道该说什么。

他和苏乔是因合伙开餐厅认识的。她之前的事情他也不是太清楚，关于秦显，他也只是从苏扬那里知道一些。苏扬一提起秦显就恨得咬牙切齿，似乎就是那个男人伤害了苏乔。

他拍了拍苏乔的肩膀："都过去了，别想了，天底下好男人多的是，你何必为那种不值得的男人伤心？你等着，你要是想谈恋爱了，回头哥哥就给你介绍几个优秀的男人。"

苏乔侧过头，眼神无比认真地看着他，沉默了好一会儿才说："可是这世上没有比秦显更好的男人了。"

周凛愣了愣："什么？"

在家宅了一个星期后，在这周六的中午苏乔终于答应和苏扬一起吃饭。

她一觉睡到上午十一点，在苏扬连着打了三个电话后，终于硬着头皮从床上爬起来，简单收拾了一下，换上大衣和皮靴就出门了。

苏乔十一点半出门,没一会儿就碰到高峰期,车子一停一走,前面似乎有车追尾,一个红灯足足等了半个小时。苏乔心烦地点了根烟,摸出手机给苏扬打了个电话。

"我被堵在路上了,你们先吃,别等我。"

"等啊,怎么不等?你慢慢来,反正都不饿。"

苏乔挂了电话,将手机随手扔到副驾驶座上,一手夹着烟,一手扶着方向盘,目光平静地盯着前方。

这些年苏扬倒是变了很多。她前些年为了还债和供苏扬读大学,开了一家小面馆赚钱,店里里外外只有她一个人,苏扬每天学校一没事就跑来帮她的忙,她经常忙到深夜,看到苏扬好几次躲在旁边悄悄抹眼泪。

那时候她忽然就觉得苏扬长大了。他在大学里也勤工俭学,跟以前比起来完全像变了个人。逆境总是催人成长,对苏扬是,对苏乔更是。

苏乔正陷入回忆中,前方的车子终于动了。她将烟头摁灭在烟灰缸里,正准备发动车,谁知车子突然往前蹿了一下。苏乔下意识地回头,是后面那辆车撞到她的车屁股上了。

"我去,林娜你在干吗?!"

林娜眼睛紧紧盯着前面那辆红色跑车,吓得脸都白了:"怎……怎么办啊?"

坐在副驾驶座上的王煦也傻了:"法拉利啊!"

梁逸和孟莺坐在后排座位上,几个人正要去参加高中同学聚会。

林娜刚拿驾照不久,哪晓得就闯这么大的祸。

她白着脸侧过头问王煦:"这……这种车都有保险吧?"

林娜和王煦家里条件都只能算是普通,车是王煦的,此刻他也是愁眉不展。

梁逸脸都黑了:"都愣着做什么?下车解决啊!"

林娜咬着唇,不想下去。梁逸瞪她一眼,推门下车。孟莺也连忙跟着下去。

他刚下车,就看到法拉利的车主从车里下来。他正要上前时,却猛然顿住了脚步。苏乔刚走到车身中间,也看到了梁逸。她愣了一下,语气很淡地说道："是你啊。"

梁逸盯着苏乔，震惊得说不出话来。倒是后面下车的孟莺最先反应过来，跑到苏乔面前激动地抓住她的手："苏乔姐，我的天，终于找到你了！"

她激动得红了眼睛，眼泪跟着掉了下来："苏乔姐，你这些年过得好吗？表哥一直在找你，哦，对……对，给表哥打电话……"她一边说一边就从包里摸出手机。

苏乔按住她的手："不用打了，我见过他了。"

孟莺怔了怔："真的吗？"她面上露出喜悦之色，"那你们是和好了吗？"

苏乔没应声，往车尾走去。

孟莺跟上来，又拉住她的手，自顾自激动地说："你不知道，表哥这几年到处找你。之前读大学的时候，他每年寒暑假都跑去云南，说想在那里等你回去。这些年工作忙，他也一有空就去云南，去你们当时待过的地方，说你总有一天会回去的。"

"别说了！"苏乔听得心里难受，眼睛热热的，酸胀得厉害。

孟莺被苏乔的突然厉喝吓了一跳，茫然地望着她。

王煦也从车里下来，不知道该惊讶还是该惊喜，盯着苏乔："苏乔姐……"

苏乔做梦也没想到今天居然碰到他们几个，早知道就不出来了。

林娜也看到了苏乔，坐在车里没有下去，眼睛瞪得很大，难以置信地盯着苏乔。

苏乔检查了一下车尾，屁股被撞得有点儿凹陷下去。

梁逸上前道："你算一下，怎么赔偿都可以。"

苏乔抬眸看他一眼，半晌后笑了笑："算了。我还有事，先走了。"

话音落地，她转身就往车前走去，开门上车，发动车子迅速驶离。

王煦紧盯着前方那辆开走的跑车，内心依然震惊不已："苏乔这几年都经历了些什么？"

梁逸眸色沉沉，半晌后收回视线，道："先上车吧。"

出了林娜的撞车事件，接下来他们自然不敢再让她开车。王煦开着车继续往鼎轩楼的方向行驶，林娜坐在副驾驶座上，白着脸，好一阵没说话。车里几个人都没有说话，整个车厢安静异常。过了很久，林娜还是忍不住开了口，回头望着梁逸和孟莺："你们说，苏乔是不是傍上什么有钱人了？"

孟莺向来脾气软，听到这话也不由得生气，声音有些大："林娜，你能不能不要老是把人往坏的地方想？苏乔姐到底怎么你了，你要这么讨厌她？"

林娜突然被孟莺吼了一句，眉头一皱，下意识地就想凶回去，然而还没开口，目光就和梁逸对上。梁逸沉着脸，正冷冷地盯着她，她想说的话顿时被堵在了喉咙口。梁逸对孟莺是出了名的维护，林娜咬了咬唇，索性扭头，将一肚子气咽了下去。

苏乔真不知道今天是什么日子，一天之内居然两次碰到梁逸他们那帮人。

她前脚刚到鼎轩楼，梁逸他们后脚就进来了。梁逸和王煦面面相觑，倒是孟莺高兴得跟什么似的，见苏乔站在吧台那儿，飞快地跑过去："苏乔姐，你也在这里吃饭呀？"

她激动地抱住苏乔的胳膊，又自顾自地说："我们今天是高中同学聚会，在这里订了家包间。"

苏乔不由得愣住。高中同学聚会？那秦显会来吗？

孟莺像是猜到她在想什么，有些难过地说："但是表哥不来，自从当年你离开以后，他就不怎么跟我们来往了。"

苏乔更是不解："为什么？"

孟莺看着她，小声说："因为当年我们欺负你了。"

苏乔怔住。

"那他这些年……"

孟莺说："都是一个人，他总是一个人待着。"

苏乔回到包间里，苏扬和他女朋友，还有周凛在。

苏扬和张欢都在等她，只有周凛一个人早就开吃了。

"没等你啊，苏老板。"周凛夹起一块烤乳猪肉，"这道菜果然不错，不枉费咱们下了那么大功夫。"

苏乔笑了笑，走到周凛旁边，拉开椅子坐下。苏扬给她倒果汁，递给她："怎么这么久啊？"

苏乔道："刚才路上被人追尾了。"

周凛往她碗里夹了一块儿松鼠鳜鱼："人没事吧？"

苏乔忍着朝他翻白眼的冲动："人出了事你还能跟我在这儿聊天？"

周凛呵呵笑了一声："人没事就好，除了人身安全，没有钱不能解决的事情。"

苏乔低头吃着鱼，漫不经心地说："追尾的是梁逸他们。"

苏扬猛地抬头："让他们赔啊！"

苏乔抬头："行了你，丁点儿事。"

周凛侧过头问苏乔："你今天开的哪辆车？"

苏乔："干吗？"

"开的哪辆车啊？"

"就上个月刚买的。"

周凛突然笑了，端起酒杯要敬她。

苏乔茫然："干什么？"

周凛笑呵呵的，特欠扁："恭喜我们家小可怜儿，当年的丑小鸭今天可算是扬眉吐气了。"他"啧"了一声，"他们这会儿估计要吐血了。"

苏乔忍不住翻白眼："你幼稚不？"

她没搭理他，继续自顾自地吃饭，她现在满脑子都是秦显。孟莺说的那些话，让她愧疚。

当年秦显的母亲告诉她，年轻人的感情没有多深，过些日子他们就忘了。她真的以为秦显会忘记她，会好好生活。他每年都去云南，去他们待过的地方，说她总有一天会回去。他怪孟莺他们当年欺负她，这些年已经不怎么和他们联系了。他这些年都是一个人，总是一个人待着。

苏乔心里烦闷，突然连饭也吃不下了，放下了筷子。

苏扬问她："怎么了？"

苏乔从包里摸出盒烟，站起身来："你们吃吧，我去外面抽根烟。"

说着，她便起身往外走。苏乔出了包间，苏扬看向周凛："我姐怎么了？"

周凛还在吃他的烤乳猪，慢悠悠地说："想男人了吧。"

苏扬："……"

秦显自打从伦敦回来，疯了一样找苏乔。

接到梁逸的电话的时候，他正在去机场的路上，准备再飞回伦敦找她。半路掉头，偏又碰到午间高峰期，秦显紧绷着下巴，紧紧盯着前方的红灯。短短一分钟，却像比一个小时还漫长，绿灯亮起，他一转方向盘，车子朝着鼎轩楼的方向开去。

鼎轩楼如今算是 S 市名气最大的中餐馆，每天一到饭点都是爆满，外面还有人排队等位。全市开了四家分店，分布在东、南、西、北四个方向，每个分店生意都非常红火。

秦显到的时候已经没有停车位了。他也顾不上了，随便将车停在路边就下了车。他怕自己迟一点儿又要找不到她了。那天在酒吧她突然跑掉，他就那么迟疑了一会儿，再出去人就不见了。

秦显大步走进餐厅，因外貌英俊，浑身自带气场。不少人纷纷朝他望过来。有人认识他，小声议论："那不是秦氏的总裁吗？"

"好像是的，真人比报纸上还帅，好年轻啊！"

"哼，别看他年轻，这位可不是好惹的主，狠起来比他爷爷还厉害。"靠窗坐着一个大腹便便的男人，愤愤地说着，估摸着是生意场上在秦显手里栽过跟头。

秦显推开包间的门，里面的人同时抬头望向他。

梁逸站起来："表哥——"

"苏乔呢？"秦显盯着他，开门见山地问。

梁逸道："应该还在，但具体在哪间我不太清楚。"

孟莺忙道："我知道！"她刚刚看到苏乔往二楼走了。

旁边站着正在帮忙点餐的服务生，听见他们的对话，忍不住插了一句：

"你们要找我们老板吗？"

秦显愣了一下，看向对方。不仅是秦显，在场认识苏乔的人全都愣住了。

林娜瞪大眼睛，很大声地问："苏乔是你们老板？不可能吧！"

她听说鼎轩楼的老板是周家的二少爷啊。那服务生被林娜问蒙了，一时又不敢说话了。

秦显盯着他，问："她在哪里？"

服务生犹豫了一下，说："我们老板和二老板他们在楼上吃饭，三号包间。"

秦显上了楼，站在三号包间门口抬手敲了下门。

周凛往门口望了一眼："是小乔回来了吗？"

苏扬道："我姐回来敲什么门啊？"

他站起来，朝门口走去，打开门，就见外面站着一个西装革履的男人。

苏扬目光紧盯着他。

秦显道："我来找苏——"

话未说完，他猛地挨了一拳。苏扬这一拳挥得极狠，秦显猝不及防地挨了一下，倒在旁边的栏杆上。苏扬一把揪住他的衣领，将他带起来，又是一拳挥到他的脸上。

"你还敢来找我姐？！"苏扬愤怒到无法控制，往事一幕幕浮上脑海，又是一拳挥下去，"你们都是些什么人？我姐做错了什么你们要那样糟践她？！"

苏扬将秦显按在栏杆上，又是一拳砸下去，眼眶发红："我姐为了你差点儿连命都没了，王八蛋！"

苏扬急红了眼，一拳又一拳地挥到秦显的脸上。

"够了！"苏乔冲过来将他一把推开，"苏扬你疯了！"

她回过身扶住秦显，看到秦显嘴角溢出的血，眉心一下就皱紧了，下意识地抬手摸向他的嘴角："没事吧？"

秦显握住她的手看着她，目光很深，仿佛要将她看穿："这几年到底发生了什么事？"

苏乔怔了怔，下意识地说："没……"

苏扬大喊："你去问你妈啊！你去问你妈她做了什么！"

"苏扬你够了！"苏乔厉声打断他的话，大步上前将苏扬推回包间，"你发什么神经？！"

苏扬指着外面："他们那帮人把你害得那么惨，我还不能教训他？"

苏乔不悦地盯着他。

"要不是他们，你也不会那么……"

"够了！"

苏扬顿住，见苏乔咬着牙瞪着他，想说的话顿时全都被堵在了喉咙口。

他点了点头："行，你高兴就好。"

他索性什么也不说了，转头端起桌上的酒杯狠灌了一杯。

苏乔盯着他，默了一会儿，深深吸了一口气，然后才对一旁的张欢说："你看着他。"

张欢被刚刚发生的事情吓蒙了，忙点头："我……我知道了。"

苏乔出去的时候，秦显已经不在外面了，刚刚还围着瞧热闹的人群也差不多都散了。

苏乔在上面找了一圈，往楼下走，刚好碰到周凛从楼下上来。

苏乔愣了一下："你去哪儿了？"

周凛笑："我能去哪儿？刚刚乱成那样，我不得下去稳定人心？"

苏乔抱歉地道："辛苦你了。"

周凛："我辛苦什么？不过你弟弟也是厉害，当着这么多人的面把秦氏集团的少东家给打了。你信不信，不出半个小时，各大社交媒体头条预定。"

苏乔皱眉："能不能压下来？"

周凛道："这么多人看着呢，哪儿压得住？"

苏乔脸色凝重地问："不能想想办法吗？"

周凛愣了一下，随即便笑起来："我说你是担心咱们鼎轩楼的声誉，还是担心秦显丢人啊？"

苏乔盯着他，说："担心秦显。"

周凛笑出一声:"你倒是坦荡。"他顿了顿又道,"不过这件事你就不用操心了,你们家秦显可比咱们俩有能耐多了,他要是想将此事压下去,分分钟的事。"

说着,他便继续往楼上走去,走了一步,又回头说:"哦,对了,秦显还在呢。"

苏乔从店里出来,一眼就看到了站在树下的秦显。

秦显背对着她的方向,她看不见他的表情,但还未走近,便先闻到了烟味儿。

苏乔皱了皱眉,走到秦显身前,站在他面前抬头盯着他。

苏扬那几拳下手不轻,秦显脸上都是伤,嘴角已经瘀青了。

苏乔顿时皱紧眉:"你不知道还手吗?"她抬手将他唇间的烟拿下来,"去医院看看。"

说着,她便往马路对面走去。

秦显从头到尾没有说一句话,一言不发地跟在苏乔身后。

苏乔走到对面,顺手将烟头扔进路旁的垃圾箱,然后走到一辆红色跑车前,拉开车门上车。秦显随后坐了进来。去医院的路上,两个人谁都没有说话,车里沉默得没有一点儿声音。

过了不知多久,秦显终于出声:"当年你一声不响地离开,是因为我妈吗?"

苏乔摇了摇头:"不是。"

秦显终于侧过头看她:"你不要骗我。"

苏乔轻轻抿了一下唇,有些无力地道:"没有骗你。"

"刚刚你弟弟说,你为了我差点儿没命……"秦显眼眶发红,声音克制不住地哽咽着,"苏乔,你告诉我,这八年里到底发生了些什么?你究竟是怎么过来的?"

苏乔目视着前方,眼睛酸涩得有些难受,好一会儿才低声说:"就是这么过来的呗,你没见到吗?我现在过得还不错。"

顿了一下,她轻轻叹了一声:"倒是你,我听孟莺说,你这些年都没什么朋友,除了工作就是一个人待着。"

苏乔克制着眼里的酸涩，叹气道："你何必呢？当初我离开你跟你那些朋友并没有很大的关系，跟你母亲也没有很大的关系，是我自己想离开。"

灯光通明的医院里，苏乔坐在凳子上，看着医生给秦显上药。

刚刚在暗处瞧着还不是很清楚，这会儿到了灯光下她才发现秦显伤得不轻，眼睛、鼻梁、嘴角都有瘀青，眼下还有一道口子，像是被尖锐的利器划破的。

苏乔看着，像是被苏扬戴着的手表划伤的。她心里不好受，又气苏扬，又气秦显自己不知道保护自己，指着那道伤口问医生："会留疤吗？"

医生一边给秦显擦药一边说："不是很深，没什么关系。"

苏乔顿时松了口气，对秦显说："你好歹也是个公众人物，那么多人看着呢，你就是碍于苏扬是我弟弟不还手，也不知道躲一下？"

秦显盯着桌子上的药瓶，说："是我对不起你。"

苏乔的心口忽然堵得难受："抛弃你的人是我，伤害你的人是我，对不起你的人也是我！你哪里对不起我了？你做了什么事情对不起我？你一直这样说，是想让我自责愧疚吗？"

苏乔一直强行克制着的情绪突然有些崩溃，眼泪差点儿掉下来，她猛地站起身，拎着包大步离开。

秦显垂着眼，一言不发。

苏乔回到鼎轩楼时已经九点，店里生意依然火爆。

苏乔直接上了二楼，苏扬和周凛都还在包间里等她。

周凛见苏乔进来，忙说："快来吃饭，菜都热几回了。"

苏乔走进去，拉开周凛旁边的椅子坐下。

周凛给她盛了一碗鲫鱼汤："先喝点汤，润润胃。"

苏乔点了一下头："谢谢。"

苏乔觉得很饿，却一点儿胃口也没有，一碗汤喝了很久，每一勺都觉得难以下咽。

周凛瞧了她一会儿，忍不住问："怎么样？秦显没事吧？"

苏乔点了点头:"没事。"

苏扬憋了很久,这会儿又忍不住说了:"我就不明白,那个秦显究竟有什么好?他把你伤到那种程度,你还是对他念念不忘,还是喜欢他!"

苏乔终于抬起头,冷着脸盯着苏扬:"我说了很多次,秦显从来没有伤害过我。"

"他怎么没有?!要不是他那帮狗眼看人低的朋友,要不是他妈一口一个'配不上',把别人的尊严踩在脚底下践踏,你会难过到抑郁吗?你会想不开吗?!"

"够了!"苏乔脸色一沉,猛地将一个杯子朝他砸过去,"你有完没完?!我说过多少次,那件事跟秦显没关系,跟秦显他妈也没关系,你刚刚在秦显面前乱说些什么?!"

苏扬"噌"地站起来:"怎么没关系?你想想你那个时候自卑到什么地步?自卑自弃自我厌恶,要不是他们践踏你的尊严,你会那样吗?你以前从来没那样过!"

苏扬激动得手都在发抖,紧紧握着拳坐下去,好一会儿才又说:"当年要不是我发现得及时,你早就已经……"

苏扬忽然说不下去了,心里酸楚得厉害。他沉默了一会儿,才轻轻说出一句:"你以前不会那样自卑,不会那样轻贱自己。"

"以前?"苏乔忽然冷笑,盯着苏扬问,"你以前了解我吗?你怎么知道我从前就没有自卑过?我在酒吧里卖酒的时候,你不也以为我在里面做不三不四的勾当吗?你那时不也很看不起我吗?甚至我去学校给你送生活费,你不是也嫌我丢人,叫我滚吗?"

苏扬僵住,盯着苏乔:"姐……"

苏乔站起身来:"论起对我的伤害,你们所有人都比秦显厉害百倍千倍。"

走到门口,她又想起什么,回头道:"真要说秦显伤害了我,大概就是因为遇见了他,我就再也看不上其他男人了。"她笑了笑,"他耽误我的终身大事,好像也算是一种伤害吧。"

秦显回到家时已经晚上十点。

用人在屋里见到秦显的车开进来，忙快步走到门口将门打开，冲厨房的方向喊：“太太，少爷回来了。”

秦母正在厨房里切水果，闻言心里一喜：“这孩子，可算回来了。”她对身侧的女孩儿说，"你还是第一次见阿显吧？那孩子性子有点儿冷，等你们多处一段时间就好了。”

李晴害羞地点了点头：“嗯，我知道了伯母。”

秦母端着水果从厨房里出来的时候，秦显正好从外面进来。

谢俪见到儿子，吓得眼睛都睁大了：“我的天哪，你这是怎么了？跟谁打架了？”

秦母忙走过来，抬手就要摸秦显脸上的伤。秦显猛地挥开她的手。

谢俪愣了愣："你……你这是干什么？”

秦显冷漠地盯着她：“苏乔当年突然离开，跟您有关系吧？”

谢俪脸色一变，眼里瞬间闪过一丝慌张神色：“什……什么？”

秦显紧盯着她的眼睛：“您不用再瞒着我，我就问一句，苏乔当年突然离开，是不是你跟她说了什么？”

谢俪愣了好一会儿，皱眉盯着秦显：“你什么意思？你在说什么？你见过苏乔了？是不是她跟你说了什么？”

“您果然找过苏乔。”秦显看着自己的母亲，忽然什么都不必问了。

他点了点头，眼里满是失望之色：“这么多年来，您瞒得够苦的。”说完，他转身大步离开。

谢俪心底一慌，急忙追上去：“这么晚了，你还要去哪儿？”

秦显一言不发，拉开车门上车。

谢俪跑过来："有什么事情一家人不能好好说？你这是要干什么？！”

秦显沉着脸将车子发动，头也不回地离开。

秦显开车回到鼎轩楼的时候，员工们已经收拾着准备打烊了。他走过去叫住一名服务生：“你好，能给我你们苏老板的电话吗？”

服务生见到秦显，“咦”了一声：“你不是刚刚……”

似乎是意识到接下来的话有些不妥，他停了一下，道：“但是我们也不知道小乔姐的私人电话。"

"那她的工作电话呢?"刚刚脑子里太乱,他完全忘记了问苏乔的电话。

服务生从兜里摸出手机:"工作电话倒是有,不过我们小乔姐到了下班时间就关机了,也不知道你打不打得通。"

他将苏乔的电话号码翻出来递给秦显:"喏,就这个。"

秦显给苏乔打电话过去,果然关机了。

他不由得皱了皱眉,又问:"你们知道她家住哪里吗?"

"我不是很清楚唉。"服务生又扬声问其他人,"唉,你们知道小乔姐住哪里吗?"

"不知道啊!"有人大声应。

一个年轻姑娘匆匆跑过来:"你要找小乔姐啊?她好像住在南山与树。"

旁边的服务生问:"是不是啊?你确定吗?可别跟人乱说。"

小姑娘道:"应该没错,上回我听见凛哥说的。"

"住几栋你知道吗?"秦显又问。

小姑娘摇了摇头:"这我就不清楚了,小乔姐很神秘的,连店里都不常来。"

秦显点了点头,说:"谢谢。"

秦显将车开到南山与树,小区门禁森严,他因为在南山与树没有物业,进不去。

保安问他找谁,他说:"苏乔。"

保安"哦"了一声:"你等等啊,我问问。"

保安说着拨了业主门号,苏乔正在敷着面膜看书,听见门口的电话响,光脚跳下沙发,跑到门口。电话那头传来保安大叔的声音:"苏小姐,门口有个人说是找你的。"

苏乔往墙上看了一眼时间,都十一点多了,谁找她?周凛和苏扬都有门卡。她便问:"谁啊?"

保安抬头问秦显:"你叫什么?"

"秦显。"

隔着话筒,苏乔已经听到了秦显的声音,顿时怔住。

保安大叔在那头问:"是你认识的吗苏小姐?"

苏乔回神,忙说:"认识,放他进来吧。"

苏乔挂了电话,回浴室洗了脸,又回房换了条裙子。

她等了差不多有七八分钟,门铃响起。苏乔走到门口,手握在把手上,迟疑了两秒,然后才将门打开。

秦显站在外面,穿着白衬衣,西装拎在手里。他看起来精神不是很好,脸上的伤让他显得更加狼狈。

苏乔盯着他看了一会儿,轻声问:"这么晚了,你还不回家?"

秦显"嗯"了一声,看着她的眼睛,同样轻声回她:"我想你,就来了。"

一句"我想你",听得苏乔险些掉泪。

她移开视线,将门让开。门口有男式拖鞋,目光落在上面,秦显站在门口忽然不动了。

苏乔弯身将拖鞋收了起来:"这是苏扬的。你等我一会儿,我给你拿双新的。"

苏乔很快就从杂物室里拿出一双新的拖鞋,连标签都还没有剪。她又走去厨房,拿了剪子将标签剪下来,然后才拿到门口放到地上:"新的。"

秦显"嗯"了一声,换鞋进屋,顺手将门带上。

客厅的水晶灯将整个房子照得格外亮。

秦显将西装扔到沙发上,随意扫了一眼:"一个人住吗?"

苏乔给他倒水:"不然呢?"她将杯子递给他,"过来坐一会儿吧。"

秦显接过杯子,却没有坐,径直走到落地窗前。

那里放着一架三角钢琴,和秦显家里那架一模一样。

秦显低着头,食指在琴键上按了一下:"学会弹钢琴了?"

八年前,在秦显家里,苏乔很喜欢秦显的那架钢琴。秦显当时说,以后有空就教她弹。

苏乔弯着身子给自己也倒了一杯水,闻言淡淡地"嗯"了一声:"学了点儿皮毛,没你弹得好。"

秦显又在琴键上按了几下,嗓音低沉地说:"以后我再教你。"

苏乔倒水的动作顿了顿，她侧头看向秦显。秦显也正朝她看来，两个人四目相对。

秦显看着她，又问了一句："以后我再教你，可以吗？"

苏乔怔了几秒，没应，低下头继续倒水。

秦显的眼神黯了几分，但他努力控制着自己的情绪，端着杯子又走进另一个房间。

那是苏乔的衣帽间，里面挂着很多衣服，地上放着很多鞋子，有高跟鞋、板鞋、帆布鞋。

秦显问："都是你自己买的吗？"

苏乔坐在沙发上喝水："废话，不是自己买的还能是捡的？"

秦显笑了笑，转身朝她走来："以后我给你买。"

苏乔突然连水都喝不下了。

秦显走过来，在她身侧坐下。他坐得很近，苏乔下意识地往旁边挪了一下。

秦显侧头看她，苏乔的目光落在他眼下那道口子上，不禁又皱起了眉："你也不怕破相。"

秦显盯着她问："你会嫌弃吗？"

苏乔心里一颤，想说跟她有什么关系？可是秦显满眼期盼地望着她，她只觉喉咙一堵，顿时说不出话了。

她站起来问："你饿了吗？"

秦显"嗯"了一声："饿。"

苏乔往厨房走去："我给你弄点吃的东西吧。"

秦显放下杯子跟过去："我想吃炒饭。"

"家里没冷饭了，我给你煮面吧。"苏乔走到厨房，拧开水龙头往煮面的锅里接了半锅水，然后将锅放到灶头上，拧开火，又转身拉开冰箱，从里面拿了一包青菜出来。

秦显在一旁说："我不要香菜。"

苏乔抬头看了他一眼："二十七八的人，还这么挑食。"

她将青菜放到洗菜池里，开着水认真地清洗，完了放到一旁的沥水盘里备用，又从消毒柜里取出一个面碗，一边往碗里下盐一边问："还是不吃辣椒吗？"

话音刚落，她的身体突然一僵，秦显从身后抱住了她。

苏乔僵在原地："你干什么？"

"你还记得。"

苏乔怔住。

秦显将脸埋在她的颈侧，呼吸间的热气洒在她的肌肤上，烫得灼人。

苏乔有些难受，手肘往后挡开他，然后立刻走到边上："这种事情不需要记住。"顿了一下，她又道，"你是我认识的唯一不能吃辣的人。"

秦显笑了一下："是吗？那我还挺特别的。"

苏乔也不由得笑了一声："是，特别难伺候。"

两个人开着玩笑，仿佛突然回到了八年前。

那时候两个人都才十八九岁，苏乔嫌秦显挑食难伺候，秦显说以后换他伺候她。后来他真的给她做了顿饭，那烧焦的排骨味道，她到现在还记得。

想起以前，苏乔不自觉地弯了弯唇。

秦显的目光一直放在她的脸上，见她忽然笑了，他问："在想什么？"

苏乔立刻收敛了笑，绷着脸说："没想什么。"

秦显："……"

苏乔很快给秦显煮好了面，端到饭厅里："你吃着，我出去一下。"

说着她就要离开，秦显立刻拉住她："你去哪里？"

秦显一脸紧张，好像她走了就不回来似的。

苏乔无奈地说："我给你买换洗的衣服去啊。"她抬手指了一下秦显的衬衣，"你没看到你的衬衣上有血吗？"

秦显愣了一下，这才低头往自己身前看了一眼，白色衬衣有几滴血迹，是被苏扬打出来的。

苏乔抽出被秦显拉住的手："你吃饭吧，我就去楼下超市，一会儿就回来。"

楼下有家超市十二点才关门，苏乔赶着最后一刻钟走了进去。

超市里自然没什么好衣服，苏乔在家居服那块儿选了半天，最后还是老老实实地给秦显挑了件白色的基础T恤，然后又拿了一条黑色的家居休闲裤。准备去结账时，她又想起什么，扭头去了内衣区，给秦显拿了一盒内裤。

苏乔回到家，刚打开门，就听见浴室水声"哗啦"作响。

苏乔换鞋进屋，关门上锁，然后才往浴室走过去，在外面敲了敲门："秦显，你在洗澡吗？"

秦显听见敲门的声音，将水龙头关上，问："你说什么？"

苏乔又问："你是在洗澡吗？"

秦显"嗯"了一声："是。"

苏乔蹲到地上，将上衣和裤子的包装袋都打开："我把换洗的衣服给你挂门上，你洗好后自己出来拿。"

她一边说一边站起来，将衣服挂在门把手上，又蹲下身，将内裤也拿起来，将盒子拆了，一并挂在门上："你洗的时候小心点儿脸上的伤，别碰到水了。"

她装得再洒脱，有些事情也无法隐瞒，比如这种不经意流露出的关心。

秦显在里面听着，不自觉地弯了弯唇，回她："我知道。"声音里都是掩饰不住的愉悦笑意。

苏乔听见秦显在笑，一时愣住。盯着门上挂着的白色内裤，不知怎么，她突然就红了脸，嘴里嘀咕着骂了一句，转身上楼去了。

秦显洗完澡出来时，客厅的灯已经关了，只留了浴室门口一盏昏黄的灯。

秦显一边擦头发一边往楼上走，径直走去亮着灯的房间。

苏乔已经换了睡裙，正在床边帮秦显铺被子。不管时间过去多少年，不管苏乔现在什么样，她永远是当年那个坚强勇敢的小姑娘，什么都会做，什么苦都能吃。

秦显忽然又像回到了八年前。那时候他还在学校读书，偶尔会去苏乔家里。苏乔每天晚上就把被子抱到沙发上帮他铺开。

秦显走过去，从身后抱住苏乔。他抱得很紧，紧到苏乔整个人完全动弹不了。

她刚想挣开,突然一滴眼泪砸到了她的手背上。她不由得僵住:"秦显……"

秦显的声音很低,带着哽咽:"苏乔,我一直在等你。"

房间里静得没有一点儿声音,秦显在身后抱着她,声音是哽咽的,身体也在微微发抖。

苏乔,我一直在等你。八年,她不懂他为什么要这样一天天地等。这八年她在努力忘掉他,努力让自己的人生充盈起来,甚至想过去接触其他男人,去尝试让其他人占据秦显的位置。只是最后她失败了而已。

她一直在努力忘掉他,努力把他从她的人生里除名。但是秦显说,他一直在等她。

他不知道她在哪里,不知道她是不是有了新的恋人,不知道她是不是早已经忘记了他,就一个人在那里默默地等着。

苏乔又想起孟莺说的,秦显每年都会去云南待一段时间,在那里等她,说她总有一天会回去。她闭上眼睛,脑海里是秦显孤独地坐在桥头的样子。一年又一年,从二十岁到二十八岁,他一直在等她。

苏乔低着头,喉咙痛得说不出话来。她不知道该说什么。苏扬总说是秦显害了她,可事实上,是她的懦弱伤害了秦显。如果不是她,他这些年或许会过得很好,会和一个美丽的女孩儿在一起,现在说不定已经结婚了,不会这样一个人孤零零地等了她八年。

这不是她想要的结果。她当初选择离开是希望他能拥有更好的生活,而不是和当时那样的自己在一起。苏乔心里很难过,眼泪模糊了视线。

她不知道说什么,心里太乱了。她想转身紧紧抱住秦显,想什么都不管,就这样和他在一起,可理智告诉她要拒绝。秦妈妈疾言厉色地让她有多远滚多远的话还在她的脑海里,他们的这份感情,没有人同意。

这八年她经历了很多痛苦,已经没有勇气再来一次。她咬紧牙,忍着眼泪,终于狠心将秦显抱着她的手拿开,转过身看着秦显说:"早点睡吧,很晚了。"

她转身要走,秦显却紧紧握住她的手腕。

她回过头:"秦显——"

秦显眼睛通红,看着她一字一顿、声音哽咽到颤抖地说:"苏乔,你告诉我,这八年你有没有想过我?"

苏乔心疼得跟刀割一样,看着他:"这重要吗?"

秦显点头:"重要。"

苏乔盯着他看了很久,强忍着眼泪,摇了摇头。

秦显身形一晃,难以置信地看着她。

他盯着她,紧咬着牙,眼睛通红,几乎要掉下泪来。

苏乔心如刀绞,强迫自己看着他的眼睛,语气带着一丝嘲讽:"秦显,你真蠢。"

秦显握着她手腕的手猛然松开,嘴唇颤了颤,他想说什么,喉咙却痛到发不出声音。

过了很久,他终于点了点头,动了动嘴唇,低低地说道:"我明白了……"

苏乔站在客厅里,看着秦显从楼上下来,他已经换上了他自己的衣服。

苏乔站在客厅中间看着他:"你要走了吗?"

秦显"嗯"了一声,没有看她,从她身侧走过,到沙发前弯身拿起了他的西装外套,然后径直走向门口。

苏乔下意识地跟了过去。秦显换好鞋,忽然想起什么,从裤兜里摸出钱夹,将里面的钱都抽出来放在玄关的鞋柜上,对苏乔说:"谢谢你刚刚给我买的衣服。"

说完,他便开门出去,从头到尾没再看苏乔一眼。

房门被关上的瞬间,苏乔盯着紧闭的房门,忽然泪如雨下。悲伤吞噬了她,她控制不住地号啕大哭,蹲下身将自己紧紧抱住,哭得浑身发抖,仰着头望着天花板,眼泪不停地往外涌。

佛说心地善良的人就会得到幸福,可是为什么她努力让自己善良,却永远不被善待?

秦显不再找苏乔，开始将全部心思放在工作上。他变得比之前更沉默，除了必要的工作应酬，可以一整天不说话，停下来的时候就不停地抽烟，望着一个地方发呆。

赵镇不明白，为什么他愿意无怨无悔地等苏乔八年，如今好不容易找到人了，却放弃了。

这天赵镇终于忍不住问他："你不是找到苏乔了吗？为什么不和好？"

满屋烟味儿的书房里，只有书桌上亮着一盏昏黄的灯。

秦显坐在沙发上，微弯着背，整个人隐在暗处。

烟灰缸里堆满了烟头。他抽着烟，低着头，很久很久也没有说话。

赵镇看着他这样，心里特别难受。

不知道为什么，他觉得秦显现在比过去八年的情况还要糟糕。他今天去公司，秦显的秘书告诉他，秦显一整天没有吃饭，像个铁人一样逼着自己工作。

赵镇看着烟灰缸里堆满的烟头，终于忍不住说："不就是个女人吗？！你要是喜欢，我明天就去给你找个人，让她照着苏乔的样子整！你想让她怎么整就怎么整！"

秦显终于抬起眼来看了他一眼。

赵镇大步走到门口，"啪"的一声将天花板上的灯打开，昏暗的书房瞬间亮了起来。

赵镇又冲回秦显面前，把他手里的烟抢了下来："你别这样，你这样，我担心你英年早逝！"

秦显面无表情地又从桌上拿起烟盒，被赵镇一把抢过。秦显手里一空，抬起眼睛，目光凌厉地盯着他："放下。"

"你够了！"赵镇情绪失控地大喊道，"这都多少年了？！为了一个女人值得吗？你秦显要什么女人找不到？就非得是苏乔吗？她就那么好，值得你念念不忘八年，这样折磨自己？"

秦显垂着头，那样高大的一个男人，竟失落得让人觉得可怜。他的声音低低的，沙哑到几乎带着一丝哭腔："你不知道，苏乔没有和我说过分手，她没有说分手，我就觉得我们俩不算分手，所以我要等她，想着她总有一天会回来……"

赵镇的心口闷得发疼,秦显在外面是那么冷漠的男人,也只有在没有人的时候,才会把自己心底的悲痛暴露出来。

"她现在回来了,你可以……"

秦显摇头,又过了很久,忽然抬手捂住了眼睛:"没有办法,苏乔已经不喜欢我了。"

她不说分手一声不吭地离开,他可以等。但是她说不喜欢他了,他就没有办法再纠缠下去。

赵镇看着秦显,张着嘴想说点儿什么,喉咙却像被什么东西堵住,发不出声音。

他想安慰秦显,可他的安慰有什么用?他这些年跟在秦显身边,比谁都清楚秦显有多难熬。秦显想苏乔,发疯一样想。他自责愧疚,怪自己当年没有护好她,让她一个女孩子因为他受那么多委屈。

他有时会跟赵镇说,等找到苏乔,会好好护着她,不会再让任何人欺负她。

赵镇突然觉得秦显很可怜,痴情到可怜。秦显空等了八年,终究还是等来这么个结果。

他突然有些恨苏乔,秦显从来没有做错什么,为什么从头到尾受伤的都是秦显?秦显被抛弃、被放弃,没有人考虑过他的感受。

"苏乔,你起来吃饭。"周凛坐在床边,皱眉看着苏乔。

苏乔背对他躺着,始终闭着眼睛。

周凛去拉她的被子,她一动不动,闭着眼睛,像个活死人一样躺着。

周凛突然有些火大:"苏乔,我最后再跟你说一次,你赶紧给我起来吃饭!这都多少天了?你不吃不喝是想找死吗?"

苏乔依然不动,连眼睛也没有睁一下。

"这几年你不是好好的吗?怎么秦显一回来你就又变成这样?他就那么好吗?你真那么喜欢他,就什么都别管地去跟他在一起!你这么不吃不喝地把自己锁在家里是折磨谁?!"

苏乔终于控制不住，捂着脸哭了起来，身体紧紧蜷缩成一团，捂着脸"呜呜"地哭。

周凛听得心疼，顿时什么重话也说不出来了。

他摸着她的头安抚道："别哭了，这都不像你了，你可是苏乔啊，什么困难都打不倒，比男人还厉害的苏乔。"

苏乔捂着脸哭着摇头，呜咽着说不出一句话来。

周凛看她这样，都不知道怎么办了。他索性伸手将她从床上拉起来："你赶紧先吃点儿东西，再这样身体真撑不住。"

他往苏乔腰后垫了个枕头，让苏乔靠在上面。苏乔哭得满脸眼泪，垂着头，眼泪大颗大颗地砸在手上。周凛看着她都有些难受，又不知道该说什么，盯着她看了一会儿，叹了口气："你这样子让你弟看见，他又要发疯冲去揍秦显了。"

他侧过身，端起床头柜上的碗："先吃东西吧，我从店里带来的，你这些天都没怎么吃东西，喝点儿粥，暂时吃点儿清淡的食物，过后你想吃什么我再带你去。"

他端起粥用勺子搅了搅："刚刚热了一下，有点儿烫。"

他舀起一勺粥吹了吹，喂到苏乔嘴边。苏乔抬起头，眼泪稍微止住一些，泪眼蒙眬地望着周凛，问他："为什么我的命运是这样的？我上辈子是不是做了什么十恶不赦的事情？"

周凛怔住，眉心皱了起来："别这样说……"

苏乔摇头，又落了眼泪："真的，我有时候觉得我是不是上辈子太坏了，这辈子才会是这样的命运……我常常想，如果我没有生在一个重男轻女的家庭，如果我当年有条件读书，和秦显在一所高中里，和他一起考大学，我有文化，是个有教养的好女孩儿，也许不会那样自卑，他的朋友们也不会讨厌我，他妈妈也许会喜欢我……如果是这样，我的人生就会完全不一样……"

她说着，又哭了满脸的眼泪，抬起双手捂住脸。

周凛见苏乔这样，心里也难受。他抬手摸着她的头，看着她低声说："人决定不了自己的出身，但命运是可以靠努力改变的。苏乔，你已经很优秀了。"

　　自从那天晚上秦显从她家里离开后,苏乔足足半个月没再见到他。他没有再来找她,苏乔清楚地明白,他放弃她了。是她说了绝情的话,让他放弃她了,这正是她要的结果。
　　秦显的妈妈讨厌她,讨厌到当她跑去大学里找秦显的时候,愤怒地扇了她一巴掌,让她有多远滚多远。即使她现在努力让自己变得优秀一点儿,他妈妈也不会喜欢她。更何况秦显那种家庭,讲究门当户对。她有钱了又怎么样?她依然是个大山里出来、没有读过书、没有上过大学的人。
　　秦显那样的人,本来就应该和一个知书达理的大家闺秀在一起。他和她在一起,除了彼此折磨,不会有任何结果。
　　八年前被迫离开他,她已经很痛苦了,真的没办法再承受一次那样的痛苦。她不想在爱得难分难舍的时候,所有人都让她滚。
　　她每天还是像以前那样生活、睡觉、看书,日子好像又回到了没和秦显重逢时的样子,平淡没有喜忧。然而周围的人看得出,小乔姐已经好久没有笑过了,连店里的员工都看出来了,周凛作为她亲近的人自然更清楚了。于是赶上今年冬天最后一场雪,他载着苏乔去度假区滑雪。
　　山里比市区冷太多了,即使把自己裹得像头北极熊,进了山苏乔还是冷得瑟瑟发抖。
　　周凛将车停好,一下车就看到苏乔像个小老头似的抄着手,缩着脖子低着头,半边脸都埋在围巾里,瑟瑟发抖地站在车旁等他。周凛笑得不行:"有没有这么冷啊?"
　　他走到后面,从后备厢里拎出苏乔的箱子。他们打算在这里住两天。
　　"走吧,到酒店就不冷了。"周凛一手拎着箱子,一手拉过苏乔,拽着她往酒店大厅走去。
　　"你就是身体素质太差了才这么怕冷,我看你可以去报拳击班,等——"
　　周凛还没说完话,突然就停住了。苏乔也没想到竟然会在这里碰到秦显。

秦显穿着正装,身后还跟着几个同样穿正装的工作人员。

周凛愣了一瞬,顿时回过神,笑着打招呼:"秦总啊,这么巧,你是……来工作的?"

秦显的目光落在周凛拉着苏乔的手上,只一秒便移开视线,他没有看周凛一眼,也没有看苏乔一眼,当两个人是空气一般,径直从他们身侧走了出去。

周凛被无视掉,愣了几秒,回头盯着秦显走远的背影:"这人眼睛长头顶上了?"他又回头看向苏乔,担心地问,"你没事吧?"

苏乔摇头,将手从周凛的手里抽回,揣到衣兜里:"你去登记吧,我去那边坐一会儿。"

她走到大厅的休息区,坐到沙发上,侧着头看向窗外。

秦显已经走很远了,只有一个遥远的身影。他大概是来这里工作的,朝着滑雪区走去。

苏乔出神地看了他很久,直到周凛喊她:"走了。"

"嗯,来了。"她站起来,跟在周凛身后一起上了电梯。

周凛订了两间豪华单人房,上了楼就把卡塞给她:"收拾一下,一会儿就带你去滑雪。"

苏乔"嗯"了一声,没什么精神。

周凛瞧了她一眼,叹气:"苏乔,你要是实在喜欢,就跟着你的心走。"

苏乔垂着眼,半响后轻轻摇了摇头:"不会有结果。"

她转过身,刷卡进了房间,关上门,魂不守舍地走到床边,就那样躺了下去。她睁着眼睛,望着头顶的天花板,脑海里全是秦显的身影。他好像比上次她见到他的样子瘦了,看起来很疲倦。

苏乔心里有种说不出的无力感。

她闭上眼睛,努力把秦显抛开,快睡着时,门口传来敲门声,周凛在外面喊:"走了。"

"来了。"苏乔从床上起来,拿了手套走出门。

滑雪场上很多人,苏乔穿上滑雪服,慢吞吞地跟在周凛后面。

周凛回头瞧她:"要不要我教你啊?"

苏乔撑着滑雪杖,低着头看路:"我自己会。"

周凛"噗"的一声笑了出来:"得,你自己滑吧,小心摔啊。"

"知道了,别婆婆妈妈的。"

"嫌弃我。"周凛笑出一声,索性不管她了。

苏乔滑过雪,但的确技术很烂,在她第四次摔跤,周凛第四次把她拽起来的时候,他已经无语得想把她拽回去了:"我看你还是不要滑了,别心情没变好,反摔一身伤。"

他一边说一边扶着苏乔到旁边的椅子上坐下:"摔着哪儿没?"

苏乔摇头:"没有。"

周凛盯着她看了一会儿:"心情好点儿了吗?"

苏乔侧头看着他,忍不住笑道:"你觉得呢?我都摔了四次了,心情能好吗?"

周凛也笑起来:"说了教你,你又不让。"

苏乔"嗯"了一声,眼睛望着白茫茫的前方,像在想什么,过了一会儿才说:"以前秦显说过要教我滑雪的。"

周凛愣了愣,看着她。苏乔想起很多以前的事情,和周凛说:"秦显很厉害,会很多东西,那时候他看的书已经是全英文原著了,还会弹钢琴、打篮球,会滑雪、游泳、拳击……"

"苏乔……"

苏乔眼神失焦地望着前方的空气,低声说:"这些东西,秦显都说过要教我。因为我什么也不会,他说以后有很多时间,我想学什么他都可以教我。"

"苏乔你别这样……"

苏乔忽然不说了,低下头,眼泪无声地掉到了地上。

周凛看着她,轻轻叹了口气,抬手摸了摸她的脑袋:"别想了。"

秦显站在对面远处的亭子里,正好可以看到周凛和苏乔坐的位置。

他出神地看着他们,他们挨得很近,不知道在说什么。他看到周凛摸了摸苏乔的头,然后两个人不知道又说了什么,周凛拉着苏乔起来,两个人一起离开了滑雪场。

秦显看着他们亲密的背影，忽然觉得自己这八年就是个笑话。

赵镇曾经问他，这样苦苦地等值得吗？也许苏乔早就已经忘记他，早就已经有了喜欢的人，那时候他该怎么办？

这种假设只是听起来都痛苦难忍，如今真的被说中，秦显竟说不出是什么滋味儿。

他只是忽然觉得，如果当初没有遇到苏乔，或许这辈子能好好活。她是他的劫难。如果时光倒流，他不会对她动心，不会喜欢她，不会放任她一次又一次地撩拨他。

从滑雪场回来后，苏乔又在家里关了很久，直到情绪稍微稳定才终于出门。

苏乔原以为这辈子都不会再见到秦显。他会找一个门当户对的女孩儿结婚，她会独自守着自己的店终此一生。

直到三月中旬——

苏乔第一次见到赵镇，是在她的书吧里。

那是晚上，她正在店里核对上半个月的账目，赵镇突然冲进来，一看到她就对她吼："苏乔，你有点儿良心！"

苏乔坐在吧台里面，被吼得蒙住，疑惑地看着他："你是谁？"

赵镇眼睛都红了："你要分手就直说啊！你但凡留半个字给他，他或许就不会傻等这么多年！你当年一声不吭地离开，把他一个人扔在那儿，知不知道他每天疯了一样到处找你？他打不通你的电话，查不到你的航班信息，不敢离开云南，把大街小巷都找了个遍。他找不到你，一个人坐在桥头抹眼泪。

"开了学很久，学校打电话让他立刻回去报到，他没办法，必须离开。回去以后他和他的所有朋友都断绝了来往，因为觉得是他们欺负你、孤立你才让你选择离开，但是他更自责，怪自己没有护好你，怪自己让你难过，哪怕你把他扔在那儿，他也从来没恨过你。他这些年一直在愧疚自责，跟我说，等他找到你，要好好护着你，再也不让别人欺负你。"

苏乔已经泪流满面："你到底想说什么？"

"我想说什么？苏乔，你知道秦显这些年怎么过来的吗？他这辈子就喜欢过你一个人，你把他抛弃了，他还死心眼地非要等你，等了八年，等到你告诉他从来没有想过他，等到看到你和别人在一起！"赵镇的眼泪都掉了下来，他狠狠地抹了把眼睛，"苏乔，我今天来找你不是为别的，你劝劝他，让他好好休息。他这段时间每天都超负荷工作，我怕他身体撑不住……"他说着，声音都有些哽咽了，"你就是不喜欢他了，念在你们俩曾经也相互喜欢过，你开导他一下，让他忘了你，好好生活。"

苏乔开车去找秦显的路上，眼泪不停往外涌，几乎完全模糊了视线。她抬手擦脸，眼泪立刻又流出来，怎么也控制不住。她不知道自己什么时候起变得这么爱哭了，好像沾到秦显的事情就无法控制。

将车停在秦显的公司外面，下了车，她几乎是飞奔着朝大楼里跑去。等见到秦显她一定要骂他，为什么要折磨她？！她刚跑进大厅，却正好碰到秦显从里面出来。

离上次他们在度假区见到，已经过去一个月了。

时间久到秦显觉得自己这辈子大概都不会再见到苏乔了，以至此刻见到她，他一时竟停了下来。

苏乔在哭，眼泪止不住地往下掉。

秦显看着她，一瞬间有些恍惚。但他什么也没说，就站在原地，就那么看着她。

苏乔擦了擦眼泪，看着秦显问："你知不知道现在几点了？"

秦显盯着她，没应。

苏乔死死咬着唇，想将眼泪忍回去，可眼泪还是掉下来。她泪眼模糊地望着秦显："秦显，我当初就不该招惹你，不招惹你，我这些年也不会过得这么痛苦。"

秦显怔住，看着她，好一会儿才问了一句："你想说什么？"

苏乔紧咬着下唇，下一秒便朝着秦显跑了过去。

她扑到他的怀里，紧紧抱住他："对不起，当年我不该抛下你，也不该骗你，不该说没有想过你，我真的撑不下去了秦显……秦显，我们和好吧，我不管了，就算你把我带到火坑里，我也跟着你。"

苏乔紧紧抱着秦显，眼泪擦在他的衣服上。她的身体有些发抖，哽咽着说："我喜欢你，秦显，我没有不喜欢你。"

秦显直直地站着，由着苏乔抱着他，很长很长时间没有说话。若不是怀里的人这样真实，带着温度，他甚至要怀疑自己在做梦。

过了很久，久到苏乔以为秦显不会回应她的时候，终于听见他开了口，嗓音干涩到有些哑，带着不确定的语气："是不是真的？"

苏乔将秦显抱得更紧，哭着点头："是真的，我喜欢你，八年都没有变过。我也想你，上次说没有想过是骗你的。"

秦显怔怔地站着，依然有些不敢相信。他扶着苏乔的肩膀，将她轻轻推开，看着她的眼睛，仿佛要通过她的眼睛看穿她。

苏乔紧抿着唇，和他对视。

过了很久，秦显才说出一句："苏乔，你不要又骗我。"

苏乔摇头，紧紧拉住他的手，看着他说："你跟我走。"

两个人回到家已经快三点了。

苏乔一进屋就和秦显说："你先去洗个澡，我煮点儿东西给你吃，吃完你就好好睡一觉。"

她换了鞋随手将钥匙放到旁边的鞋柜上，一边说着一边往楼上走去："我先上去帮你放水，你关了门就上来。"

秦显"嗯"了一声，关了门，换鞋进屋。他原以为这辈子都不会再和苏乔见面，没想到还会再回到这里。他脱了外套扔到沙发扶手上，从裤兜里摸出包烟，坐到沙发上抽出一根叼在嘴里。

连续工作了很长时间，几乎每天都只睡两三个小时，秦显的确感到疲惫。但是忙碌能让他忘记一些事情，身体的难受能让他尽可能地忽略心里的痛苦。

他摸出打火机，点燃了烟，微弓着背，坐在沙发上，右手随意地搭在膝盖上，指间的烟慢慢燃烧着，眼睛盯着茶几上的杯子，粉色的，上面刻着一个歪歪扭扭的桃心，和他那个蓝色的杯子是一对。那是当年他过生日，苏乔在陶艺馆做了一下午送给他的。

他不由得有些失神，上次来这里并没有看到这个杯子。他当时特意找了，以为她早已经扔了。

苏乔从楼上下来，看到秦显坐在沙发上抽烟，不由得皱起眉："不是让你上来吗？"

她走到秦显面前，抬手就拿掉他唇间的烟，摁进烟灰缸里。

"水放好了，你赶紧——"苏乔伸手去拉秦显，却猝不及防地被他拉到怀里。

她撞到他身上，下意识地撑住他的肩膀，想站起来。

"别动。"秦显搂紧她的腰，眸色沉沉地盯着她，语气带着些命令。

苏乔愣了一下，看着他的眼睛。

他眼神漆黑，盯着她，又命令一次："坐好。"

苏乔第一次见到秦显这样，强硬到竟然让人有点儿不敢拒绝。她抿了抿唇，索性就那么坐在他的腿上。

秦显的脸上没有任何表情，一双眼睛沉沉地盯着她。那双眼漆黑得深不见底，她看着他，不知道他在想什么。

"秦显——"

"上次我来，你把杯子藏起来了？"秦显忽然开口，说了句没头没脑的话。

苏乔一时没反应过来："什么？"

秦显盯着她，低沉着嗓音又说："杯子，当年你送我那个。"

苏乔顿时恍然，点头"嗯"了一声。

她平时都是用那个杯子，那天晚上秦显来之前，她就把它藏起来了。

秦显盯着她看了一会儿，说："你藏人的本事不错，藏东西的本事也不错。"

苏乔不由得笑了，手按在秦显的肩膀上："很晚了，你去洗澡睡吧。"

说着，她撑着他的肩膀想站起来。秦显却扣紧她的腰，不让她动。

苏乔双腿分开坐在秦显的腿上，他突然扣紧，将她往里按了几分。

苏乔撑紧他的肩膀，不敢再往里坐："秦显，你该睡觉了。"

秦显盯着她的眼睛，眸子里有火在烧。

苏乔抿着唇看着他，片刻后又说："你朋友说你很久没好好睡觉了，你是不是不要命了？"

秦显嘴角忽然勾起一丝笑，问她："你心疼吗？"

苏乔撑着他站起来："不，我只是会受到良心的谴责。"

她说着，转身往楼上走去，边走边说："不要吃东西了，洗了澡就睡吧。"

秦显看着她的背影，看着她上楼，看着她走到房门口，看着她推开门——

"苏乔。"

苏乔手握着门把手，刚准备进屋，秦显的声音从楼下传来。她回过头，他还坐在沙发上看着她。

"怎么了？"

秦显盯着她看了一会儿，良久，终于笑了笑："明天见。"

苏乔弯了弯唇："嗯，明天见。"

连日来心里的痛苦和身体承受的压力的确令秦显疲惫不堪，以至于心里的石头一放下，他就真的病了一场。

苏乔第二天做好早饭，在楼下看了一会儿书，结果等到九点秦显也没下来。她犹豫着要不要去喊他，怕他是太累了，所以想让他再多睡一会儿。于是她又等了一个小时，早饭热了三次，终于忍不住上楼喊他。

她推开门，握着门把手，脑袋从门缝伸进去："秦显，起来吃早饭了。"

屋子里安静得没一点儿声音，秦显没应她。

"秦显？"苏乔又喊了一声，里面依然没有回应。

她心里一紧，立刻推门进去："秦显，你怎么了？"

秦显面朝窗口方向躺着，她坐到床边，急忙摸了一下他的额头，触手滚烫，吓得她立刻缩回手，转身飞快地跑下楼。

苏乔急得乱了分寸，跑到楼下，把药箱里的药一股脑儿全部倒了出来。药箱是苏扬给她准备的，她有一阵子身体不太好，苏扬从医院给她拿了很多药回来，日常治感冒发烧、治头疼、治肠胃、治痛经的，跌打损伤药、创可贴什么都有。由于药太多，苏乔又着急，以至于翻找半天都没找到想找的药。

秦显迷糊中听到楼下传来稀里哗啦的响声。他侧过身，睁开眼，下意识地抬手挡住眼睛，皱着眉，头疼得厉害。事实上，上次从度假区考察回来他就感冒了，这阵子大概是没有好好休息，病情一直反反复复。

楼下的声音还在响，他缓了一会儿，揭开被子从床上下来。他一眼就看到苏乔蹲在茶几前，低着头在地上翻找着什么。

"在干什么？"

身后传来声音，苏乔怔了怔，猛地回头。

秦显站在楼梯上看着她。

苏乔："你怎么下来了？"

秦显"嗯"了一声："听到有东西摔了，下来看看。"

他发着烧，又刚刚醒来，声音有些沙哑。

苏乔"嗯"了一声，点头说："药箱摔了。"

秦显走到沙发前坐下，下意识地去拿茶几上的烟。

苏乔比他快一步，抬手抢了，顺手扔进垃圾桶。

秦显抬眸，盯着她看。

苏乔从地上拿起两盒药来，递到秦显面前："治发烧的。"

她跪在茶几前，拎着茶壶往杯子里倒了半杯水："把药吃了。"

水倒到一半，她突然又想起什么，抬头看着秦显："你是不是得先吃点儿东西？空腹吃药伤胃吧？"

"你等一下，先吃点儿东西。"苏乔自顾自地说着，放下杯子往厨房走去。

她庆幸今天早上熬了点儿粥，秦显虽然没什么胃口，但多少吃了一点儿。

他吃完药又上楼睡了。秦显睡觉的时候，苏乔去超市买了些菜。她记得秦显吃鱼，买了两条鱼，打算晚上给他做清蒸鱼。

苏乔回到家的时候，秦显已经不在了，茶几上给她留了张字条："我去公司了，晚上回来。"

秦显的字迹还是苍劲有力。苏乔看着白纸上写的字，不自觉地弯了弯唇。"晚上回来"，多温暖的几个字啊！她这房子里这么多年来都是她一个人，现在有个人跟她说"晚上回来"。光是看着这几个字，她都觉得美妙。她往下看，那句话下方还留了秦显的电话号码，那个她甚至可以倒背如流的号码。

刚和秦显分开那段时间，她每分每秒都想给秦显打电话，无数次地把号码翻出来，又无数次地把手机收回去。

那阵子她躲在一个小村子里，天天对着手机掉泪。她想他，可是又知道自己配不上他；

她不能再耽误他，他应该有更好的选择。后来她换了电话号码，没有再存秦显的手机号。但是即使过去这么多年她依然牢牢记着那个号码。

她以为秦显早已经换了号码，却没想到还是以前那个。她盯着字条上的电话号码出神。这么多年他都没有换号，是怕她想找他找不到吗？

苏乔不由得抿了抿唇，叹了口气，将电话号码存进手机，起身将买回来的菜拎去厨房。

中午周凛打电话来，让她出去吃饭。她和秦显的事情也有必要跟他们说一下，于是她换了衣服出门。

苏乔往他跟前走去，双手揣在大衣兜里："业务繁忙啊二少爷。"

三月份的天还是有点儿冷，风呼呼地吹着。

"哟，今天心情不错啊！"苏乔的确心情好，眉眼间都是掩不住的笑意。

"还不错。"她应着。

周凛挑了一下眉，下意识地往天上望了一眼。今儿太阳打西边出来了？

上了车，他将钥匙插上："你这是中彩票了？我几百年没见你这么笑过了。"

苏乔靠着车窗，撑着头望着窗外，嘴角带着笑，半晌才说："是有件好事。"

周凛开着车上路，琢磨了半天。他认识苏乔这些年，就没怎么见她这么高兴过，永远都是一副高冷的淡淡神情，笑也是淡淡的。或许是周凛对苏乔这些年的经历太了解，所以即便她有时候在笑，他也总觉得她那双眼睛让人心疼。

他很少见她这样真正开心，周凛好奇地道："说说看。"

苏乔将车窗摇下来，冷风吹在脸上，凉凉的有些舒服。

过了一会儿她才说："我跟秦显和好了。"

周凛盯着前方，半晌没说话。

苏乔侧头瞧着他："你没什么要问我的？"

周凛道："情理之中，能让你高兴的事不多。"

苏乔盯着周凛："那你没有什么要告诫我的？"

周凛想了一会儿，说道："我私心当然是不太赞成你和秦显在一起，毕竟他们家的人对你偏见很深，你今年二十七了，不像以前，没有八年可以耽误了。"

苏乔"嗯"了一声，转头又望向窗外。

周凛打了下方向盘，车开进一条梧桐巷，继续说："不过以你最近的状态来看，你们和好也未必是坏事。人这辈子能有多长？有时候不要太压抑自己，随心所欲还能活得开心点儿。"

苏乔点了点头："我也是这样想的。"

吃饭的时候，苏乔给秦显发了条短信，问他："身体好点儿了吗？还烧不烧，要不要去医院看看？"

秦显刚开完会，看到苏乔发来的短信，眼里不禁有了笑意，边往办公室走边回她："没事了。你呢，吃饭了吗？"

苏乔："正在吃。"

秦显："你一个人？"

苏乔："和周凛一起。"

秦显顿了一下，盯着屏幕上苏乔发来的短信，眸色沉了几分。默了一会儿，他才又给苏乔回了一条消息："晚上我会早点儿回去。"

苏乔收到短信，嘴角微微弯了一下，手指在键盘上飞快地按下："好，那我早点儿回去。"

苏乔和周凛吃完饭，出来的时候已经一点多。周凛问她去哪儿，苏乔拉上安全带系上，说回家。

窗外的风灌进来，苏乔不由得打了个喷嚏。她缩了一下脖子，赶紧把窗户摇上。

周凛开车上路，语重心长地说："我说你不要老待在家里，多出门运动一下，这都三月中旬了，还这么怕冷。"

说着，他又叹了口气："都是当年留下的病根儿，你悠着点儿吧。"

苏乔脸色骤然严肃，侧头对着周凛："那件事不准告诉秦显，半个字都不要提。"

周凛："我知道。"

他侧目往苏乔的左手扫了一眼，她的手腕上戴着个银色的镯子。他收回目光，在心底轻轻叹了一声。

第九章 见家长

chapter 9

秦显今天下班格外早,早到公司里的人都觉得自己在做梦。

以往秦显哪天不是工作到深更半夜?他就跟铁人似的,不知道累。

老大不走,他们这些小员工自然也不敢走,每天就算所有事情都做完了也得磨磨蹭蹭地待到七八点,看到老大的秘书走了才敢跟着一起下班。

结果今天才五点半,秦显居然已经从办公室出来,大厅的员工们一个个惊得眼睛都睁大了。就连秦显的秘书都感到惊讶,以为他是有应酬,忙跟上去:"秦总,要用车吗?"

秦显径直往电梯方向走去:"不必,今天没什么事,你也早点儿下班吧。"

他按开电梯,抬脚便进去了。秘书站在电梯门口,朝着秦显点了下头:"秦总慢走。"

电梯门关上后,整个办公大厅瞬间响起一片欢呼声。

"老子今天总算能按时下班了!"

有小姑娘趴在办公桌隔板上,好奇地问秦显的秘书:"张秘书,秦总今天怎么这么早?"

张颖摇头,笑了一下:"我也不太清楚。"

秦显到地下车库开车,上车就给苏乔打电话。

苏乔正在家里做晚饭。她已经很久没有这么勤快地做过晚饭了,一个人的时候吃两片面包或者泡碗面就解决了。

手机在客厅里响起,她调了小火朝外面跑去,看到来电显示,嘴角就不自觉地弯起来,拿起手机回到厨房。

"喂。"

秦显:"在哪儿?"

苏乔道:"在家里啊。"她走回厨台前,锅里熬着玉米排骨汤,一手握着手机一手拿起勺子在锅里搅拌,"你呢?下班了吗?"

秦显"嗯"了一声,道:"在回家的路上。"

苏乔点了点头:"那你回来吧,我已经在做晚饭了。"

秦显问:"晚上吃什么?"

苏乔:"你回来不就知道了?"

秦显"嗯"了一声,问:"有什么需要我带回去的吗?"

苏乔听到这话,忽然有种居家过日子的感觉,心里某个地方被温暖包裹:"没什么需要的,你直接回来吧。"

秦显:"好。"

苏乔:"那我先挂了,你小心开车。"

秦显点了一下头,说:"好,一会儿见。"

秦显敲门的时候,苏乔刚好把蒸好的鱼端到桌子上。

听见敲门声,她忙应道:"来了!"

跑到门口打开门,见到秦显,她便弯了眼睛:"回来了。"

她把门打开,让秦显进来:"刚做好饭。"

秦显进来换鞋,随口问道:"蒸鱼了?"

"你不是感冒了吗,这都闻得出来?"苏乔把门关上,随手上了锁。

秦显道:"味道很淡,但闻得出。"

苏乔笑,开玩笑似的抬手捏了一下他的鼻子:"堵住了吗?"

秦显笑了一声,拉下她的手:"还可以。"

苏乔又抬手摸了一下他的额头:"好像不烧了。"

秦显"嗯"了一声："没事。"

苏乔道："那你上楼换下衣服洗了手就下来吃饭吧，我盛饭去。"说着她便要往厨房走去。谁知她刚转身，胳膊突然被秦显往后一扯，整个人瞬间扑到他的怀里。

秦显将她搂得很紧，干燥的唇压在她的唇上，用力吻她。或许是顾忌着自己感冒了，他并没有更深入。吻了许久，他的嘴唇都还是干燥的。苏乔被吻得嘴唇很疼，忍不住推他的肩膀。秦显稍微放轻力度，又在她的唇上摩挲了一会儿，总算松开她的唇，但依然搂着她没放。他看着她的眼睛，眸色沉沉，里面仿佛压抑着什么情绪。

两个人身体紧贴着，苏乔清楚地感觉到了秦显的变化。

她赶紧推开他，微红着脸说："你……你快上去换衣服吧。"

说完，她看了他一眼，转身就往厨房跑去。

秦显盯着她的背影看了一会儿，眼里闪过一丝笑意，转身上楼去。他换好衣服下来时，苏乔正在摆筷子，听见脚步声，说："过来吧，我做得清淡，没放油。"

秦显走过去，在苏乔对面拉开椅子坐下。

苏乔也坐下，端着碗给秦显盛了碗汤："先喝点儿汤吧。"

她将碗放到他面前，正要抽回手，手腕突然被握住。

苏乔愣了愣，看向秦显："怎么了？"

秦显皱着眉，盯着她贴着创可贴的手指："手怎么了？"

苏乔"哦"了一声："没事，不小心切到了。"

她收回手，端起碗又给自己盛了半碗汤。平时她不常自己做饭，刀工退化不少。

秦显看着她问："切得深吗？"

苏乔："不深。"她往他碗里夹了一块鱼肉，"吃这个，没有放葱。"

秦显不吃葱，不吃芹菜，不吃香菜，不吃辣椒，不吃酸的，不吃太甜的……一堆挑食的毛病，苏乔都有些惊讶自己到现在还记得很清楚。

秦显看了一眼桌子上的清蒸鱼，抬头笑着瞧了苏乔一眼："你还记得。"

苏乔"嗯"了一声，诚实地回答："记得。"

她低头喝汤,喝了一会儿感觉不对劲儿,抬起头,发现秦显还看着她,嘴角勾着一丝笑。

她抿了抿唇:"你敢不好好吃饭。"

秦显笑开,总算认真吃饭。

吃完饭,苏乔收拾着去厨房洗碗。她洗完碗出来的时候,秦显又坐在沙发上抽烟。

苏乔立刻过去,拿走他手里的烟:"你的烟瘾怎么这么大?"

秦显抬眼看着她,说:"想你想的。"

苏乔怔了怔,盯着他,竟说不出话来。

秦显看她的目光太灼热,让她难以招架,她移开视线,将烟头摁进烟灰缸里:"你少抽点儿,爱惜着点儿命吧。"

她蹲到茶几前给秦显倒了杯水,又从抽屉里拿出盒感冒药来,将杯子和药一起递给他:"把药喝了。"

秦显"嗯"了一声,接过杯子,从苏乔的掌心里拿过药丸。

苏乔跪坐在茶几前,看着秦显把药吃了,想了一会儿,还是忍不住说:"你朋友跟我说,你这些年都过得很不好。"

秦显怔了一下,抬眸看着她。

苏乔抿了抿唇,又道:"他说你从来没有恨过我,即使当初我把你丢在那儿,你也没有恨过我。他说你这些年一直在自责愧疚,和你所有的朋友都断绝了来往,因为觉得是他们欺负了我,你没有护好我。他还说你当初发疯一样找我,打不通我的电话,查不到我的航班信息,找不到我,一个人坐在桥头掉眼泪……"

秦显看着她,眸色愈深,却始终没有说一句话。

苏乔的眼睛里已经有泪光,声音也带着哽咽:"秦显,我就这么好吗?值得你这么对我?"

秦显盯着她看了很久很久,终于开口,看着她的眼睛,声音低低地说:"我不知道,就是没办法忘记,想的都是你的好,觉得全天下的女人都比不上你。"

苏乔的眼泪一下就掉了下来:"对不起……"

秦显盯着她，沉默着，过了许久，一字一顿地说："苏乔，我等了你八年，不是想听你说对不起。"

苏乔顿时泪如雨下，红着眼睛，哑着声音说道："我很想你秦显。"

我很想你秦显。秦显看着她，心里有些说不出的滋味儿。

他看了她很久，想到这八年的分别，眼睛竟也胀得难受。他点了点头，低声说："我也是。"

他站起身来，走到茶几对面，将跪坐在地上的苏乔拉起来："走吧，睡觉。"

秦显拉着她上楼睡觉，苏乔以为他想做什么。

当秦显要拉她进屋的时候，她下意识地扶住门框，不再往里面走。

秦显奇怪，回头看着她问："怎么了？"

苏乔有点儿难为情，看着秦显小声说："我那个……不太方便……"

秦显眸色幽深地盯着她。

苏乔被他盯得莫名有点儿紧张："等过几天……"

秦显看着苏乔一副紧张的样子，忽然忍不住笑了："苏乔，我为了你八年多没有碰过女人，虽然我的确很想，但是现在感冒没好，不想把病气过给你。"

他抬起手，嘴角勾起一丝笑，大拇指轻轻摩挲着她的脸颊，低声道："所以你不用这么紧张。"

苏乔见秦显笑她，下意识地说："我没紧张。"

秦显挑了一下眉，想到什么，笑了一下："是啊，我差点儿忘了，八年前不是你主动的吗？"

苏乔忍着翻白眼的冲动说道："你要是不那个……我能把你怎么着？"

秦显笑了，看着她道："我是一个正常男人，你那样撩我，我能没反应？"

这话越说越不对劲儿，苏乔不由得脸臊起来，抽出被秦显拉着的手："你快睡觉吧，好好休息，别明早又发烧了。"

说着她便转身准备回自己的卧室去，秦显却又拉住她的手。

她回过头："秦显——"

秦显盯着她说:"跟我睡。"

苏乔:"……"

苏乔这辈子就只跟秦显睡过,无论是字面意义的同床共枕,还是更深层次的身体交流,都只有秦显一个人。但是怎么说也已经过去八年了,以至于当秦显掀开被子躺下的时候,她下意识地往旁边躲了一下。

"躲什么?"秦显一下子就识破她的想法,伸手将她揽到怀里。

秦显的胸膛比八年前更宽阔,她整个人被他圈在怀里,清楚地感受到秦显身体的热度,闻到他身上淡淡的薄荷味道和烟草香。她真真实实地躺在他的怀里,就像曾经无数个夜晚那样。这不是梦,秦显是真实的,真实到竟让她禁不住热泪盈眶。

她伸手摸上他的胸膛,隔着T恤,摸到了结实的肌肉。男人的身体比少年时更结实、更有力。她忍不住抱住秦显,将脸贴在他的胸膛上。

苏乔想了秦显八年。秦显又何尝不是想了她八年?分别八年有多苦,只有他们俩自己才清楚。两个人抱着彼此,很长时间都没有讲话,但也都没有睡觉。

过了很久,久到不知道已经几点,秦显低声说:"苏乔,你那天说这八年从来没想过我的时候,我真觉得命都不想要了。"

苏乔听得心疼,轻轻抚着他的后背:"对不起。"

秦显在黑暗里红了眼睛:"梁逸和孟莺结婚的时候,我没去,我甚至憎恨他们,恨到希望他们也不要得到幸福。为什么他们要对我们的感情指手画脚,为什么要背地里欺负你?"

苏乔掉了眼泪,哽咽道:"你不要这样想,我们现在不是又在一起了吗?"

"那这八年呢?这八年我看着他们幸福地谈恋爱、结婚,甚至生孩子……我呢?我喜欢的人被他们赶走了。"秦显将脸埋在苏乔的颈侧,哑声说,"如果我们这八年没有分开,或许也早已经结婚了。"

苏乔不想去想那些也许的情况。很多时候他们没办法和命运抗争。那时候她太糟糕,糟糕到就算没有外界因素,她自己也没有勇气和秦显继续走下去。她只是感到遗憾,遗憾最美的年华里没有和秦显在一起。

秦显将脸埋在她的颈侧,她感到有冰凉的液体浸湿了她的皮肤。苏乔在黑暗里望着窗外的月光,手轻轻抚着秦显的后背。快睡着的时候,苏乔听见秦显在她耳侧说:"当年我不知道我母亲私下找过你,她是不是说了很难听的话?"

他的语气听起来很自责,苏乔睁开眼睛,摇了摇头:"没有,她说的都是实话。"

秦显的母亲说她配不上秦显,这是实话。她的确配不上。

秦显嘴唇贴在她的耳侧,哑声说:"以前是我没护好你,以后我会好好护着你的。"

两个人重新拥有彼此的第一晚,聊到很晚才睡。

秦显昨晚吃了感冒药,大概是药效发作,导致第二天一觉睡到上午十点。他醒来的时候,苏乔已经不在身侧。

秦显猛地从床上坐起,仿佛又回到八年前,一觉醒来苏乔却不见了。心跳突然变快,他掀开被子就下床:"苏乔,苏乔!"

他连鞋子都没来得及穿,光着脚就往外走。

苏乔刚好从楼下上来,看到秦显光着脚站在楼梯口,不由得怔了一下:"你怎么不穿鞋呀?"

秦显脸色都有些发白,咬着牙,紧紧盯着苏乔。

苏乔走上楼梯,抬手摸了一下秦显的额头:"是不是又烧了?怎么脸色这么……"

她还没说完,秦显猛地将她抱住。

苏乔愣住:"怎么了?"

秦显近乎咬牙切齿地说道:"我以为你又跑了!"

苏乔怔住,心口突然刺痛了一下。

秦显现在这样没有安全感,可想而知当年他一觉醒来发现她走了,找不到她的时候有多痛苦。

她急忙抬手抱住他,不停地说:"我在这儿呢,没走,我不会走的。"

秦显这些年实在过得太痛苦,以至于不敢再尝试第二次。如果苏乔再丢下他一次,他不知道自己会变成什么样子。他抱了苏乔好一会儿,终于松开她。

苏乔抬起头，眼睛一眨不眨地望着秦显。

秦显冷静下来，不想在苏乔面前太窘迫，没有看她，转身回到了房间。

苏乔跟着进去："刚刚你的电话一直在响，好像是你爷爷打来的。"

秦显去浴室洗漱了，苏乔走到床边，弯身从床头柜上拿起秦显的手机，走到浴室门口递给他："你要不要回一个？"

"一会儿再回吧。"秦显说着，低头挤着牙膏。

苏乔也不知道是什么事，于是点点头，把手机拿出去了。

秦显刷完牙洗完脸出来，苏乔又不在房里了。

秦显拿起床头柜上的手机，看了一眼，全是爷爷打来的。他不由得皱了皱眉，怕是什么急事，走到阳台上回了一个电话。电话只响了一声就通了，接电话的人却不是爷爷，而是照顾爷爷的钟叔。

"我的祖宗唉，您可算接电话了。"

秦显皱起了眉："钟叔？怎么是你？"

钟叔在那头道："老爷子这阵子身体一直不好，一直牵挂着您呢，您今晚回来看看他老人家吧。"

秦显皱着眉道："怎么回事？上次不是还好好的吗？"

钟叔道："不知道啊，老爷子年纪大了，身体比不上以前了，您今晚会回来吧？"

秦显"嗯"了一声："我知道了，我晚点儿回去。"

"哎，哎，那您回来吃晚饭吧，我让厨房做您喜欢吃的菜。"

"谢谢钟叔。"

秦显觉得有些奇怪，爷爷的身体一直很好，怎么会突然病了？但转念一想，老人家年纪大了，说病就病也有可能。

打完电话秦显就下楼来，他看到苏乔坐在落地窗前，靠在懒人布袋沙发上，拿着本书在看。阳光透过落地窗照进屋来，她穿着白色的棉布睡裙，长而黑的头发随意地披散在肩上，阳光将她完全笼罩住，美得像个仙女。

秦显站在楼梯上，不自觉地看痴了，好一会儿才回过神，继续往楼下走。

苏乔听见脚步声，才抬起头来，看到秦显，冲他笑道："洗漱好了？"

秦显"嗯"了一声，在她身侧坐下。

苏乔往旁边挪了挪，让了一半懒人布袋沙发给他："靠着舒服。"

秦显索性将整个后背都靠上去，顺手从苏乔手里抽走了书，举着看了一眼："*Moby Dick*（《白鲸》）。"

他看了苏乔一眼："这本书不太容易读。"

苏乔说："随便看看。"

秦显又翻了两页："你这几年学了很多东西。"

"也没有，就是随便翻翻，什么都学个皮毛，一知半解的。"

秦显将书还给她，又从地上拿起另一本书，笑了笑："《红楼梦》。"

苏乔点了点头。

秦显又从地上拿起一本《中国传统服饰图鉴》，翻了两页，不由得笑了，开玩笑说："你倒是杂食，什么都读。"

苏乔"嗯"了一声："闲着无聊就随便翻翻呗，吃了没文化的苦呀。"

她又拿起刚刚那本书，靠在沙发上准备继续看，结果秦显突然拉住她的胳膊，将她搂到怀里。苏乔两手拿着书抵在秦显的胸前，眨了下眼睛，看着他。

秦显盯着她的眼睛，低声问："怪我？"

苏乔愣了一下："没有啊。"

"是我害你吃苦的。"秦显说。

是他的朋友、他的母亲嫌弃苏乔没文化，害她吃苦的。

苏乔摇头："跟你没关系，你知道的，我一直很想读书。"

秦显的目光深深地盯着她，苏乔被看得有点儿不好意思，拿书盖住秦显的脸："你不要这样看着我。"

秦显将书从脸上拿下来，顺势握住苏乔的手。

苏乔想挣开，秦显握得很紧。苏乔索性由他握着，看着他问："你今天不去公司吗？"

秦显点了点头："休息。"顿了一下，他又抬了抬眉，看着苏乔说，"不是你让我休息吗?"

苏乔:"你是该休息,你朋友说你一天只睡两三个小时,我怕我守寡。"

她推开秦显站起来,往厨房走去。

秦显懒懒地靠在懒人沙发上,看着苏乔的背影,不由得笑了笑:"不会守寡的。"

苏乔去厨房端了早餐出来:"我煮了饺子,早午饭一起吃吧。"

已经十点多了,她也不知道这顿算是早饭还是午饭。

秦显拿起苏乔的 Moby Dick 随便翻着,一边看一边对苏乔说:"我晚上带你去见我爷爷吧。"

苏乔身体一僵,难以置信地看着秦显:"你刚刚说什么?"

苏乔不敢相信自己的耳朵。

秦显将书放下,站起来朝苏乔走去:"我说,晚上带你回家见见我爷爷。"

苏乔顿时皱紧了眉,下意识地说:"我不去。"

秦显站到她面前,拉住她的手,无比认真地看着她的眼睛,一字一顿地说:"苏乔,我会护着你。"

自从秦显说要带她去爷爷家,苏乔一整个下午都待在房间里收拾磨蹭,又是洗头又是洗澡,还把她前几天刚涂的指甲油也洗了。

秦显一点多去了趟公司,四点半回来,结果一进屋就听到楼上传来乒乒乓乓的声响,不由得抬了一下眉,收起钥匙往楼上走去。

"苏乔。"他一边往楼上走一边喊了一声。

苏乔在屋里"哎"了一声:"回来了啊。"

她答得心不在焉的。

秦显上了楼,径直往苏乔房里走去,然而走到门口就怔住了。屋里床上、地上衣服扔得乱七八糟的,梳妆台上的化妆品也摆得乱七八糟的。

秦显怔了半天,问了一句:"苏乔……你在干什么?"

苏乔正好从柜子里拿出一件白色的针织裙,拎起来抬头问秦显:"你爷爷会喜欢这种风格吗?"

秦显:"……"

没等秦显回话，苏乔又从柜子里拿了一件比较淑女的娃娃领衬衣："还是喜欢这种？"

她平时的衣服大多是深色系的，能在一堆衣服里找到几件浅色的少女点儿的衣服实在不容易。

"还是这种啊？"她又拎起一件浅蓝色的毛衣，跪在衣柜前，抬起眼看着秦显，"你倒是说句话啊！"

秦显简直头疼，又忍不住笑道："你给我说话的机会了吗？"

从他进门到现在，就是苏乔一直在问，她压根儿没有给他回答的机会。

苏乔将衣服扔回柜子里，想了一会儿，又抬起头："要不我重新去买吧？"

秦显走过去蹲到苏乔旁边，看着她的眼睛："苏乔，别紧张。"

苏乔看他一眼，想说什么，动了动嘴唇，又没开口。

她站起身来，走到床边，失神地想着什么。在秦显握住她的手的时候，她抬眼看着他道："秦显，我不想去了。"

秦显蹲在苏乔面前，握着她的手，听到这话，看着苏乔好一会儿没说话。

苏乔脸色凝重，盯着秦显说："不去好不好？"

秦家的人肯定不会喜欢她，还没有去她都能想象到会是什么情况。

秦显盯着她看了一会儿，点了点头："好，你不开心就不去。"

苏乔看着他，半晌后说："还是去吧……"

早死早超生，她跟秦家人迟早得见一面。

"你帮我挑一件衣服吧。"

苏乔拉着秦显站起来，指着衣柜说："你帮我挑一件，楼下衣帽间里还有。"

秦显说："你自己喜欢就行，不用在意我家里人的想法。"

他从柜子里拿出一件黑色大衣递给苏乔："你平时怎么穿就怎么穿。"

苏乔听了秦显的话，最后还是按照自己平时的喜好打扮的：米白色针织长裙，外面是一件简单的大衣。

为了显得精神，她将头发扎高了，再系了一条浅蓝色的羊绒围巾。

她下楼的时候，秦显正坐在沙发上打电话。看到苏乔，他冲她点了点头，对电话里的人说："我一会儿就回去，钟叔。"

等他挂了电话，苏乔站在他面前，问："这样可以吗？"

秦显笑了一下："好看。"

他站起来，拉住苏乔的手："走吧。"

两个人一起出门。去秦家的路上，苏乔有一种做梦的感觉。

她坐在车里，眼睛一直看着秦显。两天以前，她还以为这辈子都不会再见到秦显，谁知现在竟然要和秦显回家去见他的家人了。她觉得这一切都美好得像个不真实的梦。她看着秦显在她身边，心里忽然充满了安全感。

苏乔一直看着秦显，眼睛都不眨一下，秦显不由得笑了："你别一直看着我。"

"啊。"苏乔回神，"怎么了？"

秦显道："影响我开车。"

"……"

苏乔一路都有些紧张，但快到秦家的时候反而冷静下来了。她这些年经历过风风雨雨，似乎也没什么可怕的。何况她八年前就见过秦显的妈妈，再难堪的事情也经历过了。

车开进小区后，秦显松开一只手握住她的手。

苏乔抬眼看着他，忍不住笑了笑："秦显，我不紧张。"

因为来探望生病的老人，半路上苏乔特意让秦显停车去买了一个果篮。

车停在秦显爷爷家的花园里。钟叔老早就在门口候着了，一见着秦显的车，立马高兴地迎上去："您可算来了。"

秦显停好车，从车里下来："爷爷好点儿了吗？"

"好点儿了，好点儿了，就盼着您来呢。"钟叔满脸笑容地应着。

秦显绕过车头，走到副驾驶座边，将车门打开，手伸给苏乔："下来吧。"

苏乔将手递给他，立刻就被他握住，被他牵着下车。

苏乔一手拎着果篮，秦显将果篮接了过去："我来吧。"

苏乔"嗯"了一声，将果篮递给他。

一旁候着的钟叔此刻已经傻眼了,看着自家少爷牵着的女人,惊得半天都说不出话来。这……这可怎么是好?钟叔想到此刻屋里的情况,猛然回神,却发现秦显已经牵着人到家门口了。

客厅里热闹极了,秦老爷子坐在沙发上首,身旁还坐着一个年轻的女孩儿。亲戚们坐在周围,正陪老爷子聊天,一派欢声笑语、其乐融融的场景。

秦显站在门口,不由得皱起了眉。苏乔更是茫然,不知此刻是什么情况。不是说秦显的爷爷病了吗?中间那位白发老人压根儿不像是生病的样子。

"表哥——"梁逸最先看到秦显,站起身来,然而再看到秦显旁边的苏乔,顿时说不出话来了。

秦老爷子此刻也看到了秦显,自然也看到了秦显旁边的女人,看到秦显牵着她的手,脸色顿时沉了下去,瞪着秦显,一句话没说。

整个客厅的氛围瞬间尴尬到极点,一时之间整个房间安静得没有一点儿声音。

秦显在门口停了几秒,然后牵着苏乔进屋:"爷爷,您身体好了?"

秦老爷子"哼"了一声:"我身体好了你不高兴是不是?"

秦显从进门看到爷爷好端端地坐在那儿时就知道爷爷是装病骗他回来。再看到爷爷旁边坐着的陌生女孩,他顿时什么都明白了。他一直握着苏乔的手,领着她走到爷爷跟前:"听说爷爷病了,孙儿特意带苏乔来探望您老人家。但既然爷爷身体好着,那自然更好了。正好给爷爷介绍一下,这是苏乔,我的女朋友。"

说着,他不给老爷子说话的机会,对苏乔说:"苏乔,喊爷爷。"

苏乔怔了怔,看着坐在正中间的老人家,下意识地喊了一声:"爷爷。"

老爷子重重地"哼"了一声,脸色难看到极点。

苏乔心里沉了一下,一瞬间想立刻离开这里。

"阿显回来了,正好可以——"秦母在厨房里指挥人准备今天的晚餐,听到说儿子回来了,这才从厨房里出来,然而刚走到客厅,看到苏乔的瞬间,整个人就僵住,脸色都白了几分。

秦显看到母亲，牵着苏乔说："您来得正好，给您介绍一下，这是苏乔，您未来的儿媳妇。"

他顿了一下，眸色深了几分，紧盯着她，一字一顿地说："您见过吧？"

她当年赶走苏乔的事情，秦显已经知道了，此刻面对儿子这样的眼神，她心里不自觉有些心虚，只是看着秦显，一句话没说。

苏乔和秦家人第一次见面，可以说是尴尬到极点。没有人搭理她，也没有人招呼她。毕竟现场还有一个老爷子亲自相中的孙媳妇在。都是会察言观色的人，亲戚们揣摩着老爷子的意思，对李家的孙女儿格外热情。秦老爷子也依然和李晴聊着天，问她在大学里学的什么专业，平日都有哪些爱好之类的……完全当坐在一旁的苏乔不存在。

不过幸好有秦显在，从头到尾，秦显都坐在一旁拉着她的手，小声和她说话。所有人当苏乔不存在，秦显也当他们不存在。

苏乔觉得尴尬，但很奇怪的是并不觉得难受。她甚至有些想笑，觉得秦显这种只跟她一个人说话的行为很幼稚，但是心底又很温暖，她能感觉到秦显在护着她。

即使他的家人们都不喜欢她，只要他喜欢她就够了。

所有人都热情地围着李家的孙女儿，苏乔和秦显坐在沙发角落里。两个人四目相对了一会儿，苏乔忽然对他笑了笑，双手握住他的手，小声说："秦显，你真好。"

秦显轻轻笑了笑，低声说："等吃过晚饭我们就回去。"

苏乔点了点头："好。"

秦老爷子虽然一直在和李晴说话，但是余光一直瞄着秦显和苏乔。

看到他们俩一直在那儿说悄悄话，完全不把他当回事，他气得吹胡子瞪眼。他好好地给秦显安排好相亲，把世家的孙女儿请到家里来，结果这臭小子居然跟他闹这一出！这让他怎么跟朋友交代？！

是以他对李晴更加热情："小晴平日都有些什么爱好？"

李晴是那种典型的大家闺秀，规规矩矩地坐在那儿，双手轻轻放在膝盖上，笑起来微微抿着唇，不露出牙齿，轻声说："就弹弹钢琴、看看书，最近在学茶道。"

秦老爷子马上道："弹琴啊，我们家阿显也会，有时间你们可以一起——"

"八百年不弹了爷爷。"秦显立刻泼了盆冷水。

老爷子气得咬牙切齿，扭过头狠狠瞪了秦显一眼。秦显一脸无所谓的样子。

苏乔在旁边听着，忍着笑。是谁上次还说要教她弹琴来着？

秦显的手机突然响了，他看了一下，对苏乔说："我出去接个电话，很快回来。"

苏乔点了下头："你去吧。"

秦显拿着手机到外面去了。秦显一走，苏乔待在那儿就有些不自在了。

秦显的爷爷在和秦显的相亲对象聊天。苏乔坐在那儿，垂着眼默默听着。

"对了，听你爷爷说，你是沃顿商学院毕业的，现在在哪儿工作啊？"

李晴道："之前在华尔街，半年前回国的，现在在自家公司。"

老爷子点了点头："不错不错，但还是要多注意休息，不要像阿显那样，工作起来命都不要。"

李晴微微笑了笑："谢谢爷爷，我会注意的。"

秦显的爷爷不知想到什么，忽然转过头看向角落里坐着的苏乔："你呢，你是哪所学校毕业的？"

话头突然抛到她头上，苏乔微愣了一下，下意识地说："小时候家里穷，没机会读书……"

"没读书？"秦老爷子一听到这话，眉头顿时皱了起来。

苏乔看着秦显爷爷这样的表情，剩下的半截话突然被堵在喉咙口。

"但我这些年……"

"爸，可以吃饭了。"这时候，一名中年女人从厨房那边过来。

"走吧走吧，吃饭。"老爷子拄着拐杖站起身来。

李晴急忙扶住他："爷爷慢点儿。"

老爷子笑呵呵地说："走吧，都走。"

亲戚们全都站了起来，一行人陆续往餐厅的方向走去。

苏乔愣怔地坐在原地，过了一会儿也站起来，往外面走去。

秦显打完电话，刚刚从外面回来，看到苏乔，拉住她的手："怎么了？要出去吗？"

苏乔摇头，笑了一下："没有，好像吃饭了，我出来喊你。"

秦显"嗯"了一声，拉住她的手往餐厅的方向走去。

路上他忽然说："我不知道今天是这种情况，那个女人我不认识，以前也没有见过。"

苏乔怔了一下，抬头看着秦显。

秦显停下脚步，认真看着她，又解释："在这之前，我没相过亲。"

苏乔看着他，不由得笑了笑，轻声说："我知道，我不吃醋。"

秦显眸色深深地盯着她。

苏乔见他眼神不对，问："怎么了？"

秦显盯着她看了很久，一字一顿地低声说："我希望你吃醋。"

秦老爷子这些年为了秦显的婚事操碎了心，好不容易给他相中了世交的孙女儿，无论是外在形象，还是家教、学历、性格，各方面都非常满意。他煞费苦心地给秦显安排了今天这场相亲，结果秦显却突然一声不吭地给他带了个女朋友回来，让他在世交的孙女儿面前非常尴尬。

尤其是当听到苏乔说没有读过书时，他更是气秦显不知所谓。找了这么多年，秦显竟然就找了这么个女人回来。是以吃饭的时候，他压根儿只当苏乔不存在，不停招呼着李晴多吃一点儿。

家里的亲戚们也都是看老爷子的脸色行事，见老爷子不搭理苏乔，自然也不怎么搭理苏乔，一个个都围着李晴，全然已经把李晴当作秦家未来的孙媳妇了。

苏乔坐在那儿，说不尴尬是假的，但是并不觉得难受。因为秦显一直在桌子底下握着她的手，不停给她夹菜，问她吃什么、吃饱了没有，一直在照顾她。

苏乔感觉到秦显的手在桌子下面用力地握着她，宽厚的手掌十分温暖，让她有种被保护的感觉。所以她不仅不难受，心底甚至有些开心。

她就坐在那儿默默地吃着晚饭。所有人都无视她，她同样无视所有人。

但秦显还是怕苏乔难受，吃完饭立刻去向爷爷告别。老爷子正坐在沙发上和李晴说话，听到秦显说有事情要离开，气得抬头狠狠瞪他："你就这么忙？"

秦显"嗯"了一声："是有点儿忙，爷爷您保重身体，我下次再回来看您，今天就先走了。"

说完，他也不管老爷子同意不同意，拉着苏乔头也不回地往外走了。

秦老爷子看着秦显头也不回地走了，气得咬牙切齿地大骂道："这臭小子！越来越不把我放在眼里了！"

坐在旁边的李晴急忙递上一杯茶，轻声细语地安慰道："爷爷您别生气，可能秦显是真的忙呢，您可千万不要气坏了身体。"

秦老爷子接过茶杯，这才对李晴说："小晴啊，今天的事情真是不好意思，我不知道阿显竟然自己在外面交了女朋友，造成这么大的误会，真是太不好意思了。"

李晴忙摇头："爷爷您不要这样说，没关系的。"

李晴一直喜欢秦显，所以之前她爷爷告诉她让她和秦显相亲的时候，她高兴极了，今天出门来秦家之前还特意在家里精心打扮了一番。刚刚她见秦显竟然带着女朋友来，心底的确难掩失望。后来见秦老爷子并不怎么搭理秦显的女朋友，悬着的那颗心才总算放下来。的确，一个连书都没读过的女人，怎么可能入得了秦爷爷的眼？

她微微笑了笑，说："今天时间也不早了，爷爷您早些休息，我改日再来看您。"

秦老爷子点了下头，没挽留，也没邀请李晴下次再来，只对一旁的钟叔招了招手，说："你去安排一下车，送小晴回去。"

李晴一走，老爷子也累了，让晚辈们都自己回家，只留下秦显的母亲，让她跟着去书房一趟。

谢俪跟着老爷子去了二楼的书房。一进去秦显的爷爷便问："阿显谈恋爱的事情，你怎么也不跟我说一声？"

谢俪道："这事我也不知道。阿显大二那会儿的确和那个女孩儿在一起过，但是后来分开了，我也不知道他们俩什么时候又好的。"

老爷子在书桌后面的椅子上坐下,问:"大二的时候?刚刚她说她没读过大学,是阿显的高中同学吗?"

谢俪摇头:"不是的,那女孩儿没有读过书。"

秦老爷子闻言,顿时皱紧了眉:"连高中也没读?"

他刚刚还以为苏乔只是没读大学,结果居然连高中也没读。

谢俪点了点头,说:"是的。"

老爷子皱着眉,盯着谢俪问:"所以阿显这些年都没有谈恋爱,就是因为她?"

谢俪点头,叹了口气:"大概是吧。"

沉默了一会儿,她又道:"那姑娘我很多年前的确见过一次,谈吐倒是不错,看着也挺乖巧,可她没读过书,又在夜店那种地方打工,这我实在是接受不了。所以我当时的确跟她说了几句,她也答应我和阿显分手,我不知道他们怎么突然又和好了。"

秦老爷子沉着脸坐在那儿,神色凝重,好一会儿没有再说话。

谢俪也沉默着。书房里静得没有一点儿声音,过了很久,秦老爷子才沉声道:"你回去吧,这事我知道了,你让我好好想想。"

谢俪点了点头:"那我就先回去了,爸您也早点儿休息。"

老爷子挥了挥手,没有说话,示意她离开。谢俪走到门口,顿了一会儿,终于还是忍不住回头对公公道:"爸,阿显等了她很多年,这些年……他过得很不开心。"

老爷子没有回答,很久才说:"你先回去吧。"

苏乔今晚和秦显的家里人第一次正式见面,过程不太愉快,甚至是有些难堪的,但是她真的一点儿也不难受。

回家的路上,她将车窗摇下来,趴在车窗沿上吹风。今晚风不是很大,吹得人很舒服。

秦显在旁边开车,睨了苏乔好几次,以为她心里会难受,却见她趴在窗口上,心情似乎很好的样子,好奇地问她:"在想什么?"

苏乔收回视线,回头望着秦显,笑着说:"你猜。"

秦显见苏乔笑得开心，也忍不住笑道："猜不出。"

苏乔笑，说："我在想，我干脆把你拐跑算了。"

秦显怔了怔："什么？"

苏乔说着，自己都忍不住笑了，又接着道："反正你家里人都不喜欢我，我干脆把你拐跑算了，找个有山有水的地方，让你给我当压寨相公。"

秦显不由得被逗笑了，点头说："这主意不错，回去计划一下。"

苏乔笑，望着他问："真的？"

秦显"嗯"了一声，无比认真地回答："真的，你什么时候想离开就告诉我，我带你走。"

苏乔怔住，有些惊讶地望着秦显，嘴唇微张了一下，想说什么，却又半天没说出话来。

她就那么一直望着秦显，眼睛都没眨一下。

秦显目视着前方认真开车，但是知道苏乔一直在看他。

他不禁轻笑了一声，说："你再这样看着我，我不保证我会做出什么事情来。"

苏乔弯了弯眼，明知故问："你想做什么？"

秦显终于侧头看她一眼，眸色深沉，一字一顿地低声道："你说呢？"

苏乔忍不住笑了，说他："你能不能好好开车，不要想那些乱七八糟的事？"

秦显也笑："那你别勾引我。"

苏乔："……"

回到家已经九点半，苏乔先回房洗了个澡。她洗完出来，看到秦显在她的卧室外面的阳台上打电话。他已经洗了澡换了衣服，倚着栏杆，面朝着卧室里面的方向，一手拿着手机，一手插在兜里。见她出来，他隔着窗户，眸色漆黑地盯着她。

苏乔走去阳台上，听到秦显讲的电话似乎是工作上的事情。她正要转身回去，腰突然被搂住，下一瞬，整个人就撞向了一个宽阔的胸膛。她下意识地抬头，秦显低头在她的唇上亲了一下。苏乔下意识地想从秦显的怀里挣脱，秦显却将她的腰搂得更紧。她整个人被禁锢在秦显的怀里，压根儿挣脱不开。苏乔索性不动了，就那样靠在他的怀里。

"后天晚上吧，你下去安排。"秦显对电话那头的人说。

苏乔抬起头望着他。秦显看她一眼，又低头在她的唇上亲了一下。

电话那头的人又说了些什么，秦显"嗯"了一声，道："你发邮件给我，今天太晚了，早点休息。"

说完他便挂了电话。

苏乔望着他，下意识地问："你要出差吗？"

她刚刚隐约听到那头的人问秦显什么时候出发，秦显就说了后天晚上。

秦显"嗯"了一声，盯着她说道："真想把你一起带走。"

苏乔笑："我会影响你工作，再说我自己也要工作。"

秦显点了点头，又盯着她看了许久，忽然轻轻叹了一声，握住苏乔的手："今天的事情是我没考虑周到，我不该带你去见我爷爷。"

苏乔摇头："迟早要见一次的。"

秦显点了点头："以后不去了。"

苏乔望着他笑，点头道："好，不去了。"

秦显见苏乔笑，总算也笑了。

他将苏乔抱到怀里，微低着头，下巴抵在她的颈侧。

阳台上吹着风，苏乔下意识地用双手抱住秦显。

秦显刚洗了澡，身上有一股清爽的薄荷味。秦显将头埋在她的颈侧，温热的唇吻在她颈部的肌肤上，一寸一寸往下移，吻她的锁骨，又继续往下，头埋在她的胸口。

她刚洗了澡，没穿内衣，秦显轻而易举地便拿捏住她的敏感地方。苏乔的身体敏感异常，嗓子里发出一声呜咽，她下意识地微仰着头，身体有些发软。

她抱住秦显的头，哑声说："我那个……还没完啊……"

秦显微怔了怔，片刻后直起身，将苏乔紧紧抱在怀里。

良久，他咬着她的耳朵，声音干哑得厉害："什么时候结束？"

苏乔道："等你出差回来就差不多了……"

秦显出差那天买的是晚上的机票，苏乔以为他会从公司直接去机场，谁知他七点钟的时候竟然特意回来了一趟。

苏乔当时正靠在沙发里看书，秦显从外面进来。

苏乔惊讶，忙扔下书从沙发上下来："你怎么回来了？不是九点的飞机吗？"

她快步走到秦显面前，又问："你吃过饭了没有？家里还有点儿……要不我给你做个炒饭吧……"她一边说一边要往厨房走。

秦显拉住她的胳膊，将她一把拽进怀里，抱住她。他像是跑回来的，呼吸有些急促："不吃饭了，飞机上都有，我就是想回来看看你。"

苏乔听得心热，抱住他的后背："会来不及吗？"

秦显道："没事，来不及就改签。"

苏乔将下巴抵在他的肩膀上，抬起双手又搂住他的脖子，叹气道："你该跟我说一声的，你想见我，我直接去你的公司，或者去机场等你都可以的。"

秦显没再说话，只是很紧地抱着她，紧到让苏乔那么清楚地感觉到秦显没有安全感。

她不由得将他的脖子搂得更紧些，柔声安抚道："秦显，你不要怕，我不会走。你相信我，等你回来我还是在这里。我等你回家啊。"

苏乔最后那句"我等你回家"听得秦显心口发紧，他更紧地抱住她："你记住你说的，不要再让我找不到。"

他承认，这八年的分别的确让他没有安全感。

刚刚他原本是打算直接去机场的，车到半路上又倒了回来。一路上车开得很快，他莫名地害怕回来会见不到苏乔，怕她又一声不响地离开，怕她又在他不知道的情况下一走就是八年，让他找不到。此刻他将她紧紧抱在怀里，焦躁的心才总算安定下来。

秦显将苏乔抱了很久，情绪慢慢平静下来，才终于松开苏乔。他看着她，无比认真地叮嘱："还有件事，我忘了告诉你，如果我父母或者爷爷要见你，你不要去见他们，有任何情况都给我打电话，我的电话每天二十四小时开机，只要是你打的电话，无论我在做什么都会接，你不用担心打扰到我。"

说完，他拉住苏乔的手，看着她的眼睛特意又问了一句："听见了吗？"

苏乔听得眼睛有些酸胀，点了点头："我知道，我不会去见他们，你不要担心。"

秦显这才点了点头，重新将苏乔抱入怀里，下巴抵在她的头上，沉默了片刻，才低声道："那我走了。"

苏乔在他的怀里点了点头："好，注意安全。"

秦显松开她，双手捧住她的脸，低着头在她的唇上温柔地吻了一下，抬头看着她的眼睛，轻声道："我走了。"

苏乔望着他点了点头。

秦显这次出差的时间有点儿长，一晃已经过去三天了。

自从秦显走了以后，苏乔总觉得家里空荡荡的。明明以前一个人住的时候她都不觉得家里空，大概是习惯了秦显在家里了。

周凛笑她："你那不是家空了，是心空了。"

苏乔正蹲在书吧的落地窗前浇花，听到周凛这话，倒十分认真地想了想，然后颇为赞同地点了点头："你说得对。"

她的确是心空了。苏乔摸出手机，给秦显发短信："我想你了。"

秦显正在吃饭，他摸出手机盯着短信看了许久，曾经以为再也活不过来的心在胸腔里充满力量地跳动，嘴角不禁弯起一丝笑意，回她："我也想你。"

秦显的秘书就坐在对面。张颖跟在秦显身边这些年，几乎没有看他笑过。尤其是前段时间，他每天几乎有十八九个小时在工作，拼命抽烟，拼命喝咖啡。有那么几次，她看到秦显在办公室里不停地抽烟，心里忽然生出一种可怕的想法，觉得那时候的秦显大概是真的不想活了。

她那时真的被吓得不知该怎么办，跑去找了赵镇，赵镇气冲冲地冲了出去。

奇怪的是，从那以后，秦总慢慢好了起来。

他不再拼命工作，开始按时下班、按时吃饭，每天会打一会儿电话，发几条短信。

他打电话的时候,声音很温柔,偶尔甚至会笑,眼睛里都是藏不住的幸福笑意。

明知不该打听上司的私事,但张颖还是忍不住问了一句:"秦总,是您女朋友吗?"

秦显很少与人交流,就算交流也只是交代工作。难得的是他心情很好,抬头笑了一下,回答说:"不是。"

张颖愣了一下,刚想道歉,却见秦显眼里笑意更深,说:"她叫苏乔,是我的未婚妻。"

听到这句话,看着秦显眼里的笑意,张颖觉得秦显必定很爱那个女孩。

"对了,哪家的婚纱设计得好,还有钻戒,我想定制。"

"好的,我做好资料发给您,您选择一下,我再帮您预约。"

秦显这次在国外要处理的事情有些复杂,尽管他已经加快处理,依然无法很快回去。

苏乔一个人在家的第六天,半夜睡不着,给秦显发短信,问他:"你大概什么时候回来?"

秦显:"还不确定,最快三天,最迟可能还要一周。"

苏乔躺在被窝里,将手机键盘按得"啪啪"响:"一周你就不要回来了!"

秦显发了三个问号过来。

苏乔被逗笑了,索性给他拨了个电话过去。电话响了好几声他才接通。"你在忙吗?"

秦显拿着电话走去安静的地方,"嗯"了一声:"在开会。"

苏乔下意识地骂了一声,秦显不由得笑出声,忽然像又回到了八年前。苏乔从来就不是个很规矩的女孩儿,被惹急了是会骂人的。

秦显笑:"没事,我出来了。"

苏乔有点懊恼,将脑袋埋进被子里,声音闷闷地说:"你可以不接啊。"

秦显笑:"我怕你不让我回去了。"

苏乔躲在被子里哧哧地笑:"我刚刚开玩笑的。"

秦显："是吗？我差点儿就让秘书给我订今晚的机票回去了。"

苏乔忍着笑，脑袋又从被子里钻出来，呼吸着新鲜空气："你不要闹，好好工作。"

秦显"嗯"了一声，也稍微严肃了点："我尽量快儿点回去。"

苏乔："好，回来前给我打电话，我好提前把菜买好。"

秦显笑了笑："好。"顿了一下，他又问，"对了，我爷爷有没有找过你？"

苏乔摇头："没。"

秦显点了点头："那就好。"

"好了，你进去开会吧，我也要睡觉了。"

"嗯，早点睡，你那边很晚了。"

苏乔"嗯"地应了一声："那我挂了。"

秦显笑了笑："好。"

苏乔挂了电话，眼睛望着天花板出神。

事实上，秦显的爷爷前天给她打过电话，说想见见她。不过因为秦显不让她去见，她也不想去见，所以推掉了。秦显的爷爷找她，不用猜她也知道肯定不是好事。他那么喜欢那位李小姐，只怕是又要让她和秦显分手。

分手是不可能的，她好不容易下定决心，好不容易又拥有现在的生活，不可能再抛下秦显一次。她和秦显都不年轻了，谁都无法再承受分手的痛苦。从她决定和秦显复合那一刻起，她就不准备再考虑他的家庭接不接受她了。何况秦显答应她了，什么时候她想离开，他就带她走。

苏乔将这事抛到脑后，闭上眼睛酝酿着睡意。或许是刚跟秦显通了电话，心里踏实了，她闭上眼睛没一会儿便睡着了。

苏乔原本以为只要自己不去见秦显的爷爷就可以了，然而没想到的是，秦显的爷爷竟然主动找上门来。

第二天中午苏乔在店里核算食材清单，正忙着呢，有人在办公室外面敲门。

陈经理推门进来，道："小乔姐，有人找你。"

三楼的包间里，秦老爷子和苏乔面对面坐着。

老爷子一直沉着脸瞪着她，半天没出声。

苏乔有点忍不住了，索性自己先说："您老若是来劝我和秦显分手的，那就不必了，我不可能和秦显分手，这辈子都不可能，除非是秦显主动要跟我分手。他不放手，我就不会放手。"

苏乔这话说得斩钉截铁，眼神也坚定，一点儿也不犯怵。

秦老爷子盯着她看了很久，终于重重地"哼"了一声："我还一句话没说呢，你就先将我一军，你是不是当我拿你没办法啊？"

苏乔直直地坐在那儿，抿着唇不说话。

秦老爷子盯着她瞧了许久，随后才忽然将一份文件扔到了桌上。

苏乔的第一反应是对方这是要拿钱砸她？

于是她说："秦爷爷，您恐怕误会了，我开着这么大的店呢，不缺钱，您就是拿钱砸我，把我砸死都没用，我说不会跟秦显分手，就不会跟秦显分手。"

苏乔浑身上下透着一股劲儿，一股莫名让人有些喜欢的劲儿，和那天在秦家的样子完全不一样。

秦老爷子又看了她许久，纳闷儿地问："你怎么跟那天在家里的样子不太一样啊？"

苏乔眼神坦荡地道："那天想让老爷子您喜欢我，为了给您留个好印象，自然要努力往大家闺秀的方向靠。"

老爷子听得皱眉："所以你现在是不准备给我留个好印象了？你这是要在我面前破罐子破摔？"

苏乔道："我不是破罐子，何来的破摔？"

秦老爷子听得愣住，看着她。

苏乔也看着秦老爷子，有些想笑，说："你们家的人是不是都喜欢拿钱砸人啊？八年前也是这样，谢阿姨也找过我，要给我钱，那时候我那么穷都没有要，何况是现在。"

她说完，站起身来："您要是没其他事，我就先出去了。"

说完，也不等秦老爷子应她，她转身就往外走。

"既然你当年没有拿钱,为什么又要和阿显分手呢?"苏乔走到门口时,秦老爷子的声音从身后传来。

她微顿了一下,回过头,眼神磊落地看着对面的老人家,一字一顿地说:"因为那时候我自己太糟糕了,不想耽误他。"

说完她便转身,拉开门走了出去。苏乔走后,秦老爷子在位子上坐了许久。

身后的钟叔小心翼翼地问:"老爷,您觉得……"

秦老爷子从桌子上拿起那份文件,翻开一页,里面是苏乔这两年捐赠给山区学校的物资清单。苏乔是匿名捐的,秦老爷子让人调查苏乔的时候,无意间查到她这两年一直在给山区的孩子们捐书捐物。

想起她上次说,小时候家里穷,没有读过书……老爷子有些感慨地将文件合上,道:"这个苏乔,年纪不大,脾气倒是不小。"

他将那份文件拿在手里抖了两下,对钟叔说:"我还什么都没说呢,她就说我拿钱砸她,就她这破脾气,也亏得阿显眼巴巴地等了她八年。"

钟叔笑了笑:"可能是一物降一物。"

"还有,她开着这么大的店,就让我一个老头子干坐在这儿,也不说让人来招呼我们吃饭。"秦老爷子气得胸口闷,撑着拐杖站起来,"走走走,咱们回去吃。"

钟叔忙上前扶着他:"您慢点儿。"

从包间出来后,钟叔就搀扶着秦老爷子下楼。

苏乔这时正在一楼收银台后面,看到秦显的爷爷下来,想了一下,还是上前将人送到门口,说:"您慢走。"

秦老爷子瞪着她,重重地"哼"了一声,随后才道:"明天晚上你到家里来一趟。"

苏乔怔了怔,下意识地说:"我刚刚已经说得很清楚了,我不会和秦显分手,您如果还有其他想说的话,就等秦显回来,您跟他说。"

"我什么时候让你和秦显分手了?!"老爷子终于被苏乔给气着了,吹胡子瞪眼的,瞪着苏乔说,"我让你来家里,是有些话想仔细问问你,你当是什么?"

苏乔："……"

"明天晚上，不要忘了。"

秦显的爷爷走后，苏乔一整个下午都有点儿心神不宁。他最后说的那句话一直在她的脑海里回响，她总觉得虚幻得有些恍惚。这种不真实感直到晚上她回到家也没有消散。

她都不太记得秦老爷子说了其他什么话了，唯独那句"我什么时候让你和秦显分手了"，她记得清清楚楚。苏乔想了很多，还是决定明天晚上过去。只要秦老爷子不让她和秦显分手就行，至于其他的事，她就不在乎了。

这事情她也没有跟秦显讲，怕他在那边担心。以她对秦显的了解，她要是告诉他，她要去见他的爷爷，他估计会什么都不管立刻飞回来。但事实上，她觉得事情似乎没那么糟。

第二天晚上，苏乔准时去了秦显的爷爷家里。

钟叔早已经等在那里，见苏乔的车停下来，面带笑容地往前走了两步。

钟叔笑着招呼："苏乔小姐，老爷子等你好一会儿了。"

苏乔点了点头，浅浅地笑了一下。

钟叔道："你跟我来吧。"

说着，他便走在前面带路。这是苏乔第二次来秦显的爷爷家。

或许是因为该说的话都已经说了，所以她反倒一点儿也不紧张，跟着钟叔走到门口。用人拿来拖鞋，要帮她放到地上。

"谢谢。"她连忙弯身接住拖鞋，"我自己来吧。"

秦老爷子坐在沙发上瞧着苏乔，见她弯着身很有礼貌地接住用人拿给她的鞋，眼里有些许赞可的神色。今天和上次不一样，上次是秦家所有亲戚都来了，而今天整栋房子都安安静静的，除了几个用人，就秦老爷子一个人坐在宽大的沙发上。

苏乔换好拖鞋，不卑不亢地走过去，站在茶几前朝着秦显的爷爷微微弯了下身："老爷子好。"

秦老爷子抬眼看着她，神色比昨天慈祥许多，说："坐吧。"

苏乔点了点头,在秦老爷子侧面的沙发上坐下。

秦老爷子盯着苏乔瞧了一会儿,才说:"知道我找你来做什么吗?"

苏乔摇头,笔直地坐着:"只要不是让我和秦显分手就可以。"

秦老爷子"哼"了一声:"如果是呢?!"

苏乔神色坦荡地看着秦老爷子,十分认真地说:"那我就只能告辞了。"

秦老爷子又被苏乔给气到了:"我要是不同意,你还能把我孙子拐跑不成?"

苏乔没作声。

秦老爷子瞪她一眼,随后才将茶几上的文件递给她:"你先翻翻看。"

苏乔愣了一下,不由得蹙了蹙眉。这不会又是什么想让她和秦显分手的条件吧?她不由得抿了抿唇,伸手接过文件,然而翻开第一页就愣住了。她又往后翻了几页,全是她这两年给山区学校捐的物资清单。

她抬起头,疑惑地看向秦显的爷爷:"您这是什么意思?"

秦老爷子盯着她瞧了一会儿,问她:"你为什么要做这件事?"

苏乔低下头将文件合上,说:"有钱就做了。"

她说得轻松,一副很无所谓的语气。

秦老爷子盯着她,忽然又问:"你上次说,没有读书是因为小时候家里穷?"

苏乔"嗯"了一声,没多余的话。

秦老爷子自顾自地又道:"我派人去了你的家乡,听你们那儿的校长说,你初中的时候学习很好,中考考上了阿显念的那所重点高中。"

很多往事苏乔压根儿不去想,此刻被提及,心里还是有些难受,胸口被堵住似的闷闷的。

她许久没有回答,从茶几上端起茶杯,垂着眼沉默了一会儿,才缓缓地说道:"是差点儿就上了高中。生在那种贫困山区,只有读书才能改变命运,所以我很努力地读书,想着等上了高中,再努力三年考一所好大学,毕业以后可能当老师也可能当医生,再存一笔钱在大城市里买一套小房子生活下来……"

这些都是她十几岁时的梦想,不伟大,但是她一直为了这个梦想努力了很多年。直到初中毕业,她被逼得走上了一条和她梦想中截然相反的路。

"但是你后来去打工了。"秦老爷子看着苏乔,眼里带着些怜悯之意。

苏乔点了点头:"是。"

"你那时候多大?"

苏乔回道:"十六岁。"

秦老爷子沉默了片刻,而后叹了口气,道:"十六岁,好多跟你一样大的孩子还在父母面前撒娇呢。"

苏乔垂着眼没作声。

"因为以前没有条件读书,所以你现在才那么努力地给山区的孩子捐款捐物?"秦老爷子看着苏乔,眼神很慈祥,像看着自己的孙女儿。

苏乔点了点头:"算是吧。"

秦老爷子又叹了口气,默了默,才又说:"你倒是很善良。"

苏乔没应声。

老爷子又问:"吃晚饭了吗?"

苏乔愣了一下,点头说:"在店里吃过了。"

"我还没吃。"说着,秦老爷子拄着拐杖起身,"你过来陪我这老头子吃一点儿吧。"

一旁的钟叔急忙上前扶住秦老爷子。

苏乔坐在原位上蒙了几秒,见钟叔扶着老爷子往餐厅去了,才站起来,跟在后面一起去了餐厅。餐桌上的每一道菜都十分清淡。

秦老爷子瞧得直皱眉,抬头瞪着老钟:"我昨天不是跟你说了,让他们做些味道大的菜?这一天天的是把我当羊喂吗?"

苏乔在边上听着,一时没忍住"噗"地笑了出来。

秦老爷子回头瞧着她。

苏乔忙敛了神色,正经地道:"这些都是有机食品,吃了对身体好的。"

秦老爷子摆了摆手:"天天吃也要吃腻的。"说着,他忽然想起什么,对苏乔道,"你不是开了个店吗?你去给我做两个菜来。"

苏乔惊讶:"现在啊?"

秦老爷子瞪着眼:"现在不行吗?"

苏乔："……"

苏乔第二次到秦家来，陪老爷子聊了会儿天，给他做了两菜一汤，一个清炒小白菜、一个肉末茄子、一个海鲜豆腐汤。

秦老爷子吃得分外满意，一口气吃了两碗饭，汤都喝光了，菜也没剩多少。

吃完他对着苏乔竖起了大拇指："不错，老头子我好久没吃这么饱了。"

苏乔笑了笑："您喜欢就好。"

吃完饭，苏乔又陪着老爷子下了会儿棋，到十点钟才离开。

钟叔将苏乔送到外面，满脸笑容地说道："苏乔小姐开车慢点儿，注意安全。"

苏乔笑着点了点头："谢谢。"

回家的路上，苏乔分外愉悦。如果说昨天她还有点摸不着头脑，那么今天觉得秦老爷子或许是接受她了。

手机突然响起，她抬手在车前按了一下，秦显低沉的声音在车内响起："睡了吗？"

苏乔笑："没呢，还在开车。"

电话那头，秦显刚刚开完会在办公室里休息，闻言皱了皱眉："你那边十点多了吧，怎么还在外面？"

苏乔弯了弯眼，语气都是轻快的："你猜我去哪里了？"

秦显想了一下，道："猜不出。"

苏乔笑道："我刚从你爷爷家回来。"

秦显几乎是立刻站了起来，握紧手机，神色紧张："你去见我爷爷了？我不是跟你说——"

"没事，你爷爷没有为难我。"

秦显皱眉："真的？"

苏乔点头："真的，你爷爷挺好的。对了，你什么时候回来？"

秦显道："后天吧，应该可以。"说完，他又继续刚刚那个问题，"你去见我爷爷，他说什么了？他有没有说什么难听的话？"

苏乔听出秦显的紧张，笑道："没有，真的没有，你爷爷还让我给他炒了两个菜，我还陪他下了一会儿棋呢。"

"什么？"

"我也觉得很不可思议，但是真的，你爷爷似乎并不是很讨厌我。"

秦显皱着眉，许久没有说话。

"喂？"苏乔好一会儿没听到秦显的声音，下意识地询问了一声。

秦显忙答："我在听。"

苏乔听到秦显的声音，才又道："你后天几点到？"

秦显："大概晚上吧。"

"具体几点？"

秦显听着，眼里终于有了点笑意："怎么？你要来接机吗？"

苏乔"嗯"了一声："可以吗？"

秦显笑："求之不得。"

苏乔弯了弯眼："那你确定好时间就发给我，我去接你。"

秦显"嗯"了一声，笑了笑："好。你到家了吗？"

苏乔："刚到，你去忙吧，我上楼洗澡睡觉了。"

秦显点了下头："好，你早点睡，晚安。"

挂了电话，秦显脸上的笑容瞬间敛了下去，他立刻给爷爷拨了个电话。

国内现在已经十点半了，老爷子送走苏乔正准备休息，看到秦显打来的电话，按了接通："喂。"

"您见过苏乔了？"

老爷子"哼"了一声："怎么？我不能见吗？"

秦显沉默片刻，才说："苏乔跟我说，您让她陪您下棋。"

老爷子又"哼"了一声。秦显还算了解自己的爷爷，他这样的态度便算是默认了。电话那头，秦显眼里终于有了笑意："谢谢您。"

老爷子沉默许久，才叹了口气："你那天在我的书房外面跪了那么久，我再不去好好了解她一下，倒显得我不近人情了。"

秦显那天以为爷爷病了，带苏乔回家探望他老人家，以为只爷爷一个人在家，想着慢慢介绍苏乔给爷爷认识。爷爷一向是讲理的人，必然会喜欢苏乔。只是他没有想到那天是那样混乱的局面。

第二天他便去找了爷爷，说了许多关于苏乔的事情。但爷爷依然不为所动，甚至连他的面也不见。他本以为爷爷不会接受苏乔了，私下也已经做好了带苏乔离开这里的准备。

"倒是个不错的女孩子。"秦老爷子想到昨天和今天跟苏乔见面的情况，不由得夸了她一句，顿了一下，又"哼"了一声，"就是脾气大。"

昨天在她的店里，他还没说一句话，她就先将了他一军，把什么话都一口气说完了，最后还不让人来招呼他吃饭！

秦显在那头听得忍不住笑，站在窗前，阳光落在他身上，眼里都是藏不住的宠溺之意。

她是脾气大，以前也总嫌他挑食，他惹她生气了她要发脾气，会瞪人，会把他关在卧室外面不让他进去……但是没办法，他就喜欢她那样的，喜欢到无法自拔，甘愿为她沉沦。

第十章 领证

Chapter 10

第二天晚上,苏乔在书吧里研究新饮品,手机揣在她的围裙兜里。

十点多,秦显打来电话。她不由得弯起了眼,滑开接听键,开口便问:"不忙吗?"

平时这个点他都在忙。秦显在那头低低笑出一声,然后问:"嗯。你在哪里?"

苏乔回答:"在书吧里呀,我在试下个月要上新的饮品。"

秦显正在开车,目光微垂,落在车前的时间上:"十点半了,还没关门?"

苏乔道:"已经关了,就是关了门我才好研究呀。"

她拎着茶壶倒出一些水,水声浇在瓷盆里,清晰地传进手机里。

秦显在半路上将车掉头,往书吧的方向驶去:"很晚了,我去接你。"

苏乔倒着茶水的动作一顿,她惊讶地问:"你回来了?"

听出苏乔惊讶的语气,秦显忍不住笑道:"嗯,回来了。"

苏乔更愣了,下意识地拿下手机翻了一下日历。他是明天才回来没错啊。

"你不是说明天吗?"她答应去接机的。

秦显笑,低沉的嗓音在夜里显得分外迷人:"太想你,就提前回来了。"

苏乔怔住,眼睛望着窗外,许久没说出话来。

秦显的声音又传来："刚下飞机有点儿饿，你给我做点儿吃的东西吧。"

苏乔这才回神，忙点头："好，我给你做，你开车慢点儿。"

秦显"嗯"了一声，轻声笑道："那一会儿见。"

"嗯，一会儿见。"

原计划的确是明天晚上的飞机，但秦显归心似箭，连夜完成工作，赶在今天飞了回来。

他去苏乔那里之前，开着车在路上绕了一圈，先去了一家很有名的花店。

老板娘迎出来，微笑着询问："需要点儿什么？"

店里的花都分外新鲜，花瓣上还凝结着露珠。

秦显说："玫瑰。"

苏乔喜欢玫瑰。她二十岁生日的时候，他送了她一束，她很喜欢。

深夜街头已经慢慢安静，行人和车辆都变得很少。

苏乔的店已经关了，只留下一扇小木门，里面亮着昏黄的灯。她站在门口，眼睛望着对面的马路。夜里有些冷，她下意识地将长开衫拢紧一些，抱住胳膊。

约莫十分钟后，苏乔终于见到秦显的车从右方驶来。黑色的路虎，在黑夜里显得格外沉稳。苏乔开心地跑下台阶，去路边站着等他。

车在她跟前停下，苏乔俯下身，趴到秦显的车窗上。

秦显侧头，就见苏乔趴在窗户上正弯着眼对他笑。他看着她，恍然间仿佛又回到了八年前。那年的苏乔十九岁，成熟懂事，骨子里却是俏皮可爱的。她就像现在这样，弯着眼睛时像只可爱的狐狸。

他降下车窗，苏乔双手扒到车窗沿上，望着他笑："等你好久了秦总。"

秦显笑，刮了一下她的鼻子。

苏乔一眼就望到副驾驶座上放着的花，眼睛一亮，指着里面问："给我买的吗？"

秦显侧头扫了花一眼，抱起来递给她："喜欢吗？"

绚烂的玫瑰，浓郁的花香，苏乔双手抱住花，低头闻了闻。苏乔这辈子只收过一次花，是她二十岁生日时秦显送她的。此后很多年，不是没有人送，只是她不愿意收。生日也好，各种节日也好，周凛送的也好，苏扬送的也好，她都不收。他们都知道，苏乔可以收礼物，但是不会收花。对苏乔来说，只有秦显可以送她花。

苏乔十分高兴，抬头对着秦显笑："我很喜欢。"

忽然，她抬手搂住秦显的脖子，凑过去在他的唇上吻了一下，松开手的时候，却被秦显扣住手腕。她愣了一瞬，看着秦显。

秦显紧盯着她，眼睛漆黑，深不见底。

苏乔下意识地动了动手腕："你松开我啊，大马路上的。"

秦显笑了，挑着眉说道："你还知道是大马路上，一回来就勾引我？"

苏乔稍稍红了脸，抽出被秦显握住的手："你快下来吧，我给你煮了吃的东西。"

她转过身，抱着花欢喜地回店里去了。

秦显看着苏乔愉悦的背影，半晌，低头笑出一声，拔出车钥匙，开门下车。

苏乔将店里的灯打开了，里面亮如白昼。玫瑰花被放在吧台上，苏乔端着餐盘从厨房出来："我给你煮了饺子，你正好帮我试一下新饮品。"

秦显"嗯"了一声，四下望了一眼："就你一个人了？你店里的员工呢？"

苏乔道："都下班了呀。"

她端着餐盘走到桌前，将饺子从里面端出来："你快过来吃。"

她帮秦显拉开椅子，然后坐到他旁边的位子上。

秦显往苏乔面前走去。店里开着暖气，秦显将西装脱下，苏乔顺手接下抱在怀里。秦显坐下，下意识地抬手将衬衣扣子解开两颗。

苏乔的目光落在他滚动的喉结上，不知怎么，心脏突然迅速跳了一下。她急忙移开目光，然而这小动作依然落在了秦显的眼里。他看了她一眼，眸子里染上笑意。

端起桌上的茶杯喝了一口，放下杯子，他才又抬眼看向苏乔："你在想什么？"

苏乔"啊"了一声，抬头看着他："没想什么啊。"

她故意装傻。

秦显盯着她瞧了一会儿，低笑了一声，却什么也没说，拿起筷子低头吃东西。他分明是瞧出她在想什么了，却偏偏不点破。

苏乔被秦显笑得有点窘，忍不住悄悄瞪了他一眼。

等秦显吃完饭，苏乔把她刚刚调制好的饮品递给他："你试试这个。"

透明的玻璃杯里面装着浅蓝色的饮品，在灯光的照耀下，颜色格外清澈，像海洋的颜色，很美。

"这是什么？"

苏乔道："是酒，果酒。"

秦显尝了一口。

苏乔期待地望着他："怎么样？"

秦显道："对我来说就是饮料。"

苏乔撇了撇嘴："你和周凛说了一样的话。"

秦显愣了一下，抬眼盯着她。

苏乔把杯子端走："不过这酒也不是为男人准备的，回头我找几个女生再试一下。"

她端着杯子，低下头自己尝了一口，挺好喝的嘛。她抬起头，正要说点什么，却见秦显眸色很深地盯着她。

苏乔奇怪，问他："怎么了？"

秦显盯着她很久未开口。苏乔隐约觉得他有点儿不高兴，刚想细想一下，便听见他问："你和那个周凛关系很好？"

苏乔怔了怔，随后恍然。她说呢，刚刚他还高兴的，突然就不高兴了，原来是因为周凛。苏乔不由得笑了，单手托着下巴，笑望着秦显。

秦显盯着她："笑什么？"

苏乔笑道："笑你幼稚。"

秦显："……"

苏乔微偏着头看着秦显，眼里笑意更深："都二十七八的人了，还乱吃醋。"

秦显眯了眯眼，盯着她说道："二十七八的人，就不能吃醋了？"

"能啊，怎么不能？"苏乔忍不住笑出了声，抬手捏住他的下巴，弯着眼睛，对秦显说："但是我只喜欢你，秦显。"

秦显怔了一下，拉下她的手紧紧握在掌心里，目光紧盯着她，嗓音有些哑："再说一次。"

秦显的神情无比严肃，苏乔看着他的眼睛，慢慢也敛了笑容。良久，她看着他，立誓一样虔诚地说："我喜欢你，秦显，只喜欢你。"

"再说一次。"

苏乔愣了一下："秦显……"

"再说一次，苏乔。"秦显看着她，眼里竟带着一丝祈求。

不知为何，苏乔看着秦显这样，眼睛控制不住地发酸，湿润了眼眶。他是有多害怕，才这样一次又一次地问她？她点了点头，一字一顿，声音里带了一丝无法控制的哽咽："我喜欢你，秦显，只喜欢你，这辈子都不会变。"

房间里没有一点儿声音，两个人对视了许久，久到似乎可以这样天荒地老下去。苏乔眼里泛着水光，不受控制地忽然落下一滴泪。

"苏乔。"秦显突然唤她，声音有些哑。

"嗯。"

"明天去领证吧。"

苏乔怔住，泪眼模糊地望着秦显。

秦显抬手帮她擦掉脸上的眼泪，良久，哑声问她："苏乔，明天领证吧，好不好？"

苏乔的眼泪突然夺眶而出，她拼命点头。

好，怎么会不好？

苏乔和秦显结婚的事情没有告诉任何人。

第二天一大清早两个人就拿着户口本去了民政局。或许是个好日子，今天排队领证的情侣很多。苏乔和秦显去得已经很早了，依然排在了中间。像所有普普通通的小情侣一样，苏乔和秦显拿着号坐在休息区等着喊他们登记。

两个人穿了一样的白衬衣。等待登记的那个时间里，苏乔一直紧紧挽着秦显的胳膊。秦显侧着头看着她笑，低声问她："紧张？"

苏乔点了点头，诚实回答："有点儿。"

默了片刻，她看着秦显小声说："我觉得像在做梦。"

秦显点了点头，回她："我也是。"

两个人对视片刻，忽然都笑了。

苏乔笑得将额头抵在秦显的肩膀上："实话告诉你，我昨晚都没睡着。"

秦显将手环住她的后背，也笑道："嗯，我知道。"

苏乔低低地笑，然后抬眼望着秦显小声问："我好看吗？"

秦显点头，眼神温柔如水："特别好看。"

苏乔做梦也不敢想，有朝一日她的名字和秦显的名字能同时出现在一个证件上。从婚姻登记处出来，她盯着结婚证上她和秦显的名字，心底忽然又涌起想落泪的冲动。从此以后，他们再也不会分开，往后余生他们都陪伴着彼此。

秦显一直紧紧握着苏乔的手，带着她往停车场的方向走去。他胸腔里有一股激动的情绪几乎要破膛而出，他一再提醒自己是在大街上，要克制。然而他根本无法克制，两个人走在步行道上，他突然回头捧住苏乔的脸，重重地吻了下去。

周围有不少行人，纷纷朝他们望过来。秦显顾不得了，他二十岁认识了苏乔，二十八岁才娶到她。他经历了八年的等待和绝望，终于娶到了她。

他吻得很用力，像要把苏乔融入他的骨血里。

苏乔忍不住哭了，抱紧了秦显。她不知道是不是所有相爱的人都像她和秦显这样不容易，只是忽然觉得以前吃过的苦都不算苦，一切在这一刻都可以释怀了。

回家的路上，秦显开着车，时不时侧头看苏乔一眼。

苏乔被他看了好几次，终于忍不住笑了："好好开车，以后有的是机会看。"

苏乔这话一出，秦显嘴角的笑意更深，他问她："我们现在去哪里？"

苏乔摇头："不知道。"

秦显挑了挑眉，笑道："那回家？"

不知道为什么，苏乔觉得秦显说的这个"回家"别有一番深意。

她侧过头看向窗外，嘴角却不自觉地弯了起来。

想了一会儿，她才说："我们去超市吧，买点吃的东西。"

秦显回道："好。"

小区外面就有一家大型超市，秦显推车，苏乔挽着他的胳膊。

两个人先去了海鲜区，秦显十分不客气地开始点菜："想吃清蒸鲈鱼。"

于是苏乔拉着他过去买了两条鲈鱼。

买好了鱼，她又买了点牛肉，然后便拉着秦显去了素菜区。

当苏乔拿起一把芹菜的时候，秦显依然全身都在抗拒，立刻将其抽走扔了回去："不要这个。"

和八年前几乎一模一样的场景重现。

苏乔看着秦显，实在忍不住笑道："你能不能不要这么挑食？"

秦显："不能。"

然后他二话不说地拉起苏乔就走。

苏乔忽然想起那时候秦显也是这也不吃那也不要，她便笑他，说："你这挑食的程度，以后谁嫁给你，一日三餐可难伺候了。"

他当时说什么来着？

他看着她，无比认真地说了一句："那以后就辛苦你了。"

他那时候便已经抱着结婚的念头在和她谈恋爱了。只是当时她完全没有想过要嫁给他。她从一开始就没有想过结果，因为不敢想。

苏乔被秦显拖着走，跟在他身后，看着两个人十指相扣的手，心底被温暖包裹。

他们俩的这段感情，秦显比她付出的东西更多更多。他等了她八年，没有想过放弃她。

"老婆，买点玉米吧。"秦显不知什么时候站到对面去了，手里拿着一个水果玉米。

苏乔愣愣地望着他："啊……可以。"

他刚刚喊她什么来着？

秦显冲她笑，随后又拿了几个玉米。

苏乔跑到他边上，挽住他的胳膊，仰头小声问他："你刚刚喊我什么？"

秦显笑，低头看着她："老婆。"

苏乔莫名有点害羞，低下头捂着嘴笑。

秦显也笑，宠溺地摸了摸她的脑袋："不傻吗？"

买完了菜，秦显又拉着苏乔去了零食区。苏乔转了两圈，从货架上取下一盒德芙巧克力，望着秦显："老公，给我买巧克力吧，还没人给我买过呢。"

秦显笑，走过去拿走苏乔手里的巧克力，看着她问："一盒够吗？"

苏乔眨了一下眼："那……要不再拿一盒？"

说着，她回身又拿了一盒白巧克力，一起塞给秦显。

秦显将两盒巧克力都放到推车里，一手推车一手拉着苏乔的手："还买什么吗？"

苏乔摇了摇头："不买了，回去吧。"

秦显"嗯"了一声，这才牵着苏乔往收银台方向走去。

苏乔跟在秦显后面，被秦显牵着往前走，看着秦显高大的背影，看着秦显牵着她的手，心底有个地方忽然变得无比柔软。她第一次觉得人生是这样美好。

从今天起，她也是有家的人了。

收银台排队等着结账的人很多。苏乔挨着秦显的肩膀，手被他牢牢握着。前面还有好几个人，苏乔等得无聊，目光四下张望。

收银台前整整齐齐地放着一盒一盒各种牌子的安全套，生怕人找不到似的，放在格外显眼的地方。

苏乔盯着瞧了一会儿，回过头望着秦显。秦显也正看着她，眸色有些深。

苏乔问："这个……哪个牌子的比较好？"

秦显："不清楚。"他又不用，八年前那一次也是用的酒店的，什么牌子，根本没注意。

苏乔愣了一下，不由得睁大了眼睛："你不是男人吗？"

男人怎么会不懂？

苏乔这话算是撞到钉子上了，秦显目光不悦，睨着她说："苏乔，你好意思跟我提这个？"

苏乔："……"

好吧，她差点儿忘记了，秦显等了她八年，这些年估计也用不到这个东西。

她顿时有些愧疚，看着秦显小声说："对不起……"

秦显觑她一眼，倒是十分大度地说："没关系。"然而下一秒他又补充了一句，"来日方长，以后我都会慢慢讨回来的。"

苏乔："……"

秦显将手从苏乔头顶探过去，果断地从货架上拿了两盒安全套，顺手扔进了推车里。

苏乔垂眸往推车里看了一眼，没有说话。

付完账，两个人从超市出来。秦显一手拎三大袋东西，一手牵着苏乔。

苏乔见他拎的东西太多了，想帮忙分担一下，结果秦显一个眼神扫过来，斥她："好好待着。"

苏乔愣了一下，下一秒，内心突然被温情包裹住。她忍不住挽住秦显的胳膊，仰头望着他笑。秦显按了电梯，一低头就瞧见苏乔望着他笑，眼睛弯着，很漂亮。

他盯着她问："怎么了？"

苏乔摇头，不由得将秦显的胳膊抱得更紧："秦显，你真好。"

其实在前些年她刚开店的时候，舍不得花钱请人，店里卸货搬货都是她自己来，几十斤几十斤的货往肩上扛，她的力气很大。但是这会儿秦显连一包东西也舍不得让她拎着，她心里胀胀的，幸福得都有些想哭了。

秦显低头看着苏乔，神色突然无比严肃，认真地说："以后我会一直对你好。"

苏乔听得又感动又温暖，点了点头，忍不住抬头在秦显的脸上亲了一下。对苏乔来说，秦显是遥不可及的梦想，以至于如今两个人真的领证要共度余生了，她依然觉得有些恍惚。这份恍惚一直持续到晚上，秦显已经处理完工作,回房发现苏乔还趴在床上托着下巴盯着面前的结婚证。

她是趴在床上的,两条细白的小腿往上翘着,裙子落下去,露出了光滑的大腿。

秦显目光扫过那细白的大腿,呼吸不自觉地重了几分。他走到床前,伸手拿走苏乔面前的结婚证。

苏乔抬头看向他。

秦显将结婚证扔到床头柜上,瞧着苏乔忍不住笑道:"看了一晚上,还没看够吗?"

苏乔撇了撇嘴:"嗯,没看够。"

说着她又探过身去,把刚被秦显扔过去的结婚证又拿起来。

秦显见苏乔又把结婚证拿回来,简直哭笑不得。他坐到床边,一把将苏乔捞进怀里,低头就吻住她的唇,轻轻含吮,半响才微微松开,看着苏乔的眼睛哑着声音道:"你多看我一会儿行吗?"

苏乔整个人都躺在秦显的腿上,秦显一手搂着她的腰,一手搂着她的背。

她下意识地抬高双手,搂着秦显的脖子。

秦显眸色很深地凝视着她,低声问:"结婚证会比我好看?"

苏乔忽然被逗笑了,眼睛弯了起来,说:"你刚刚不是在下面工作吗?"

秦显回道:"我工作完了。"

苏乔眨了眨眼,"嗯"了一声。

话题突然终止,两个人对视着,谁也没有说话。

昏暗的房间里静悄悄的,有什么东西在深夜里悄无声息地生长着。

秦显盯着苏乔看了许久,慢慢地低下头,吻住了苏乔的唇。起初是很温柔的亲吻,他只是轻吮含弄,但是八年多的思念,绝不止于这样温柔的亲吻。

苏乔突然被秦显推到床上,下一秒,他整个人就压了上来,发狠地吻她,苏乔面红耳热,身体发软。

苏乔有些窘,看着秦显小声说:"我还没洗澡……"

话音刚落，秦显就将她打横抱了起来。

苏乔吓得急忙搂住他的脖子，吃惊地望着他："干什么？"

"洗澡。"秦显的嗓音沙哑得厉害。

他抱着苏乔进了浴室，将浴霸灯打开，直接抱着苏乔大步跨入淋浴房，随后才将她放到地上。将苏乔放下以后他又大步走出淋浴房，苏乔站在里面愣愣地看着秦显，看见他走到洗脸台前，从置物篮里拿了一根发圈回来。

"转过去。"秦显哑着声音命令道。

苏乔被秦显这系列举动搞蒙了，茫然地望着他："干什么？"

他索性自己绕到苏乔身后，拉起她散在背上的头发，哑着声音道："头发扎起来，想弄湿吗？"

他虽然着急，但是动作并不粗鲁，反而很温柔，生怕扯到了苏乔的头发。但是男人哪里会扎头发？他只胡乱地把头发堆到头顶，然后乱糟糟地绑……鬏鬏。

这一夜在漫长的情意缠绵中度过，苏乔累到一结束就睡着了，秦显却没什么睡意，将苏乔搂到怀里抱着她。

昏暗的卧室里，借着墙角落地灯暖黄色的光，秦显目光温柔地看着苏乔，时不时低头亲吻她一下。他看着她，眼角眉梢全是温柔的笑意。苏乔不知是做了什么梦，在梦里呢喃了一声，然后下意识地往秦显的怀里钻了钻。

秦显眼里的笑意更深，他将苏乔搂紧，低头在她的额头上亲吻了一下，然后才闭上眼睛慢慢入睡。

苏乔第二天醒来的时候，秦显还在睡。她整个人睡在秦显的怀里，被他牢牢圈着。她抬起头，盯着秦显的睡颜看了许久，看着看着就忍不住笑了。她觉得这天底下大概没有哪个男人比秦显长得更好看，就连睡觉的样子都这么好看。

她撑起身，悄悄在秦显的唇上亲了一下，随后才轻手轻脚地从秦显的怀里钻出来，穿上拖鞋下床去浴室洗漱。

等她洗漱出来，秦显已经醒了，在阳台上打电话。苏乔走过去抱住他。

秦显低头冲苏乔笑了笑，顺手将苏乔搂到怀里。电话那头是个女人的声音，大概是他的秘书。苏乔听不清楚对方在说什么，但听见秦显说："下午吧，让他们到公司来。"

秦显又对电话里的女人交代了几句，随后就挂了电话。

苏乔好奇地问他："怎么了？"

秦显笑着说："晚点儿你就知道了，我一会儿要去上班，今天下午四点左右，你到公司来一趟。"

苏乔一脸惊讶地问："我到你的公司去？合适吗？"

秦显抬了一下眉，反问她："哪里不合适？"

苏乔："……"

秦显笑了笑，低头在苏乔的唇上吻了一下："下午四点，别忘了。"

苏乔点了点头："我知道了。"

秦显走后，苏乔在家里收拾了一下。

她和秦显换下的衣服，还有弄脏的床单全都得拆下来换了。等做完所有事情她才收拾着东西出门。

书吧这阵子有新的食物和饮品要上，苏乔出了门就直接去了店里。

谁知刚进门她就看到店里的几个员工在吧台那儿嘀嘀咕咕地说着什么。

"干什么呢？都不干活？"苏乔走过去，将刚刚在外面顺便买的熏香放在吧台上。

一个小姑娘气呼呼地说："刚刚有几个人在讲你的坏话！"

苏乔愣了一下："讲我？"

几个姑娘都点头。

苏乔奇怪地问："谁啊？我认识的？"

"不知道，就听见她们在讲你。"店里的小姑娘们都是跟了苏乔好几年的，跟苏乔的关系很好。那小姑娘指着远处靠窗的一张桌子，小声说："就是她们。"

苏乔下意识地回头，远远望过去，发现倒是冤家路窄了。

那边的四个女生，有两个她都认识，一个是八年前就看她不顺眼的林娜，一个是那天在秦显的爷爷家里见过的李晴。

"她们说什么了？"苏乔觉得有点意思，便问吧台里的小姑娘们。

"说你……"小谢咬了咬唇，小声说，"说你想飞上枝头变凤凰……"

苏乔"噗"地笑出声来，坐在吧台里面漫不经心地点着熏香："还有呢？"

"还说……"

"说什么？"

"说你……说你没读过书，还……还说你在夜店干过见不得人的事情，配不上秦家的公子……还说……还说秦家的人不可能接受你。"

苏乔弯了弯唇："还真是这么多年了都没点儿长进，背地里说人坏话诽谤人就会这么一句。"

厨房的小张正好端着托盘从里面出来，苏乔抬眸瞧了一眼，问道："端去哪儿的？"

小张忙道："是12号桌客人点的。"

苏乔道："别送了，顺便把她们桌上的东西都收了。"

"啊？"小张愣住。

刚刚替苏乔打抱不平的小谢直接就跑过去了，二话不说就把她们桌上的点心、饮料、果盘全都收了。

林娜惊得瞪大了眼睛："你干吗？！我们还在吃呢！"

小谢道："不好意思，我们不做你们的生意了。"

"你有病啊？！你们的老板呢？让你们的老板过来！"

小谢："我们的老板是你想见就见的吗？"

林娜气得脸都黑了，"噌"地站起来："你是个什么东西，敢这么跟我说话？"

小谢跟在苏乔身边久了，伶牙俐齿得厉害："我不是个东西，是个人。"

说完，她端着托盘转身走了。

就在这时，林娜愣住，眼睛直直地盯着吧台里坐着正悠闲地点着熏香的女人。愣了半响,她大步走过去:"苏乔,这是你的店?"

苏乔抬眼,瞧着她笑了一下:"是。"

林娜皱眉:"你什么意思?!"

这家书吧挺有名的,室内的装修风格很吸引人,所以每天都有很多人来吃东西、聊天、拍照。

今天是林娜请李晴她们来玩的,谁知居然碰到这种事情,脸都丢尽了!

她气得咬牙:"苏乔,就算这店是你的,送上门的钱你不赚啊?"

苏乔举着熏香轻轻吹了吹,漫不经心地道:"不好意思,这店就开着玩的,不缺这份钱。"

"你——"

苏乔将熏香插进香炉里,随后才抬眼瞧了林娜一眼,笑着道:"心情不好,就是不想做你的生意。"

林娜气得脸一阵红一阵白,胸口起伏半天,愤怒地说:"你得意什么?不就是开了几个破店,赚了几个臭钱吗?别以为这样就能掩盖你的一身泥土气!秦显再喜欢你,你也变不成凤凰!"

林娜对苏乔的恨来得莫名,或许就是因为苏乔得到了她一辈子也不可能得到的人。

林娜指着对面走来的李晴:"告诉你,那可是李氏企业的千金,秦显的爷爷亲自给秦显挑选的女人,人家可是名校毕业,大家闺秀,你拿什么跟人家比?"

苏乔已经被林娜吵烦了,抬眼凌厉地盯着她:"你再在这儿大呼小叫的,别怪我让人把你轰出去。"

"你敢!"

苏乔冷笑了一声:"还没有我不敢做的事。"她盯着林娜冷冷地道,"很多事情我不和你计较,不是因为我不知道,你在背后乱说我的那些事,我都知道,只是不想跟你这种人一般见识。但是以后烦请闭上你的嘴。你可能不知道,我可是会动手的,以后再听到你在背后编派我,我听到一次就打你一次。大家都是成年人了,别弄得这么难看。"

苏乔说完,不再理会她,转身便上楼去,顺口道:"让她出去。"

林娜被轰走后，苏乔只觉得耳根终于清静了。

店里的女孩儿们估计是怕她不高兴，全都围上来安慰她。

苏乔笑道："你们没见她被我气得脸都青了？要不高兴的人是她，我没事。"

苏乔是真的一点儿不高兴的情绪也没有，她心情好得很，毕竟现在满脑子都只有秦显。

原本秦显是让她四点钟去公司，但是她在店里待了不到两个小时就想他了。

她和秦显分开了这么多年，好不容易在一起，昨天刚去领了证，她现在真的有种时时刻刻想和他黏在一起的冲动，恨不得把这八年多的分别都补回来。

于是快中午的时候，她给秦显发了条短信，说："我去找你吃饭好不好？"

彼时秦显还在开会，手机屏幕亮了一下，他目光扫过去，发现是苏乔发来的短信，嘴角不经意地扬起一丝笑意。

秦显一笑，底下的员工们一个个都跟见了鬼似的。不正常，这太不正常了！要知道秦显以前可是出了名的冷面阎王，三米以外，一个眼神扫过去都能吓得人腿肚子打战。平时大家见了秦显都得小心翼翼地屏着呼吸，没人敢靠近他。过去这些年没有人见他笑过。

不过最近公司里的人都看出来了，秦显心情很好。大家私下都在讨论秦总是不是谈恋爱了？也不对啊，秦总这些年身边就没有过女人，上流社会那些公子哥还私下赌秦显以后要找个什么样儿的天仙。

后来他们见到了，果然是个天仙。

苏乔十二点半到了秦显公司。

门前已经没有停车位了，她给秦显打电话，电话刚接通，他还没来得及说话，苏乔就在那头半是撒娇半是抱怨地说："秦总，你们公司外面没地方停车了啊，我这小马儿停在哪儿啊？"

秦显忍不住笑着说："你等着，我马上下去。"

苏乔望着不远处那个正盯着她、随时准备上来贴罚单的执勤大叔，对秦显说："你快点儿啊，要不然一会儿被贴了罚单你帮我交钱啊！"

秦显已经在电梯里了，听见苏乔这话眉眼间都染上了笑意，回她："我一会儿就把钱包交给你，你想怎么花就怎么花。"

苏乔被逗笑了，眼睛都弯成了一道月牙。她望着窗外的阳光，感觉自己整个人都鲜活了。

秦显赶在那位执勤大叔准备贴罚单之前下来了。男人西装革履，身形挺拔，从大楼里大步出来。

苏乔坐在驾驶座里，趴在车窗沿上，冲秦显挥手："我在这里。"

她看着秦显，又不自觉地弯起了眼睛。

那个在人群中帅得晃眼、器宇轩昂、一出来就有好几个女人冲他投去目光的男人，是她的老公。

苏乔内心有点骄傲。

秦显朝她走过来，拉开车门说："坐到那边去。"

苏乔闻言，立刻乖乖地坐到副驾驶座上去。

秦显弯身坐到驾驶座上，将车门一关，直接将车子开入了旁边的车库。车库的安保大叔一看到是秦显开车，立刻放行。

车库空旷，秦显将车停在了他的车旁边。

苏乔笑眯眯地说："有自己的车库就是好呀。"

秦显笑，一边停车一边问她："怎么这么早就过来了？"

苏乔侧头看着他，眨了眨眼："打扰你了吗？"

话音刚落，秦显突然侧过头，手指捏住她的下巴，低下头，嘴唇几乎快要贴到她的嘴唇，嗓音里带着笑意："别装，想我了吧？"

苏乔在他的腰间掐了一下，他低头吻住她，含住她的唇，下一秒就开始攻城略地。车库里很静，静到只有两个人接吻的声音。这个热烈的吻持续了很久，久到苏乔被吻得气喘吁吁，秦显才舍得松开她。

车里突然响起"咕"的一声。

秦显挑了挑眉，瞧着苏乔笑道："饿了？"

苏乔点头："有点儿。"

她靠近秦显,抱住他的腰,微抬着头,眼睛亮亮地望着他:"我们去吃什么?"

秦显问道:"你想吃什么?"

苏乔想了想,其实没什么想吃的。她来这里是因为想秦显了,吃什么都无所谓的。

"你平时吃什么?"苏乔问。

"公司有食堂。"

于是,苏乔第一次来秦显的公司,就被他带去了食堂。

苏乔一路都在小声吐槽他:"秦总你可真大方,新婚第一天就带老婆来吃食堂的饭菜。"

秦显拉着她的手,低笑道:"我们食堂的饭菜味道还不错,你先试试。回头你想吃别的东西,我再带你去。"

苏乔道:"我想吃的东西可多了。"

秦显:"嗯,那就天天带你去。"

秦显一路上都紧紧握着苏乔的手。正好是午饭时间,员工们几乎都聚集在食堂里,突然看到他们秦总牵个女人进来,一个个眼睛都瞪圆了。苏乔没想到食堂里这么多人,她觉得有点儿不好意思,于是下意识地往秦显身侧靠了靠。

秦显牵着她直接去了打菜的窗口。窗口前还排着队,大伙儿见秦显过来,全都主动让到旁边。

秦显第一次带女人来公司,员工们好奇得要命,又不敢明目张胆地打量苏乔,只敢悄悄观察。大家对苏乔的第一印象就是:果然是个天仙。

苏乔跟在秦显身后,往窗口里望了一眼。难怪食堂这么多人,大公司的伙食果然不一样。秦显拿着餐盘,问苏乔想吃什么。

苏乔很不客气地开始点餐:"那个土豆焖牛肉,还有那个小炒腊肉,还有蟹黄豆腐也想吃……"

苏乔每点一个菜,窗口里打菜的师傅就往秦显端着的餐盘里盛上满满一勺。

打菜的师傅是个胖胖的阿姨,笑呵呵地问:"秦总,这是您的女朋友啊？"

阿姨这话问出了人民群众的心声，大家全都竖起了耳朵。

秦显今天难得的心情非常好，笑了笑，说："是我太太。"

短短半个小时的时间，整栋秦氏大楼都沸腾了。

他们秦总不仅谈恋爱了，还结婚了，老婆是个天仙似的大美人，就是他们从来没有见过。

苏乔吃完饭就跟着秦显回了办公室，一路上碰到很多秦显公司的员工，大家都对她笑。

苏乔有点儿招架不住这样的热情，于是回到办公室就赖在里面不出去了。

刚吃完饭，她有点困，坐到秦显办公室里的那张沙发上，抬眼问他："我可以在这里睡觉吗？"

秦显一回来就要处理工作，正站在落地窗前打电话。听见苏乔问他，他抬手指了一下右侧，那儿有扇门，应该是个休息间。苏乔从沙发上起来，走到右侧推开门一看，里面果然是个休息室。

房间还挺大的，有独立的卫生间，有床，还有衣柜。床也挺大，苏乔困意上来，脱了鞋就爬上去掀开被子钻了进去。枕头上有秦显的味道，是淡淡的薄荷味，还有阳光的味道。

苏乔将脸埋入枕头。她素来有吃饱了就想睡觉的习惯，头一沾上枕头，很快就睡着了。或许是因为枕头上有秦显的味道，苏乔这一觉睡得格外沉，醒来的时候已经三点了。

她睡得太久，头都有些晕了，穿着拖鞋下床，迷迷糊糊地顶着一头乱糟糟的头发就这样出了门。

然而刚打开门她就愣住了。秦显的办公室里还有其他人在，她突然打开门，所有人都将目光移向了她。苏乔愣怔了几秒，下意识地往后退，却见秦显突然站起来朝她走来。他单手扶着她的肩膀，另一只手帮她整理了一下乱糟糟的头发，说："他们是来给你量尺寸的。"

苏乔愣愣地望着秦显："什……什么尺寸？"

秦显看着她笑了笑，道："婚纱的尺寸。"

秦显的话令苏乔愣怔了好几秒，她呆呆地望着他，很小声地问："你刚刚……说什么？"

秦显看着苏乔一脸惊讶又茫然的样子，眼里不禁闪过一丝笑意，抬手抚了一下她的脸颊，低声说："婚纱。你先进去洗一下脸，一会儿出来给你量尺寸。"

苏乔还是有点儿愣，盯着秦显望了半天，硬是没动。

秦显看着苏乔这呆呆傻傻的模样，忍不住笑，索性回头说："张秘书，招待一下。"

张颖忙点头："是，秦总。"

秦显交代完张颖招待两位来给苏乔量尺寸的师傅，便牵着还一脸呆傻样的苏乔进了房间，将门关上上了锁。

苏乔刚刚睡醒，头发乱糟糟的，一副睡意蒙眬的样子，再加上秦显方才的话让她更蒙了，以至于此刻整个人都呆呆傻傻的。她由着秦显牵着她去卫生间，又由着秦显拧了毛巾给她洗脸。她愣愣地站在镜子前，看着秦显温柔地给她擦脸。

洗完脸以后，她总算清醒了点，视线也清晰了，抬眼望着秦显："你刚刚说婚纱？"

秦显低垂着眼看着她，眼含笑意，宠溺地捏了捏她的下巴，轻笑着说："总算还没傻。"

苏乔望着秦显，好一会儿没有说话。她想说点什么的，可是满腹的话又不知道从哪里说起，望着秦显，眼睛忽然有些发酸。

很久以前她经过一家婚纱店，就是那次她去学校找秦显，被秦显的妈妈赶来扇了一巴掌，然后让她滚。

她在那座城市里漫无目的地走着，然后就路过了那家婚纱店。她被橱窗里展示的婚纱吸引住，在外面站了很久，看着看着就哭了。她哭得很惨，刚开始还只是无声地掉眼泪，后来就控制不住地蹲到地上号啕大哭。

当天晚上她便坐着火车离开了。绿皮火车载着她朝着和秦显完全不同的方向驶去，犹如他们的人生，永远不可能再有交集。他有他的锦绣前程，她依然要回去艰难地打工讨生活。她忍不住抱住了秦显，脸贴在他的胸口上，眼泪无声地掉落。

秦显低下头，发现苏乔在哭，抬手替她擦掉眼泪："怎么哭了？"

苏乔摇头，扯着嘴角笑起来："没什么，太感动了，跟做梦似的。"

她虽然在笑，眼泪却控制不住地掉下来。苏乔不停抬手擦拭，望着秦显，有点不好意思地说："我是不是比以前爱哭了？我也不知道怎么搞的。"

秦显摇头，温柔地帮她擦拭眼泪："没关系，你可以哭。"

苏乔笑了笑，含着泪点头："你先出去吧，我洗个脸就出去。"

秦显搂住她的腰，低头在她的唇上轻轻吻了一下："没关系，我等你。"

等出去以后，苏乔听到张颖说起，才知秦显在国外出差的时候就已经计划订制婚纱了。

苏乔站在办公室中间，双手平举，由着两名师傅给她量尺寸。因为婚纱的特殊设计，需要非常准确的尺寸，尺寸越是准确，裁剪出来的婚纱越完美。为了尺寸更精确，师傅对她身体的每一个部位都从不同的角度量了好几次。

"苏小姐这腰太纤细了，穿婚纱肯定非常好看。"给苏乔量腰围的一个女师傅夸奖道。

苏乔笑了笑，说："谢谢。"

她看向对面的秦显。

秦显坐在办公椅里，背靠着椅背，此刻也正看着她。他看得入迷，见苏乔朝他看过去，眼里掠过一丝宠溺的笑意。苏乔被秦显那个宠溺的眼神看得心花怒放，弯了弯眼，高兴地问他："秦总对我的身材还满意吗？"

秦显回以一笑，道："你什么样子我都喜欢。"

苏乔更高兴了，嘴角也弯了起来。两个人旁若无人地调情，屋里另外几个人都悄悄地笑。

俊男靓女，两个人感情还这么好，真是让人羡慕。

给苏乔量完了尺寸，对方给了苏乔一份婚纱的选款画册，让她选一下喜欢哪种风格，定好了风格设计师再和她讨论细节。

苏乔将画册收下，道："那我选好了联系你们。"

说着，她回头指了一下秦显："他不用量尺寸吗？"

秦显笑道："我不用量。"

两名师傅也笑了笑，对秦显说："那我们就先回去了，秦总。"

秦显点了点头："辛苦你们了。"他看向张颖，"送一下客。"

张颖忙点头，往侧边让开路，微笑而礼貌地说："两位请。"

张颖带着两名师傅出去，顺便将门关上了。

办公室就只剩下苏乔和秦显两个人。苏乔抱着婚纱画册跑到秦显面前："为什么你不量尺寸？"

秦显抬手揽过她的腰，将人带到怀里，苏乔顿时跌坐到秦显的腿上。她顺势抬起胳膊搂住秦显的脖子，手指在后面捏了捏他的后颈。

秦显看着她笑："你在干什么？"

苏乔弯了弯眼："帮你按摩一下。"

秦显笑，拉下她的一只胳膊，握住她的右手，头一低，便吻住她的嘴唇。他吻得很温柔，在她唇上温热地摩挲着，而后渐渐深入，却依旧温柔。但就是这样温柔的吻依然吻得苏乔意乱情迷，她险些忘了身在何处。直到感觉秦显的手从她的毛衣下摆处伸进来，覆在她的小腹上，她吓了一跳，急忙抓住他的手腕。

秦显抬眸看着她，漆黑的眸子里隐隐有火苗在烧。

苏乔盯着秦显忍不住笑，抬手戳了一下秦显的脸："秦总，分一下场合啊。"

秦显紧紧盯着苏乔，似在努力克制。

苏乔又捏了捏他的下巴，逗他："笑一个。"

苏乔这样一闹，秦显终于也忍不住笑了，拉下她的手，语气无奈地说道："别闹。"

秦显拉着苏乔的手腕，苏乔的身体微僵了一下，她不动声色地将手抽了出来，随后又抬高搂住他的脖子，笑盈盈地望着他："回头我介绍我的朋友给你认识吧。"

秦显挑了一下眉："那个周凛？"

苏乔笑道："真聪明。"

秦显绷起了脸："不想认识。"

苏乔笑得更开心："你别这么幼稚。"

秦显"哼"了一声。

因为上次滑雪场的事情，周凛在秦显心里已经变成了假想情敌。

苏乔撇了撇嘴："我都嫁给你了。"

秦显瞧了她一眼，依然绷着脸："你本来就该嫁给我。"

苏乔板着脸。秦显也板着脸，一点儿也不退步。

苏乔突然觉得秦显吃醋的样子很可爱，忍不住笑了，凑过去亲了他一下："见一下吧。"

秦显板着脸不搭理她的话。

苏乔又在他的唇上亲了一下："好不好？"

秦显看着她，依旧板着脸。苏乔笑，将秦显的头往下搂了搂，又凑上去吻他的唇，而后分开，冲秦显笑着，眼尾上扬，笑得风情万种。他感觉仿佛又回到当年，在学校门口对苏乔一见钟情的时候。

她靠在墙边，也是这样冲他笑，说："饿了吗？请你吃夜宵。"

就是那样一个笑，偷了他的心，让他沉沦，让他痛苦，让他这辈子非她不可。

秦显气得狠狠吻住她的唇，过了半晌，才板着脸说："就见一次，以后都不见了！"

苏乔被逗笑，戳了一下他的脸："你吃醋的样子真可爱。"

秦显瞪了她一眼，冷哼了一声。

苏乔弯了弯眼睛，捏了捏他的下巴，低头亲了他一下。

秦显顺势在她的腰上捏了一下。

苏乔愣住，睁大眼睛瞪着他："你是流氓吗？"

秦显笑得得意："我是你的男人。"

苏乔："……"

苏乔一直在秦显的办公室里陪着他。但他今天有点忙，一直到晚上七点多才忙完。

苏乔已经饿得前胸贴后背了,趴在沙发扶手上,见秦显终于合上了电脑,叹了口气说:"秦总你可真厉害,结婚第一天就让老婆饿肚子。"

秦显笑,起身从衣架上取了西装外套,朝苏乔走过去,俯下身将苏乔从沙发上拉起来:"带你去吃好的。"

苏乔的手被秦显握着,身体软软地靠在他身上:"去吃什么啊?"

秦显笑道:"你喜欢吃的东西。"

秦显牵着苏乔从大楼里出来,晚上七点多,街上到处是车辆行人,这是一天中最热闹的时候。

苏乔望着马路上堵得水泄不通的车辆:"堵成这样,我们要去坐地铁吗?"

秦显道:"我们走路。"

苏乔一惊,侧过头,睁大眼睛望着秦显:"走路?"

这么大的地方,走路得走到什么时候?她这两条腿还想要哪!

秦显笑,拉着她往马路对面走去:"吃饭的地方不远,等我们吃完再回来开车,到时候就不堵了。"

秦显说近,苏乔还以为真的近,结果走了半个小时还没到。

苏乔忍不住抬头瞪秦显:"你不是说很近吗?"

秦显握着她的手,垂眸看着她,眼里带着几分勾人的笑意:"你不愿意和老公散步吗?"

苏乔被秦显的笑勾得魂儿都没了,眨了眨眼睛,半响才回神:"但是我脚疼。"

她故意甩了一下腿。

秦显笑:"回家给你揉一下。"

两个人又走了十分钟,终于到了吃饭的地方。到了地方,苏乔才恍然发现秦显为什么带她来这里。这是那个熟悉的小酒馆,很多年前,她带秦显来过的。

秦显牵着苏乔进去,老板娘似乎已经和秦显很熟了,热络地招呼:"您来了。"

说话间,目光落在苏乔身上,那老板娘盯着苏乔瞧了半天,眼里闪过惊喜之色："你是小乔吧？"

苏乔那时候在这附近打工，经常来店里吃饭，跟老板娘其实很熟了。后来秦显过生日，她带着秦显过来，那是她最后一次来这里。这八年她一次也没有回来过，倒是秦显，每年必来一次，在苏乔生日那天。

落座以后，秦显去外面接了个电话。老板娘拿着菜本来让苏乔点餐。

店里是榻榻米的装修，老板娘蹲跪在地上，和苏乔聊天："你很多年都没有来了。"

苏乔弯了弯眼："是啊，难为你还记得我。"

老板娘笑："当然记得，而且你男朋友每年都来。"

苏乔已经猜到了，往窗外望了一眼，秦显还在打电话。

她回过头，问："他经常来吗？"

老板娘摇了摇头："也不是，一年就来一次，八月二十号那天。"

苏乔怔住。八月二十号，是她的生日。

老板娘叹了口气，说："他说八月二十号是他女朋友的生日，说他女朋友以前过得很孤独，没人给她过生日。他说答应过你，以后每年都陪着你。"

苏乔一时间有些恍惚。她想起那年秦显二十岁生日的场景。她带着他来这里吃饭，告诉他自己生日的时候就会到这里来。

他当时问她："你一个人吗？"

她点头："我一个人。"

他说："以后我陪你来吃。"

若不是老板娘说起，苏乔几乎已经忘记了这件事情。

她望着老板娘："他每年都来吗？"

老板娘点了点头："是啊，来了八年了，今年八月就是第九年了。"

苏乔抿了抿唇，心里说不出是什么滋味儿。

秦显进来的时候，苏乔已经点好餐了。

秦显坐到苏乔对面，抬眼就见苏乔双手托着下巴望着他。

他笑："发什么呆？"

苏乔摇了摇头，冲秦显笑："我的老公真帅。"

秦显愣了一下，盯着她的眼睛："再说一次。"

苏乔弯了弯眼，毫不吝啬地说："我的老公真帅，我的老公是这世上最好的男人。"

秦显瞧着她，眼里笑意很深，过了良久才低声说："到我这边来。"

苏乔笑，立刻从蒲团上站起来，走到秦显旁边，在他身侧盘腿坐下。

她刚一坐下，秦显就揽住她的腰，侧头在她的耳朵上轻轻吻了一下。苏乔耳根发热，抬眼看着他。

秦显垂眸，笑着捏了捏她的下巴。

苏乔忍不住笑了，拍下他的手，低声道："秦总，注意一下场合。"

两个人吃完饭散步回去，路上果然没有那么堵了。

不过因为他们在外面吃饭，到家已经快十点了。

苏乔平时挺少走路，今天来回走了一个多小时，到家就瘫到了沙发上。

秦显走过来，脱了西装外套顺手扔到沙发扶手上，走到苏乔旁边坐下，拉起她的腿搭在他的腿上，帮她轻轻捏着小腿。苏乔享受着被秦显伺候的感觉，觉得人生圆满了。她躺在沙发上给周凛打电话，邀请他明天来家里吃饭。

秦显大约是听到了周凛的声音，突然很重地捏了一下她的腿，疼得苏乔往他的脸上蹬了一脚。秦显不怒反笑，还握住她的脚，低头在她的脚趾上亲了一下。苏乔想收回脚，却被秦显按住，顺势将她打横抱了起来。

苏乔身体突然悬空，慌忙搂住他的脖子。秦显看着她笑，苏乔忍不住瞪了他一眼。秦显抱着苏乔上楼，将苏乔放到床上，然后从柜子里拿了衣服准备去洗澡。苏乔趴在床上和周凛讲电话，问他明天想吃什么。

秦显听到，脸又臭了，转身就一把将苏乔捞进怀里低头狠狠地吻住她。苏乔侧过头，躲开秦显的吻。秦显又低下头，咬她的锁骨。苏乔的身体颤了一下，她和周凛匆匆说了两句，就挂了电话。

她推开秦显的头："你又发什么疯？"

秦显臭着脸，倒是十分坦荡："吃醋。"说着他将苏乔打横抱起来，往浴室走去。

苏乔搂着秦显的脖子："我还没跟你计较呢，那个李晴可是名校毕业，又是千金小姐，跟你般配得很。"

秦显回答得十分理直气壮："我不认识她。"

苏乔被噎了一下。老公觉悟太高，她好像要点儿小脾气的机会都没有。

秦显将苏乔放到洗脸台上坐着，随后转身往浴缸里放水。苏乔坐在洗脸台上，看着秦显放水。她双腿悬空，一前一后地晃悠着。秦显放好水，转身就朝她走了过来。

苏乔看着秦显过来，抬起一条腿抵在他的腰上，望着他笑："你想干什么呀？"

秦显握住她的腿放下去，身体靠过来，低头便在她的唇上咬了一下。他抬头看着她，眸子里全是笑意："你说我想干什么？"

秦显的手指在她的脸上抚过，眼里笑意更深，唇贴上来，他低笑着说："现在不用分场合了吧？"

这夜又折腾半宿，苏乔累得蜷缩在秦显的怀里。

秦显揽着她的肩，低头在她的额头上轻轻落下一吻："睡吧。"

重逢的日子两个人每天都过得很开心，这两日尤其开心。

第二天要招待客人，苏乔老早就拉着秦显出门去买菜。

今天天气也很好，阳光明媚，春日里的微风夹着阳光的味道，非常舒服。苏乔挽着秦显的胳膊，笑得开心。

两个人去超市的时候，经过一家花店。才刚八点，花店刚刚开门，门口的玫瑰花还有露珠凝结在花瓣上，一切都是美好的模样。

苏乔指着那花，对秦显说："给我买。"

秦显笑，牵着她过去："老板，把这束花帮我包起来。"

苏乔一路抱着花，心情明媚得像这春日里的阳光。

两个人买好菜回家，也才九点半。苏乔去书房拿了一个很漂亮的花瓶出来，坐在落地窗前，修剪她的玫瑰。秦显抱着电脑坐在沙发上工作，时不时抬一下头，望着落地窗前的女人。她正垂着头，认认真真地修剪她的花。她穿着白色的棉麻睡裙，阳光从窗外照进来，洒在她身上。她蹲跪在那儿，整个人被笼罩在一片浅金色的光晕中，像一幅美到极致的画，秦显看得出神，很久也无法移开视线。

苏乔察觉秦显在看她，抬起头冲他风情地笑了笑："我是不是很漂亮？"

苏乔以前也这样挑逗过他。秦显"嗯"了一声："很漂亮。"

苏乔弯了弯眼，笑得更开心。

秦显却突然板着脸说："在外面不准这样笑。"

苏乔握着一枝花过来，坐到秦显旁边，搂住他的脖子望着他笑："为什么？"

秦显搂住她的腰，低头吻住她："因为你是我的。"

因为苏乔是他的，所以她的美、她的笑都只能他一个人拥有。

周凛和苏扬是十一点半来的。

彼时苏乔正在厨房里做饭，听到门铃声，慢悠悠地往外走去。

"来了。"她应了一声，走到门口打开门，见周凛和苏扬一起，奇道，"你们俩来我家，还要约一起？"

她将门让开，让两个人进来。

周凛在门口换鞋，笑道："巧合，楼下碰到的。"他往屋里望了一眼，"秦显呢？"

苏乔道："公司临时有点儿事，他去处理了，一会儿就回来。"

苏扬走进来，气冲冲地说："姐，领证这么大的事你怎么也不先跟我们吱个声儿啊？"

苏乔回身往厨房走去："你也知道是领证了，领证这种事我跟秦显商量就行了，为什么要跟你们说？"

苏扬被噎了一下，顿时话都说不出来了。这些年都是这样，只要他说一句秦显不好，苏乔就会翻脸。她总是无条件向着秦显。

苏乔从厨房里拿了两个杯子出来，蹲在茶几前给他们俩倒水。

周凛躺在苏乔的懒人沙发袋里："你们俩领证的事，他家里人知道吗？"

苏乔"嗯"了一声："说了。"

周凛闻言，顿时从沙发里坐起来，有些惊讶："他家里人同意了？"

苏乔点了点头，回头将水杯递给他。

苏扬冷哼了一声，说道："他妈当时那么对你，现在怎么就同意了？"

苏乔抬眸，眼神无比严肃，盯着他说："一会儿秦显回来，不该讲的话不要讲。"

苏扬反问:"什么是不该讲的?不该告诉他,你后来去找过他?还是不该告诉他,他妈打过你?还是不该告诉他,你因为他当年都不想活了?"

"闭嘴。"苏乔皱着眉,紧盯着他。

苏扬侧过头,紧抿着唇,盯着窗外。

"你们俩坐吧,我去做饭。"苏乔放下茶壶,站起身来。

苏乔去了厨房,周凛走到苏扬旁边,拍了一下他的肩膀:"你行了,你不是不知道乔乔有多喜欢秦显,她现在很幸福。"

苏扬从茶几上抽了根烟,没作声。

周凛拍了拍他的肩膀,也没再说什么,转身去了厨房。

他一进厨房就闻到饭香:"你难得下一回厨,为了吃你做的饭,老子今天早饭都没吃。"

苏乔正洗菜,说道:"得了吧,你是一觉睡到现在,没时间吃早饭吧?"

周凛笑:"还是你了解我啊。"

他熟门熟路地走到冰箱前,拉开门找吃的,翻了半天,除了水果和巧克力,没有一样能直接吃。

苏乔听到他在那儿翻箱倒柜,说道:"没吃的,锅里的排骨汤你先喝点吧。"

苏乔正切着菜,从碗柜里拿出个碗,头也没抬地递给了周凛:"你自己盛。"

周凛接过碗,揭开锅盖,排骨汤清香浓郁。本来就饿,现在他顿时更馋了,拿着汤勺很不客气地给自己盛了半碗汤。他就站在苏乔旁边,目光下移,瞥向苏乔切菜的手。

大概是前些年天天在厨房待够了,她这两年已经很少自己下厨了,开始注意保养。谁能想到,她那双白皙纤细的手,早些年常年都是伤疤,切伤的、烫伤的、冻伤的。周凛的目光落在苏乔右手的手腕上,她又换了一块表。

他顿了一下,移开视线,问:"秦显什么时候回来啊?"

苏乔切着菜:"快了吧,他说半个小时。"

周凛"嗯"了一声:"你们俩打算什么时候办婚礼?"

苏乔道:"日子还没定呢。"

周凛叹了口气。

苏乔瞧了他一眼:"干吗?"

周凛道:"你结婚我不得大出血,给你包个大红包啊?"

苏乔笑:"反正二公子有钱。"

周凛哈哈笑道:"那倒是。"

秦显进来的时候,刚好看到周凛和苏乔在说笑。

"我回来了。"

苏乔回头,一见到秦显立即笑开了:"这么快。"

秦显"嗯"了一声:"给你买了芝士蛋糕。"

苏乔昨晚嚷着想吃芝士蛋糕,刚刚他回来的时候,经过蛋糕店就买了一个。

他将蛋糕放到流理台上,走过去,不动声色地将苏乔拉到身侧,这才看向周凛。

周凛朝他伸出手,笑着招呼:"秦总啊,久仰大名。"

秦显皮笑肉不笑,随意地跟他握了一下手:"周二公子,久仰。"

苏乔:"……"

所以这两个人是不需要她介绍的吗?

周凛和秦显寒暄了几句,秦显都一一应下,表情不冷不热的。寒暄完以后,周凛就出去了。他可不愿意待在这儿当个大瓦电灯泡。

周凛走后,苏乔继续切她的菜,对秦显说:"你先上楼换衣服吧,一会儿就吃饭了。"

秦显却没走,从身后抱住她。

"怎么了?"苏乔随口问。

秦显低头吻她的耳朵,低声问:"你们刚刚在说什么?"

苏乔被吻得发痒,笑着躲他:"聊天呗。"

"聊什么了?"

苏乔回头瞧着他笑:"秦显,你这醋劲儿什么时候能下去啊?"

秦显低头吻她的嘴唇，缠了她许久才松开。

他抬手捏了一下她的下巴，这才满足地笑了："我上去换衣服，一会儿下来。"

"去吧去吧。"

秦显回房换了件白T恤和休闲裤，下来的时候客厅没人。他走去厨房，见苏扬和苏乔在说话，便没进去，转身回了客厅。他经过书房，看到周凛在里面。

秦显走了进去："你也喜欢看书？"

周凛正随意翻着一本，闻言将书合上，放回书柜里："我不爱看，乔乔喜欢，我偶尔来她的书房翻翻有没有感兴趣的书。"

苏乔这间书房很大，藏书也非常多。

周凛看向秦显，说："你知道吗？这么多书她全都看完了。"

秦显"嗯"了一声："我上次翻过一些。"

苏乔看完每本书都会做上标记，秦显上次翻了一些，发现她全都看过。

周凛往外走，又道："她当时装修这房子，最先考虑的就是这个书房。"

周凛走到客厅的外阳台上，从裤兜里摸出盒烟，抽出两根，递给秦显一根。

两个男人撑在栏杆上抽烟，烟雾薄薄地吐出，被风吹散。

周凛又笑着说："我当时还笑她，弄那么大的书房装文艺女青年吗？结果她还真没装，她这个人，除了看书，几乎没有别的爱好。"

秦显抽着烟，望着远方被风吹得摇曳的树枝，沉默不语。

周凛侧头瞧着他，又笑："你认识她的时候，她也有这么强的求知欲吗？"

秦显想起以前的事，感慨万千，笑了一下，点头说："有，但她那时候什么都不懂，缠着我教她。"

他们有一段时间住在一起，苏乔枕头边总是放一本书，都是秦显的。她每晚睡觉前都要看一会儿，秦显有时候比她先睡，她遇到看不懂的，就推一推秦显，让秦显起来给她讲。

秦显格外宠着她，睡着了也从床上坐起来，揽住她的肩，让她靠在他的怀里。两个人靠着床背，秦显手臂揽着苏乔的肩膀，拿着书给她慢慢讲解。后来苏乔的求知欲越发不可收拾，她开始对秦显那些英文版的原著感兴趣。但是除了几个初中的单词，其他的她都看不懂。她便索性让秦显翻译成中文念给她听，她心安理得地靠在他的怀里，常常听着听着就睡着。

有一阵子，秦显觉得自己变成了讲睡前故事的人。但他还没来得及给她讲太多故事，也没来得及教她太多东西，她便离开了。

秦显深深吸了口烟，望着前方，视线里仿佛又看到了当年的苏乔。她穿着他宽大的校服，规规矩矩地坐在书桌前，指着课本，茫然又奇怪地问他："秦显，这个单词是什么意思啊？怎么我查字典也查不到？"

他揉她的脑袋，笑她："因为你笨。"

"苏乔很喜欢你。这些年你不在，她每天都过得不开心。"

秦显喉咙发紧，烟雾在他眼前散开，模糊了视线。

周凛拍了拍他的肩膀，笑着说："祝你们幸福啊！"

秦显侧头看向他，笑了笑："谢谢。"

周凛和苏扬吃过午饭，坐了一会儿便离开了。苏乔把人送到门口，叮嘱他俩好好开车，看着他们俩进了电梯，才把门关上。她回过头，看到秦显倚在墙边看着她。

她扑过去搂住他的脖子，冲他笑道："看什么呢？"

秦显的手指在她的鼻梁上刮了一下："就是喜欢看你。"

苏乔笑，仰头吻上他的唇。她刚吻上去，秦显就吻住她的唇，将她压到墙上。

在她唇上舔咬了一会儿，他微微抬头，轻笑着问她："要午睡吗？"

苏乔讶然，睁大了眼睛："秦总，请你节制一点儿啊！"

秦显看着她笑："我说的是午睡，你在想什么？"

苏乔："……"

秦显将她打横抱起，往楼上走去："睡一会儿，我下午还要去公司。"

秦显这两天一言不合就拉她上床，苏乔已经有点条件反射了。谁知道他这次是真的只抱她上去睡午觉，将她放到床上，躺下来，伸手便将她揽到怀里。苏乔惊讶于秦显居然真的只是带她上来睡觉,睁着眼睛盯着他看了好半天。

秦显闭着眼睛,将苏乔又往怀里带了带,低声说:"你再这样看我,我不介意做点愉悦身心的事情。"

苏乔这才回神,忍不住笑,往秦显的怀里靠了靠,抱住他的腰。

秦显低下头,在她的额头上轻轻吻了一下,低声道:"睡吧。"

苏乔"嗯"了一声,头埋在他的怀里。

春日的午觉最是好睡,苏乔闻着秦显身上干净的味道,很快就迷迷糊糊起来。

迷糊中,她听见秦显说:"明天我们回家一趟,爷爷让我们回家商量婚事。"

苏乔迷糊间听得也不太清楚,但觉得说的约莫是件好事,在睡梦里悄悄地弯了弯唇。但在去秦显的爷爷家之前,这天下午,秦显去公司以后,苏乔接到了一个陌生的电话。

电话是陌生的,声音却不陌生,对方约她下午四点在茶楼见面。自从和秦显重新在一起后,苏乔就知道,她早晚要面对秦显的母亲。她当年答应对方,会滚得远远的,再也不出现在秦显面前。她需要和秦显的母亲说一声抱歉,她没有做到承诺的事。

下午四点,苏乔准时去了约定的茶楼。

她到的时候,谢俪已经在等她。

和八年前的场景一样,在一个包间里,苏乔和秦显的母亲面对面坐着。

"我听说你和阿显领证了。"谢俪往杯子里倒了杯茶,推到苏乔面前。

苏乔垂着眼点了点头。

谢俪苦涩地笑了笑:"阿显没有和我说。"

苏乔愣住,抬起头,有些惊讶地看向谢俪。

昨晚她问秦显,领证的事情有没有和家里人说。秦显说,已经说了,却不想他竟然没有告诉他的母亲。

谢俪嘴角的苦笑更深,她看着苏乔说:"自从阿显知道我当年找过你,便再也没回过家,也没有再和我说过一句话。我打电话给他,他直接挂断,连我的声音也不想听……"她说着说着，眼里已经泛起泪光，"前阵子我身体不太好，家里阿姨给阿显打电话，想让他回来看看我，他那时才终于回来一趟，却只坐了一会儿，连晚饭也没吃就离开了。"

"对不起。"苏乔很抱歉，有些事情她不想告诉秦显，就是不希望影响他和他母亲的关系。

她看着谢俪，很抱歉地道："当年答应过您要走得远远的再也不回来，对不起，我没有做到。"

和秦显重逢以后，她挣扎过，痛苦过，努力地拒绝，去推开他。可是没办法，当赵镇那晚来找她，告诉她秦显这些年因为她活得生不如死的时候，她就撑不下去了，不想再伤害他。

谢俪摇摇头，眼里仍泛着泪光，低头拭着泪，好一会儿才又抬头看向苏乔："当年阿显和你在一起的时候也才二十岁，我本来以为你们俩就算分开，难过一阵子就过去了，可我没想到阿显对你用情那么深。这么多年来，他没有再认识一个女孩子，没有再去谈一场恋爱。他常常把自己关在房间里，看着你的照片发呆。"

苏乔听得心里难受，垂下眼，默不作声。

"他这些年没有一天是过得快乐的，到处找你，他身边所有人都劝他忘记你，去尝试和其他女孩子交往，他全不听。或许是因为太痛苦了，他这些年不停用工作麻痹自己，经常失眠，要靠安眠药才能入睡。他的烟瘾越来越大，人越来越沉默孤僻……"

谢俪说着又掉了眼泪："这些年我常常在想，当年是不是做错了？如果我没有拆散你们，阿显不会过得那样痛苦。"

苏乔依然垂着眼，不知道该说什么。她其实察觉到秦显有失眠症，他们重新在一起的时间不长，但有两个晚上，她发现秦显半夜起来下楼去抽烟。

谢俪擦着眼泪，看着苏乔，问道："你呢？这些年过得好吗？"

苏乔心口哽咽，点了点头，嘴角扯出一丝笑："我挺好的。"

谢俪闻言也笑了笑，点了点头："那就好。"

她看着苏乔，沉默片刻，忽然说："当年的事情，我很抱歉。"

苏乔愣了一下，看着她没说话。

谢俪道："当时我太生气了。那阵子阿显疯了一样到处找你，连学业也不顾了，大二上学期他几乎没怎么上课，连期末考试也没参加。我当时气他不知轻重，见你又跑回来找他，一时没忍住打了你，朝你发了火。"

苏乔怔住。她根本不知道秦显那时为了找她竟然连学也不上了。

谢俪伸出手握住苏乔的手，目光真诚地看着她说："当年你和阿显在一起，我有太多的顾虑，也有太多的考虑不周和不妥之处，伤害了你的地方，请你谅解我。"

苏乔笑了笑，摇了摇头："您当年并没有完全说错。"

她那时候的确配不上秦显，换作任何一个母亲，或许都不会让她和秦显在一起。

谢俪笑了笑，从包里取出一个古典的盒子打开，里面是一只翠玉的手镯。

"这是我们家传给儿媳妇的，之前阿显那样，我还以为这辈子再也传不下去了。"她将玉镯拿出来，拉着苏乔的手给她戴上。

苏乔肤色白皙，这碧绿的手镯戴在她的手腕上，显得玉石颜色更加晶莹剔透，也衬得她的肤色更加白皙细腻。

谢俪瞧了一会儿，笑道："你这手生得漂亮，戴着极好看。"

苏乔看着手腕上戴着的碧玉镯子，嘴角不禁翘起。她也觉得很美。

苏乔和谢俪坐了一会儿，因为晚上还要去秦显的爷爷家商量婚事，两个人便没有聊太久。在茶楼门口，谢俪对苏乔笑了笑，说："晚上再聊吧。"

苏乔也回以一笑："好的，阿姨慢走。"

苏乔和谢俪在茶楼门口分别后，开车径直去了秦显的公司。

秦显的助理是个十分逗的男人，一见到她便夸张地大喊了一声："总裁夫人！"

苏乔吓得激灵了一下，在电梯里鸡皮疙瘩抖了一地。

"总裁夫人是来找总裁的吗？他现在刚好在办公室呢！"助理满脸笑容地说。

苏乔摸了摸自己的胳膊，干笑了一下："我叫苏乔，你叫我的名字就好了。"

"好的总裁夫人！"

苏乔："……"

电梯升到二十八楼，苏乔总算摆脱了秦显那个聒噪的助理。

二十八楼是总裁办公大厅，在这里工作的人都是精英，所有人都在认真工作。

苏乔径直走向秦显的办公室。门关着，她没有敲门，径直将其推开。

秦显正埋首工作，听见推门声，抬眸往门口望去，见是苏乔，眼里便有了笑意："怎么来了？"

苏乔关了门，道："晚上不是要去你爷爷家吗？我来找你，待会儿我们一起过去。"

她走到秦显身边，秦显顺手握住她的手腕，将她拉到他的腿上。

苏乔有些得意地举起左手在他眼前晃了晃："好看吗？"

秦显微怔，随后握住她的手仔细端详。

阳光从窗外照进来，碧玉的手镯衬得苏乔的手白玉般漂亮。

秦显盯着那手镯，半晌，才抬眼看向苏乔，有些惊讶："你见过我妈了？"

苏乔笑："是啊，你妈妈把这个送给我了。"

她冲秦显笑得阳光灿烂。即使经历了许多磨难，她依然是以前的苏乔，她的眼神，她的笑容，都和以前一样，像春天里的一抹阳光，生机勃勃，美得让人挪不开眼。

她笑得弯起了眼睛，说："你妈妈说这是传给秦家儿媳妇的。"

秦显点了点头："是。"

苏乔又笑："我是你媳妇儿了。"

秦显也笑了："嗯，我媳妇儿。"

苏乔看着秦显，心底突然酸楚，眼睛有了点湿意："我们俩真不容易。"

秦显看着她，手指温柔地抚摸着她的眼睛。

他的眼里有藏不住的深情，他低声说："是啊，真不容易。"

第十一章 往事

苏乔和秦显的事情定了下来，秦家上下都变得非常忙碌。

选日子、订酒席、制作请帖、定制喜糖、拟请来宾……苏乔不擅长这些事，也不想管这些，所有事情都是秦显的爷爷和父母在操心。

婚礼由长辈们张罗着，秦显家里的亲戚格外多，特别热心，完全没有苏乔和秦显什么事。春日风光好，于是秦显带着苏乔上山去玩了。

秦显带苏乔去的地方是秦氏旗下的一个度假山庄，古典的园林设计，长长的走廊，砖红色的柱子。院子里绿树葱茏，百花绽放，假山叠嶂，池塘里养着金鱼，像古时的御花园，环境格外清幽。

苏乔和秦显单独住了一个院子，从房里一出来就是绿树葱茏的园林。苏乔每天就躺在房间门口的摇椅上看看书，晒晒太阳，吹吹风。

秦显问她喜不喜欢这里，她侧头对他笑："喜欢极了，我们俩就待在这里做一对神仙眷侣吧。"

秦显双臂环胸，靠在砖红色的廊柱上，垂着眼瞧着她笑："这主意不错。"

苏乔冲他弯了弯眼，又躺回椅子上，前后晃悠起来。然而，日子过得舒坦了，有些事情她就容易大意。

苏乔和秦显住的院子后面，有一个天然的温泉池，据说有疗养作用。那是秦显的私人温泉。

山里夜风很大，苏乔很喜欢秦显的那个温泉池，每天晚上都要去里面泡一泡。

秦显总要和她一起泡，泡着泡着秦显的心思便不正了，他将她压在池边吻，温柔缠绵的吻令她浑身发软，双手轻轻抵着他的胸膛。或许是头顶的月色太迷人，她被吻得意乱情迷。

....

这夜格外漫长。夜空中有一轮皎洁的明月，院子里有鸟叫的声音，房间里有低低的哭泣声，似难受，又似极快乐。

苏乔觉得，大概是山中的日子过得实在太幸福，幸福到让她忘记了一些重要的事情。

苏乔昨夜被秦显折腾到凌晨三点，第二天一觉睡到上午十点才醒。

她刚睁开眼，便对上秦显的视线。他侧着身子撑着头，眸色深深地凝视着她，目光很深，似昨晚深邃的夜空，让人一眼望不见底。

苏乔对上秦显的目光，愣了半天才问："怎么了？"

秦显依然盯着她，许久没说话。

苏乔觉得秦显奇怪，抬手去摸他的脸，弯着眼笑："你干吗呀？中邪了？"

秦显握住她的手，将她的手腕翻转过来，手腕处亮出一道细长的刀疤。他目光紧逼着她，终于开口："这是什么？"

苏乔看了一眼自己的手腕，然后又看向秦显。他眼神很凌厉地逼视着她。

苏乔心下慌张，面上却十分淡定，不甚在意地说："这个啊，不小心被玻璃划了一下。"

一边说她还一边歪头瞧了瞧，抬头看向秦显，笑着问："很丑是不是？"

秦显却依然紧盯着她的眼睛，将她的手腕握得更紧，严厉地问："苏乔，你告诉我，什么样的玻璃会划到手腕上？"

苏乔十分淡定，看着他说："你不知道吗？我的副业是室内设计，有一回监督施工的时候，靠着墙壁的玻璃突然倒下来，我下意识地用手挡了一下，就被割伤了啊！"

她收回手,塞进被子里:"不要看了,丑死了。"

她把被子拉高盖到下巴,只露出小半张脸,眼睛乌溜溜地望着秦显。

秦显仍盯着她,眸色漆黑深沉,苏乔不知他在想什么。

"你之前一直戴着手表。"秦显盯着苏乔看了一会儿,忽然又开口。

他之前没多想,直到今早醒来,突然发现苏乔手腕上的疤,才明白她为什么一直戴着手表。

苏乔点头,嘟囔着说:"是啊,因为太丑了,不想让你看见。"

她就说她太大意了。

之前她怕秦显发现,洗澡、睡觉都是戴着手表的。昨晚原本是她自己泡温泉来着,于是就把手表取下来了。谁知秦显后来也来了,但她当时泡在温泉里昏昏欲睡,给忘记了。

秦显盯着她:"是吗?"

苏乔点头:"是啊。"

她索性从被子里把手伸出来递给秦显:"哪个女孩子愿意把自己的伤疤露在外面呀?不过既然你看到了,那我以后就不戴手表了。"

被秦显发现了也好,天天戴着手表她也挺难受的。秦显握住她的手,低头看了许久。

那是一道细长的伤疤,怎么看也不像是被玻璃划破的。

他抬眸盯着苏乔,苏乔委屈地望着他:"我饿了。"

秦显愣了一下,这才问:"想吃什么?"

苏乔想了想说:"现在几点了?"

秦显侧头往床头柜上望了一眼:"十点半。"

苏乔道:"那我们收拾一下,去餐厅吃午饭吧。"

秦显点了点头,看着苏乔,神色比之前凝重。然而苏乔面色如常,他瞧不出一点儿异样。

苏乔裹着被子从床上坐起来,里面光溜溜的,没穿衣服。她索性裹着被子下床,两只脚从被子里伸出来去找拖鞋穿。

穿上拖鞋,她起身准备去浴室洗一下澡,谁知刚往前走一步,大腿根猛然传来一股酸痛。她双腿打了个战,膝盖往下一弯,险些摔倒。她赶忙站稳,咕哝了一声,皱着眉,扭着腿慢吞吞地往浴室走去。太疼了,昨天晚上她就料到今天会疼,秦显简直就是禽兽。

她去到浴室,将门上了锁,裹着被子在靠墙的凳子上坐下。脸上的表情慢慢收敛,她呆呆地坐在那儿,有些出神地盯着空气。过了许久,她才终于从被子里伸出右手。

浴室灯很亮,将她手腕上的伤疤照得格外清晰,细长的一条,有些丑。苏乔低着头,盯着伤疤看了许久,抬手摸了摸,过了半晌,在心底叹了口气,裹着被子站起来去淋浴房洗澡。

浴室里传出"哗啦啦"的水声,秦显坐在床边,微弓着背,目光紧盯着浴室门,脑子里全是苏乔手腕上的那道疤。什么样的伤会那么巧地伤在手腕那个地方?那是一条血管,有人会选择在那里划上一刀结束自己的生命。

秦显皱紧了眉,心脏仿佛被什么东西死死压住,压得他喘不上气。他从床头柜上摸了一根烟咬在嘴里,伸手去拿打火机,手微微颤抖,打火机掉到了地上。他弯身捡起打火机,拨动着想点燃烟,手却抖得厉害,好几次才将打火机点燃。

他吸了口烟,将烟雾吐出来,遮掩了他的视线。他望着窗外,心口依然像被巨石压着,令他无法呼吸。

秦显一连抽了两根烟,苏乔终于从浴室里出来。

他抬头看向她,苏乔对他皱眉:"你怎么大早上就抽烟?"

她走过去,单膝跪在他的腿上,拿走他嘴里的烟,不满地说:"你把烟戒了吧。"

她又皱了皱眉,对秦显说:"对身体不好。"

秦显看着她,她刚洗了头,头发湿漉漉地往下滴着水。他有很多话想问,但是此刻看着苏乔,忽然不敢问了。他怕知道她过去这些年过得有多辛苦,自己会崩溃。

秦显抬手握住她的头发,克制住所有的情绪,然而开口的声音沙哑得厉害,低声说:"我帮你吹头发。"

苏乔弯着眼笑:"好呀。"

秦显盯着她看了一眼,起身去浴室里拿了吹风机出来。

苏乔已经乖乖地坐在床边了,见秦显出来,便冲他笑道:"快点儿,吹完我们去吃饭。"

秦显"嗯"了一声,走过去,俯身将插头插进床边的插孔。

他站在苏乔身前,将吹风机风力开到温和的挡位,手指穿过她的发丝,温柔地抚摸着她的头发,垂着眼,目光无法从苏乔手腕上那道伤疤上移开。那是一道细长的伤疤,在血管的位置,像尖锐的利器划破的。他感觉心脏像被一只手紧紧攥着,胸口有一股痛感向四肢百骸蔓延开。他拿着吹风机的手都在发抖。

"苏乔,你这些年过得好吗?"他问她,声音有些哑。

苏乔点了点头:"挺好的呀。"她抬起头冲秦显笑,"怎么突然这么问?"

秦显看她一眼,也想笑一笑,但是笑不出来。

他垂下眼,摇了摇头:"没什么。"

吹完头发,苏乔拉着秦显去餐厅吃饭。

山庄里的餐厅菜色很好,苏乔每顿都吃很多。今天也一样,因为秦显没怎么吃,所有的菜都进了她的肚子。

从餐厅出来后,她拉着秦显去散步消食。

山庄很大很大,有园林,有高尔夫球场,有棋牌室,还可以爬山,可以骑自行车。

春天的阳光晒得人浑身懒洋洋的,苏乔挽着秦显的胳膊,脑袋靠在他的肩膀上。她半眯着眼,望着头顶的蓝天感叹道:"吃饱喝足,走在环境这么好的园林里,真是赛过神仙呀!"

秦显垂眸看着她:"你要是喜欢,以后我常常带你上来。"

苏乔笑眯眯地抬头在秦显的脸上亲了一下:"你真好。"

秦显看着她脸上的笑容,想到她手腕上那道疤,喉咙发紧,像被火灼烧着。

他抬手把苏乔额角的碎发捋到耳后,看着她问:"我真的好吗?"

苏乔笑,又凑上去在秦显的唇上亲了一下:"当然了,你是这世上对我最好的人。"

秦显看着她，许久没有说话。

"我们去钓鱼吧，昨天我问了黄经理，他说竹林外面有一条河，河水清澈，有很多鱼。"

苏乔拉着秦显穿过竹林，微风吹得嫩绿色的竹叶"唰唰"作响。

两个人在竹林里走了两分钟，出了竹林就是一大片空地，地上有很多落叶，空地前方就是一条清澈的河流。

午后静谧，河边一个人也没有。整片竹林安静得只听得见风吹树叶的声音，偶尔从竹林深处传出一声鸟叫。苏乔简直太喜欢这里了，觉得这里就像一个世外桃源。

河边安放着椅子和钓鱼的工具、水桶，是专门供客人钓鱼的。

苏乔跑过去蹲在河边，把插在地上的鱼竿拔起来："秦显，你钓鱼钓得好吗？"

秦显走过去，在河边的椅子上坐下："挺好的。"

苏乔回头冲他笑开："你能不能谦虚一点儿？"

秦显总算笑了一下："我真的钓得挺好的。"

苏乔蹲在地上找饵料，嘀咕道："但是我钓得不太好。"

苏乔说她钓得不好是真的，因为半个小时过去了，她连一条鱼也没有钓上来，好几次收竿，饵料被吃掉了，结果鱼儿溜了。她回头看一眼秦显的水桶，里面已经有好几条游来游去的小鱼了。

苏乔又坐了十分钟，鱼没钓起来一条，她已经困了。

春日的阳光和微风让人昏昏欲睡。

她把鱼竿插到地上，然后拖着自己的小凳子坐到秦显旁边。

秦显侧头看着她："怎么了？"

苏乔把板凳挪过去和秦显紧紧挨着，左手挽住他的胳膊，脑袋往他的怀里钻了钻："我困了，想睡觉。"

秦显摸了摸她的头，温柔地说："睡吧。"

苏乔点了点头，将秦显的胳膊挽得更紧，闭上了眼睛。

整片竹林静谧得没有半点儿声响，空气中有青草和阳光的味道，春风温柔地吹拂着。苏乔的发丝被风吹乱，秦显抬手将吹散在她脸颊上的发丝轻轻捋到耳后。他目光温柔地看着她，手指轻轻抚着她的脸。苏乔靠在秦显的怀里，睡得很安稳。

竹叶在头顶摇曳，温和的阳光照在她的脸颊上，将她的皮肤衬得分外白皙晶莹。

秦显伸过左手，轻轻握住苏乔的右手，盯着苏乔手腕上那道刀疤，拇指轻轻摩挲着。过了很久，他才抬头，手指轻抚着苏乔的脸，眼眶微微泛红，哑声道："苏乔，你这些年过得好吗？"

次日凌晨两点，周凛接到一个电话，把他从睡梦中吵醒。他迷糊着直接摁了挂断键。过了没几秒，手机又响起，他又挂断了。手机第三次响起的时候，周凛猛地从床上翻身坐起："深更半夜的谁啊？！"

他抓起手机按了接听："喂！"他的语气很不好。

电话那头传来一道低沉到近乎失落的男声："我是秦显。"

周凛傻眼，愣了半天。

"我有点事情想问问你。"

"啊？现在吗？你在哪儿？"秦显深更半夜给他打电话，周凛瞬间清醒了。

秦显低声道："在你家门口。"

周凛急匆匆地穿了件卫衣就从家里出来。

秦显的车停在院子外面，他穿着西装，靠着车身，低着头在抽烟。

周凛走过去拉开院门："秦总……你这是……怎么了？"

他抬手看了一下表，很惊奇："现在凌晨两点了啊秦——"

周凛剩下的话，在秦显抬头的时候就顿住了。

昏暗的路灯照在秦显身上，他的眼眶隐隐泛红。

秦显摁灭了烟，朝周凛走过去："刚刚和苏乔从山上回来，很抱歉现在来打扰你。"

周凛摇头，觉得秦显的情绪很不对。

"你……没事吧？"

"我想问一点儿关于苏乔的事。"

"苏乔？她怎么了？"

秦显嗓音有些沙哑地道："我发现她的手腕上有一条刀疤，我想知道，她是不是……"最后一句话，秦显的声音几乎在颤抖。

周凛愣住，半晌说不出话来。

寂静的深夜，秦显站在昏黄的路灯下，灯光将他的身影拉得很长，显得他的身影越发孤寂。

周凛看着秦显，有很长时间没有说话。

良久后，他问："她怎么跟你说的？"

秦显道："她说是不小心被玻璃划伤的。"

周凛："哦，对。"

秦显盯着他，目光很深，一字一顿地道："我不信。"

周凛愣了一下。

"周凛，我来找你不是想让你跟她一起骗我。"秦显看着周凛，眼里带着一丝请求，声音在寂静的夜里干涩得有些发哑。

周凛看见秦显这样，忽然觉得有些不忍。

他沉默了一会儿，道："找个地方吧，我慢慢跟你说。"

周凛带秦显去了附近的露天篮球场，两个人在台阶上坐下。

夜空很黑，底下的篮球场空荡荡的，没有一个人，也没有一点儿声音。

周凛点了根烟，递给秦显一根。

秦显接过烟，捏在手里没有点燃。

他微弓着背，盯着底下空荡荡的篮球场，心也是空荡荡的。

周凛很长时间没有开口，抽完半根烟，望着底下的篮球筐，又沉默了一会儿才开口说："我是八年前认识苏乔的。我第一次见她的时候，她推着板车在卖面条。"

秦显捏着烟的手突然颤抖了一下。

"那是冬天，很冷，天还没亮，她在路边撑着摊子，板车上面架一个煤气罐，锅里烧着沸腾的热水。她那时候很瘦，穿着单薄的衣服，一个人，也没有人帮她。

"那天我刚好出门办点事，车停在路边等人。那会儿太早了，六点不到，天蒙蒙亮,苏乔把摊子撑好以后,就站在那儿等客人。她周围没什么人,一个人站在那儿,看起来很可怜。"

周凛停了片刻,想起第一次见到苏乔时的场景,又道:"我当时正好没吃早饭,又觉得她一个小姑娘瞧着挺可怜的,就去照顾了一下她的生意。

"等我走近了,发现她的一双手被冻得又红又肿,不像个小姑娘的手。她那时候应该摆摊很长时间了,煮面、洗碗都是她一个人,她做得很熟练。她每天从天不亮做到半夜,我有一回晚上十一点路过,她还在那儿摆摊。我好奇,问她为什么不做点儿其他轻松的活儿,她蹲在地上洗碗,说其他的活儿没有做这个赚钱。"

秦显满脑子都是苏乔在寒风中蹲在地上洗碗的样子。八年前,应该是他们刚刚分开不久。

"她不太爱说话,也从来不笑,看起来过得很不好。"

秦显紧紧捏着手里的烟,烟几乎要被他捏碎了。

他紧咬着牙,眼睛发酸。

"后来我经常去照顾她的生意,和她渐渐熟悉了点。那时候我才知道,她才二十岁。我问她为什么不读书,她说没有钱。然后她突然就笑了,很骄傲地跟我说,她交过一个很厉害的男朋友,长得很帅,很聪明,什么都会。"

秦显的眼睛酸胀得厉害,心脏仿佛被一只手紧紧攥着。

"我问她怎么分开了,她说因为她太糟糕了,配不上他。"

周凛侧头看了秦显一眼,心里有些难过:"苏乔表面坚强,其实很自卑。"

秦显点头,声音哑到几乎变了调:"我知道。"

周凛手里的烟燃到了尽头,他望着底下空荡的篮球场,又沉默了很久很久,低低叹了口气:"其实苏乔回去找过你。"

秦显怔了怔,抬头看向他,眼睛通红,表情难以置信。

周凛低着头,将烟头摁在石阶上:"就在你们分手半年后,她哭着说想你,然后跑去买了一张火车票,坐了两天两夜的车,跑回来找你。"

秦显眼里突然掉下一滴泪,他哽咽道:"我不知道。"

周凛点了点头:"是,她没有找到你。"他又抽出根烟点燃,默了一会儿才又接着说,"因为你母亲发现她找我,给了她一巴掌,让她滚。"

周凛的话像一把尖锐的刀捅进了秦显的心脏。

他垂着头,身体在颤抖,强忍着的眼泪掉在了地上。他抬手捂住眼睛,声音颤抖,不停地说:"我不知道,我不知道……"

周凛道:"苏乔那阵子很不好,她的奶奶生病了,她的母亲不知道去哪里借了高利贷,她背着一身债,不敢花钱,住在地下室里,或许是觉得活着太孤独了,没有人爱她……"

周凛突然也哽咽了,不忍心再往下说。他转过头去看秦显,秦显垂着头,捂着眼睛,身体在抖,眼泪顺着他的指缝涌了出来。

周凛看着心酸,拍了拍秦显的肩膀:"苏乔很坚强,你不要太自责。"

秦显没有说话,拼尽力气才能克制住自己的情绪。

"上次我不是跟你说过,苏乔很爱看书,她书房里那些书,她全部看过?"周凛望着前方,顿了一下,才又说,"其实还有一句话我没告诉你。"

秦显终于抬头,弓着背,眼睛里布满血丝,望着远处的篮球架。

周凛道:"因为她跟我说,你很爱看书,她要看很多书,学很多东西,才能离你近一点。"

他又转头看秦显一眼,低声说:"她这些年努力做的每一件事,都是为了靠近你。"

秦显在空荡的篮球场上坐到凌晨四点,开车回家时,视线一度被眼泪模糊。他不敢去回想周凛说的那些话,可周凛的声音不停地在他的耳边回荡。

她回去找过你。她或许是觉得活着太孤独了,没有人爱她……她这些年努力做的每一件事,都是为了靠近你。

车停在小区楼下,秦显迟迟没有下去。他靠着椅背仰着头,闭着眼睛。车里黑暗一片,秦显的身影隐在暗处,他的脑海里全是苏乔孤零零的身影。她总说她过得很好,却没有告诉过他,她找过他,她很辛苦,孤独到几乎活不下去。

秦显在车里坐了很久,终于下车。他回到家时,房间里漆黑一片,安静得没有一点儿声响。

此刻是凌晨五点。

他没有开灯,在黑暗中走上楼,走回卧室。卧室里没有开灯,窗外的月光照进屋来,苏乔蜷缩在被子里,侧着身,向着窗外的方向。

秦显走过去,在床边坐下。苏乔睡得很熟,消瘦的小脸埋在羽绒被间。秦显看着她,手指轻轻抚过她的脸颊。

"苏乔很喜欢你,喜欢到不允许任何人说你一句不好。"

秦显在床边看着苏乔,坐了很久。他起身去浴室简单洗漱了一下,回到卧室躺到苏乔身边,将她轻轻抱进怀里。

苏乔迷糊中往秦显的怀里挤了挤,又继续睡。

秦显将她整个人抱在怀里,在黑暗中低下头,在苏乔的额头上轻轻落下一吻,嘴唇颤抖地贴在她的额头上,迟迟没有离开。他抱着苏乔的手臂微微发着抖,贴在苏乔额头上的唇慢慢往下,亲吻她的眼睛、鼻子、嘴唇,眼泪突然掉下来,滚烫地落在唇上。

他将苏乔紧紧抱住,扣着她的头贴在他的胸膛上。黑暗中,他望着对面的衣柜,忽然泪如雨下。她这些年努力做的每件事,都是为了靠近他。

苏乔第二天醒来的时候,已经是上午十点。

床侧空空的,秦显已经不在了。

她下了床,穿上拖鞋下楼,走到楼梯间,听见厨房有声音。她以为秦显应该去公司了,有些奇怪。她下了楼,往厨房走去,走到门口就愣住了。秦显正站在灶台前拿着汤勺在锅里搅拌什么。

秦显从来没下过厨,苏乔又惊又喜。她跑过去,从身后抱住他,头从他身侧探到前面,笑着问:"你在干什么呢?"

秦显垂眸看着她,轻声道:"在给你做早饭。"

苏乔仰头望着秦显笑:"你不会呀。"

秦显依然轻声说:"我可以学。"

秦显看着她的眼神很温柔,那种温柔的神情是苏乔以前从来没有见过的。除了温柔，他眼里似乎还藏着其他什么情绪。

苏乔偏头瞧了秦显一会儿，弯眼笑了笑："你今天怎么了？怪怪的。"

她松开秦显，走到灶台前拿起锅里的勺子搅动了两下："你熬的红枣粥啊！"

秦显"嗯"了一声，从身后抱住她："苏乔。"

"嗯？"苏乔高兴地搅着锅里的粥。

秦显的声音突然有些哽咽，他低声说："对不起，没有好好照顾你。"

苏乔愣了一下，下意识地要回头，秦显止住了她："不要回头。"

他的声音在颤抖，一滴眼泪落到了苏乔的手背上。

苏乔顿住。

"不要回头，不要看我，听我说。"

苏乔愣愣地点头："好。"

秦显紧紧抱着苏乔，努力克制着情绪，然而声音依然哽咽到沙哑："苏乔，我不知道要怎么做才能弥补我对你的亏欠，过去那些年没有陪着你，没有照顾你，让你吃了很多苦，让你那么孤独，都是我的错。我不知道怎么才能让你忘记那些痛苦，但是以后你想做什么、想去哪里、想要什么，都告诉我，我会陪着你，永远陪着你。只要你高兴，你让我做什么我都愿意。"

苏乔以前过得并不好。她吃过很多苦，遭受过很多挫折，流浪过、漂泊过。过去有很多事情，她不想让秦显知道。可是他如果想知道，她也愿意告诉他。

她转过身抱住秦显，低声说："秦显，你从来没有亏欠过我，你是这世上对我最好的人，我很爱你。"

秦显的眼睛酸胀得厉害，险些掉下泪来。

他强忍着眼泪，抱住她："我没有早点儿找到你，没有照顾你。"

苏乔摇头，眼泪浸湿了秦显的衣服："我这些年每天都在回忆和你相处的点滴，我很感激曾经遇见了你，很感激我们在一起的那段时光。后来这些年，我常常想起你，只要想起你，就觉得自己这一生没有白活。"

苏乔声音哽咽，顿了一会儿，才又说："秦显，我不骗你，活到现在，我有过很多痛苦的时刻,但是我最幸福的事情,就是和你在一起过。你对我那么好,好到我想把我的一切都给你。"苏乔的喉咙火烧一样疼,她流着泪说,"你可能不知道,这个世界上除了你,没有人爱我。所以后来和你分开那些年,我真的很想你。"

"对不起。"

苏乔摇头,抬起头望着秦显说:"秦显,我承认我过去这些年因为想你感到难过和悲痛,但是你没有做错任何事,没有亏欠我。"

她看着秦显通红的眼睛,心疼地摸了摸他的脸,嗓子干得发疼:"秦显,你不要自责。"

秦显握住她的手,轻轻地将她抱进怀里。他很久没有说话,喉咙痛到发不出声音。

苏乔双手抱住他,哭着说:"秦显,我不痛苦,现在每一天都过得很幸福。"

秦显将她抱得更紧了一些,过了很久才艰难地点了点头,却依然说不出话来。

两个人抱了很久很久,苏乔从秦显的怀里抬起头,眼睛红彤彤地望着他说:"秦显,你去帮我煮早饭吧,我饿了。"

秦显点了点头,声音嘶哑地应道:"好。"

苏乔弯着眼笑,抬头在他的唇上亲了一下:"煮得好吃一点儿。"

秦显点头,又应道:"好。"

苏乔这才松开他,摸了摸他的脸:"不要难过了。"

秦显"嗯"了一声,依然应她:"好。"

苏乔上楼洗漱,再下来的时候,秦显已经把早饭摆到餐桌上了。苏乔也调整好情绪,高兴地跑过去,从背后抱住秦显,身子往前探,餐桌上两碗红枣粥,还有她爱吃的豆沙包、白水蛋和小咸菜。

苏乔弯眼笑,侧头亲了一下秦显:"老公真厉害。"

秦显垂眸看着她,她已经洗了脸,脸上没了泪痕,眼睛也不红了。

他笑了笑,帮她拉开椅子:"老婆大人请坐。"

苏乔笑得更开心,高兴地坐了下去。

秦显去厨房端了一杯热牛奶放到苏乔面前。

苏乔嘟囔："我不爱喝牛奶。"

秦显走到对面，拉开椅子坐下，说："这是牧场送来的新鲜牛奶，对身体好。"

苏乔奇怪："我们没有订牧场的奶啊！"

秦显拿起一个鸡蛋一边剥壳，一边说："我今早订的。"

"今天订的就到了。"苏乔端起杯子闻了一下，鲜牛奶的味道和超市买的牛奶还是不一样。

她抿了一口牛奶，甜甜的，眼睛顿时亮了起来，问秦显："怎么是甜的呀？"

秦显道："知道你不爱喝，加了点蜂蜜。"

苏乔弯了弯眼睛："好喝。"

秦显笑了笑："好喝就喝完。"

他将鸡蛋剥好，递给苏乔："把这个吃了。"

苏乔接过鸡蛋："好有营养的早餐啊！"

她拿着筷子，把蛋黄捣出来，然后把蛋白放到秦显的碗里："我不吃这个，你吃。"

秦显"嗯"了一声："好。"

秦显把另外一个鸡蛋也剥了，把蛋白留下，蛋黄给苏乔。

苏乔望着秦显，他脸上没什么笑容，神色很凝重，显得心事重重的。

她端着碗坐到他边上。

秦显愣了一下："怎么了？"

苏乔挽住他的胳膊，望着他轻声问："你是不是还在想……"

秦显看着她没有说话。

苏乔摸了摸他的脸，抬头在他的唇上吻了一下，轻声说："秦显，我现在很幸福。"

秦显盯着她看了很久，最后终于点了点头。

苏乔弯了弯眼，搂住秦显的脖子："你要永远对我这么好啊！"

秦显看着她，眼神虔诚地说："我会的。"

苏乔又笑了，说："那以后家里的活儿都你包了。"

"好。"秦显没有任何意见。

苏乔笑眯了眼："我说的是煮饭、洗碗、打扫卫生，全都是你做。"

"好。"

苏乔高兴得坐到秦显的腿上，双手搂住他的脖子，继续说："你负责挣钱，我负责花钱。"

秦显搂住她的腰，脸上终于有了点笑意，点头说："应该的。"

"工资卡上交。"

"好。"

"储蓄卡也要给我。"

"是。"秦显眼里的笑容更深。

"我心情好就给你多发点零花钱，心情不好就少发点儿，你要是惹我生气了，我就不发了。"

"是，都听你的。"秦显点头，看着苏乔的眼里都是宠溺的笑。

苏乔看着秦显脸上的笑容，心里突然有些酸涩。

她捧住他的脸，低头在他的唇上亲了亲，看着他，心疼地说："秦显你真傻，没见过你这样的，财政大权都被剥夺了，还这么开心。"

秦显吻她，半晌，微微抬头，看着她的眼睛低声说："能赚钱给你花，我很高兴。"

他亲吻着她的眼睛，再看她时，眼神更温柔，轻声说："苏乔，以后我养你。"

苏乔看着秦显温柔的眼神，眼睛酸酸的，忽然又想哭了。

她点了点头，哽咽着说："好啊。"

她握住秦显的手："你还要教我很多东西，你以前答应过我的。"

"你不是都学了吗？"

苏乔摇头："我都学得不好，钢琴学了两年，老师都被气跑了。还有书房里的那些书，很多我都看不懂，你以后得重新教我。"

秦显点头："好，我都教你。"

苏乔弯了弯唇，眼睛又红成了兔子。

今天周末，秦显没有去公司，在家里陪苏乔。

吃过午饭，苏乔拉着秦显教她弹琴。他不知道苏乔是真的不会还是故意乱弹，总之弹出来的声音，他觉得换了晚上估计会引来投诉。

不过秦显耐性非常好，他不停地重复教苏乔该怎么弹。

苏乔故意不停地弹错几个音，秦显非常有耐性地一遍一遍纠正她。苏乔玩上了瘾，索性乱弹一通，如魔音穿耳，震耳欲聋。她咯咯笑，回头去看秦显。

秦显一脸无奈地看着她笑。他早知道她是故意的。苏乔高兴得在他的脸上亲了一下。

弹了半小时的琴后，苏乔又拉着秦显去书房看书。她随便从书架上抽了一本书出来，让秦显读给她听。秦显翻开一页，纳闷儿地问："这不是中文书吗？"

他还以为是苏乔看不懂的书。

苏乔笑眯眯地说："是呀，但是我懒得看，你就读给我听吧。"

苏乔在书房的沙发上坐着，拍了拍沙发："过来吧。"

秦显笑了笑，走过去坐在苏乔身边。

苏乔顺势躺到秦显的腿上，笑盈盈地钩了一下他的下巴："小书童，给我讲故事吧。"

"是，主人。"

苏乔笑得花枝乱颤，开心极了。

秦显耐心地一页一页给苏乔念书，念到某些地方，怕苏乔不懂，还特意给她解释。

苏乔以前看书，看到不懂的地方就会上网去查，现在倒好了，不仅有人给她讲故事，还自带批注。苏乔觉得自己的眼光真好，找到这么厉害的老公。她一高兴，又奖励了秦显一个吻。

秦显和苏乔在书房里待了一个小时，苏乔听着故事，都快要睡着了。

她睁开眼睛，望着秦显："我们出门兜风吧。"

秦显将书合上，问："想去哪里？"

苏乔摇头："不知道，随便去哪里都行。"

只要她和秦显在一起，去天涯海角都可以。

于是秦显带苏乔出门兜风。秦显的车是前几天刚买的，苏乔喜欢得很。

一上车她就抱住秦显，笑盈盈地望着他："我们俩换车开吧，我想试试你的新车。"

秦显笑道："喜欢就送给你。"

苏乔惊喜地问："真的？"

秦显又笑了笑，捏着她的下巴在她的唇上亲了一下："你忘了我们家的财政大权在你手上吗？我的一切都是你的。"

苏乔弯眼笑，回亲了他一下，开心地说："老公真大方。"

秦显开着车带苏乔去兜风。春天的风光好，他带着她去了乡下。

宽敞的马路上没有车，也没有人，阳光很灿烂，风很大。

苏乔高兴地趴在车窗上吹风，车窗外是一排排不知名的大树，高大且茂密，生机勃勃的。苏乔开心得唱起歌来。

那是秦显没有听过的歌，但是很好听。

苏乔唱完歌，高兴地问秦显："我们去哪里啊？"

苏乔没有回头，依然看着窗外的景致，脸上笑容灿烂，风吹在她的脸上，吹得她的头发乱飞。她也不管，笑得更开心。

秦显回答："不知道，开到哪里算哪里。"

苏乔高兴极了："我觉得我们像是要去浪迹天涯。"

秦显笑了笑："你想去，我就带你去。"

"等我们都不工作了，我们就开着车到处兜风，浪迹天涯。"

"好。"

秦显开着车，载着苏乔一路向南。天黑时，车子停在一个小镇上。令苏乔兴奋的是，这场心血来潮的旅行，最终到达的地方竟然如此漂亮。

天黑了下来，暖黄的灯光将整个小镇照亮。

河面倒映着灯光，月光也落在河面上，亮晶晶的，河水微微荡漾着涟漪。

这应该不是什么旅游景点，就是一个普通的小镇，但是很漂亮。

苏乔很喜欢，趴在车窗上望了半天。她指着河面上的小船："秦显，我们去划船吧。"

"好，我先把车停好。"

小镇路窄，秦显跟一个阿婆说好了，将车停在她家门口，付了两百块钱停车费，阿婆高高兴兴地应下了。

秦显停好车，朝苏乔走过去，揽住她的肩："现在去划船吗？"

苏乔点头："我刚刚问过了，我们两个人要二十块钱，从河这头划到那头，再坐回来。"她抬头望着秦显，眼睛亮晶晶的，"有船夫载我们。"

秦显笑了笑："你想玩就去。"

"那我们下去吧。"

秦显牵着苏乔去了河边，和船夫谈好了，先将苏乔扶上船，然后才上去。

船夫戴着斗笠，是个头发花白的老汉，但是身体格外硬朗，爽朗地笑道："小情侣最喜欢来我们这儿坐船了，浪漫啊！"

秦显笑了笑，牵着苏乔坐到船头。

河风吹来，空气中都夹着河水的味道。

苏乔的头发被风吹乱，秦显抬手帮她把头发夹到耳后，然后揽着她的肩，让她靠在他的怀里。

苏乔还是第一次坐船，又兴奋又害怕，拉着秦显问："我们不会掉到河里去吧？"

前面划船的大爷"哎哟"一声，哈哈大笑："小姑娘你放心吧，老汉我划了几十年的船，从来没出过事。"

秦显笑着说："我太太不会游泳。"

他背靠着船板，捏了捏苏乔的脸："别怕。"

苏乔弯起眼笑道："我不怕，反正掉下去你也会救我的。"

秦显笑了笑，"嗯"了一声："我的水性很好。"

苏乔搂住秦显的脖子，笑着问："你怎么什么都会？回去你教我游泳啊！"

秦显点头："好。"

镇上的河不长，他们来回就划了二十分钟。

秦显扶着苏乔下船，向老船家道了谢，领着苏乔回到岸上。

他抬手看了一下表，已经八点多了，便对苏乔说："要不我们今天就住在这里？"

苏乔点头："好呀。"

"先找个酒店吧。"

小镇地方不大，他们没找着酒店，但是找到一家客栈，价格便宜，环境还算干净。

苏乔一进去就躺到了床上。

秦显笑她："累吗？"

"不累，就是想躺一会儿。"

秦显走过去，单膝跪到床上，将苏乔抱起来，低头吻住她。

苏乔顺势搂住秦显，主动张开嘴唇。

秦显将她压回床上，绵长又炙热的一个吻，苏乔被吻得喘不上气，推了推秦显的肩膀。

秦显摸了摸她的脸："要先洗个澡吗？"

苏乔点了点头："嗯，我还要洗头。"

她低头拉了一下自己的头发，突然抬头看着秦显说："你帮我洗吧。"她拉起一束头发，在秦显的脸上扫了扫，委屈地说，"头发太长了，我累。"

秦显笑着说："好，我帮你洗。"

秦显将苏乔从床上抱起来，抱到浴室才放下来："等会儿，我去拿张凳子。"

秦显说着就出去了，拿了张凳子回来放在淋浴房里，让苏乔坐在上面。

苏乔垂着头，把头发都捋到了前面去。

秦显站在她的身侧，拿着花洒调节水温，等温度差不多了，才试着淋到苏乔的头发上："怎么样？烫不烫？"

"不烫，很舒服。"

秦显帮苏乔把头发都淋湿了，往她的头发上擦了洗发乳，用指腹按着她的头皮。

苏乔闭着眼睛,高兴地说:"好舒服啊,以后你都帮我洗头好不好?"

"好。"

"洗一辈子。"

"好。"

时间无法倒流,他已经没有办法回到过去,去陪伴她、照顾她、爱护她,只能用以后的岁月去好好爱她,让她每一天都活得幸福快乐,忘掉那些孤独和痛苦的日子。

小镇的生活节奏慢,苏乔很喜欢。

第二天她又拉着秦显在镇上逛了大半天,回家的时候买了一大堆小玩意儿,都是在小摊上淘的,什么陶瓷杯子、花瓶、青花瓷的碗碟,各种乱七八糟的陶器和瓷器。

秦显问她买这些东西做什么,苏乔回他:"装扮我们的家呀。"

"……"秦显扫了眼那些做工十分粗糙的杯子、碗、碟,心想改天得带苏乔去一趟家居商场。

在镇上逛了大半天,又坐了几个小时的车,还没回家苏乔就要累散架了。

车停进车库后,苏乔懒懒地靠在副驾驶座上不动,委屈地望着秦显:"走不动了老公。"

秦显笑,将车熄火,拔出钥匙,侧身帮苏乔解开安全带:"等着。"

秦显推门下车,绕到副驾驶座那边打开车门,俯身将苏乔从车里抱了出来。苏乔双手搂住他的脖子,看着他笑。

"满意了?"秦显眼里满是笑意,单手关上车门,抱着苏乔往电梯方向走去。

苏乔将头靠在秦显的颈侧,翘起嘴角:"老公真好。"

秦显笑了笑,抱着苏乔进了电梯。

苏乔过去那些年过得无比孤独,素来独立,不依赖任何人,也无人可依靠。她心里一直有一个信条,这世上除了她自己,没有人能帮她,没有人可以让她依靠。所以她要努力,要努力去奋斗,也要努力坚强。

她撑了很多年,撑到已经习以为常。

周凛总说她比男人还厉害。她可以一个人做所有的事情：一个人天不亮就出去摆摊；后来攒了点钱，开了一家小面馆，依然是她一个人早上五点去店里，晚上十二点回家；再后来，她和周凛合伙做生意，周凛出了大头的钱，不管店里的事情，她可以一个人天不亮就去市场买菜，可以一个人扛几十斤的大米。

周凛总说她厉害，可其实她一点儿也不厉害，只是没有人可以依靠。她从不告诉任何人她累，因为没有人会在意。

可是秦显不一样，她可以全身心地依赖他，他会无条件地宠着她、爱护她。在他面前，她可以撒娇，可以任性，就像现在这样，不想走路，他都愿意抱着她。他可以毫无底线地宠着她。苏乔觉得，她好像被泡在蜜罐里，被爱包围着。

秦显抱着苏乔回家，打开门换了拖鞋，抱着苏乔走去客厅。他将她放到沙发上，俯身在她的唇上吻了一下。

苏乔顺势搂住他的脖子，看着他。

秦显和她对视，温柔地笑问："怎么了？"

苏乔摇了摇头："没什么，就是想看着你。"

秦显笑了笑，摸了摸她的脸："累吗？要不要睡一会儿？"

苏乔问："几点了？"

秦显道："四点多，你还可以睡一会儿，晚点儿我们出门吃饭。"

"好。"苏乔的确有点儿累，逛了大半天，又坐了那么久的车，这会儿已经昏昏欲睡了。

秦显抱着苏乔上楼，两个人简单洗漱了一下，便都上床睡觉。

秦显开了几个小时的车，也累。

卧室里窗帘紧闭，整个房间昏暗一片，静得没有一点儿声音。

秦显抱着苏乔，两个人没一会儿便都睡着了，一觉睡了三个多小时，醒来的时候天已经黑了。

苏乔是被饿醒的，肚子"咕咕"叫着。她推了推秦显，秦显下意识地收紧手臂，将苏乔往怀里抱紧了一些。随后他才微微睁开眼："醒了？"他刚刚醒来，嗓音有一点儿哑。

苏乔点了点头，眼睛望着秦显："我饿了。"

秦显愣了一下："几点了？"

"八点了。"苏乔说。

秦显抬起手臂挡住眼睛缓了一会儿，才又松开手，道："走吧，出去吃饭。"

秦显从床上坐起来，顺便把苏乔也捞起来，下了床，抱着她去浴室洗漱。

两个人收拾好出门时，已经八点半了。

秦显开着车，带着苏乔去了附近一家餐厅。那是一家有名的养生汤锅，有苏乔爱吃的板栗土鸡汤锅。

两个人到的时候已经快九点了，过了吃饭的点，店里已经不是很挤了。

秦显要了一个包间，搂着苏乔过去。

"表哥！"

秦显和苏乔刚走到包间门口，身后突然传来一道熟悉的声音。

秦显顿下脚步，回过头看去。

梁逸他们就在秦显和苏乔的隔壁包间。梁逸刚出来，准备去卫生间，没想到竟然碰到秦显和苏乔。

梁逸喝了些酒，分外激动："表哥，好久没见你了。"

秦显冷淡地扫了他一眼，"嗯"了一声，再没别的话。

梁逸有些尴尬，僵在那儿，一时不知该说什么。

"阿显？"包间里又走出个人来，是王煦。

王煦已经很久很久没见过秦显了，又惊又喜："阿显，好久没见你了。"他说着，目光落在苏乔身上，"苏……苏乔姐，好久不见。"

苏乔点了点头："你好。"

当年他们联合孤立苏乔，如今再见面，多少有些尴尬。

王煦摸了摸头，道："听说你们俩领证了，这么大的喜事，什么时候我们大家聚一聚吧？"

秦显已经很多年不跟他们来往了，每次他们那群高中朋友聚会，秦显的位置永远是空的。大家虽然嘴上不说，但其实都希望秦显能回来。

秦显冷声道："聚会就算了，没什么时间。"

说完，他搂着苏乔进了包间，将门关上。

苏乔知道秦显因为她，已经很多年不和那些朋友来往了。

她看着他，想说点什么，却又不知道说什么。

秦显将菜本递给苏乔："你看看喜欢吃什么？"

苏乔点了点头，接过菜本。

这家店主营养生汤锅，除了汤锅，还提供一些热菜。

苏乔和秦显吃得很慢，一直吃到十点半才结束。

两个人结账出来，在门口又碰到梁逸他们。他们没走，在等秦显和苏乔。秦显没看他们，牵着苏乔径直往停车的方向走去。

王煦急忙追上去："阿显！咱们从小一起长大，这么多年没聚了，大家都很想你。"

"是啊，阿显，我们在临盛订了包间，大家一起喝几杯吧。"

"对啊，你和苏乔结婚这么大的喜事，咱们也应该庆祝一下啊！"

所有人都在等秦显回答，然而秦显并没有任何表示。

苏乔沉默了一会儿，轻轻拉了一下秦显的手，轻声道："去吧。"

当初她和秦显分开，其实和他们关系不大。

秦显终于点了点头，看着苏乔说："你说去就去。"

"太好了！咱们这么多年没聚，今晚一定要好好聚聚！"王煦激动得几乎热泪盈眶，拉了一下秦显，"你太不够意思了！"

秦显"嗯"了一声："我带苏乔后面过去，你们先去。"

说完，他搂着苏乔往停车场走去。

梁逸、王煦他们先去，除了他们俩，还有三个男生，都是当初他们那一群玩得好的朋友，除此之外，还有林娜、孟莺。

秦显带着苏乔过去的时候，梁逸他们一行人已经先到了。

见秦显牵着苏乔进来，王煦忙站起来："你们来了！酒都开好了，就等你们了！"

秦显"嗯"了一声，表情始终淡淡的，牵着苏乔过去。

八年多没有聚过了，秦显又很冷淡，大家多少有一点尴尬。

王煦摸了摸头，索性和苏乔讲话："苏乔姐，听说你是鼎轩楼的大老板啊，你好厉害啊！"

苏乔笑了一下："还好。"

气氛又僵硬了。

王煦搓了搓大腿，突然端起茶几上的酒杯，敬苏乔："苏乔姐，以前是我们不懂事，还希望你原谅我们。"

苏乔愣了一下，一时竟不知该怎么接话。

见王煦端着酒杯，眼神真诚地看着她，她犹豫了一下，也端起一杯酒："没什么，都是过去的事了。"

她刚要喝下酒，被秦显拿走了酒杯。

她愣了一下，回头看向他。

秦显给她倒了一杯白水："喝水就行了。"

王煦忙道："对对对！喝水就行，喝水就行！苏乔姐，这杯敬你，我先干为敬！"

说着，他仰头就喝完一杯酒。

紧接着，王煦端起第二杯酒："这杯酒，敬你总算回来了，你要是不回来，阿显可能会活不下去。"这些年秦显是什么情况，他们都清楚。王煦激动得眼眶都发红了。

他一口饮尽第二杯酒，又端起第三杯："这一杯，祝你和阿显永远幸福，白头到老！"

说完，他又是一饮而尽。连续三杯酒下肚，王煦眼睛通红，有些激动地对苏乔说："苏乔姐，阿显这些年真的不容易，你别再抛下他了，他真的很喜欢你。"

苏乔听得心里发酸，回头去看秦显。秦显没有看她，微弓着背，低着头在抽烟。苏乔盯着他，将手伸过去握住他的手。

秦显依然没抬头，但是反手握住了她的手。

大家坐着，喝了点儿酒，聊了会儿天。

秦显还是表情很淡，不喝酒，也不主动聊天，但是他们问什么，他会简单答一句。

只是聊天多少有点儿冷场,梁逸建议干脆打通宵麻将。

秦显温柔地摸了摸苏乔的脸,低声问:"累不累?"

苏乔摇头:"还好。"

四点多的时候他们才睡了一会儿,现在并不困。

秦显点了点头,道:"那我们玩一会儿。"

苏乔点头:"好。"

苏乔不怎么会打麻将,而且秦显也不打算让她上桌

苏乔就坐在秦显旁边看着他打,这是苏乔第一次见秦显打牌。

秦显从上桌开始就一直在赢。苏乔刚开始以为是秦显牌运好,打到后来才发现,他不仅牌运好,打得也非常好。她不记得听谁说过,打麻将是要靠智商的。

一个通宵下来,秦显一直在赢。苏乔看着都有点不忍心了,在桌子底下悄悄捏了捏秦显的大腿,示意他让牌,不要再赢了。但是不知道秦显是没有理解她的意思还是怎么,完全没有让牌的意思。输得最多的就是林娜,她输得脸都白了。

"我……我不打了。"她推倒牌,皱紧了眉。

秦显神色冷漠地将麻将往中间一推:"继续。"

王煦和梁逸对视一眼,头上都冒冷汗。他们怎么觉得,秦显这是在给苏乔报仇啊!玩通宵是王煦和梁逸提出来的,他们要玩,秦显就陪他们玩。然而一个通宵玩下来,一个个输得简直欲哭无泪。

王煦那个悔恨啊,他是多想不开才会跑来和秦显打牌?这厮压根儿是来报私仇的啊!!!

早上六点半,天蒙蒙亮,打完最后一把,秦显心情十分好地点了一根烟,背靠着椅子,抬眸瞧了瞧对面的兄弟们,轻笑道:"以后你们还想打牌,叫我。"

众人在心底哀号。这辈子谁再和秦显打牌,谁就是傻!

"老婆,走了。"秦显拉起苏乔,离开了包间。

两个人从会所出来,天还没完全亮,路上没什么行人,也没什么车辆,马路对面只有一名环卫工在清扫步行道上的落叶。

秦显搂着苏乔过马路，准备带她去对面吃早饭。

苏乔靠在秦显的怀里，过了马路后突然抬头望着秦显笑。

秦显垂眸看着她，勾起嘴角："笑什么？"

苏乔笑道："秦显，你打牌打得真好。"

秦显低笑了一声，点头："嗯，还行。"

苏乔被秦显这副样子逗得笑得不行，捏着他的下巴："你怎么这么坏啊！"

秦显挑了挑眉，眼里染上笑意："是吗？"

"是啊，我喜欢死了。"苏乔高兴地在秦显的唇上亲了一下，看着他，眼里盛满笑意，像星光一样明亮灿烂。

她忽然觉得，以前吃再多苦都无所谓，如今的她得到了无比珍贵的人。

和秦显在一起，她每分每秒都感到幸福。

第十二章 婚礼

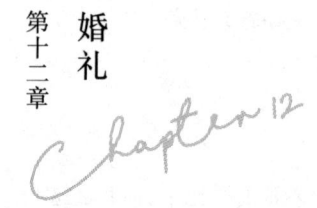

Chapter 12

苏乔和秦显的婚礼定在了六月底，距离婚礼还有一段时间。

秦显结婚，在秦家是天大的喜事，婚礼前期准备程序非常复杂且琐碎。

苏乔每次听秦显给她讲，听得头都大了。好在秦显最后又补充道："反正到时候你什么都不需要做，只要跟着我就好。"

有秦显这句话，苏乔便格外安心。她什么也不需要做，只要跟着他就好。

距离婚礼还有半个月的时候，一个周六的清晨，苏乔还在被窝里睡懒觉，秦显突然进来，将她从被子里捞了出来："老婆，起来了，我有话要对你说。"

苏乔迷迷糊糊地坐在床上，揉了揉眼睛："怎么了？"

秦显往她手里塞了一串钥匙。触碰到冰凉的钥匙，苏乔稍微清醒了一点。

"这是什么？"她低头瞧了瞧，正纳闷儿，秦显又给了她几张卡。

苏乔更愣了，看着手里的卡："这些又是什么？"

秦显道："我所有的储蓄卡和信用卡副卡，都给你。"

苏乔刚刚醒来，脑子还有点儿蒙。她盯着秦显看了一会儿，又低头看了看手里的卡，然后又抬头，惊讶地望着秦显："这得有多少钱啊？"

秦显有多少钱她不知道，但绝对不是小数目。

秦显道:"具体我没去算,总之不少,全是你的。"

苏乔盯着秦显愣怔了半天,又低头看了看手里的一串钥匙:"这些……是你的房子的钥匙吗?"

秦显点头:"我名下有些不动产,我已经全部转到你名下了。"

苏乔惊得眼睛都睁大了:"你……你不怕我把你的财产全都卷跑吗?"

秦显说:"不怕。我说过,我的一切东西都是你的。"

苏乔怔怔地盯着他,好半天才说:"这是你的聘礼吗?"

秦显点头:"是,我的聘礼。"他握住她的手,将她的手按在他心脏的地方,"还有这颗心,也是聘礼。"

苏乔看着秦显,眼睛酸酸的,忽然想哭。她的手贴在秦显的心脏处,她低头看着他,脑海里忽然想起赵海镇当初的话:"苏乔,你知道秦显这些年怎么过来的吗?他这辈子就喜欢过你一个人,你把他抛弃了,他还死心眼地非要等你,等了八年!"

她看着秦显,眼泪突然掉了下来。

她弯唇笑着,眼泪却止不住,双手握住秦显的手:"秦显,我会好好珍惜你的心。"

秦显眼里也隐隐泛着水光,他抬手替苏乔擦着眼泪,良久才哑声道:"我会一辈子对你好。"

苏乔感动得眼泪直掉,抬起手,双手环住秦显的脖子,哽咽着说:"你这人真讨厌,一大早就把人家弄哭了。"

秦显搂住她,低头吻她的嘴唇,低声安抚道:"别哭,乖。"

他握住她的手,苏乔感觉到有个冰凉的东西戴进了她的指间。苏乔愣了一下,低头看去,左手无名指上多出一枚钻戒。苏乔抬头看着秦显,好不容易忍住的眼泪又掉了下来。

秦显继续给她擦泪,嗓音温柔地说:"怎么又哭了?"

苏乔扁嘴:"你把我弄哭了,还问怎么又哭了。"

秦显笑,摸了摸她的脸:"对不起,是我的错。"

"对,就是你的错。"苏乔擦了擦眼泪,刚擦掉,眼泪又掉下来了。

秦显笑,突然将她打横抱起来,往浴室走去:"我错了,晚上回来给你买甜甜圈。"

　　苏乔最近迷上了秦显公司楼下那家蛋糕店的甜甜圈，秦显每天下班回来都给她买一个。这已经成了秦显哄苏乔高兴的不二法门。

　　婚期将近，苏乔和秦显这段时间天天要去爷爷那边吃饭。
　　秦显结婚，对秦家来说是天大的喜事。秦显家里亲戚众多，这段时间也是天天都往老爷子那里跑，整个秦家都被喜庆的氛围笼罩着，跟过年一样热闹。
　　苏乔这段时间天天和秦家的人在一起，大家也都熟悉了。
　　秦家真是个大家族，每顿吃饭要坐好几桌。幸亏秦显的爷爷家里宽敞，装得下这么多人。不过老人家喜欢热闹，每天都把一大家子人召集过来吃饭。
　　苏乔或许是因为从小活得冷冷清清的，所以也挺喜欢秦家这种热闹的氛围。
　　苏乔今晚戴上了钻戒，吃饭的时候，秦显的二姨眼尖，一下就看到了："呀，小乔，你这钻戒好漂亮呀！"
　　她拉起苏乔的手看了看，抬头对秦显笑道："阿显，你这孩子，领证悄悄领，求婚也悄悄求，你还把我们这些长辈放在眼里吗？"
　　秦显笑了笑："婚礼会邀请大家的。"
　　苏乔其实没有几个朋友，也没有什么亲人，很多时候只想和秦显两个人在一起。秦显是最了解她的人。她侧头看着他，秦显对她笑了笑，在桌子底下握住了她的手。
　　离婚期越近，要准备的事情就越多，好在秦家人多，基本没什么让苏乔操心的事情。
　　苏乔和秦显的婚礼并不打算请很多人，就家里人和几个朋友。
　　六月二十二号，婚礼头一晚，新郎和新娘不能见面。
　　苏乔被孟莺，还有秦显的两个堂妹拉出门过最后的单身之夜。苏乔的单身之夜非常简单，几个女孩子去吃了饭，然后去商场疯狂购物。
　　至于秦显的单身之夜，比苏乔更简单。他买了几罐啤酒，和赵镇坐在露天的篮球场上吹风。

已是深夜,篮球场上一个人也没有,安静得没有一点声音。

秦显和赵镇坐在高处,风吹得很大。两罐啤酒下肚,赵镇的话变得多了起来:"其实我压根儿没想过你居然真的能等到她。前些年你那个样子,我这辈子都忘不了。"

秦显笑了笑:"我也没想到能等到她。"

以至于现在的每一天他都觉得像是老天的恩赐,想把一切好的东西都给她。

赵镇看着秦显,忽然想起几个月前的秦显。

那时候秦显刚刚在伦敦碰到苏乔,回国以后立刻买下了一栋别墅,按照苏乔喜欢的风格装修,花园里种满了苏乔喜欢的花。她喜欢秋千,他就给她在院子里绑了秋千;她喜欢小山坡,他就特意让人在后院填出了一个小山坡,还有青翠的草坪,春天可以躺在上面吹风晒太阳。

赵镇当时问他:"你做这些做什么?她不是还没答应你吗?"

秦显当时是这样回答他的:"苏乔的家人都不爱她,她一直想有个家,我把这些都做好了,等她回来就能给她一个家了。"

后来苏乔心狠,拒绝了秦显。那天晚上,赵镇到处找不到秦显,打电话也联系不上他。赵镇怕他出事,找了他一整晚,最后在那栋专门买给苏乔的房子里找到了他。空荡荡的房子里没有开灯。

赵镇站在门口,看着坐在黑暗处的秦显。秦显一个人坐在那儿,原本漂亮的房子在那一刻空得可怕。他垂着头坐在沙发上,捂着眼睛,肩膀发抖。

房子里太安静了,安静到赵镇都能听见秦显强忍着的压抑哭声。那一刻,赵镇完全可以理解秦显的绝望和痛苦。秦显等了八年,在找到她之后,立刻回国买房子,要给她一个家的女人,告诉他早就不喜欢他了。当时那种绝望和痛苦,大概只有秦显自己才会懂。不过幸好,一切都没有被辜负,所有痛苦他都熬过来了。

赵镇端起酒,敬秦显一杯:"不管怎么说,都要好好恭喜你,终于等到这一天了。"

秦显笑了笑，端起酒和他碰了碰："谢谢。"

婚礼的日子是秦显的爷爷翻遍老皇历定下来的，据说是今年最好的一个日子，诸事皆宜。

这天早上，天不亮苏乔就起来了，刷牙洗脸，又认真敷了两张面膜。

苏乔这边很冷清，她总共就请了两三个朋友，连母亲也没有通知。早在几年前，她帮她的母亲还完了债务，就和她的母亲断绝了关系。刘梅生了她，她也为刘梅付出了全部的青春。在她本应该读书的年龄，她独自去外面打工养家糊口；在她二十出头的时候，她为刘梅背上了债务。她还清了，不欠刘梅了。

因为她没有几个娘家人，所以秦显那边的几个堂妹和姨妈就充当了她的娘家人，早上六点半就带着化妆师和摄影团队来了。

苏乔此刻正坐在客厅里化妆，秦显的二姨和小姨在厨房里煮汤圆。

孟莺和秦显的几个堂妹陪着苏乔，顺便商量一会儿找新郎要红包的事情。

摄影师们在拍照，记录婚礼这一天的每一个瞬间。

苏乔说不清自己是什么心情，有激动，也有紧张。可不知为什么，她其实很想哭。

十点钟的时候，苏乔化好了妆，做好了头发，然后上楼换婚纱。苏乔换好婚纱，从浴室里出来的时候，房间里的几个女孩儿都看呆了。很多时候，一个女人让女人都觉得美，那就一定是很美。

苏乔长得美，这是所有人都公认的。但是她穿上婚纱从里面出来的那一刻，更是美到夺目，令人移不开眼。

"我的天哪，嫂子，你今天好漂亮啊！"

"表嫂一直很漂亮。"孟莺从八年前第一次见到苏乔的时候，就觉得她很漂亮。

这么多年过去，如今苏乔依然很漂亮，穿上婚纱后，脸上有了幸福的笑容。

苏乔换好婚纱，秦显的二姨就上来说，让她不要再下楼了，秦显马上就要过来了。

房间里的女孩们带着小孩子们跑下楼去，一边跑一边教他们一会儿怎么要红包，没有大红包就不给开门。

苏乔的卧室里只剩下孟莺和小糖帮她堵门。

苏乔坐在床上望着窗外。今天天气很好，没有刺眼的阳光，微风和煦，将人的心都吹得软乎乎的。

楼下很吵，欢笑声传到了楼上。

苏乔始终望着窗外，脑海里不停回响着赵镇的声音。

昨天晚上，赵镇给她打了电话。

"有件事情我还没有告诉你。当初秦显在伦敦找到你，回国以后立刻买下了一套房子，按照你的喜好装修了。他告诉我说，你一直想有个家，等你回来，他就能给你一个家了。"

苏乔湿润了眼眶，抬手擦了眼泪。

苏扬的声音从门外传来："我告诉你，秦显，我到今天对你也不是很满意。但是我姐喜欢你，总说你是这世上最爱她的人。我姐过去的二十几年过得很辛苦，我以前对她也不好……她在这世上没有几个可以依靠的人，我今天把她交给你，你要好好照顾她。"

苏乔在里面听得红了眼睛，低下头，听见秦显的声音在外面响起，一字一字清清楚楚地注入她的灵魂深处，他说："我会好好照顾她，护她一生一世。"

苏乔忽然掉下眼泪，紧紧捏着裙子，感觉酸楚又幸福。

秦显进来的时候，所有人都出去了。卧室里只剩下他们两个。

苏乔坐在床上，眼睛还红着，看着他走到她面前，蹲在她身前。

他抬手摸了摸她的脸，轻轻笑了笑："怎么哭了？"

苏乔抿了抿唇，说："没哭。"

秦显低低地笑出了声："嗯，没哭。"他摸了摸她通红的眼睛，"是昨晚没睡好吧？"

苏乔"嗯"了一声："对。"

苏乔说没哭就是没哭，秦显没有拆穿她。他站起来坐在她旁边，扣住她的头，侧过脸吻住她的唇。轻轻的一个吻，没有停留太久，他便松开了。

他看着她说:"一会儿我可能会忙,你在房间里待着就行,饿了就吃点儿东西,不要管那些礼仪。"

苏乔点了点头,看着他说:"我知道了。"

到了酒店,苏乔就一直待在房间里。秦显的确很忙,得在下面招待客人。

仪式快开始的时候,孟莺拉着苏乔的手问她:"你紧张吗?"

苏乔摇头:"还好。"

她有一点点紧张,但是还好。她知道有秦显在,所以什么也不怕。

这场婚礼筹备了很长时间,一切都是最好的,现场更是布置得极其浪漫。仪式快开始的时候,现场已经坐满了人。

王煦突然一把抓住梁逸的手腕:"阿显结婚,我怎么这么紧张?"

梁逸拂开他的手,端起桌上的茶杯喝了一口茶,半响才回了一句:"太不容易了吧。"

别说是当事人,就连他们这些旁观者都觉得两个人太不容易了。换了任何一个人,或许都熬不下来。是的,这个世界上不会再有第二个秦显。

苏乔以前偶尔也会自怨自艾,可自从她有了秦显,便觉得以前受过的那些苦都值得。

刚刚在上面,苏扬问她:"姐,你等会儿会不会哭?"

苏乔以为自己不会,可事实上,当她走进礼堂,当她看到逆光站在红毯对面的秦显时,两个人四目相对的一瞬,她便热泪盈眶了。

她再也找不到一个人比秦显更好。她终将和他共度余生。她不会再孤独,他会永远爱她。

现场的音乐太过煽情,场下的人全都专注地观赏着这场婚礼。苏乔是一个人拿着捧花进来的,她没有长辈亲人,没有人带她入场。婚纱的裙摆拖曳在身后,她美得让人挪不开视线。

"苏乔怎么自己走红毯?"王煦奇怪地问了一句。

梁逸望着走在红毯上的苏乔,半响才道:"她那边没什么亲人。"

"她父母呢?"

梁逸摇了摇头,许久才又应了一句:"苏乔她……挺可怜的。"

当年是他们对她误解太深。苏乔这些年受过多少苦,没有人知道。

苏乔抱着花，一个人走在红毯上，一步步坚定地朝秦显走去。她走到他面前，将手递给了秦显。秦显握住了她的手，看着她，眼底似有强忍着的眼泪。

苏乔看着他的眼睛，低声说："秦显，我把自己交给你。"

秦显将她的手握得更紧，同样用只有他们俩才听得见的声音说："我会护好你。"

秦显牵着她上台。现场所有人的目光都集中到了台上。婚礼没有按照正常的程序进行，两个人上台后，司仪将话筒交给了秦显。苏乔愣了一下，望着秦显。底下的人也都愣住，全都望着秦显。

秦显拿着话筒，低沉的声音在大厅里回响："感谢大家来参加我和苏乔的婚礼，今天这场婚礼由我来说。"

苏乔瞬间红了眼眶。

秦显紧紧握着她的手，停顿了一会儿，才又开口："其实这场婚礼迟到了很多年，我常常在想，如果我们当初没有分开，或许很多事情不会发生，你也不会受那么多苦。"

他转过身面对着苏乔："你总说自己不好，可在我心里，你是这世上最好的人，没有人比得上你。你坚强、勇敢、善良，很多人误解你、伤害你，但是我知道，没有人比得上你。"

他低下头，手指摩挲着苏乔手腕上那道疤，眼睛微微红了，抬起头看着苏乔，声音隐隐有些哽咽："过去这八年，我没有找到你，没有照顾好你，让你一个人吃了很多苦……"

秦显突然掉下一滴眼泪，他紧紧捏住苏乔的手，红着眼睛说道："苏乔，我对你有很多亏欠，在你最孤独、最痛苦的时候没能陪在你身边，这些都是我的错，希望你原谅我。"

苏乔哭着摇头，紧紧握住秦显的手。

"苏乔，以后没有什么能让我们分开了，我会好好爱你，一辈子护着你。"

苏乔的眼泪不停往外涌，她点着头，哭着说："我也会好好爱你。"

底下忽然响起一阵掌声。秦老爷子坐在前排，忍不住抹了抹眼泪。

秦显抱住了苏乔,低下头,眼泪砸在苏乔的肩膀上,哑声说:"苏乔,我们还有一辈子。"

过去的时间已经过去了,所幸他们还有很长的未来。

苏乔环抱住他,点着头,声音很小地哽咽着说:"秦显,你知道我这辈子最骄傲的事情是什么吗?"

秦显摇头:"什么?"

苏乔的眼泪滑过嘴角,她看着他笑道:"是你喜欢我。"

苏乔和秦显在婚礼以后,就从她的房子里搬入了秦显很早以前为她准备的新家。

新家非常漂亮,在郊区的高端别墅群里,房子有很大的花园,前后两个院子,完全是按照她的喜好装修的。院子里种满了花草树木,花园侧面的一棵大树下,秦显专门让人给她绑了秋千。

如今正值盛夏,但或许因为在郊区,有山风吹下来,气候很凉爽。

结婚三天,苏乔每天最惬意的事情就是在院子里荡着秋千,吹吹风,晒晒太阳。她感觉自己像生活在世外桃源里。

秦显在不远处打电话,苏乔自己踩着草坪把秋千荡高。阳光透过茂密的树叶照下来,苏乔吹着风,身上被阳光晒得暖烘烘的。

秦显在谈工作上的事情,打了十分钟的电话,终于挂断。他回过头,就见苏乔一个人在欢快地荡着秋千。秦显每次看到苏乔坐在那儿荡秋千,便觉得仿佛时间又回到很多年前,苏乔还是那个十九岁的小姑娘。

他朝着苏乔走过去。

苏乔见秦显过来,冲着他笑:"老公,你回头再给我扎个吊床吧。"

"怎么又想扎吊床了?"秦显站在苏乔身侧,帮她推着秋千。

苏乔道:"可以晒着太阳睡觉啊!"

她指着不远处的一棵树:"就绑在那里吧。"

秦显抬头看了她指的地方一眼,笑了笑:"嗯,知道了。"

"对了,我们是今晚几点的飞机啊?"苏乔和秦显结婚已经三天了,准备出门度蜜月。

"八点。"

"噢,到了可以直接睡觉。"

秦显"嗯"了一声,拉住秋千的绳索,将摇晃的秋千固定下来。

苏乔抬头:"怎么了?"

秦显笑,俯身将苏乔打横抱起:"走了。"

苏乔双手环住他的脖子:"去干什么?"

秦显:"干坏事。"

苏乔:"……"

秦显抱着苏乔回房,她的床上乱糟糟的,全是她今天早上翻出来要带出门的衣物,还没装。

苏乔坐在床上,把一条裙子扔给秦显:"别干坏事了,先帮我收拾行李吧。"

秦显接住裙子,俯身捏住苏乔的下巴亲了一下,随后才抬头笑着问:"这些都是要带的?"

苏乔点头:"还有我的防晒霜,好像没了。"

秦显揉了一下她的脑袋,说:"一会儿出去买。"

苏乔要带的东西很多,除了衣服、洗漱用品,她还把吹风机也带上了。

秦显给她收拾行李的时候,忍不住笑道:"你这是要搬家吗?"

苏乔哼笑,蹲在衣柜前整理她的内衣内裤,和秦显的一起放在一个小包里。她明明不是第一次和秦显出游了,但是如今的感受和八年前完全不一样。

八年前,她心里只有悲伤,秦显越开心,她越悲伤。秦显那时候说,以后每年都带她出去玩,她面上答应,转头就掉了眼泪。即使如今回想起来,她依然觉得难过。和秦显最后相处的那一个月,她是数着日子在过。

两个人出去旅游的时候,离他们正式分开只剩下四天的时间。那几天她几乎天天背着秦显哭,洗澡的时候哭,去卫生间的时候哭。秦显去给她买东西的时候,她看着他的背影,也忍不住掉眼泪。

苏乔回头去看秦显。他蹲在地上,在给她收拾行李。时隔八年,他依然是他,那个对她好,什么都顺着她、顾着她的秦显。他们分开了那么久,他依然在这里。现在他们结婚了,一辈子都不会再分开。

苏乔忍不住过去蹲在秦显身边,从身侧抱住他,脑袋枕在他的肩膀上。

秦显拉住她的手,侧头看着她问:"怎么了?"

苏乔摇头,只是紧紧抱着他。过了好一会儿,她才哑声说:"秦显,幸好你还在。"

她无法想象,如果他不在了,如果她以后的人生里都没有他,她会多痛苦。幸好他还在,还在她身边,她还能抱着他,还能挽着他的手臂。

秦显侧过身,捧住苏乔的脸。苏乔的眼睛红红的,她看着秦显,眼泪突然控制不住地掉了下来。秦显知道她在想什么,心疼地帮她擦掉眼泪,看着她说:"别怕,我还在,我永远都在。"

苏乔的眼泪又掉了下来,她紧紧抱着他。

秦显摸着她的头,温柔地安抚着她。

苏乔和秦显这次是故地重游,住的是当初他们住过的那间酒店。

八年了,那间酒店竟然还开着。

苏乔正感叹,秦显"嗯"了一声:"是的。"

秦显拎着箱子,牵着苏乔的手往酒店大厅走去。

"您来了。"前台的工作人员见是秦显,礼貌地打着招呼。

苏乔奇怪地瞧了秦显一眼。

工作人员见到苏乔,愣了一下:"咦,您找到她了。"

秦显:"嗯,我找到她了。"

"那真是恭喜您了。"工作人员说着,目光忽然落在苏乔无名指上的戒指上,笑着说:"您先生每年都来找您,总算找到您了,恭喜你们。"

苏乔看着秦显,他神色如常,她却忽然说不出话来。

秦显拿了房卡,牵着苏乔往电梯方向走去。

苏乔的眼睛又酸酸的。进了电梯,她忍不住抱住秦显。

秦显环住她的腰,低头看着她:"怎么了?"

苏乔心里难受,哽咽着说:"你真不容易。"

秦显顿了一下,忽然也想起过去那八年的情景。

良久,他轻轻"嗯"了一声,说:"没关系,值得。"

秦显的一句"值得"听得苏乔又有些鼻酸。

秦显摸了摸她的头,低声唤她:"苏乔。"

"嗯?"

"别哭。"

一句"别哭",反倒叫苏乔强忍着的眼泪掉了下来。

她将头埋在秦显的怀里,轻轻点了点头:"嗯,没哭。"

他们住的还是当年那个房间。已经是深夜十二点了,整个酒店安安静静的。秦显开了门,将门卡插上,牵着苏乔进屋,进屋以后苏乔就愣住了。

房间里的一切都和八年前一模一样,那扇窗、那张床,还有那张沙发……

苏乔抬头看向秦显。秦显似乎猜到她的疑惑,解释说:"我买下了这个房间。"

苏乔抿着唇没说话。

秦显笑着揉了揉她的脑袋:"不要愣着了,洗澡休息,明天带你出去逛。"

秦显把行李箱拎进房间,关上了门。

苏乔蹲在地上,从行李箱里给秦显拿了睡衣递给他:"你先洗吧。"

秦显接过衣服,挑眉笑道:"一起洗?"

苏乔笑,从小包包里拿出秦显的内裤扔给他:"不。"

她站起来走到窗前推开窗,往外望去。

夜风习习,迎面扑来,苏乔趴在阳台上往下望,依然是八年前那个花园,种着许多五颜六色的花。

苏乔想起八年前的心情,绝望、痛苦,却又不能不走。

她望着外面,眼里终于有了笑容。

秦显很快就洗完澡出来,苏乔抱着自己的睡裙进去。

秦显在门口堵住她,低头在她的脸上亲了一下,看着她,眉眼间都是暧昧的笑:"床上等你。"

苏乔笑着踢了他一下："你越来越不要脸了。"

苏乔进了浴室，把秦显推出去，"砰"的一声关上浴室门。

秦显站在门口盯着紧闭的门，低笑了一声。他回到卧室，站在中间打量着这个房间。

这是他第九年来到这里，他终于把苏乔带回来了。他走到窗前，站着吹了会儿风，眉眼间都是肆意的笑，有种说不出的心情，胸腔里有股喜悦之情仿佛要破膛而出。

苏乔在里面洗了半个小时，出来的时候秦显已经在床上坐着了，懒洋洋地靠着床背。他见她出来，便瞧着她笑，拍了拍床板唤她："过来。"

苏乔弯眼笑着走过去，脱了鞋上床，然后自然地靠到秦显的怀里。

秦显抱住她，低头吻住她的唇。苏乔身上有股淡淡的香味儿，秦显很喜欢。她的吻是香的，味道也是香的。

苏乔双手抱着秦显的腰，抬着头，微张着唇，由着秦显在她的唇齿间搅弄。秦显很会接吻，每次都能吻到她浑身发软。没一会儿苏乔就软得不行了，身体整个瘫软在秦显身上。

秦显这才松开她，捏着她的下巴，看着她笑："不行了吗？"

苏乔拉下他的手，轻轻瞪了他一眼。

秦显反手将她的手握住，看着她问："在想什么？"

苏乔反问："你呢？"

秦显盯着她看了一会儿，说："在想我去年来的时候，在这里住了半个月。"

"你一个人吗？"

秦显"嗯"了一声："我一个人。"

苏乔心里又有些难受了，抬手摸了摸秦显的脸。

秦显握住她的手，笑了笑："老实说，那时候的确很痛苦，但是都过去了。你现在不是在我的怀里吗？"

苏乔"嗯"了一声，弯着唇笑。

秦显侧过身，将床头灯关掉，屋里瞬间暗了下去，只余进门那里一道昏暗的灯光。

他抱着苏乔翻了个身，压在她身上。苏乔双手环住他的脖子，黑夜里，眼睛亮得像星星，看着秦显笑着说："我这次会负责的。"

秦显愣了一下，随后反应过来，低笑道："不会睡完就跑了？"

苏乔被逗得笑起来："不跑了，跑了去哪里找这么好的老公？"

秦显禁不住笑了笑，低头吻住她。

这一夜漫长又快乐。

苏乔不记得是什么时候结束的，但她最记得的是，秦显最后紧紧抱着她，在她耳边哑着声音，似是哀求地说了一句："别再离开我。"

她听见这句话，眼泪瞬间掉了下来。

这个房间或许让他想起了很多往事。

苏乔心疼地抱紧他："我不离开你，一辈子都陪着你。"

苏乔凌晨才睡，导致一觉睡到了中午。迷糊中，她听见秦显的声音，低低的，听不清他在讲什么。她懒懒地窝在被子里，抬着眼往声音传来的方向望去。

秦显站在窗口讲电话，声音很小，似乎在讲工作上的事情。像是有心灵感应，秦显回过头，就发现苏乔醒了。她侧着身子蜷缩在床上，被子盖住了大半张脸，只露出一双黑黝黝的眼睛看着他。

秦显和电话那边的人简单说了两句，便挂了电话。

"醒了。"

秦显走到苏乔面前，坐到床边，俯身将苏乔从被子里捞出来，让她坐到他的腿上。

苏乔双手下意识地环住秦显的脖子，看着他问："你怎么起这么早？"

那么晚睡，她到现在还困着呢，身体也软绵绵的。反观秦显，精神奕奕的。

秦显看着她笑："怕你又跑了，得守着。"

他低头含住苏乔的唇亲了一会儿。

苏乔知道他是开玩笑的，但听着还是心酸。她曾经在这个房间里抛弃了他。她抿了抿唇，眼神格外认真地看着他："我不会走的。"

秦显只是开个玩笑,但见苏乔一脸愧疚的样子,不由得愣了一下。

他抬手捏了捏她的下巴,轻轻笑了笑:"干什么呢?我逗你的。"

苏乔"嗯"了一声:"我知道。"

她知道他是逗她的。

秦显笑了,双手托着苏乔的臀,从床边站起来:"走吧,收拾一下,带你出门吃饭。"

苏乔和秦显出门的时候已经一点了,正好错过了午饭高峰期。

秦显找了间干净整洁的小店,牵着苏乔进去。店里已经没什么客人了,苏乔拉着秦显去了靠窗的位置。她将窗户推开,窗外阳光明媚,温暖和煦的风吹在脸上,苏乔舒服得闭上了眼睛。

秦显点了几个苏乔爱吃的菜,回头就见苏乔托着下巴正望着窗外,嘴角带着笑,一脸幸福的样子。

秦显看着她笑,伸手将她的一只手握在手里:"在想什么?"

苏乔收回视线,笑着看他:"没想什么。"

她用双手将秦显的手握住,又说:"就是觉得现在很幸福。"

一切都那么美好,阴霾散尽,雨过天晴。

秦显拉了拉她的手:"到我这边来。"

苏乔"嗯"了一声,站起来走到对面,和秦显挨着坐。

她挽住他的胳膊,下巴抵在他的肩膀上,抬眼望着他:"一会儿我们去哪里?"

秦显低头在她的唇上吻了一下,捏着她的手指把玩:"你想去哪里?"

苏乔摇头:"不知道。"她顿了一下又说,"要不然我们就随便转转吧。"

秦显"嗯"了一声:"好。"

吃完饭,苏乔就和秦显在街上瞎转。

镇上有很多书店、饰品店、服装店、瓷器店。

苏乔拉着秦显四处乱转,在书店淘了几本书,买了几条色彩鲜艳的裙子。

她以往很少穿色彩鲜艳的衣服,有些没把握,但是好在有个闭眼夸她的老公,反正无论她穿什么,他都觉得好看。

苏乔高高兴兴地买了一大堆东西,秦显则心情愉悦地跟在后面付钱,帮她拎着东西。

路旁有卖草帽的,她拿起一顶给自己戴上,回头问秦显:"好看吗?"

秦显笑,抬手帮她把帽檐推高一点儿:"好看。"

苏乔忍不住笑了,抬头在他的唇上亲了一下。她觉得大概无论她变成什么样,秦显都会觉得好。在他的心里,她大概是这世上最好的人。

苏乔和秦显在镇上玩了小半个月,重新去了曾经他们去过的所有地方、行过的每一座桥、走过的每一段路。

离开那天,苏乔在飞机上问秦显:"以后还想来吗?"

秦显摇头,说:"不想来了。"

这个地方对他而言,终究有太多痛苦回忆。

如今苏乔已经回来了,这个地方对他而言已没有太大意义。

苏乔抱住他的手臂,看着他说:"那我们就不来了。"

让过去的事情都过去,以后他们过的每一天都是崭新幸福的生活。

两个人从云南回来以后,家里已经很热了。

苏乔每天都待在空调房里,不愿意出门,在家里吹空调,在店里也吹。

大概是空调温度太低,一个星期后,她终于感冒了。

苏乔裹着床大被子坐在客厅沙发上,空调被秦显调到了合适的温度,但她还是出了一身虚汗。

"不是跟你说不要贪凉吗?现在舒服了?"

秦显给她倒了水,又把药一颗颗地给她剥出来。

苏乔吸了吸鼻子:"你老婆已经很惨了,请你对她温柔点儿。"

秦显忍不住笑,将药喂到她的嘴里,然后把杯子喂到她的嘴边:"是,我错了,你现在是病号。"

苏乔低下头,就着秦显的手喝了口水,然后仰头把药吞下去,想起一件事,说:"等我感冒好了,带你回我的家乡一趟吧。"

通常新婚夫妻，新娘都要带老公回娘家的。但是苏乔没有娘家，便琢磨着带秦显去她的家乡转转。

她的家乡在偏远的大山里，她其实也有很多年没有回去过了，她的母亲和奶奶也早已经不住在那里了。她在那里度过了孤独的童年和少女时期，对那个地方其实没有什么留恋的。但那里终归是她长大的地方，她想带秦显回去看看。

秦显点头："好，等你感冒好了就去。"

他又喂了颗药到苏乔的嘴里，将杯子喂到她的嘴边。

苏乔低头喝水，仰头吞了药。吃完药，秦显抬手帮她擦掉嘴角的水渍，捏着她的下巴，低头在她的唇上轻咬了一下。

苏乔睁大眼睛，瞪着他说道："我感冒呢。"

秦显看着她笑："我身体好，不怕。"

话音落地，他又吻下来，顶开她的嘴唇，在她的唇齿间肆意搅弄。苏乔的身体裹在被子里，手取不出来，她推也推不开他，小小挣扎了一会儿便放弃了，由着秦显吻她。

直到她被秦显吻得浑身发软了，才总算被他松开。他的嘴唇贴着她的耳朵哑声说："我去给你放水，你泡个热水澡会好得快点儿。"

苏乔"嗯"了一声，双手从被子里伸出来环住秦显的脖子。

秦显将她从被子里捞出来，打横抱起她往楼上走去。秦显放了一浴缸热水，浴霸灯将浴室照得亮如白昼，浴室里暖烘烘的。

秦显和苏乔一起泡的澡。热气弥漫上来，熏得人昏昏欲睡。或许是吃了药的缘故，苏乔靠在秦显的怀里，没一会儿就睡着了。隐隐约约她感觉到秦显在帮她揉搓手腕，又感觉到秦显把她从浴缸里抱起来，帮她擦干身体，把她抱回房间穿好了衣服。

苏乔感冒了，傍晚刚退烧。秦显夜里不敢开空调，怕又刺激到她，又怕她夜里踢被子，睡得不太沉。

果然，苏乔半夜真的热得踢了被子，含糊着喊热。

秦显没睡，帮她把薄被重新盖好，又抬手摸了摸她的额头。

她没有发烧，但额头上全是汗，鼻子堵住了，呼吸有些重。

苏乔热得醒过来,又踢了被子,脑袋往秦显的怀里钻,声音含糊地说:"老公,你没开空调吗?"

秦显"嗯"了一声,拉过薄被给她盖上,右手轻轻拍着她的后背,柔声道:"我刚刚问医生了,你刚退烧,不能吹空调,忍一忍,把汗发出来就好了。"

他从床侧拿过扇子,轻轻帮苏乔扇风:"我给你扇着,你睡吧。"

苏乔靠在秦显的怀里,没抬头,闭着眼睛继续睡了。

秦显一直拿着扇子轻轻给她扇风,苏乔慢慢凉快下来。她不记得自己什么时候睡着的,但半夜醒了一次,蒙蒙眬眬地睁开眼,在黑暗里看见秦显还在给她扇风。

她抱住他,小声问:"几点了?"

秦显轻声道:"四点,还早,你继续睡吧。"

她"嗯"了一声,半梦半醒间紧紧抱住了秦显。

苏乔第二天醒得早,醒来的时候才刚七点。

秦显不在房里,她从床上坐起来,看到秦显昨晚给她扇风的扇子被放在床头柜上。

她穿上拖鞋下床,去浴室刷牙洗脸,出来的时候,拿起床头柜上那把扇子,然后走出了房间。下了楼,她听见厨房里有动静,摇着扇子过去,刚到门口就看到秦显站在灶台前做早餐。她走过去,从身后抱住他,脑袋探过去往锅里看了一眼。

秦显在给她熬粥——白米粥。

"醒了?"秦显转过身,抬手摸了摸她的额头。

苏乔"嗯"了一声:"不烧了。"

秦显笑了笑:"鼻子还堵吗?"

苏乔摇头:"不堵了。"

苏乔绕到秦显身边,双手搂住他的脖子,抬头望着他:"你昨晚是不是都没睡觉?"

秦显挑了挑眉,看着她没说话。

苏乔继续说:"你今天凌晨四点还在照顾我呢。"

秦显笑了笑，手指在她的脸上轻刮了一下："嗯，怕你难受。"

苏乔看着秦显，感觉眼睛酸酸的，半天说不出话。

"怎么了？"秦显将苏乔的腰搂住。

苏乔摇头，说道："我想亲你，但是怕把感冒传染给你。"

秦显愣了一下，片刻后笑了起来："怕什么？"

话音落地，他低头便重重地吻了下去。这是清晨的第一个吻。

苏乔抬着头，双手搂着秦显的脖子。清晨的第一束阳光透过窗户照进来，相爱的人在厨房里亲吻，一切都是最美好的样子。

苏乔的感冒在秦显的精心照顾下，非常快速地好了，甚至快到她自己都觉得不正常。

事实上，她这些年身体一直不是很好，大概是前些年吃了些苦头，留下了后遗症。

那时候她在路边摆摊，冬天要熬到很晚，冷得不行，常常是感冒还没好，马上又受凉了。一整个冬天，她几乎没有一天是好过的。从那以后，她就特别怕冷，也老是生病，每次一生病总要拖上很久都好不了。然而这次感冒她好得出奇地快，不出三天居然已经好得差不多了。

苏乔泡完热水澡，躺在床上。

秦显从楼下拿了温度计上来，走到床边："再量一下体温。"

苏乔看着他说道："已经好了。"

"再量一下。"

秦显在生活中基本对她是千依百顺，但在为她好这件事情上没有任何商量的余地，她必须听他的。

苏乔乖乖张开嘴，秦显俯下身，把温度计放到苏乔的嘴里。苏乔平躺在床上，含着根温度计，不大乐意地望着秦显。

秦显看着她笑，摸了摸她的脸颊："我去洗个澡，很快出来。"

苏乔轻哼了一声，示意他去。男人洗澡很快，十分钟不到秦显就出来了。

他穿着白色浴袍，胸膛敞开一片，头发还在滴水，拿着毛巾随意地擦了两下。

苏乔盘腿坐在床上看着书，嘴里还含着那根温度计。

听见浴室门打开，她抬起头看过去，翻书的动作一顿，目光不自觉地落在秦显的胸膛上。

他浴袍半敞，胸膛结实又性感。苏乔盯着他发愣，心思有点儿不单纯了。

秦显察觉到，忍着笑走过去，伸手先将苏乔嘴里含着的温度计取了出来，仔细看了看——已经是正常体温。

他顺手将温度计放到床头柜上，俯下身，双手撑在苏乔的身体两侧，头低下去吻住苏乔的唇，含了一会儿，轻笑着松开："想我了？"

苏乔怔了怔："谁想了？"

秦显勾着唇，盯着她的眼睛："你在看我。"

苏乔："没看。"

秦显轻笑："害羞了？"

秦显坐到苏乔旁边，侧过身，一手伸过苏乔的腿弯，一手揽着她的后背，将她抱过来放到腿上。

苏乔哼笑了一声："谁害羞？"

秦显低头咬她的嘴唇："你说谁害羞？"

秦显盯着她，眸色漆黑。

苏乔双手捧住秦显的脸，无比认真地看着他说："今晚你好好睡一觉。"

她这次感冒之所以好得这么快，完全是因为秦显一直照顾她。他盯着她吃药，不准她贪凉，每天早、中、晚按时给她量体温。夜里不敢开空调，又怕她难受睡不着觉，他便一整夜都守着她，拿着扇子给她扇风。他净顾着照顾她，自己这几天反倒没怎么好好睡觉。

头顶的水晶灯亮得晃眼，苏乔看着秦显眼下的淡淡青影，心疼地摸了摸："今晚早点休息吧，我感冒好了，你不用再守着我了。"

她又摸了摸他的脸，抬头在他的唇上吻了一下："睡觉吧我们。"

她从秦显的腿上下去，爬到床上，然后掀开被子先躺了进去，拍了拍身侧的床，冲秦显笑："老公，睡觉。"

秦显轻轻笑了笑："等会儿。"

他去浴室简单吹了吹头发，出来换上了T恤和休闲裤。

苏乔把被子揭开，笑着等着秦显上床。秦显将卧室灯关了，随后才走到床边脱鞋上床，在苏乔身侧躺下，手伸过去顺势将苏乔拉到怀里，双手环抱住她。

苏乔脸贴着秦显的胸膛，嘴角弯了弯，在笑。秦显将被子往上拉了些，盖到苏乔的脖子下方，她只露出一张小脸，埋在他的怀里。

苏乔的感冒好了，七月份的天，也不可能一直不开空调，不过温度被秦显调到了合适的位置，且他们身上还盖着冬天的羽绒被。

苏乔想起来便忍不住笑，在黑暗里望着秦显："我们是不是有病，开着空调盖棉被？"

秦显低笑了一声，摸了摸她的头："睡吧。"

秦显前几天的确没怎么休息，抱着苏乔没一会儿就睡着了。

结果今晚倒是苏乔睡不着了。不过她也不是睡不着，是不想睡。她撑着身子，单手托着下巴，一直看着秦显。她就是想看着他，只是看着他都觉得幸福。

苏乔撑着下巴，不知看了秦显多久，一直到困意上来，才终于趴到床上，身体往秦显的怀里靠了靠，手臂环住他的腰。

她从前不是这样依赖人的性子，但是自从和秦显重新在一起后，感觉每分每秒都变得无比珍贵，开始依赖他，就像现在这样，连抱着他睡觉都已经成了习惯。

苏乔昨夜睡得晚，第二天醒来得也早。

她醒的时候，秦显还没醒。她撑在床上，托着腮盯着他看了一会儿，越看越着迷，情不自禁地探过头去，嘴唇轻轻贴到秦显的唇上。

她吻了一下，不够似的又吻了一下，轻轻笑了，刚要退开，腰忽然被搂住。

秦显不知什么时候醒了，睁开眼，看着她笑道："偷亲我？"

苏乔一窘，下意识地要撑着床起来。

秦显翻身将她压在了身下,嗓音有丝沙哑地道:"跑什么?"

他低下头,吻着她的嘴唇,吻得温柔又极尽缠绵。苏乔被吻得手脚发软,双手环上他的肩背。

…………

她再醒来的时候,已经是傍晚了。秦显给她洗了澡,她身上的衣服也被换掉了。

秦显在楼下做了晚饭,上来喊她吃饭。

苏乔躺在床上不动。

秦显走过去,笑着去拉她:"吃饭了,我给你炖了汤。"

苏乔赖在床上,哼哼唧唧的:"不想动。"

秦显愣了一下,随后轻轻笑了,俯下身,额头抵在苏乔的额头上,低声道:"我端上来喂你?"

苏乔回道:"好啊。"

秦显笑,捏着她的下巴,在她的唇上亲了一下:"等会儿。"

过了会儿,秦显真的把晚餐端了上来。因为她感冒刚好,他做的食物都很清淡。他给她炖了汤,说是医生给的方子,帮她调养身体的。她这些年身体落下些病根儿,秦显说要慢慢给她养回来。他平平静静地说着,苏乔却听得热泪盈眶——以前没能好好照顾你,余生几十年,每一天都会好好爱你。

苏乔和秦显是六月底办的婚礼,七月从云南度假回来,整个夏天两个人哪里也没去,就待在家里,享受无人打扰的二人世界。

婚后的日子,对苏乔而言幸福得令她不知该怎么来形容。她觉得她的心里被秦显灌满了蜜,一天的二十四小时,每分每秒都感到无比开心。

她喜欢每天清晨从秦显的怀里醒来,喜欢他对她笑,然后俯身给她一个早安吻;

她喜欢在秦显洗漱的时候,下楼为他做丰盛的早餐;

她喜欢他在洗漱完毕,带着一点儿倦意来到厨房,从身后温柔地抱住她,在她耳边呢喃一声"老婆"。

他像还没睡醒,嗓音还带着一点儿倦意,呢喃着唤她的时候,她总会忍不住笑。她回头，他便低头吻住她。他们在家里的每个角落里缠绵，却依然觉得抱不够、亲不够。

苏乔很多时候觉得，她和秦显一点儿也不像结婚很久的夫妻，倒像是热恋中的小情侣。就像前几天，秦显和周凛他们约了去体育馆打球。她抱着秦显的衣服，和另外几个女孩子坐在看台上给他们加油。

秦显打完球过来，白T恤被汗水打湿，脸上也都是汗。她将矿泉水瓶拧开盖子递给他，秦显喝水的时候，她便拿毛巾帮他擦脸上的汗。

秦显喝着水，忽然低头看她。她正给他擦汗，被秦显看得愣了愣。还没等她问怎么了，他忽然笑了笑，将她拉到怀里，手掌扣住她的后颈低头就吻了下来。

他们坐在靠角落的位置，可还是被看到了。

一群男人起哄，周凛笑得最夸张："我说你们俩都结婚大半年了，怎么还这么腻腻歪歪的？"

秦显轻笑了一声，回了他一句："乐意。"

他一手拿起衣服，一手牵起她，从看台上下来往体育馆外走去。

周凛在后面问了一句："你们俩去哪儿啊？"

秦显牵着苏乔往外走，头也没回地说："约会。"

周凛骂了一声："你们俩谈恋爱呢，还约会？"

秋天很快就过去了，今年冬天格外冷，冷得苏乔只想待在家里冬眠。

进入十二月以后，各种各样的节日就多了起来。平安夜那晚，她被秦显拉出去约会，他们不可免俗地去吃了烛光晚餐，去拥挤的电影院看了一场浪漫的爱情电影。

电影结束的时候已经快十一点。苏乔和秦显牵着手，跟着人群一起从电影院出来。

外面竟然悄无声息地下起了雪，雪片在空中飞舞。电影院外面，好多人拿出手机拍雪景。

这是今年的第一场雪。

秦显去取车了，苏乔站在路边望着夜空中飘落下来的白雪，望着望着，便笑开了。

她伸出手去接雪花，雪花落在她的手心里，化作了水。

秦显开车过来，远远地就见苏乔站在马路边，伸出手，由着雪花落在她的手心里。

她望着天空中飞舞的雪片，开心地笑着。

隔着车窗，秦显看着苏乔满脸开心的笑容，莫名地眼睛发热。他知道苏乔从前活得有多苦，知道她现在的笑容有多珍贵。他看着她那样开心的样子，既欣慰又心疼。

无论她承受了多少磨难和痛苦，骨子里依然是个小姑娘，会因为很小的事情就开心，会因为见到下雪露出灿烂的笑容，会因为回头见到他，便开心地朝他跑过来，会幼稚地用她被冻冰的双手捧住他的脸，然后咯咯地笑："冷不冷，冷不冷？"

秦显笑了笑，拉下她被冻僵的双手，握在手里暖着。他没说话，只专心帮她暖着手。

苏乔看着他笑，然后侧过头望着窗外的雪，对秦显说："这是今年的第一场雪。"

秦显抬头，也望向窗外。雪慢慢下得大了，落在车窗上，很美。

秦显看了一会儿，揉了揉苏乔的脑袋："回家了。"

苏乔回头，和秦显的视线对上，两个人相视一笑。

有些话不必说，彼此都懂。

秦显俯下身，一手掌着方向盘，一手扣住她的后颈，低头吻住她的唇。

过了许久，他才意犹未尽地松开她，温热的唇移到她的耳边，低声呢喃："苏乔，我们回家。"

苏乔抬眼看着他，顿时眼热心热。

没有那句话比"我们回家"更令她感到幸福。

她点了点头："嗯，回家吧。"

秦显笑了笑，摸了摸她的脑袋，这才回身发动车子，车身慢慢融入风雪夜里。

第十三章 新年

Chapter 13

今年过年势必会很热闹。

果然,一大清早爷爷就打电话来了,催秦显和苏乔回家里吃饺子。

两个人昨晚折腾到很晚,都还很困。秦显含糊地应了两声,便挂了电话,将手机扔回床头柜上,搂着苏乔继续睡。

一个小时后,手机又响了。

苏乔被手机振动的声音吵得不高兴,迷迷糊糊地往秦显的怀里钻。

秦显从床头柜上摸到手机,接了电话,低头看一眼怀里的苏乔,怕吵着她,下意识地压低了声音,说了两句便挂了电话。

他低头,见苏乔还睡着,没舍得立刻喊醒她,盯着她看了许久,终于没忍住笑了,手指轻轻抚着苏乔的脸颊。

苏乔感觉痒,皱眉拉下秦显的手,闭着眼含糊地嘟囔:"别闹。"

秦显低低地笑,在苏乔的额头亲了亲,才低声说:"今天是大年夜,爷爷让我们过去吃饺子。"

苏乔将脸埋在秦显的怀里,半响没动静。

秦显笑出一声,索性捧起她的脸低头吻下去。

苏乔刚开始还能装睡,没一会儿就装不下去了。

秦显搂着她,吻着她翻了个身,将她压在了身下。

苏乔没一会儿就被吻得浑身发软了,意识也彻底清醒。她推着秦显,忍不住笑了，想起昨晚，埋怨地看着他："我都累死了。"

秦显笑，轻轻捏住她的腰，献殷勤地道："我给你揉揉。"

苏乔笑了。

她以往的新年都过得很冷清，和苏扬吃顿饭，便让他回去。她自己待在房子里，看看书，就那么平平淡淡地过完一天。到了晚上，她会一个人出门走走。街上挂满了灯笼和彩灯，看着一对对情侣从她身边走过，她会想起秦显。

想起秦显，她便觉得更孤独，会难过到掉眼泪。

今年是她第一次和秦显一起过新年。

秦显家里人多，过年很热闹。爷爷家里挤满了人，七大姑八大姨的，长辈、同辈、小孩儿，整栋房子里到处都是欢声笑语。

苏乔是第一次在秦显家里过年，得了爷爷的一个大红包。

除了爷爷，秦显的爸妈也都分别包给她一个大红包。

苏乔开心地接过红包，跑去院子里找秦显，他正在外面打电话。她从身后抱住他，顺手将几个红包都塞到了他的大衣兜里。她刚要松开他，被秦显抓住了手，他不准她走了。她索性从秦显的胳膊底下穿过去，让秦显的手臂搭在她的肩膀上，她靠在秦显的怀里，仰头望着他，等他讲完电话。

秦显没讲太久，挂了电话，将苏乔往怀里搂了搂，另一只手从衣兜里摸出苏乔刚刚塞进去的东西，一看是三个厚厚的红包。

他笑了，瞧着苏乔问："老婆大人给我发钱了？"

苏乔从秦显手里抽走了红包，又往他的衣兜里放，笑道："想什么呢？这是爷爷和爸妈给我的，我没地方放，你帮我放着，回家还给我。"

说着，她笑着朝秦显伸出手："倒是你，没有什么新年礼物要送给我吗？"

秦显握住她的手，将她拉到怀里，低头就在她的唇上亲了一下："有。"

苏乔一脸期待地望着他："什么？"

秦显抱着苏乔，唇移到她的耳侧，低声说："我。"他笑着又问，"喜欢吗？"

苏乔将下巴枕在秦显的肩膀上，望着前方的亭子，嘴角弯起一个开心的弧度，"嗯"了一声："很喜欢。"

秦显轻轻笑了。

院子里没有其他人，两个人拥抱着，很久也没有分开。中途有人想从客厅里出来，见秦显和苏乔在院子里拥抱着，便都识趣地没有去打扰。

没有人能体会苏乔和秦显的感情，但谁都看得出他们很相爱。

除夕要守岁，所有人都精力旺盛。就连爷爷都乐呵呵地表示要打通宵的麻将。

到了晚上，众人吃过晚饭，整栋房子里依然到处都是欢声笑语，过年的气氛更浓。茶几上堆满了瓜果点心，大家聊天的聊天，看电视的看电视，打麻将的打麻将。

苏乔和秦显没参与集体活动，晚上十点多的时候，秦显带着苏乔从家里溜了出来。

比起一大家子人在一起，苏乔还是更喜欢和秦显过二人世界。

秦显开着车，带苏乔去市区玩。

街上四处挂着大红灯笼，树干上缠绕着玫瑰红的彩灯，整座城市都被浓浓的春节氛围笼罩着。

苏乔从前一点儿也不喜欢春节。阖家团圆的日子，她一个人觉得很难熬。这是她有生以来第一次觉得过年如此开心。

秦显将车停在了商场的地下车库里，然后牵着她去隔壁的烧烤一条街吃了夜宵。

两个人回来的时候，碰到有卖糖葫芦的。

苏乔拽了拽秦显："我想吃一串。"

小时候和母亲去城里赶集，她见到集市上有卖糖葫芦的，糖衣包着红彤彤的山楂，尽管她很渴望母亲能买一串给她，可她从来不敢向母亲提任何要求。

"我小时候可羡慕苏扬了，他想要什么都可以和我妈说。他想吃糖葫芦，我妈就买给他吃。我在旁边也可想吃了，可不敢开口。"

秦显不自觉地将苏乔的手拽得很紧。他能想象苏乔那时候多难过。

他低头看着她，心疼地道："以后我给你买。你想要什么，我都给你买。"

苏乔的眼睛瞬间就红了，她差点儿没忍住眼泪，点着头，声音都带着哽咽："嗯，你对我最好了。"

秦显抱住了她，很久也没舍得松开。

街上是来来往往的人，苏乔被秦显抱在怀里。

过了很久，她才抬头望着他小声说："去买糖葫芦？"

秦显点头，这才松开她，让她等他，他去买。

苏乔"嗯嗯"地应着，秦显走后，她便站在商场外面等他。

她本来以为秦显只给她买一串来着，谁知他居然把人家的糖葫芦全买来了。

苏乔站在商场外面，看着秦显拿着一垛糖葫芦过来的时候，先是愣了几秒，随后就开心地笑起来。笑着笑着，她莫名就很想哭。

这个世界上，只有秦显是对她最好的。

她今年的新年礼物，是一整垛糖葫芦。

回家以后，她将所有的糖葫芦摆放在客厅里。

十二点的钟声响起，整座城市的天空都被灿烂的烟火覆盖。窗外是盛大的烟火，噼里啪啦的声响让这个新年更为热闹。

客厅亮着灯，电视里春节联欢晚会还在继续。秦显坐在沙发上，苏乔躺着，脑袋枕在秦显的腿上。她望着窗外灿烂的烟火，第一次觉得烟火是这样美丽而浪漫，连鞭炮的声音都变得分外动听。

秦显摸着她的额头，低声问："困吗？"

苏乔点了点头："有一点儿。"

秦显笑了笑，道："睡吧。"

"不是要守岁吗？"

秦显笑："没关系，困了就睡。"

"你睡吗？"

"嗯，我也睡。"秦显说着，拿了遥控器将电视关了，将苏乔抱起来，上楼回房间去。

这一晚，苏乔和秦显都没有遵从守岁的规矩。他们在床上抱着，有一搭没一搭地聊着天，时不时抬头亲一下。聊着聊着，也不知什么时候，他们就都睡着了。

新年的第一天，苏乔起得很早，煮好了汤圆，正准备上楼去喊秦显起床，秦显自己就下来了。他从身后抱住她，有些困倦地呢喃："新年快乐，老婆。"

苏乔笑，回头亲了他一下："洗脸了吗？"

秦显"嗯"了一声。

"那你去把碗拿出来，马上就可以吃汤圆了。"

秦显得了令，点了下头，这才松开苏乔，转身去橱柜里拿了两个碗出来。

新年的第一天，天气格外好，窗外天空湛蓝，阳光和煦，万里无云。

吃汤圆的时候，苏乔望着窗外，心情很愉快，忽然跟秦显说："今天天气真好，一会儿我们去寺庙里上上香吧。"

"嗯，去哪间寺庙？"秦显问。

苏乔道："就当年我们去过的那一间。"

当年的那间寺庙还在，且因为新年，来烧香的人很多。

苏乔和秦显到的时候，庙里已经有很多人了。

苏乔拉着秦显进去殿里。等前面的人走了，她便也上前跪拜。秦显没在里面待太久，上完香便先出来了。苏乔还在里面，虔诚地跪在蒲团上，不知向菩萨许下了什么愿。

秦显在殿外等她。他看着苏乔虔诚跪在那里的模样，忽然就感觉仿佛回到了九年前。当年她也是这样，虔诚地跪在那里，求菩萨保佑他学业顺利。

他向来不信那些，可看着苏乔为他跪拜神明，心里便温暖如春天的阳光，心都熨帖了。

他等了很久，终于见到苏乔从蒲团上起身。她从里面出来，秦显伸手去牵她，笑着问："腿跪麻了吗？"

苏乔笑了笑："还好。"

此时正值中午，苏乔和秦显牵着手，跟着人群慢慢下山。下到一半，苏乔忽然停了下来。

秦显回头问："怎么了？"

苏乔笑着拉着秦显的手撒娇："我不想走了，你背我呗。"

仿佛又回到当年，下山的时候，苏乔也是让秦显背她。

秦显笑了，揉了揉她的脑袋，然后蹲下身。苏乔开心地趴到秦显的背上。

秦显托住她的臀，站起身来，背着苏乔一步步走下台阶。

"高兴吗？"

苏乔弯了弯唇，点头："高兴。"

身后有一道年长的声音传来，笑着说："瞧瞧，这小两口感情可真好。"

"可不是，这女孩儿福气好啊！"

苏乔开心地笑，将秦显抱得更紧些："你猜我刚才向菩萨许了什么愿？"

"猜不到，许了什么？"

苏乔笑着说："我跟菩萨说，希望明年给你生个可爱的宝宝。"

秦显听到愣了一下，然后便笑了。

苏乔在身后继续说："等以后有了孩子，我们的家就更热闹了。"

秦显什么也没说，只是笑。

苏乔趴在秦显的肩膀上，忽然说："秦显，我好开心。"

她开心得都有些想哭了。

秦显听得心疼，点头："我知道。"

他知道她从前有多难过，也知道她现在有多开心。

苏乔侧着头，闭上了眼睛。阳光照在她的脸上，秦显背着她往山下走着。

过了一会儿，苏乔轻声说："你记不记得，你以前说过要背我一辈子的？"

"记得。"

"等以后我老了,走不动了,你也要这样背着我。"

秦显点头,莫名眼热:"嗯,会的。"

苏乔弯了弯唇,心里热热的。

过了很久,苏乔的声音轻轻地响起,她像在呢喃:"秦显,你知道吗?我从前觉得自己活着的每一天都没有意义,没有人在意我,没有人需要我,我可以随时抛下一切。"

"我在意你,苏乔,我需要你。"

苏乔笑着流下眼泪,低下头在秦显的脸上亲了亲,笑着说:"嗯,所以我要长长久久地活着,想和你白头偕老。"

秦显笑了笑:"嗯,未来的日子还很长。"

苏乔笑着擦了眼泪,开心地趴在秦显的肩上。

秦显问:"哭了?"

"没哭。"

秦显笑出一声,宠溺地说了一句:"傻瓜。"

苏乔将脸埋在秦显的颈侧,半响,终于没忍住笑了。

笑完以后,她又不自觉地将秦显抱紧些,很认真地轻声说了一句:"秦显,你真好。"

他好到让她原本灰暗的世界都变成了彩色的。他筑起了四面八方的墙,将她护在里面,让她被幸福包围着,再也没有悲伤和难过。

秦显捉住她的手,拉到唇边吻了一下。苏乔抿着唇笑,低下头在秦显的耳边小声地说了三个字。

伴随着风,她听见秦显低低笑出一声。

她弯了弯唇,脸又埋进秦显的颈侧,忽然害羞地红了脸。

过了几秒,她听见秦显带着一丝笑意,低低地说了一句:"我也很爱你,苏乔。"

苏乔抬头望着天空,明明还是寒冬,却觉得春天好像快要来了。

番外一 掌上明珠

Extra

次年六月,有一阵子苏乔很嗜睡。那段时间她经常待在书吧,坐在吧台里看着书不自觉地趴在桌上就睡着了。

不过她也没多想,以为是因为夏天来了,外面的太阳暖洋洋的,晒得人犯困。直到有一天,和秦显回老宅吃晚饭,饭后她坐在秦显旁边,看秦显和爷爷下棋。

那时候才不过八点多,她眼皮打架打得厉害,靠在秦显肩膀上快要睡着了。

秦显大概是感觉到她的脑袋在小鸡啄米,也不管下棋了,转过头来握住她手,低声问:"困了?"

她点了点头,说:"最近不知道怎么回事,老犯困。"

老爷子看了看苏乔一脸困倦的样子,不知道想到什么,问:"什么时候开始的?"

苏乔下意识回道:"就最近,可能是夏天来了,总想睡觉。"

谢俪这时候端着水果从厨房出来,正好听到苏乔说犯困的事儿,她脑子灵光,瞬间就想到什么,说:"该不会是有了吧?"

老爷子跟着点点头,说:"我瞧着也像。"

苏乔有点后知后觉地反应过来,有点茫然地看向秦显。

秦显其实在苏乔刚才说困的时候也有点想到了,主要是太早了,才八点多,平时再怎么样,也没有这么早就睡觉的。

谢俪说:"我认识一位产科专家,我马上打电话帮你们预约时间,你们明天去医院检查一下。"

秦显点了点头,先带苏乔上楼去休息了。

回到房间,苏乔才回过神来,望着秦显问:"要不要去买个验孕棒试试?"

秦显拉着苏乔到床边坐下,这时候才问她,:"什么时候开始犯困的?为什么不跟我说?"

秦显最近工作很忙,每天晚上回到家还要加班。苏乔白天在店里嗜睡得厉害,但是晚上都会打起精神陪秦显一起加班,以至于秦显都没发现她最近不对劲儿。

苏乔道:"也没多久,我以为是夏天的太阳晒得人犯困,就没多想。"

秦显自责地摸了摸苏乔的脸,低声道:"怪我,没早点注意到。"

苏乔道:"也许不是怀孕呢。"

秦显道:"八九不离十。"

他最近忙昏了头了,今晚才想起来苏乔的例假推迟有一个周了,再加上他们本来也打算今年要孩子,没怎么做措施,现在这情况多半是有了。

晚上躺在床上,苏乔有一点高兴。她问秦显:"你喜欢男孩还是女孩?"

秦显搂着她,看她的目光很温柔,轻声说:"都喜欢。你生的我都喜欢。"

第二天早晨,秦显带苏乔去医院做检查,检查结果出来,果然已经有了一个多月身孕。

苏乔很高兴,回家还算了算日子,应该是秦显从伦敦出差回来那晚有的。

秦显看着苏乔已经高高兴兴地在看小孩子的衣服玩具,好笑又无奈,把人搂过来,取笑她:"现在看这些会不会太早了?"

苏乔道:"不早,十个月眨眼就过去了。"

她坐在秦显腿上,捧住他英俊的脸,说:"怎么了?你怎么看起来不高兴?"

秦显拉住苏乔的手,低头亲了亲,说:"我没有不高兴,我只是有点担心。"

苏乔忍不住笑,捧住秦显的脸,低头亲了亲他,安抚道:"别担心,我会小心的,而且你不是已经请了阿姨照顾我吗,不会有事。"

话虽然这样说,可秦显怎么可能真的放心,自从苏乔怀孕以后,他平时看苏乔下楼就紧张,出门更是随时把苏乔护在怀里,生怕别人碰到她。苏乔要是哪天跑一下跳一下,他一颗心能提到嗓子眼儿,事后还要把苏乔教育一顿。

有一次苏乔过红绿灯时小跑了两步,把秦显吓得三魂丢了七魄,恨不得苏乔能长在他眼皮子底下,好让他时刻都能看住她。

苏乔知道秦显紧张她紧张得要死,有天晚上躺在床上,她用手指描摹着秦显英俊的眉眼,笑他:"秦显,我觉得我怀个孕,你都快神经衰弱了。"

秦显叹气,把苏乔搂进怀里,后悔道:"我就不该答应你要孩子,再也没有下次了。"

苏乔埋在秦显的怀里吃吃地笑,问:"要是意外有了呢?"

秦显道:"没这种意外,过阵子我就去结扎。"

苏乔低低地笑出声,她不由得伸手把秦显抱紧一点,小声喊:"秦显。"

"嗯?"秦显感觉到苏乔将他抱紧了些,也更紧一点回抱她,轻声问:"怎么了?"

苏乔闭着眼睛把脸埋在秦显怀中,唇角弯弯的,轻声说:"你真好。"

苏乔的预产期在次年三月,过年那会儿,她的肚子已经很大了,秦显早就停止了一切工作在家里专心陪产,谢俪也常常过来煲汤给她喝,爷爷也隔三岔五过来坐坐。苏扬和周凛更是常客。

那个时候苏乔已经有点辛苦,时常躺在客厅软绵绵的贵妃椅上,秦显就搬张小凳子坐在旁边给她捏手揉腿。想吃什么东西,秦显都是给她喂到嘴边。

有一次她刚刚吃下一块秦显喂她吃的哈密瓜,谢俪端一碗鱼汤从厨房出来,看到直叹气,说:"哪能天天这么躺着,到时候生起来才知道辛苦。"

苏乔心虚,悄悄冲秦显吐了下舌头。

秦显笑,说:"早晨刚出门散过步,每天都要出门散步一两个小时,回来就让她躺会儿吧,没什么事儿。"

那时候苏乔的腿有点肿,秦显心疼得不行,每天都要给她揉好久,晚上还要打水给她泡脚。

有一天晚上,苏乔从睡梦中醒来,看到秦显还坐在床边帮她揉脚,卧室昏暗的光照在他身上,苏乔望着秦显,那瞬间忽然很想落泪。

她伸手拉了拉秦显的手,秦显这才抬头看向她,低声道:"醒了?"

苏乔眼眶湿润,轻声问:"怎么还不睡?"

秦显道:"我看你脚肿得厉害,怕你白天走路难受,多揉一会儿。"

他俯过身来,摸了摸她的额角,目光温柔地看她,轻声问:"饿不饿?想不想吃点东西?"

苏乔摇摇头,她伸手环住秦显的腰,望着他的眼睛,轻声说:"我想抱着你睡。"

秦显"嗯"了声,侧身躺下来,右手轻轻搭在苏乔的肚子上。

那里隆起高高的,孕育着一个小生命。秦显目光落在那上面,手掌温柔地抚摸。

苏乔温柔地笑,轻声问:"你有没有感觉到小宝宝在跟你打招呼?"

秦显点点头,说:"有几次。"

苏乔笑,说:"你有没有什么话想跟他说?"

秦显温柔地抚摸着苏乔的肚子,表情很认真,仿佛真的在跟孩子打商量,说:"希望他乖一点,别让我老婆受苦。"

三月中旬的时候,苏乔顺利生下女儿。不知道孩子在肚子里的时候是不是真的有听见她爸爸的话,出生的时候真的很乖,让苏乔少受很多苦。

那天病房里很热闹,家人朋友们全都来了,大家都夸女儿漂亮,像极了苏乔和秦显。爷爷更是把曾孙女儿抱在手里舍不得松手,还给小丫头取了个小名叫珠珠,意为小姑娘从此以后就是家里的掌上明珠。

苏乔躺在床上,望着这温馨的一幕觉得很暖心。过了一会儿,她想和秦显说话，转过头才发现秦显坐在床边眼睛湿润地看着她。

苏乔在那一瞬间很明白秦显在想什么。生孩子的时候，秦显全程都陪着她，他亲眼看见了她生孩子的过程。

苏乔拉了拉秦显的手，小声说："都让你不要陪产了，你偏要。"

秦显眼睛湿润得厉害，紧紧握住苏乔的手，低声说："幸好陪了。"

他怎么能让苏乔一个人经历那样的痛苦。

他俯下身亲吻苏乔的面颊，苏乔感觉到一滴滚烫的热泪落在她脸颊上，听见秦显哽咽地说："再也不生了。"

苏乔也忍不住掉了眼泪，点了点头。过去的二十几年她漂泊无依，一直很想拥有属于自己的家，到今天，她的人生终于圆满了。

家人、朋友们在晚上才陆陆续续离去，秦显拉了张凳子坐在病床边，把苏乔的手放进被子里，心疼地抚摸着她的额角，轻声说："睡吧，好好睡一觉。"

苏乔却睡不着，她看着秦显，说："现在不想睡，我们来给女儿取名字吧。"

秦显见苏乔睡不着，也不勉强她，拿了本书来坐到床头和苏乔一起给女儿取名字。

其实他们之前也已经翻过书，但因为不确定是男孩还是女孩，所以迟迟没有定下来。

翻了很久书，最后名字是苏乔定的，她给女儿取名叫秦乐怡，希望她一生快乐无忧。

秦显明白苏乔的用意。苏乔以前吃过太多苦，她的成长过程中从来没有感受过温暖和爱，如今有了女儿，只希望她能够快乐成长，一生都不用为任何事受罪。

她靠在秦显的怀里欣慰地说："不过女儿一定会很幸福，她有我们，还有爷爷、奶奶，还有曾祖父，人人都当她是掌上明珠，她以后一定被宠着长大。"

秦显点点头，搂在苏乔腰间的手不由得收紧，他低头亲吻她的眼睛，轻声说："苏乔，你永远是我的掌上明珠。"

苏乔抬头看秦显,那一瞬间忽然湿润了眼眶。她当然知道秦显多爱她,他们的爱跨越了那么多年的坚守和等待,才有了今天。

她望着秦显,哽咽道:"你再说一次。"

秦显搂紧她,承诺一般,"苏乔,我爱你,永远爱你。"

苏乔终于克制不住掉了眼泪,她依偎在秦显的怀里抱紧他,哽咽道:"我知道。"

她一直知道。

矢志不渝

番外二

Extra

乐怡是个调皮的女孩,她是被家里人捧在手心里长大的,从小就觉得自己是个小公主。她有个粉色的梦幻房间,房间里有个粉色的衣柜,里面挂满了各式各样的小裙子。

每次出门,她都纠结今天穿哪条漂亮的裙子。有一次,要去参加嘉衍哥哥的生日,她在家换了好几条裙子都不满意,坐在床边自己跟自己生气。

秦显对女儿也是很有耐性了,又重新给她翻条裙子出来:"再试试这条?"

小公主抬头看了眼,眼眶红红的,突然哭着要妈妈。

秦显一个头两个大,只好回卧室找苏乔。

苏乔还在化妆,见秦显拎着条小裙子很无奈地站在门边,没忍住扑哧一声笑出来:"怎么了?"

秦显拎了下手里的小裙子,无奈又不解:"发脾气呢。她平时不都这样穿吗,今天是怎么了?"

苏乔对着镜子涂好口红,笑道:"这你就不懂了,小姑娘爱美,而且今天要去见她的嘉衍哥哥,人家嘉衍喜欢文静的女孩子,她今天肯定不想穿这种花花绿绿的裙子。"

秦显越听越不对劲,问出句蠢话:"她不会早恋吧?她才四岁。"

苏乔白了他一眼:"你女儿四岁早恋?亏你想得出来。"

秦显不懂了:"那她打扮这么漂亮做什么?"

苏乔道:"小姑娘喜欢好看的小男孩不是很正常吗,这种喜欢跟我们成年人的喜欢不同,就是很单纯地觉得这个哥哥好,喜欢跟着他玩。"她收起口红,从镜子里看了秦显一眼说,"你小时候就没喜欢的小女孩?"

秦显道:"没有。"

苏乔笑,不信:"撒谎吧?"

"真没有。"

秦显打小性子就冷漠,喜欢自己待着看书,或者玩他自己感兴趣的东西,和同龄男生都玩得少,更别说是女孩子,他那时候只觉得小女孩叽叽喳喳吵得他头疼。

他问苏乔:"你小时候有什么喜欢的小男孩吗?"

苏乔笑道:"有啊。我四五岁的时候喜欢邻居家的哥哥,他那时候是我们村里学习最好的,经常考满分,奖状贴得一屋子都是。"

秦显插兜靠在门边,闻言不屑地呵了一声:"小儿科。"

苏乔从镜子里看到秦显吃醋的模样,忍着笑,继续说:"人家后来还到市里参加奥数比赛,拿过全市第一名的。"

秦显道:"很稀奇吗?我各种竞赛的奖多得一个柜子都塞不下。"

苏乔道:"人家长得还很帅。"

秦显给气乐了,在苏乔讲完准备溜出门的时候,伸手就把她圈进怀里,关上门,搂着人抵到门背上,捏住她下巴,似笑非笑地看她:"说谁帅呢?"

苏乔真是很喜欢秦显这个吃醋的样子,她忍着笑,继续逗他:"人家是很帅呀,高高瘦瘦,干干净净的。"

"我不帅吗?"秦显是真醋了,低头吻苏乔的红唇。

苏乔唔了一声,手挡在秦显的肩上:"口红——"

秦显哪管什么口红,握住苏乔的手,一通深吻,把她唇上的口红吃得干干净净,吻得苏乔双腿发软,有点无力地靠在他的怀里,他还要在耳边问:"是我帅,还是你的邻居哥哥帅?"

苏乔好笑又好气:"你帅你帅你最帅。"

她抬头看秦显,终于忍不住笑出来:"秦显,你好计较。"

秦显掐掐她的脸蛋，眼神宠溺："你就气我吧。"

苏乔笑，踮脚在秦显的脸上亲了一下："我逗你的，你最帅了，谁都比不上你。"

这话秦显明显很受用，脸上总算恢复了笑容。

不过有句话叫搬起石头砸自己的脚，苏乔哪里想到，晚上去沈家参加沈太太的生日派对时，居然真的遇到了当年的邻居哥哥。

老实说，她刚开始真没认出来，甚至都没觉得眼熟，是对方先认出了她，有些意外地叫她："苏乔？你是苏乔吧？"

苏乔当时正和沈太太聊天，看到眼前的男人，有点茫然，开口问："你是？"

"我是李正啊。"对方明显是认出了她，很开心地说道："你忘了？小时候跟你做过邻居的那个李正。"

"啊！李正哥哥！"苏乔恍然想起来，有些惊喜，"好多年没见，都认不出来了。"

李正笑道："你是贵人多忘事，我倒是一眼就认出你了。"

那个时候，秦显在客厅和好友沈念深谈公事，看到苏乔在门口跟一个男人有说有笑，不由得多看了两眼。

沈念深见秦显频频走神儿，往门口看，没忍住噗笑了声，打趣道："那是李正，我们公司的市场经理，是个人才。怎么，认识吗？"

人才不人才的秦显不知道，他的醋坛子要翻了是真的。

沈太太孙恬恬是个妙人，远远就看到秦显老往门口这边看，等李正走后，她捣了捣苏乔的胳膊，笑嘻嘻道："你老公醋得不轻啊，你晚上有得哄了。"

苏乔当然知道秦显老往她这边看，她没忍住笑，打趣孙恬恬："你好有经验呀？"

孙恬恬摊摊手："可不是，我老公也是个大醋坛子。男人有时候真的好幼稚。"

苏乔笑，两个女人在门口吐槽自己的老公，两个男人在客厅谈公事，倒也是其乐融融。

过了一会儿，两个人谈完公事，一起朝门口过来。

沈念深伸手牵住太太的手，拉她远离"战场"，低笑道："上楼，我有东西给你。"

孙恬恬给了苏乔一个自求多福的眼神，跟着老公溜上楼去了。

沈念深和孙恬恬两口子走后，苏乔伸手钩了钩秦显的下巴，故意逗他，"干吗呢？"

"你说干吗？"秦显握住苏乔的手，吃醋道："刚刚那是谁啊？聊得那么开心。"

苏乔反握住秦显的手，笑道："你说巧不巧，居然在这里遇到小时候的邻居。"

秦显挑了挑眉，反应过来："哦？就是你小时候喜欢过的邻家哥哥？"

苏乔可太喜欢看秦显吃醋了，笑道："是啊。我就说人家很厉害，国内顶尖大学毕业，如今事业有成，年薪可观。"

秦显不高兴了，吃醋道："我不厉害？也不见你夸夸我？"

苏乔偏头望住秦显，笑得眉眼弯起，不再说话了。

男人有时候真的很幼稚，明知道自己的妻子最爱自己，偏偏还是要和外面莫名其妙的男人吃醋。自己吃醋不算，回到家还要等着妻子来哄。不过苏乔把这称为情趣，她偶尔也很喜欢看秦显吃醋的样子。

回到家，苏乔就像八爪鱼似的挂在秦显身上，秦显走哪儿她都跟着，下楼拿水她要跟着，秦显去检查门窗她也要跟着，就连秦显去上厕所她都挂在秦显身上。

秦显拿她一点儿办法也没有，从洗手间出来，就把人抱去床上，俯身禁锢住她，捏她脸蛋："干吗？一整晚都黏在我身上。"

苏乔笑，问："感觉到了吗？"

她伸手环住秦显的腰，纤细的胳膊环在秦显的腰间，触感很清晰。

秦显没反应过来，问："什么？"

苏乔道："你不是问我为什么一整晚都黏在你身上吗？你没有感觉到吗？我是你的妻子，这个世界上只有你才可以触碰我，感受我，拥有我。"

"刚刚在沈家，你问我为什么不夸夸你，你还需要我夸吗？我嫁给你不就是最好的证明？我们被迫分开了那么多年，可是再见面我仍然只想嫁给你。"她捧住秦显的脸，眼眶微热，"秦显，在我心中，你永远是这世界上最好的男人，谁都不能和你相提并论。你可以吃醋，但你要知道，在我心中，这世上没有任何人比得上你。"

苏乔这番话听得秦显心头炙热。他当然知道苏乔多爱他，他们都知道他们深爱彼此。

他低头吻住苏乔，低声道："我知道，我都知道。"

一个甜蜜漫长的吻后，秦显还是幼稚地问："那是我帅，还是你邻家哥哥帅？"

苏乔噗地笑出声，勾住秦显的脖子，"当然是秦显哥哥帅。"

秦显笑了，又吻住苏乔，低声道："谁要做你的哥哥，我是你的丈夫。"

苏乔笑着更甜蜜地搂住秦显，哄道："是。你说得都对。"

半个月后，苏乔收到一封挂号信，来自李正。

那天是个周末，窗外阳光明媚，天朗气清，秦显在书房里处理工作，苏乔推开门进去，晃了晃手里的信，笑说："邻家哥哥给我寄信了。"

秦显抬眸看了一眼，醋坛子瞬间又翻了。

他知道苏乔爱他是一回事，但不代表他允许别的男人觊觎他的妻子。他把苏乔拉到他身边，让她坐在自己腿上，拿过她手里的信，拆开来："我倒要看看……"

他话还没说完，打开信封才发现是张婚礼请帖。秦显剩下的话也说不出来了，苏乔终于忍不住，在秦显身上笑得前仰后合，花枝乱颤。

秦显见苏乔笑得开心，也不由得笑了，抬手掐了掐她脸蛋："你故意逗我吧？"

苏乔笑得不行，搂住秦显的脖子，说："让你乱吃飞醋。"

她伸手拿过秦显手中的请帖，说："你去不去啊？不去我就扔了。"

秦显把请帖收回去，态度来了个一百八十度转弯："去，怎么不去。"

他撑住苏乔的后颈，亲了她一下，说："正好带你出门玩一趟，自从有了乐怡，好久没带你出过远门。"

苏乔听得心里甜甜蜜蜜的，此刻窗外阳光正灿烂。

她搂住秦显，笑着问："那么秦总，出门约会吗？今天天气好好。"
　　秦显笑了，他看着苏乔的眼里仿佛有星光，情不自禁地在苏乔唇上印下一个温柔的吻，在她耳边轻声说："苏乔，我爱你。"
　　苏乔心中甜蜜又感动，开口却有些哽咽，说："我知道。"
　　她和秦显相识十五载，彼此从未有一天变更过心意。
　　他们的爱情犹如今日窗外的阳光，浪漫且温柔，却拥有笃定的力量。
　　苏乔永远深爱秦显，正如秦显永远深爱苏乔。
　　矢志不渝。